Hilary Norman

... UND DANN BIST DU TOT

Aus dem Englischen von
Karin Meddekis

BASTEI LÜBBE

BASTEI LÜBBE TASCHENBUCH
Band 14447

1. Auflage: Dezember 2000

Vollständige Taschenbuchausgabe

Bastei Lübbe Taschenbücher ist ein Imprint der Verlagsgruppe Lübbe

Deutsche Erstveröffentlichung
Titel der englischen Originalausgabe: IF I SHOULD DIE

Titelillustration: Tony Stone
Umschlaggestaltung: Gisela Kullowatz
Satz: KCS GmbH, Buchholz/Hamburg
Druck und Verarbeitung: Elsnerdruck, Berlin
Printed in Germany
ISBN: 3-404-14447-3

Sie finden uns im Internet unter
http://www.luebbe.de

Der Preis dieses Bandes versteht sich einschließlich
der gesetzlichen Mehrwertsteuer.

BASTEI
LÜBBE

Für Walter Neumann,
den ich leider nie kennen lernte.

Danksagungen

Mein besonderer Dank gilt Graham Rust, der sich so gut auf dem Gebiet der Herzschrittmacher auskennt, und dem ich für seine Freundlichkeit danke, sein großes Wissen mit mir zu teilen. Mein Dank gilt ferner Dr. Romeo J. Vecht, der mir ebenfalls so viel seiner wertvollen Zeit opferte, und Sergeant Marjorie O'Dea von der Chicagoer Kriminalpolizei für ihre Freundlichkeit, Geduld und wertvollen Informationen.

Bedanken möchte ich mich außerdem bei Dr. Herman Ash, David W. Balfour, Howard Barmad, Carolyn Caughey, Sara Fisher, John Hawkins, Herta Norman, Dave Risley vom Londoner Zoo, den hervorragenden und hilfsbereiten Mitarbeitern des Ritz-Carlton-Hotels in Chicago, Helen und Neal Rose, Dr. Jonathan Tarlow und Sharon Tarlow, Michael Thomas und Rae White.

Nun lege ich mich zum Schlafen nieder;
ich bitte den Herrn, über meine Seele
zu wachen.
Sollte ich sterben, ehe ich erwache,
bitte ich den Herrn, meine Seele zu sich
zu nehmen.

Anonym. Erstmalig abgedruckt in einer der späteren Ausgaben des

New England Primer, 1781

Monster sind chaotische Tiere, die in
den Spalten der Ordnung lauern …
Der Drache zum Beispiel – vielleicht
das am weitesten verbreitete Monster in
Märchen und im Volkstum – ist das
Ergebnis einer Mischung verschiedener
Spezies … durch die Verbindung eines
Menschen oder Wurms mit einem
Metall.

Encyclopaedia Britannica

Darfst du deinen Feind nicht verletzen,
wenn er zuerst zuschlägt?

Aischylos,
Die Überbringer des Trankopfers

Prolog

Sonntag, 3. Januar

Es war einer dieser besonders schönen Wintertage, die Kinderherzen höher schlagen lassen. Am Tag zuvor war in Boston Schnee gefallen, aber die Hauptstraßen waren größtenteils geräumt und die meisten Bürgersteige gestreut worden. Der Stadtpark sah aus wie eine Weihnachtskarte aus der guten alten Zeit. Es war kein Boot in Sicht, doch der Himmel war strahlend blau, die Sonne schien, die Zweige der Bäume waren mit Schnee bedeckt und alle Äste der Sträucher malerisch mit Reif überzogen. Weite Flächen der verschneiten, funkelnden Landschaft lagen in völliger Unberührtheit da.

Dieser Januarmorgen bescherte Jack Long, der das Gefühl des Wohlbehagens neu entdeckt hatte, ein weiteres Glücksgefühl. Jack hatte rotblondes Haar, war Anfang vierzig, schlank und ausgesprochen attraktiv. Seit Jahren hatte er sich nicht so wohl gefühlt. Mit jedem Augenblick dieser ungeplanten, erzwungenen Auszeit fühlte er sich sogar noch besser, kräftiger und stärker, und er wurde immer zuversichtlicher.

Er hatte den Schnee mit den Händen von der Bank gefegt. Nun saß er in der Nähe des Sees und schaute einer alten Dame zu, die mit einem Spazierstock kleine Brotstücke an die Enten fütterte. Die Sonne schien so warm, dass er seinen Anorak ausgezogen hatte, unter dem er einen dicken, weißen Rollkragenpullover trug, der ihn behaglich wärmte.

Solange seine Hände und Füße warm waren, hatte Jack die Kälte nicht gespürt. Heute ging es ihm ausgesprochen gut. Sein Atem war ruhig und hinterließ kleine Wölkchen in der kalten Luft.

Der junge Mann schaute sich um, nahm alles in sich auf, schloss dann die Augen und gab sich dem Sonnenschein, der sauberen Luft, dem Zwitschern der Vögel und dem gedämpften Verkehrslärm hin.

Als es geschah, war er fast eingeschlafen. Er spürte nichts, denn es ging alles viel zu schnell. Eben lebte Jack noch, ein junger Mann, der alles hatte, was man zum Leben braucht. Und eine Minute später war er tot.

Rose O'Connell war achtundsiebzig Jahre alt, und ihre Arthritis, die ihr in den letzten Monaten ihre frühere Behändigkeit geraubt hatte, machte sie fast verrückt. Sie sah es genau in dem Moment geschehen, als ihre Tüte mit den Brotstücken leer war und sie sich von ihrem Platz am Wasser abwandte. Ein plötzlicher Ruck warf den Oberkörper des jungen Mannes nach vorn. Es erinnerte Rose an die ruckartigen Bewegungen der Patienten bei der Elektroschocktherapie in dem Krankenhaus, in dem sie früher einmal gearbeitet hatte.

Einen Moment blieb sie stehen, stützte sich auf ihren Stock und schaute mit aufmerksamem, verwundertem Blick auf den Mann. Er saß jetzt vollkommen ruhig da und fiel dann wieder zurück gegen die Lehne der Bank. Rose O'Connell vermutete zuerst, dass er schlief, aber seine Hände lagen so schlaff auf seinem Schoß, und sein Kopf mit dem rotblonden Haar hing so seltsam herunter, dass Rose diesen Gedanken verwarf.

Sie humpelte entschlossener, bewegte sich aber langsam und vorsichtig, bis sie nur noch etwa einen Meter von ihm entfernt war. Die Finger der rechten Hand umklammerten den Griff ihres Spazierstockes, als sie auf ihn hinunterschaute. Sie hatte einst als Krankenschwester gearbeitet und viel Blut fließen sehen. Oftmals waren die Verletzungen durch Gewalteinwirkung herbeigeführt worden, und sie wusste, dass sie nicht ohnmächtig werden würde.

Das Blut des Mannes sickerte langsam, aber unaufhörlich, floss wie eine erblühende, sich immer weiter entfaltende rote Rose über seinen weißen Pullover und sickerte über die Latten der Holzbank hinunter auf den weißen Schnee.

Es hatte nichts mit dem Blut zu tun, dass Rose nun schrie. Es war etwas ganz anderes, etwas, was sie in all den Jahren, da sie als Krankenschwester – ob im Operationssaal oder in der Notaufnahme – tätig gewesen war, noch nie gesehen hatte.

Es stieg in einem schwarzen Wirbel aus einem Loch in seinem Brustkasten in die Luft.

Rauch.

1. Kapitel

Montag, 4. Januar

Er war Polizist und sie Ballettlehrerin. Joseph Duval war achtunddreißig Jahre alt und lebte mit seiner Frau Jess und ihrer neunjährigen Tochter Sal aus erster Ehe in Chicago, Illinois. Hélène Duval, seine Schwester, die alle nur Lally nannten, war dreiundzwanzig Jahre alt. Sie lebte mit Hugo Barzinsky, ihrem Untermieter, besten Freund und Geschäftspartner von *Hugos Café* und ihrer Katze in West Stockbridge, Massachusetts. Joe wusste schon im Alter von zehn Jahren, dass er später von zu Hause fortgehen würde. Lally hingegen hatte nie daran gezweifelt, dass sie bis zu ihrem Tod in Neuengland leben würde. Dies war der bedeutendste Unterschied zwischen Joe und Lally Duval. In jeder anderen Beziehung, besonders in denen, die am meisten zählen – in ihrem Fühlen und Denken –, waren sie sich so ähnlich und so eng verbunden, wie Bruder und Schwester nur sein konnten.

Als Joe kurz vor Viertel vor fünf an diesem Montagnachmittag anrief, saß er an seinem Schreibtisch im Logan Square Distrikt in Chicago. Lally war ungefähr neunhundert Meilen entfernt in ihrem Schlafzimmer und bürstete ihr dunkelbraunes, fast taillenlanges Haar, das sie zu einem hübschen Knoten zusammensteckte, der in der Welt des Balletts Pflicht war.

»Na, was machst du gerade, Schwesterherz?«

Lally lächelte, als sie den vertrauten Klang der tiefen,

warmen Stimme ihres Bruders hörte. »Das Übliche. Ich habe gerade frische Croissants im Café abgeliefert, und jetzt mache ich mich für den Unterricht fertig.« Nijinskij, ihre drei Jahre alte Siamkatze, die neben der Tür stand, betrachtete sie aus freundlichen, schmalen Augen.

»Bist du im Büro?«

»Ja, heute Nachmittag muss ich mich um den Papierkram kümmern.« Joe hielt kurz inne. »Wie geht es dir, Lally?«

»Ausgezeichnet«, erwiderte sie. »Letzte Nacht hat es hier geschneit, aber heute ist es wunderschön. Und wie geht es euch?«

Normalerweise telefonierten Joe und Lally mindestens einmal im Monat miteinander. Lally hätte es glücklich gemacht, jeden Tag mit ihrem Bruder zu sprechen. Doch Joe war Lieutenant bei der Chicagoer Mordkommission, was bedeutete, dass er ein verrücktes, ausgefülltes Leben führte, und Lally wusste, dass sein mitunter langes Schweigen nicht bedeutete, dass er seltener an sie dachte.

»Uns geht es allen gut«, sagte Joe. »Klopf auf Holz.« Er klopfte leise auf seinen Schreibtisch.

»Und wie geht es Jess?« Ihre Schwägerin war seit kurzem schwanger, und Lally wusste, dass sie und Joe und die reizende Sal alle wie auf einem Pulverfass saßen, weil Jess' vorangegangene Schwangerschaften mit einer Fehlgeburt endeten.

»So weit, so gut.« Joe war ein gefühlvoller, aber wortkarger Mann.

»Nimmt sie es diesmal leichter?« Lally konnte seine Angst durch die Leitung spüren.

»Ein wenig. Du weißt ja, wie eigenwillig Jess ist, aber ich glaube, sie würde fast alles tun, um das Baby diesmal nicht zu verlieren. Sie sieht sogar ein, dass es besser ist, wenn Sal und ich die Einkäufe machen und wir uns um den Garten kümmern.«

»Es ist bestimmt nicht leicht für sie.«

»Das kann man wohl sagen.«

Lally schaute auf den Wecker und steckte die letzte Nadel in ihren Knoten. Sie sah die geliebten Gesichtszüge ihres Bruders, seine lange, spitze Nase und seine zärtlichen, grauen Augen, die ihren sehr ähnelten. Sie sah alles so deutlich vor sich, als würde er ihr gegenübersitzen.

»Was macht die Arbeit?«, fragte sie, als sie nach ihrem geliebten schwarzen Trikot griff und es überstreifte. Sie wusste, dass es eine sinnlose Frage war, denn trotz der Offenheit zwischen ihnen in den meisten Dingen hätten die Belange der Chicagoer Mordkommission in einem Hochsicherheitstresor nicht besser aufbewahrt werden können.

»Immer dasselbe«, sagte Joe leichthin. »Du weißt ja, wie das ist.«

Sie wusste nicht, wie es war, aber vielleicht war sie sogar froh darüber. Im Grunde sorgte sie sich ständig um Joe, und vielleicht war ihre Fantasie schlimmer als die Wirklichkeit, doch irgendwie zweifelte sie daran. Sie hatte die brutale Wirklichkeit, die blutige Realität an dem Tag kennen gelernt, als ihre Eltern wenige Tage nach ihrem neunzehnten Geburtstag bei einem Autounfall vor vier Jahren ums Leben kamen. Da Joe in Chicago lebte, musste Lally sie im Leichenschauhaus in Pittsfield identifizieren. Selbst in diesem schrecklichsten Augenblick ihres Lebens sah sie es als einen Akt der Gnade an, dass sie zusammen starben, denn sie konnte sich nicht vorstellen, wie es gewesen wäre, wenn einer von beiden überlebt und um den anderen getrauert hätte. Doch das hatte Lally weder an dem Tag noch an den Tagen, die folgten, geholfen, um sich mit dem schrecklichen Ende auszusöhnen. Seitdem Joe zur Polizei gegangen war, sorgte sie sich um ihn, und sie ahnte, dass sie es immer tun würde.

»Geht es dir gut, Schwesterherz?«, fragte Joe. »Du hörst dich so abgehetzt an.«

»Ich habe mich nur umgezogen. In zehn Minuten beginnt der Unterricht.«

»Möchtest du mich später zurückrufen?«

»Du bist doch nie da. Bist du nachher da?« Sie klemmte den Hörer unters Kinn, schlüpfte in den rosaroten Ballettrock und zog ihre Wadenstrümpfe an.

»Wahrscheinlich nicht.«

Lally lächelte wieder. »Okay. Ich gebe dir einen Kurzbericht. Mir geht es gut, und ich bin glücklich. Hugo war erkältet, aber nun ist er wieder gesund. Das Dach muss vom Schnee befreit werden, der Weg muss gefegt und noch einmal gestreut werden, aber sonst ist mit dem Haus alles in Ordnung.« Die Siamkatze kam zu ihr und rieb sich an ihren Knöcheln. »Nijinskij schickt dir liebe Grüße. Sie ist großartig.« Lally griff nach ihren Spitzenschuhen. »Einer meiner Schülerinnen geht es nicht so großartig, und ich mache mir Sorgen, aber alles andere ist wunderbar, und ich liebe dich und vermisse dich, und ich wünschte, dass ihr alle zurückkommen und wieder hier leben würdet.«

Joe grinste. »Ich vermisse dich auch, Lally, und ich soll dich von allen grüßen. Sal hat noch heute Morgen von dir gesprochen. Sie sagte, dass du sie eines Tages nach dem Aufwachen auf deiner Schwelle finden wirst, wenn du sie nicht bald einmal zu dir nimmst.«

»Sag ihr, dass sie jederzeit willkommen ist.«

»Ich liebe dich, Schwesterherz.«

»Joe?«

»Ja?«

»Pass auf dich auf!«
»Du auch.«

Lally hatte immer gespürt, dass die Natur in den Berkshires in einem fast perfekten Gleichgewicht stand. Keiner der Berge oder der Täler oder Seen war zu groß oder einschüchternd. Es war eine wunderbare Mischung, ein fast perfektes, harmonisches Zusammenspiel von natürlichen und von Menschenhand geschaffenen Elementen, den Dörfern, den kleinen Städten und Landstraßen, den großen und kleinen Farmen, hübschen Kirchen und alten Friedhöfen aus der Kolonialzeit. Es gab die Jahreszeiten: den neu erwachenden Frühling, den prächtig blühenden, unvergesslichen Sommer, den glühenden, herrlichen Herbst und einen strengen Winter. Besucher kamen von nah und fern in die Region. Sie wurden von der Schönheit und den kulturellen Möglichkeiten angezogen, denn die Berkshires waren berühmt für ihre sommerlichen Tanz-, Theater- und Musikfestivals. Aber in den Augen von Lally Duval, die so tief in West-Massachusetts verwurzelt war, barg dieses Fleckchen Erde eine Zuverlässigkeit, ein Gefühl von Beständigkeit und Verbundenheit, was mit diesen Dingen wenig zu tun hatte.

Ihre Mutter, Ellen Carpenter Duval, war in Lee – nur ein paar Meilen entfernt – in einer Familie, die dort seit fünf Generationen lebte, geboren und aufgewachsen. Auch Jean-Pierre Duval, von französisch-kanadischer Abstammung, lebte schon in der zweiten Generation in West Stockbridge. Es musste im Laufe der Jahrzehnte zumindest einen weiteren Duval gegeben haben, den das Reisefieber packte, aber Joe war der Einzige, der je fortgegangen war, um sich seinen Lebensunterhalt zu verdienen.

»Bist du sicher, dass du in der Stadt bleiben willst?«, hatte er Lally gefragt, als sie wenige Monate nach dem Tod ihrer

Eltern ein neues Zuhause gefunden hatte. Es war ein weißes, mit Schindeln gedecktes Haus mit blauen Fensterläden, einer Veranda und einem Wintergarten samt Erkerfenster und Blick auf die fernen Berkshire Berge. Es stand an der Lenox Road, nicht mehr als eine Meile von ihrem Elternhaus in der Main Street entfernt.

»Natürlich bin ich sicher«, hatte Lally beteuert. »Es ist mein Zuhause, und ich liebe es nicht nur aufgrund der Vergangenheit, sondern aufgrund der Gegenwart und der Zukunft. Ich kann mir beim besten Willen nicht vorstellen, irgendwo anders zu leben.«

Eigentlich hatte sie nicht den Wunsch verspürt, viel an ihrem Leben zu ändern, und das war auch nicht der Grund, warum sie ihr Elternhaus verkauft hatte. Sie war immer unabhängig gewesen, und Jean-Pierre und Ellen hatten das Bedürfnis ihrer Tochter nach Eigenständigkeit und Freiraum respektiert. Lally wünschte sich ein Haus mit einem kleinen Grundstück, das sie nach ihren eigenen Vorstellungen gestalten und in dem sie sich richtig entfalten konnte. Außerdem braucht eine Tänzerin Platz und das Vertrauen, dass das Poltern ihrer Entrechats und das Widerhallen ihrer geliebten Musik nicht die Nachbarn stört, besonders wenn sie das Bedürfnis zu tanzen mitten in der Nacht überkam, was sehr oft geschah.

Lally wusste schon im Alter von vierzehn Jahren, dass sie niemals eine große Ballerina werden würde. Erstens war sie zu groß, und zweitens war der Tanz nicht alles für sie. Zwar freute sie sich jeden Tag ihres Lebens auf das Tanzen und konnte sich nicht vorstellen, es je aufzugeben. Aber Lally liebte das Leben in all seinen Facetten zu sehr, um sich ausschließlich dem Ballett zu widmen. Sie war nie eine Sklavin von Ritualen gewesen, und wenn besonders schönes Wetter oder die Luft besonders frisch war, ging sie viel lieber hinaus als zum Ballettunterricht. Und wenn ein Freund eine helfende Hand oder eine Schulter zum Ausweinen brauchte, dachte Lally nie lange über ihre Prioritäten nach, denn für sie waren Menschen stets wichtiger als das Tanzen. Daher hatte sie schon früh nach einem Kompromiss gesucht und ihn darin gefunden, Ballettunterricht zu geben.

Der Unterricht in der Lally-Duval-Tanzschule fand in einer alten umgebauten Scheune statt, die neben Lallys Haus lag. Sie unterrichtete Kinder zwischen fünf und zwölf Jahren. Heute Nachmittag bestand die Gruppe hauptsächlich aus Zehnjährigen, unter ihnen auch Katy Webber, die Schülerin, die sie am Telefon Joe gegenüber erwähnt hatte.

Katy war eine der vielversprechendsten Schülerinnen, die Lally je unterrichtet hatte. Sie war ein hübsches, schlankes Mädchen mit blondem Haar, das aussah wie ein zerbrechliches Reh, aber die notwendige Konstitution und Entschlossenheit eines Berufsboxers besaß. Katy fehlte nie und verfügte über die nötige Portion Leidenschaft, Ehrgeiz und Mut, die für eine Tänzerin notwendig sind. Lally war jedoch froh, dass Katy neben diesen Begabungen auch die Fähigkeit zeigte, sich am Leben zu erfreuen. Und es war sonnenklar, dass das seelische Gleichgewicht des Kindes von ihren Eltern, Chris und Andrea Webber, gehegt wurde, die ihre Tochter ermunterten und offensichtlich anbeteten.

Vor einigen Monaten hatte Lally während des Unterrichts die Versteifung bemerkt, einen geringfügigen Verlust der Geschmeidigkeit in Katys Rücken. Als sie Katy nach dem Grund fragte, hatte diese herumgedruckst, und Lally hatte es daher unterlassen, eine Antwort zu erzwingen. Zwei Tage später schien mit Katy wieder alles in Ordnung zu sein. Als Lally in der folgenden Woche sah, dass sie bei einer Arabesque zusammenzuckte, hatte sie ihr befohlen, das Training abzubrechen und nach dem Unterricht zu ihr zu kommen.

An jenem Abend rief Andrea Webber sie an.

»Katy möchte, dass ich sie entschuldige, weil sie gegangen ist, ohne mit Ihnen gesprochen zu haben.«

»Das macht nichts«, sagte Lally. »Ich hatte nur den Eindruck, dass sie heute ein paar kleinere Schwierigkeiten zu haben schien, und wollte mich lediglich vergewissern, dass mit ihr alles in Ordnung ist.«

»Mein Mann und ich haben das Gefühl, dass sich Katy möglicherweise eine Erkältung zugezogen hat. Darum haben wir sie nach dem Unterricht sofort abgeholt und ins Bett gesteckt.«

Da Katy in der nächsten Ballettstunde fehlte, ging Lally davon aus, dass ihre Schülerin tatsächlich mit einer Grippe im Bett lag. Als Lally jedoch drei Wochen später in den Mädchenumkleideraum kam, um eine tropfende Heizung zu kontrollieren, fiel ihr Blick zufällig auf einen großen dunklen Fleck auf der rechten Pobacke des Mädchens, ehe Katy Zeit gehabt hätte, die Stelle mit einem Handtuch zu verdecken. Die Frage nach der Ursache erübrigte sich, als sie der Zehnjährigen in die Augen sah. Lally wusste plötzlich, ohne dass man es ihr gesagt hätte, dass der Fleck nicht von einem harmlosen Unfall herrührte. Sie erkannte es an der Angst und Verlegenheit, die sie für den Bruchteil einer Sekunde in Katys blauen Augen sah.

»Was soll ich machen?«, fragte Lally Hugo am nächsten Morgen im Café.

»Du kannst nichts machen, oder zumindest solltest du nichts machen.«

»Wie kannst du so etwas sagen? Möglicherweise ist das Kind in Gefahr.«

»Kinder haben ständig blaue Flecke«, sagte Hugo schulterzuckend, wobei sein Zopf hin und her hüpfte. »Das hat nichts zu bedeuten.«

Vor zweieinhalb Jahren war Hugo Barzinsky in Lallys Haus gezogen, und seitdem war er ihr bester Freund. Hugo war ein langer, dürrer Bursche von vierunddreißig Jahren. Er hatte eine Adlernase, stets ein freundliches Lächeln auf den Lippen und glattes, hellbraunes Haar, das sich schon etwas lichtete, was er dadurch ausglich, dass er sein Haar lang trug und es normalerweise im Nacken zu einem Zopf zusammenband. Bis zu seinem sechsundzwanzigsten Lebensjahr hatte er beim Joffrey-Ballett in New York getanzt, doch nach einem brutalen Raubüberfall in Greenwich Village hatte er eine Rückenverletzung zurückbehalten, die seine Karriere jäh beendete. Daraufhin kehrte er in seine Heimat zurück. Da ihre Gemeinde klein war, hatte Lally alles über Hugos Aufstieg und Fall gewusst, obwohl sie bis vor zwei Jahren kaum mehr als einen höflichen Gruß wechselten. Es war an einem besonders schönen Sommertag, an dem sie beide beschlossen hatten, ihr Mittagessen auf einer Bank im Botanischen Garten in Berkshire nahe der 102. Straße einzunehmen. Sie plauderten eine Weile über Gott und die Welt, tauschten ihre Sandwichs, tratschten ein wenig über das Leben in der Gemeinde und stellten schnell fest, dass sie beide nicht nur tanzten, sondern gutes Essen mochten, ihr Brot selbst backten, Wagner hassten und Krimis liebten. Ihre Freundschaft war besiegelt. Nach wenigen Monaten zog Hugo als Untermieter in Lallys Haus. Ein Jahr später öffnete *Hugos Café* an der Main Street, und da sie beide – jeder auf seine Weise – Talent besaßen, war in ihrem Café selten ein leerer Tisch zu finden.

Viele Menschen in der Gemeinde glaubten, Hugo sei schwul, aber das war ein Irrtum. Hugo war es allerdings ziemlich gleichgültig, was andere über sein Sexualleben dachten. Die einzige Person, aus der er sich wirklich etwas machte, war Lally, und seit dem Tag, als sie ihre Sandwichs im Botanischen Garten geteilt hatten, hatte er keine andere Frau mehr angesehen. Von Lallys Seite aus war ihre Beziehung hundertprozentig platonisch, aber Hugo, der ihr niemals seine wahren Gefühle gestanden hätte, träumte noch manchmal wie ein verliebter Teenager, dass Lally, in deren Leben es keinen bestimmten Mann gab, ihre eigenen Gefühle für ihn entdecken würde. Das war bisher nicht geschehen, und er zweifelte daran, dass es jemals geschehen würde.

»Und was ist, wenn Katys blauer Fleck etwas bedeutet?«, fragte Lally.

»Du meinst, wenn sie geschlagen wird?«

»Natürlich meine ich das.« Der Gedanke machte Lally ganz krank. »Ich kann doch nicht einfach zusehen und nichts tun.«

»Und genau das solltest du tun«, betonte Hugo. »Du hast keine stichhaltigen Beweise, Lally. Und du hast doch selbst gesagt, dass es mehr ein Gefühl sei. Ich respektiere deine intuitiven Gefühle, aber es gibt keine Beweise, nicht wahr?«

»Ich glaube nicht.«

»Das bedeutet nicht, dass du sie aus den Augen verlieren musst.«

»Das werde ich bestimmt nicht tun.«

Lally klatschte in die Hände.

»Stellt euch bitte alle in die Mitte.«

Die Kinder schritten ohne zu lärmen in die Mitte des Studios. Es waren neun Mädchen und drei Jungen. Einige von ihnen waren anmutiger und begabter als andere, aber alle hatten rosige Wangen, funkelnde Augen und brannten darauf, ihr zu gefallen.

»Okay, wir beginnen mit einem großen Plié in zweiter

Position und hören mit der dritten Position auf, wobei der linke Arm in zweiter Position verbleibt.«

Sie ging auf die Schüler zu. Katy Webber stand in der ersten Reihe. Lally sah es sofort und konnte kaum glauben, dass sie es bis jetzt übersehen hatte. Das Entsetzen traf sie wie ein Schlag in die Magengrube.

»Madame?«

Lally blinzelte mit den Augen. Thomas Walton, einer der Jungen, schaute sie erwartungsvoll an. Alle Kinder warteten.

Sie wandte ihren Blick von Katy ab und atmete tief und ruhig ein.

»Dreht euch alle nach rechts um«, forderte sie die Kinder auf, »und stellt euch in zweiter Arabesque auf das rechte Bein ...«

Der Unterricht ging weiter.

Nachdem die Kinder gegangen waren, rief sie Hugo im Café an.

»Es ist auf der Innenseite ihres linken Arms«, sagte sie. »Es sieht aus wie ein Biss.«

»Hast du sie gefragt, was es ist?«

»Sie sagte, dass einer der Schäferhunde ihrer Mutter sie gebissen habe, eine säugende Hündin, die aus der Fassung geriet, als Katy einen ihrer Welpen an sich nahm.«

»Hört sich ziemlich plausibel an.« Andrea Webber züchtete in ihrem Haus in Stockbridge Hunde.

»Ja?« Lally war in der Küche. Nijinskij schlängelte um ihre Fußknöchel herum. »Katy ist mit den Hunden ihrer Mutter aufgewachsen. Sie ist nicht so dumm, einen ganz jungen Welpen an sich zu nehmen.«

»Was sagst du da, Lally?«

»Ich sagte, dass ich nicht glaube, ein Hund habe sie gebissen.« Kummer lag in ihrer Stimme. »Hugo, du hättest ihr Gesicht sehen sollen. Katy ist so leicht zu durchschauen, und ich bin sicher, dass sie etwas verbirgt.«

»Oder jemanden deckt.«

»Ich glaube, ja.«

»Und jetzt?«

»Ich weiß es nicht.«

»Du könntest mit ihren Lehrern sprechen, um festzustellen, ob sie etwas bemerkt haben.«

»Ja, aber ich könnte auch den Webbers einen Besuch abstatten.«

»Lally, das kannst du nicht machen. Du kannst doch nicht einfach in ihr Haus eindringen und über ein so heikles Thema sprechen.«

»Ich weiß, dass ich das nicht kann«, sagte sie unglücklich.

»Also? Willst du es in der Schule versuchen?«

»Vielleicht.« Lally hörte Stimmen am anderen Ende der Leitung. »Besuch?«

»Ich habe im Moment ziemlich viel zu tun.«

»Gut, dann mach weiter.«

»Versprich mir, dass du nichts Unüberlegtes tust.«

»Mach dir keine Sorgen.«

»Versprich es mir.«

»Okay, okay, ich verspreche es dir.«

Der Schwindel überfiel Lally völlig überraschend, ungefähr fünf Sekunden, nachdem sie den Hörer aufgelegt hatte. Sie griff nach der Kante des Kieferntisches, um nicht zu fallen, stand ganz still, beugte sich, nachdem es vorbei war, einen kurzen Moment nach vorn und richtete sich dann langsam wieder auf.

»Was war das denn?«, fragte sie die Katze.

Nijinskij gab einen ihrer schwachen, leisen, piepsenden

Laute von sich und rieb sich dann wieder an Lallys Knöcheln.

»Du hast Recht«, sagte Lally. »Es war nichts.«

Sie machte sich keine großen Sorgen. Vielleicht hatte sie mittags nur zu wenig gegessen. Im Winter brauchte sie zusätzliche Kalorien, besonders wenn sie Unterricht gab. Vielleicht setzte diesmal ihre Periode etwas früher ein ...

Daher vergaß sie den Zwischenfall schnell und wandte ihre Gedanken wieder Katy Webber zu. Wenn sie auch keine Ahnung hatte, wer das Mädchen schlug, so war sie jetzt sicher, *dass* es jemand tat. Sie wusste noch nicht, was sie unternehmen sollte, und sie wusste auch nicht, wie sie am geschicktesten vorgehen könnte, ohne Gefahr zu laufen, Katys Lage zu verschlimmern.

Sie wusste nur, dass sie etwas unternehmen musste.

2. Kapitel

Dienstag, 5. Januar

Der Mann lehnte sich auf seinem Stuhl zurück und fragte sich, ob es schon begonnen hatte. Draußen herrschte tiefe Dunkelheit, wenn man von den Lichtern der Stadt absah. Schneeflocken wirbelten an den Doppelfenstern des verschlossenen Raumes vorbei. Die gefilterte Luft dort drinnen war warm und hatte genau die richtige Luftfeuchtigkeit, nicht zu trocken und nicht zu feucht. Die Beleuchtung wurde elektronisch gesteuert, und in dem Raum herrschte ein Halbdunkel wie kurz vor der Dämmerung.

Außerhalb dieses Raumes führte der Mann ein ausgefülltes, aktives Leben, doch es gab keinen anderen Platz auf der Welt, an dem er sich so wohl fühlte. Täglich traf er ein Dutzend Menschen, doch die einzigen Freunde, denen er traute, lebten hier innerhalb dieser Mauern. Er vertraute ihnen und sorgte für all ihre Bedürfnisse und ihr Wohlbefinden. Ihnen konnte er trauen, da er ihr ganzes Leben kontrollierte. Schon immer hatte er Macht als starke Befriedigung empfunden, und er wusste nun, dass sich die absolute Macht, die er geschaffen hatte, außerhalb des Raumes und vielleicht sogar noch weiter ausdehnte, als er sich vorzustellen wagte, aber niemand sonst wusste das bisher. Doch sie würden es recht bald erfahren.

»Mutter wäre so stolz«, sagte er zu seinen Freunden.

Er erzählte ihnen oft von seiner Mutter. Vor langer Zeit

hatte er sie verloren und jahrzehntelang unaufhörlich, geduldig gewartet, um diejenigen zu bestrafen, denen er für diesen Verlust die Schuld gab.

»Sie brachte mir viele Dinge bei«, sagte er leise zu ihnen. »Aber es gab drei Lebensregeln, die wichtiger waren als alles andere. Mutters Lebensregeln. Identität – zu wissen und niemals zu vergessen, wer ich bin und wo ich herkomme. Selbstbeherrschung ...«

Das war seine Litanei, die er täglich wiederholte – manchmal laut und oft im Geiste. Selbstbeherrschung bedeutete Ablehnung und Leiden, mitunter sogar Demütigung, doch ohne sie war man verloren.

»Und die dritte Regel.« Er schaute seine Freunde nachsichtig an. »Niemals vergessen, dass es Drachen gibt.«

Das hatten sie alle schon oft gehört, aber sie machten nie den Eindruck, als würde er sie langweilen, und letztendlich hätten sie sich nicht beklagen können, wenn es so gewesen wäre. Der Mann erzählte ihnen oft von Drachen, manchmal stundenlang. Sie seien dort draußen, sagte er, außerhalb des Raumes, in der Stadt, im Land und in der ganzen Welt.

»Mutter erzählte mir, dass sie in jungen Jahren einmal die Selbstbeherrschung verloren habe. Die Drachen aber seien dort draußen und warteten nur darauf, sich auf die Menschen zu stürzen. Sie nehmen viele Formen an, doch sie sind immer dort draußen und warten.«

Seine Musik wurde gespielt, sein geliebter Wagner. *Götterdämmerung*. Das Lieblingsstück seiner Mutter. Das ganze Stück – *Der Ring der Nibelungen* – handelte von Helden, Drachen und Siegfried, der den Drachen tötete.

»Sie nannte mich ihren kleinen Helden.« Er lehnte sich in dem ledernen Lehnstuhl zurück, schloss die Augen und erinnerte sich. Als er sechs Jahre alt war, hatte er eine Libelle zerquetscht, und damals hatte sie angefangen, ihn ihren kleinen Siegfried zu nennen. Libellen seien bekannt als des Teufels Stopfnadeln, hatte sie zu ihm gesagt, weil sie Augen, Ohren und Münder der schlafenden Kinder zunähen könnten. Mutter hatte Heldentum mehr als alles andere bewundert.

Er öffnete die Augen und schaute auf seine Freunde in ihren Glaskäfigen. Seine eigenen kleinen, gefangenen Drachen. Es waren neun. Fünf *Gekkonidae*. Zwei *Iguanidae*. Und die gefährlichsten, seine Lieblinge, *Helodermae suspectum*, die beiden Gila-Monster. Jede Familie lebte in ihrem eigenen Terrarium und erforderte ihre besondere Umgebung, die so angeordnet war, dass jedes Haus Bereiche von Licht und Schatten hatte. Der Mann hatte keine großen Felsen oder Tunnel für sie angelegt, sodass sie sich hätten verstecken können, denn sie waren zu seiner Freude da, damit er sie beobachten und beherrschen konnte.

In der ersten Zeit hatte er große Furcht vor ihnen gehabt. Und als er eines der Wesen zum ersten Mal berührt hatte, waren Abscheu und Entsetzen so groß gewesen, dass er sich erbrechen musste. Doch nachdem sie sicher in ihren Terrarien untergebracht waren, hatte eine unbekannte Erregung die Abscheu ersetzt. Wenn er sie nun berührte, bekam er eine Erektion. Er vermutete, dass er die größte Euphorie erleben würde, wenn er eines der Tiere tötete. Aber im Moment beschloss er, sie stattdessen zu beherrschen und Selbstbeherrschung zu üben.

Es fiel ihm schwer, nicht immer an die schrecklichen Tage zu denken, die schon so lange zurücklagen und die er noch so deutlich vor Augen hatte. Besonders schlimm war der Gedanke an jene Nacht, als er sie verloren hatte. Schmerzlich war er sich bewusst geworden, dass sie nicht mehr atmete und ihn verlassen hatte. Schlimmer als der Verlust selbst waren die Tage, da man sie gedemütigt und über sie gelacht hatte.

Wenn er jetzt daran dachte, war der Schmerz unerträglich, und er musste sich selbst bestrafen, um den Todeskampf aus seinem Geist zu verbannen. Manchmal drückte er seine Fingernägel in seinen Körper, immer in seinen Unterleib oder in seine Gesäßbacken, sodass es niemand sehen konnte. Und manchmal benutzte er brennende Zigaretten, um sich selbst zu verletzen. Er hatte nie geraucht, aber er kaufte noch immer die gleiche Zigarettenmarke, die sie so sehr gemocht hatte, weil er den Duft liebte und weil Mutter sie benutzt hatte, um ihn zu bestrafen. Das hatte sie natürlich sehr selten getan, denn Mutter war meistens lieb zu ihm gewesen. Sie war fast ein richtiger Engel gewesen. Und ebenso wie sie es für nötig gehalten hatte, ihm ab und zu eine kleine Strafe zu verpassen, wusste er, dass er unter allen Umständen weitermachen musste.

Ihre Bestrafung hatte lange auf sich warten lassen, doch nun war die Zeit gekommen. Diejenigen, die sie getötet hatten, diejenigen, die sie gedemütigt hatten, diejenigen, die über sie und über ihn gelacht hatten, würden nun zur Rechenschaft gezogen werden. Es würde auch Unschuldige treffen, aber das war unvermeidlich. Traurig, aber unvermeidlich.

Der Mann schaute aus dem Fenster in die dunkle, verschneite Nacht.

Er fragte sich, ob es schon begonnen hatte.

3. Kapitel

Mittwoch, 6. Januar

An einem eisigen Wintermorgen wie diesem liebten Sean und Marie Ferguson nichts so sehr wie im Bett zu frühstücken. Es war nicht so, dass sie unter den Decken liegen mussten, um sich zu wärmen, denn ihr Stadthaus am North Lincoln Square im Quartier Near North von Chicago wurde so großzügig geheizt, wie es eingerichtet und dekoriert war. Aber da Marie zehn oder gar fünfzehn Stunden pro Tag mit ihren Patienten beschäftigt war, wollte Sean seiner Frau, wenn es die Zeit erlaubte, körperlich so nah wie möglich sein. Außerdem gaukelte ihnen beiden das sonnige Gemälde von Renoir, das über dem Kamin gegenüber vom Bett hing, jeden Morgen ihres Lebens das Gefühl vor, es sei Sommer.

»Wie fühlst du dich?« Sean schaute seine Frau an, die sich gerade ihre zweite Tasse Zitronentee eingoss.

»Großartig.«

»Wirklich?«

Marie lächelte ihn an. »Wirklich.«

»Keine Beschwerden?«

»Keine Spur.« Sie bestrich eine Scheibe Roggentoast mit Honig. »Du musst aufhören, dich um mich zu sorgen, Sean. Wir haben es dir immer wieder gesagt, dass das nicht nötig ist.«

»Es ist erst drei Wochen her.«

»Und ich versuche, es zu vergessen.«

»Ich weiß. Es tut mir Leid.« Sean machte ein schuldbewusstes Gesicht.

»Du brauchst dich nicht für deine Liebe zu entschuldigen. Du sollst mir nur glauben, dass es mir ausgezeichnet geht.«

»Ganz ehrlich?«

»Mich soll der Schlag treffen, wenn ich dich belüge.«

»So etwas darfst du nicht sagen.«

Marie war das einzige Kind von William B. Howe, einem Multimillionär, Industriellen und Sammler schöner Kunstwerke, dessen Frau im Kindbett gestorben war. Maries Vater hatte gehofft, dass seine Tochter entweder sein Geschäftsimperium übernehmen oder entsprechend heiraten würde, am besten einen Mann, der genug Geld besaß, um das Howsche Vermögen zu vergrößern und das Imperium auszudehnen. Marie hatte ihren Vater jedoch vollkommen aus der Fassung gebracht, indem sie darauf bestanden hatte, Medizin zu studieren und sich dann auf Geburtshilfe zu spezialisieren. Nach seinem Tod hatte sie das Haus am North Lincoln Square geerbt, das sie aufgrund der schönen Architektur und ihrer glücklichen Kindheitserinnerungen liebte. Zwei andere Immobilien hatte sie verkauft, eine in San Francisco und eine andere in Newport, Rhode Island, um die Howe-Klinik im Rogers-Park-Distrikt bauen zu können. Ihr Partner, John Morrissey, ein Kardiologe, teilte Maries Ideale. Die Klinik war luxuriös und wurde gewissenhaft geführt. Ihre Honorare waren im Durchschnitt nicht niedriger als die der meisten vergleichbaren Einrichtungen. Es war jedoch nicht ungewöhnlich, dass manchmal mehr als ein Zimmer von mittellosen Patientinnen belegt war und Marie von den ersten Untersuchungen vor der Geburt bis zur letzten Untersuchung nach der Geburt nach den Frauen sah, ohne einen Cent dafür zu nehmen.

Als sie vor fünf Jahren Sean Ferguson geheiratet hatte, hatten alle Mitglieder der großen Howe-Familie die Stirn gerunzelt. Ihr Gatte war Autor und arbeitete teils als Journalist, teils als Poet und teils als Romanschriftsteller – mit mäßigem Erfolg. Er war ein leidenschaftlicher Mann mit dunklen Augen, der seine Frau grenzenlos liebte und bewunderte. Natürlich wusste er, dass sein Schwiegervater, den er nie kennen gelernt hatte, ihn abgelehnt hätte, aber Sean brachte dieses Thema – Marie zuliebe – nie zur Sprache. Sean war sich auch darüber bewusst, dass die meisten Leute ihn verdächtigten, Marie des Geldes wegen geheiratet zu haben, aber er und seine Frau wussten, dass diese Verdächtigungen vollkommen unbegründet waren. Außerdem war es ihm ziemlich gleichgültig, was die anderen über ihn dachten. Er hätte mit Marie auch glücklich in einem Zelt gelebt, doch er hatte genug gesunden Menschenverstand, um einzusehen, dass das Haus des alten Howe viel behaglicher war. Und es wäre doch idiotisch, seine Frau zu einem Verzicht zu zwingen, nur um nicht in seinem Stolz verletzt zu werden.

Bis zu jenem Tag vor drei Wochen hatte Sean Marie nicht einen Tag krank erlebt. Sie hatte natürlich gelegentlich eine Erkältung, aber nichts weiter von Bedeutung. Selbst als er und halb Chicago vor zwei Jahren mit einer Grippe zusammengebrochen waren, war sie verschont geblieben. Als sie plötzlich den unregelmäßigen Herzschlag bemerkte und John Morrissey erklärte, dass dies tödlich sein könne, wenn sie sich keinen Herzschrittmacher implantieren lasse, war Sean trotz Maries Ruhe entsetzt gewesen. Sie kannte die Funktionsweise der modernen Schrittmacher und wusste, dass ihr ein solcher ermöglichen würde, weiterhin ein vollkommen normales Leben zu führen und sogar um vier Uhr morgens eine Frau von Zwillingen zu entbinden. Aber Sean geriet dermaßen in Panik, als man ihn über die Implantation eines Schrittmachers aufklärte, dass Marie und Morrissey ihn beide aus dem Raum verbannten, als die Operation durchgeführt wurde. Nachdem der Chirurg, die Ärzte, die Krankenschwestern und John Morrissey zehn Tage später geschworen hatten, dass Marie vollkommen außer Gefahr und ihr Zustand ausgezeichnet sei, sodass sie beide nach Hause gehen und alles vergessen könnten, hatte Sean sich allmählich überzeugen lassen. Doch obwohl Marie ihn regelmäßig bat, sie nicht mehr daran zu erinnern, konnte sich ihr Gatte nicht vorstellen, dass er je in der Lage sein würde, diese Tatsache aus seinem Gedächtnis zu streichen.

»Wirst du mich je wieder lieben?«, hatte Marie ihn letzte Nacht gefragt.

»Natürlich werde ich das.«

»Und warum nicht jetzt?«

»Gerade jetzt bin ich ein wenig müde, Liebling.«

»Ich glaube nicht, dass du ein bisschen müde bist.«

»Natürlich bin ich müde.«

»Ich glaube, du hast noch immer Angst.«

»Wovor?«

»Dass ich eine Herzattacke bekomme.«

»Das ist doch verrückt, Marie.«

»Natürlich ist das verrückt, aber du scheinst dir darüber nicht im Klaren zu sein.«

Sean war ihr die Antwort schuldig geblieben.

»Du glaubst John noch immer nicht, dass ich wieder ein normales Leben führen kann, nicht wahr?« In der Dunkelheit klang Maries Stimme ruhig, aber ihre Verstimmung war überdeutlich. »Er hat gesagt, dass ich alles tun kann, was ich normalerweise tue – Sport, Arbeit, Sex – alles.«

»Ich weiß, was er gesagt hat.«

»Aber du glaubst es nicht.«

»Natürlich glaube ich es. John würde niemals lügen, und schon gar nicht, wenn es um dich geht.«

»Aber?«

»Aber du hast Recht. Ich habe Angst.« Sean hielt ihre Hand fest und starrte in die Dunkelheit. »Ich habe so große Angst, dir wehzutun. Es tut mir Leid, denn ich liebe Sex mit dir fast mehr als alles andere, doch ich würde lieber für den Rest meines Lebens darauf verzichten, als deine Gesundheit zu gefährden.«

»Gut, das würde ich nicht tun«, sagte Marie mit fester Stimme. »Selbst wenn es ein Risiko gäbe, und das gibt es nicht.«

»Wie würdest du dich fühlen, wenn du an meiner Stelle wärest?«

»Das ist genau der Punkt, Sean. Ich habe keine Probleme damit.« Marie richtete sich auf und knipste ihre Nachttischlampe an. »Wenn du den Herzschrittmacher bekommen hättest und ich alles gehört hätte, was John gesagt hat, wäre ich jetzt genauso scharf auf dich.«

Sean grinste. »Bist du das?«

»Natürlich. Du nicht?«

»Nein.«

Marie verrenkte sich den Hals, um ihm ins Gesicht sehen zu können. »Ich glaube, du lügst. Du bist immer scharf auf mich, wenn ich es auch bin.«

»Heute nicht«, sagte Sean, der noch immer lächelte. »Ich bin zu müde.«

Das Problem war, dass sie hundertprozentig Recht hatte. Er begehrte sie ebenso wie sie ihn. Sie nicht zu berühren, kaum zu küssen, weil er Angst hatte, dass die Sache außer Kontrolle geraten könnte, machte ihn fast verrückt. Gestern Abend war er schlafen gegangen, bevor seine Sehnsucht nach ihr geweckt war, und heute Morgen war er mit einer Erektion aufgewacht. Er wusste, dass Marie ihn im Schlaf gestreichelt hatte, und er konnte dem Problem nur aus dem Weg gehen, indem er darauf bestand, ihr statt Hilda, ihrer Haushälterin, das Frühstück zu machen, weil sie seine Rühreier lieber mochte als Hildas.

»Schreibst du heute?«, fragte Marie ihn, nachdem sie ihre letzte Scheibe Roggentoast gegessen hatte. Abgesehen von den letzten Wochen hatte sie immer gut gegessen, und sogar Sean musste zugeben, dass seine Frau wieder einen gesunden Appetit hatte.

»Erst heute Nachmittag«, erwiderte Sean, der sich gegen die Kissen lehnte. »Ich werde dich heute Morgen in die Klinik fahren und dann für eine Weile an den See gehen.« Er bummelte dort oft herum oder betrachtete stundenlang die unendliche Weite des Michigansees, auf der Suche nach Inspirationen für eine Geschichte oder ein Gedicht.

»Dann hast du also keine besondere Eile?«

»Überhaupt nicht. Warum? Brauchst du etwas?«

»Wenn es dir keine Umstände macht«, erwiderte Marie höflich.

»Das weißt du doch ganz genau.« Und es stimmte, dass Sean es nie müde wurde, etwas für seine Frau zu tun. Er hatte noch nicht einmal etwas dagegen, mit ihr bummeln zu gehen, und er wartete gerne auf sie, wenn sie sich neue Garderobe oder Schuhe kaufte. Allerdings war es ziemlich anstrengend, mit Marie einkaufen zu gehen, weil sie es fast immer eilig hatte, in die Klinik zurückzukehren oder bei einem Patienten einen Hausbesuch zu machen.

»Ich brauche nämlich etwas«, sagte Marie, die noch immer darauf achtete, höflich zu klingen.

»Kein Problem.« Sean schaute sie an. Heute Morgen sah sie besonders hübsch aus, sogar in dem grellen Schein der Wintersonne. Sie trug eines ihrer kurzen, blassgrünen Seidennachthemden mit V-Ausschnitt, das durch den Spitzenbesatz und die Schwellung ihres Busens noch zarter wirkte. Plötzlich stellte er fest, dass sie dieses Nachthemd nicht getragen hatte, als er in die Küche gegangen war, um die Rühreier zu machen.

»Willst du nicht wissen, was ich brauche?«, fragte Marie.

Sein Mund war trocken. Er wusste ganz genau, was sie brauchte, und das Schlimmste war, dass er schon wieder eine Erektion hatte. Sein Blick fiel auf ihr gelocktes, blondes Haar, das ihr hübsches Gesicht umrahmte. Im Grunde sah sie vollkommen *gesund* aus, und vielleicht war es ja auch Zeit, ihr und John zu glauben. Vielleicht konnten sie wieder ein normales Leben führen. Und wenn das möglich war, sollte er dann ihr Glück, das unglaubliche Wunder ihrer Ehe zerstören?

»Ich weiß es«, sagte er mit rauer Stimme.

»Bitte, Sean.«

»Bist du sicher?« Er sehnte sich danach, sie in die Arme zu nehmen und ihre Brüste zu küssen.

»Das weißt du doch.«

»Und du bist sicher, dass es ungefährlich ist?« Er wusste, dass sie gewonnen hatte und es nur noch Sekunden dauern würde, bis er seine Hand unter das weiche Seidennachthemd schieben würde.

Sie gab ihm keine Antwort, sondern schmiegte sich nur noch enger an ihn, nah genug, um ihr Haar an seiner Wange zu reiben, denn sie wusste, wie gern er das hatte. Und Sean schloss die Augen, atmete ihren Duft ein, hielt sie zärtlich in seinen Armen und drückte sie noch fester an sich. Dann küssten sie sich, und Sean vergaß all seine Ängste. Marie nahm seine rechte Hand und führte sie an ihre linke Brust. Er fühlte ihre Rundung, ihre Wärme und Sanftheit, die harte, wundersame Brustwarze, und die letzte Angst schmolz dahin. Sie half ihm, ihr das Nachthemd über den Kopf zu streifen, zerzauste ihre Haare, zog an der Kordel seiner Pyjamahose, und dann liebten sie sich. Es war ein Gefühl, als seien sie nach einem Krieg oder etwas Ähnlichem heimgekehrt. Sie roch und schmeckte so gut, und ihr Körper war so zart ... Es war wie der Himmel auf Erden ...

Es war fast einen Monat her, seit er zum letzten Mal in sie eingedrungen war. Seine Augen waren geöffnet, und er schaute ihr ins Gesicht, denn er liebte es, sie in diesem Moment anzuschauen. Marie verbarg niemals etwas vor ihm, und er konnte die Freude in ihren Augen und die Erregung und die Lust sehen.

Es geschah so schnell und ohne Vorwarnung, dass er im ersten Moment dachte, Marie sei in Ekstase geraten und habe den Höhepunkt schon erreicht, weil sie ihn so sehr begehrte. Sie schrie, ihr Rücken krümmte sich, und auch er gab sich seinem Sinnenrausch hin. Ihm blieb jedoch nur dieser eine kurze Augenblick, ehe die Angst zurückkehrte. Doch das, was Sean jetzt empfand, war viel schlimmer als Angst, es war Entsetzen, blankes Entsetzen, unbeschreibliches Entsetzen.

Sie lag noch immer schlaff in seinen Armen, als er sich aus ihr zurückzog. Er zitterte stark, hörte lautes, wildes Atmen und begriff kaum, dass es sein Atem war. Sanft, ganz sanft legte er sie zurück in die Kissen, und dann sah er es.

Das Blut. Das Loch.
Und den Rauch.
Sean Ferguson fing an zu schreien.

4. Kapitel

Donnerstag, 7. Januar

Lally parkte ihren alten Mustang in dem faden Licht der schwachen Nachmittagssonne Neuenglands vor dem Haus von Chris und Andrea Webber an der 102. Straße. Sie saß noch im Wagen, schaute aus dem Fenster und dachte daran, umzukehren. Hugo hatte sie wiederholt auf die Gefahr hingewiesen, sich in etwas einzumischen, auf das sie schlecht vorbereitet war, aber der blaue Fleck und die Bisswunde von Katy Webber hatten sie seit Montag ununterbrochen verfolgt.

Während Lally in West Stockbridge lebte, dem exklusiveren Stadtteil von Stockbridge, befand sich einige Meilen die Straße hinunter ein großer Anziehungspunkt für Touristen. Es war in vielerlei Hinsicht eine typische alte Stadt Neuenglands mit einer reizenden Hauptstraße, einem florierenden Gasthof aus der Kolonialzeit, Geschäften, in denen reges Treiben herrschte, Galerien und einer Menge großer, hübscher Häuser.

Das weiße, massive, dreistöckige Haus der Webbers, das weniger als eine Meile von der Hauptstraße in Stockbridge entfernt und von einem weißen Gartenzaun umgeben war, stand etwas abseits von der Straße und lag im Schutz zweier Tannen. Chris Webbers Jeep stand in der Einfahrt, der Lieferwagen seiner Frau dahinter. Gut fünf Zentimeter Neuschnee lagen auf den Dächern und bedeckten die Skihalterungen der Fahrzeuge. Das Haus sah recht einladend aus, und das Licht am Portal brannte noch. Lally wusste aus Katys begeisterten Beschreibungen, dass es früher ein Gasthof gewesen war und mehr Räume hatte, als sie brauchten. Webber war Künstler und Verfasser autodidaktischer Lehrwerke für Maler. Katy hatte Lally erzählt, dass ihr Vater drei Räume im obersten Stockwerk durchbrochen und daraus ein großes Studio gemacht habe. In dem einen Teil des Raumes malte er, und in dem anderen schrieb er seine Lehrbücher. Ihre Mutter, die offensichtlich die meiste Zeit damit verbrachte, sich um ihre Hunde zu kümmern, die in speziell angefertigten Hundezwingern auf dem Hinterhof untergebracht waren, benutzte einen Raum in der zweiten Etage als Arbeitszimmer. Katy hatte zwei eigene Zimmer. In dem einen schlief sie, und das andere war groß genug, um dort ihre Hausaufgaben machen und Ballett üben zu können.

Es war sicher kein Haus, überlegte Lally, in dem Platzmangel für Reibereien sorgte.

Soll ich die Kurve kratzen?, fragte sie sich ein letztes Mal. Sie war nervös, und ihre Brust war wie zugeschnürt. *Oder soll ich meine Nase in ihre Angelegenheiten stecken?*

Als sie ihre Entscheidung getroffen hatte, streckte sie die Hand nach dem Türgriff aus, nahm den Riemen ihrer großen Schultertasche aus Segeltuch und stieg aus. Einen Moment später stand sie auf der gefegten Veranda und legte ihren Finger auf die Klingel. Eine ganze Weile antwortete niemand. Sie drehte sich schon um, und die Anspannung machte Erleichterung Platz.

Dann wurde die Tür geöffnet. »Miss Duval, was für eine nette Überraschung.«

Chris Webber sah schlimm aus. Dieser Mann, der immer einen ruhigen und soliden Eindruck auf sie gemacht hatte, wirkte zwar nicht ungepflegt, aber irgendwie mitgenommen. Er trug Jeans, Turnschuhe und einen großen, blauen, selbst gestrickten Pullover, der von oben bis unten mit Farbe bekleckst war. Darüber wunderte sich Lally nicht, da er Künstler war. Doch sein kurzes, gelocktes, blondes Haar war zerzaust, und auf seinem Gesicht waren zwei lange Kratzer, einer auf seiner markanten geraden Nase und der andere neben der Kerbe seines Kinns. Er schaute sie mit seinen dunkelblauen Augen wachsam an.

»Komme ich ungelegen?«, fragte Lally.

»Inwiefern?«

Sie atmete tief durch und brachte dann ihren Vorwand für den Besuch vor.

»Ich komme wegen Katys Ballettschuhen.« Es klang unglaubwürdig – selbst in ihren Ohren. »Es ist nur ein kleines Problem, doch es ist wirklich wichtig.«

»Katy ist soeben erst aus der Schule gekommen«, sagte Webber. »Sie zieht sich gerade um, und dann muss sie einen Aufsatz für Geschichte schreiben.«

Es war offensichtlich, dass dieser Mann, der immer freundlich und höflich gewirkt hatte, wenn er Katy nach dem Unterricht abgeholt hatte, nicht wollte, dass sie das Haus betrat. Lally spielte noch einmal mit dem Gedanken umzukehren und nach Hause zu fahren, aber dann dachte sie wieder an Katys blaue Flecke und blieb standhaft.

»Es geht um die Sicherheit«, beharrte sie. »Ich muss vor dem nächsten Unterricht unbedingt mit Katy sprechen.«

Chris Webber sah ein, dass sie nicht gehen würde.

»Natürlich«, sagte er. »Kommen Sie doch herein.« Er wich zur Seite, und sie betrat das Haus. Im Flur roch es nach Farbe und Kaffee. Ein geschnitzter Holzkleiderständer war mit Hüten und Schals überladen, und drei Paar Schneestiefel standen in Reih und Glied an der Wand.

»Es tut mir Leid, wenn ich so ungastlich wirke.« Er wies ihr den Weg ins Wohnzimmer. Es war ein großer, behaglich eingerichteter Raum, in dem wuchtige alte Möbeln standen. Im Kamin prasselten glühende Holzscheite. »Es ist nur eine ungünstige Zeit, verstehen Sie?«

»Ich hätte vorher anrufen sollen ... Sie können übrigens Lally zu mir sagen.«

»Ich heiße Chris.«

Einen Augenblick standen sie verlegen herum. Chris Webber war fast ein Meter neunzig und breitschulterig. Lally hatte ihn von Zeit zu Zeit in Stockbridge beim Joggen beobachtet, und ein- oder zweimal hatte sie ihn und Katy auf der 102. Straße auf Fahrrädern gesehen. Er sah ziemlich sportlich aus. Als sie nun in seinem Wohnzimmer stand, wirkte er äußerst verlegen.

»Nimm doch Platz«, sagte er. »Fühl dich wie zu Hause. Ich hole Katy.«

Als Lally allein war, setzte sie sich in einen hübschen, mit Chintz überzogenen Sessel. Eine junge Schäferhündin, die ein pechschwarzes Fell hatte, wenn man von den hellen Haarbüscheln über den Augen und auf ihren Pfoten absah, stand von dem Vorleger auf, der vor dem Kamin lag, und kam zu ihr, um an ihren Stiefeln zu schnüffeln.

»Du riechst die Katze«, sagte Lally leise. Sie war froh über die Gesellschaft. Ihr Herz klopfte schnell, und ihre Handflächen waren feucht. Der Hund nahm einen roten Gummiball, der hinter dem Sessel lag, in die Schnauze und warf ihn auf ihren Schoß. »Fein, danke«, sagte sie.

Die Standuhr in der gegenüberliegenden Ecke tickte im Sekundentakt. Lally schaute sich in dem Zimmer um und sah auf die Fotos auf dem großen Eichenschrank und die Gemälde über dem Kaminsims, zwei Landschaften und ein Porträt von Andrea Webber, das sicher schon vor einigen Jahren gemalt worden war. Ihr Blick wanderte weiter durch den Raum und verharrte auf dem Bücherschrank. Ein Fach war mit Werken von Chris Webber gefüllt, ein anderes mit Ballettbüchern voll gestopft, und ein blauer, in Leder gebundener Hundeführer lag in dem mittleren Fach neben einer Reihe von Silbertrophäen für verschiedene Leistungen. Es sah alles solide, gemütlich und sicher aus, das perfekte amerikanische Familienhaus, doch irgendwie, dachte Lally, fühlte man sich hier nicht sicher.

Einbildung, sagte sie sich. *Das bilde ich mir nur ein.*

Von draußen drang gereiztes Hundegebell ins Zimmer, irgendwo in den oberen Stockwerken waren Stimmen zu hören, und obgleich keine der Personen wirklich schrie, spürte Lally, dass dort ein Streit im Gange war.

Der Hund schaute sie an.

»Möchtest du den Ball zurück?«

Der Hund wedelte mit dem Schwanz. Langsam und vorsichtig ließ Lally den Ball von ihrem Schoß auf den Teppich rollen. Der Hund sprang auf den Ball, kaute einen Moment auf ihm herum und warf ihn dann zurück.

Sie hörte Schritte auf der Treppe.

»Es tut mir Leid.« Katy stürzte ins Zimmer. Sie trug Jeans und ein weißes Sweatshirt und hatte ihre neuen Spitzenschuhe in der Hand. Ihr Gesicht und ihre Augen waren gerötet, als hätte sie geweint. »Ich musste noch etwas fertig machen.«

»Ist schon in Ordnung«, erwiderte Lally.

Katy versuchte zu lächeln. »Das ist Jade. Ist sie nicht großartig?«

»Ja, ein schöner Hund.« Lally hatte nie zuvor bemerkt, wie sehr Katy ihrem Vater ähnelte. Sie hatte die leicht nach oben gebogene Nase ihrer Mutter, und ihr blondes Haar war glatter als das von Chris Webber, aber ihre dunkelblauen Augen sahen fast genauso aus wie die ihres Vaters, und sie hatte die gleiche energische Kerbe im Kinn.

»Vater sagt, dass Sie mit mir über die Schuhe sprechen möchten.« Katy hatte Angst. »Mache ich etwas falsch?«

»Nein, nein«, beruhigte Lally sie. »Es ist nur ein kleiner technischer Punkt, aber ein wichtiger.« Sie holte tief Luft. Ihre Brust war noch immer vor Nervosität wie zugeschnürt. »Es geht um deine Bänder.« Sie beugte sich vor, öffnete ihre Schultertasche und zog ein Paar Ballettschuhe heraus. »Halte deine mal daneben, und dann zeige ich dir das Problem.«

Der Wortwechsel oben begann von neuem. Lally sah, dass Katy noch mehr errötete und sich die Traurigkeit in ihrem Blick verstärkte. Jetzt wusste sie, dass sie genau im richtigen Moment gekommen war, um zu erfahren, wo Katys Verletzungen herrührten. Wäre sie doch bloß nicht hierher gekommen! Sie wünschte, sie wäre zu Hause geblieben oder in Hugos Café gegangen.

Katy konzentrierte sich nur auf ihre Schuhe. »Habe ich die Bänder falsch angenäht?«

»Nein, das hast du ausgezeichnet gemacht«, lobte Lally sie. »Und du hast die richtige strapazierfähige Baumwolle genommen, aber du hast sie ein wenig zu weit vorn angenäht. Siehst du?« Sie zeigte es ihr. »Auf den ersten Blick mag es vielleicht nicht so wichtig erscheinen, doch diese Bänder sind das A und O für die Sicherheit des Tänzers.«

Jemand stieg die Treppe hinunter, und einen Augenblick später stand Chris Webber vor ihnen. Er war noch aufgeregter als zuvor. Vater und Tochter wechselten einen schnellen Blick, der ihre Bestürzung offenbarte, und Lally wusste mit einem Mal, dass die Probleme, die es hier in diesem Hause auch immer geben mochte, nicht zwischen diesen beiden bestanden. Jetzt kam sie sich wirklich wie ein Eindringling vor.

»Und, kommt ihr zurecht?«, fragte Chris Webber.

»Ich habe meine Bänder an der falschen Stelle angenäht, Paps.«

»Hast du das, mein Schatz?« Er schaute Lally an, lächelte ihr zu und setzte sich auf die Couch. Jade trottete zu ihm und legte ihren Kopf auf sein linkes Knie. Chris streckte eine Hand aus und streichelte sie geistesabwesend. »Bitte«, sagte er, »ich möchte euch nicht unterbrechen.«

Lally sprach automatisch weiter. Sie wiederholte die Standard-Ballettschuhlektion, die sie Katys Klasse erst vor wenigen Tagen erteilt hatte, und Katy hörte aufmerksam zu, als hätte sie all das noch nie zuvor gehört. Lally spürte, dass es vielleicht eine willkommene Ablenkung für das Mädchen war.

»Dann zähl noch einmal die Dinge auf, die du brauchst, ehe du deine Schuhe anziehst.«

»Chirurgische Bänder, die um jeden Zeh gewickelt werden«, sagte Katy mit leiser, aber eifriger Stimme. »Lammwolle – reiner Alkohol, der in die Schuhe gegossen wird, wenn sie neu sind ...«

»Tatsächlich?« Chris Weber hob die Augenbrauen.

»Damit man sie besser einlaufen kann«, erklärte Katy. »Miss Duval sagt, es helfe, die Schuhe den Füßen anzupassen.«

Chris' Anspannung war für Lally unerträglich. Es war Zeit, mit dem Theater aufzuhören. »Katy«, sagte sie, »könnte ich bitte ein Glas Wasser haben?«

Katy stand auf. »Möchten Sie Saft trinken? Wir haben Orangen- und Apfelsaft.«

»Lieber Wasser. Danke.«

Katy verließ den Raum. Der Hund stand von seinem Platz an Chris' Seite auf, trottete zum Kamin, ließ sich wieder nieder und legte den Kopf auf die Vorderpfoten.

»Gehe ich recht in der Annahme«, fragte Chris ganz

ruhig, wobei er Lally intensiv anschaute, »dass dein Besuch heute überhaupt nichts mit den Ballettschuhen zu tun hat?«

Lally schoss das Blut ins Gesicht. »Bin ich so schnell zu durchschauen?«

»Für Katy vielleicht nicht.«

Sie nickte. »Ich bin wegen Katy hier. Ich mache mir Sorgen um sie.«

Die Tür sprang auf. Andrea Webber stakste in den Raum.

»Du Dreckskerl«, rief sie.

Die Hunde auf dem Hof fingen wieder an zu bellen, diesmal lauter als zuvor.

»Du hundsgemeiner *Dreckskerl!* Mich derartig zu hintergehen.«

Lally war auf ihrem Platz zu Eis erstarrt. Andrea hatte sie noch nicht einmal angesehen. Ihre Füße waren nackt und schmutzig, und Lally vermutete, dass sie trotz der eisigen Kälte und der Dunkelheit sicher auf dem Hof gewesen war. Mrs. Webber trug alte, zerrissene Jeans und einen langen, ausgebeulten, roten Pullover, und ihr Haar, das immer so tadellos aussah, wenn sie Katy vom Unterricht abholte, war ungekämmt. Außer verschmierter Wimperntusche hatte sie kein Make-up aufgelegt, und ihre dunklen Augen, die wie Katys vom Weinen ganz rot waren, spiegelten ihre Wut.

Lally wünschte sich, unsichtbar oder tot zu sein. Sie konnte den Alkohol durch den ganzen Raum riechen – Whisky und Bier. Andrea Webber war betrunken. Nicht ein bisschen, sondern vollkommen betrunken, stinkbesoffen.

»Andrea«, sagte Chris ruhig. »Wir haben Besuch.« Er war ganz blass geworden und stand von der Couch auf. »Miss Duval ist gekommen, um mit Katy über ihre Schuhe zu sprechen.«

»Das ist ja schön für Katy«, sagte seine Frau lallend.

»Es ist wohl besser, wenn ich gehe«, murmelte Lally verlegen.

»Meinetwegen brauchen Sie nicht zu gehen«, stammelte Andrea, die noch immer an ihr vorbeisah.

»Warum setzt du dich nicht hin?«, fragte Chris.

»Warum fährst du nicht zur Hölle?«

»Andrea, bitte.« Chris ging auf seine Frau zu. Er streckte seine rechte Hand aus, als wollte er ihren Arm berühren, doch sie schlug wild um sich und traf ihn auf der Brust.

»*Scheißkerl*«, knurrte sie.

»Andrea, um Himmels willen ...«

»Und das Schlimmste ist, dass du so ein *scheinheiliger* Scheißkerl bist.« Sie drehte sich um, schwankte ein wenig und stieß gegen den Holzschrank. Die Ziergegenstände und die gerahmten Fotos erbebten. »Früher hast du wenigstens mal einen Schluck mit mir getrunken, anstatt mich ständig zu kritisieren.«

»Niemand kritisiert dich«, sagte Chris, der äußerlich gefasst wirkte. »Warum beruhigst du dich nicht einfach, sodass Lally ...«

»Ach so, ihr seid schon per du.« Andrea drehte sich um. »Ich nenne sie Miss Perfekt.« Nun schaute sie Lally zum ersten Mal an. »Wissen Sie das?«

»Andrea, hör auf!«, herrschte Chris sie an.

»Wahrscheinlich wissen Sie, dass meine Tochter glaubt, die Sonne strahle aus Ihrem sauberen kleinen Hintern, Miss Duval?«

Lally wusste nicht, was sie sagen oder tun sollte. Warum in Gottes Namen hatte sie nicht auf Hugo gehört? Warum hatte sie sich dieser Situation ausgesetzt? Warum hatte sie geglaubt, sie könne irgendwie helfen?

»Vielleicht solltest du besser gehen«, sagte Chris zu Lally. »Es tut mir Leid.«

»Ist schon in Ordnung.« Sie stand auf und stopfte ihre Schuhe wieder in die Tasche. »Ich hätte nicht einfach hier hereinplatzen dürfen.«

»Nein, das hätten Sie nicht tun sollen«, sagte Andrea gehässig.

»Nun reicht es aber, Andrea.« Langsam, aber sicher wurde Chris wütend.

»Findest du? Bringe ich den Supermann in Verlegenheit? Du hältst dich wohl für etwas Besseres, nicht wahr?«

»Nein.«

»Natürlich tust du das. Ihr alle tut das.« Sie hatte die Beherrschung verloren und stand nahe davor, in Tränen auszubrechen.

»Warum gehst du nicht nach oben?«, schlug Chris vor, der noch immer versuchte, freundlich zu bleiben.

»Ich habe keine Lust, nach oben zu gehen.« Andrea konnte ihre Wut in ihrem Rausch nicht mehr zügeln, und ihre Stimme wurde immer lauter. »Ich bin doch nicht irgendeine lästige Person, die man aus dem Weg räumt. Denk daran, ich bin deine Frau. Ich bin deine Frau.«

Chris versuchte noch einmal, ihren Arm zu packen, aber sie stieß ihn noch heftiger zurück als beim ersten Mal. Lally machte entsetzt einen Schritt nach vorn und blieb dann stehen.

»Mama, nicht.«

Sie drehten sich alle um. Katy stand in der Tür.

»Bitte, Mama.«

»Hau ab, Katy«, schrie Andrea.

Katy schaute zuerst Lally an und warf ihrer Mutter dann einen flehentlichen Blick zu. »Hör auf, Mama, bitte.«

»Geh in dein Zimmer, Katy«, fuhr Andrea sie an.

Lally sah, dass Katy ihren ganzen Mut zusammennahm. Es wäre für sie viel einfacher gewesen, die Treppe hinaufzulaufen und sich in ihrem Zimmer einzuschließen, aber Katy rührte sich nicht vom Fleck und blieb tapfer stehen.

»Ich möchte dir helfen, Mama.«

»Ich sage dir schon, wenn ich Hilfe brauche.«

»Katy, Liebling, warum gehst du nicht in dein Zimmer?« Chris schaute seine Tochter liebevoll an.

Das Mädchen zögerte, und während Lally den Atem anhielt, ging es geradewegs auf seine Mutter zu. »Mama, warum kommst du nicht mit?« Katy streckte ihre Hand aus.

»Warum lässt du mich nicht in Ruhe?« Andrea trat mit ihrem rechten Fuß gegen Katys Schienbein.

»Hör auf!« Chris wirbelte herum, stieß Andrea gegen die Wand und rüttelte sie leicht. Katy brach vor Angst in Tränen aus. Jade, die am Kamin lag, richtete sich auf und knurrte leise.

»Komm her, Katy.« Lally schritt wieder nach vorn, diesmal jedoch entschlossener. »Ich nehme dich mit.«

»Nein, nein, das werden Sie nicht tun.« Andrea befreite sich aus Chris' Umklammerung und ergriff Katys linken Arm. »Ich will nicht, dass Sie mir meine Tochter wegnehmen …«

»Ich denke nicht im Traum daran, Ihnen Ihre Tochter wegzunehmen«, sagte Lally fassungslos.

»Ach, nein?«

»Natürlich nicht.«

»Darum spricht sie auch Tag und Nacht von Ihnen. Das sollten Sie mal hören. Es würde Ihnen gefallen.« Andrea ließ Katy los und drehte sich zu Lally um. Das Kind verließ weinend das Zimmer und rannte die Treppe hinauf. »Ich nehme an, dass Chris Ihnen alles über mich erzählt hat.« Sie näherte sich Lally so weit, dass diese ihre warme Alkoholfahne riechen konnte. »Was ich für eine miese Mutter bin.«

»Er hat nichts gesagt, kein einziges Wort.«

»Andrea, um Himmels willen, hörst du jetzt wohl auf!« Chris stand die Qual ins Gesicht geschrieben. »Ich will nicht, dass du Miss Duval derartig beleidigst.«

»Für dich heißt sie also Lally und für mich Miss Duval.« Andreas Wangen waren nun scharlachrot, und sie keuchte vor Wut. »Das sagt doch alles, oder?«

Lally griff mit zitternden Händen nach ihrer Tasche. »Ich gehe«, sagte sie zu Chris. Sie wich dem Blick seiner Frau wohlweislich aus. »Mach dir keine Sorgen wegen mir. Für mich hat es diesen Vorfall nie gegeben.«

Als sie zur Tür ging, packte Andrea ihr Handgelenk.

»Lassen Sie mich gehen«, fuhr Lally sie an.

»Wie können Sie es wagen, mir etwas zu befehlen?« Andreas Finger umklammerten sie wie ein Schraubstock. »Das ist mein Haus und nicht Ihres.«

»Lass sie gehen, Andrea.« Chris stellte sich zwischen sie, und sogar Andrea sah an seinem Gesichtsausdruck, dass sie zu weit gegangen war. *»Lass sie jetzt gehen!«*

Dieser Befehl ernüchterte Andrea, die Lally losließ und mit einem lauten Stöhnen aus dem Zimmer rannte. Einen Moment später hörten sie, dass die Hoftür zuschlug. Chris sank wieder auf die Couch und legte den Kopf in seine Hände. Jade trottete zu ihm, setzte sich dicht neben ihn und lehnte sich gegen seine Beine.

»Wird ihr nichts zustoßen?«, fragte Lally mit schwacher Stimme. Sie fühlte sich elend und hatte ganz weiche Knie.

Chris schüttelte den Kopf. Sein Blick war noch immer gesenkt. »Sie wird sicher eine Weile bei den Hunden bleiben.« Seine Stimme klang gedämpft durch seine Hände. »Wenn sie in diesem Zustand ist, können es nur die Hunde mit ihr aushalten.«

»Möchtest du, dass ich gehe?«

»Wenn du willst.«

»Kann ich irgendetwas tun?«

Er antwortete nicht. Lally schaute ihn einen Moment hilflos an und setzte sich dann auf die Kante eines Sessels. Sie fühlte sich schuldig, als hätte ihr Besuch diese hässliche Szene ausgelöst, obwohl sie genau wusste, dass es viele noch schlimmere Zwischenfälle gegeben haben musste und dies der Grund war, warum sie überhaupt gekommen war. Sie dachte an die arme Katy, die allein dort oben in ihrem Zimmer war, und daran, wie entsetzlich und demütigend die öffentliche Zurschaustellung der Schwäche ihrer Mutter für sie sein musste.

Schließlich hob Chris den Kopf. Als er Lally anschaute, versuchte er nicht, seine grenzenlose Traurigkeit zu verbergen. Lally erkannte in diesem Moment, dass sie die erste Zeugin dieses zutiefst gestörten Familienlebens war. Es war fast so, als wäre sie Augenzeugin eines Verbrechens gewesen. Sie konnte noch nicht einmal versuchen, sich einfach leise davonzustehlen, weil Andrea Webber ihre Hand ausgestreckt und sie mitten in diesen Sumpf gezogen hatte. Jetzt war sie in die Sache verwickelt, ob sie wollte oder nicht. Sicher spürte Chris Webber das auch, und daher hatte sie ihr Recht, wegzugehen, eingebüßt. Und als Lally den Mann jetzt ansah, seine ungeheure Hoffnungslosigkeit erkannte und dann an Katy oben in ihrem Zimmer dachte, stellte sie fest, dass sie nicht sicher war, ob sie gehen wollte.

Einige Minuten saßen sie schweigend da. Ab und zu bellten die Hunde auf dem Hof. Jade hob ihren Kopf und lauschte, blieb jedoch dort liegen. Im Wohnzimmer tickte die Standuhr. Draußen auf der Straße schaufelte ein Nachbar den Schnee weg, und der Verkehr auf der 102. Straße floss gleichmäßig dahin.

»Es ist mir sehr peinlich«, sagte Chris schließlich.

»Es ist nicht deine Schuld«, sagte Lally. »Ich war nicht eingeladen und bin einfach hier eingedrungen.«

»Du warst unser Gast.« Chris' Blick offenbarte noch immer seinen Kummer. »Ich hoffe, sie hat dir nicht wehgetan, als sie dich festgehalten hat.«

»Nein«, sagte Lally, obwohl ihr Handgelenk brannte. »Du hattest Recht. Ich bin nicht gekommen, um über die Schuhe oder die Bänder zu sprechen. Ehrlich gesagt bin ich wegen Katys blauer Flecke gekommen. Vermutlich war das keine so gute Idee.«

»Ich bin froh, dass du gekommen bist.«

»Warum? Geholfen habe ich euch wohl kaum, nicht wahr?«

»Doch, du hast mir geholfen, eine Entscheidung zu treffen.« Chris presste die Zähne zusammen und zögerte einen Moment, um nach den richtigen Worten zu suchen. »Und jetzt muss ich dich um deine Hilfe bitten, obwohl ich überhaupt kein Recht habe, dich um etwas zu bitten.«

»Mehr Recht als ich zu meinem Besuch. Und ich würde euch wirklich gern helfen.«

»Könntest du vielleicht Katy mit zu dir nach Hause nehmen – nur für ein oder zwei Stunden? Wenn sie nicht hier im Hause wäre und sich jemand um sie kümmern würde, könnte ich versuchen, ein wenig Ordnung zu schaffen. Ich weiß, es ist zu viel verlangt, aber …«

»Meinst du, sie hat Lust mitzukommen? Ich wäre sehr froh, aber ob es in dieser Situation richtig ist?«

»Ich glaube schon«, sagte Chris nachdenklich. »Es ist Zeit für mich, endlich zu handeln und zu überlegen, wie ich unsere Probleme lösen kann. Und es ist sicher einfacher, wenn ich mir über Katy keine Sorgen machen muss.«

»Kein Problem. Wenn sie einwilligt, nehme ich sie gerne mit zu mir.«

»Ich hatte gehofft, unseren Familienfrieden noch einigermaßen wahren zu können.« Er schüttelte den Kopf. »Doch jetzt sind die Grenzen überschritten. Es ist höchste Zeit, dass ich mich um unsere Probleme kümmere.«

»Um Andrea.«

Er nickte. »Sie braucht Hilfe.«

Lally biss sich auf die Lippe. »Ich glaube, Katy braucht auch ein wenig Hilfe.«

5. Kapitel

Donnerstag, 7. Januar

Die Obduktion der Leiche Jack Longs im People's Hospital in Boston verzögerte sich um drei Tage. Schuld daran waren eine Massenkarambolage auf der Schnellstraße Richtung Massachusetts, bei der elf Fahrzeuge ineinander rasten, und eine Schießerei mit zahlreichen Toten. Genau eine Stunde später wurde mit der Obduktion des Leichnams von Marie Ferguson im Chicagoer Memorial-Krankenhaus begonnen.

Die Obduktion wurde in einem Raum neben der Pathologie im Kellergeschoss durchgeführt. Es war eine unterirdische Welt mit künstlichem Licht, die vom Rest des Krankenhauses abgetrennt war, ein ungefähr fünfzehn Quadratmeter großer, kalter, unfreundlicher Ort aus Stein, rostfreiem Stahl und Marmor. Hätte ein Fremder den Raum zu einem Zeitpunkt, da der Raum benutzt wurde, betreten, hätte er im ersten Moment glauben können, er wäre in einem normalen Operationssaal. Einiges, was man hier sah und hörte, erinnerte tatsächlich an einen OP, beispielsweise die Männer und Frauen, die Kittel und einen Mundschutz trugen, das Rasseln der Instrumente, das gelegentliche Quietschen einer Knochensäge oder das Surren eines Bohrers. Allerdings fiel die Abwesenheit des Anästhesisten und der OP-Schwestern auf, die Atmosphäre war weniger angespannt als bei einer Operation, und es gab dort nicht einen, sondern vier Tische. Denn für die »Patienten«, die auf den

Marmorplatten in diesem Raum lagen, gab es keine Hoffnung und vonseiten eines Chirurgen keine Hilfe mehr.

Es war Viertel nach sechs am Donnerstagabend, als der junge Rechtsmediziner die äußere Besichtigung der Leiche Marie Fergusons abschloss und seinen ersten Schnitt machte.

»Die Brustwand ist größtenteils zerstört.« Er sprach beim Arbeiten in ein Mikrofon, das über dem Tisch hing. »Hautfetzen und subkutanes Gewebe hängen an der linken Seite der Brustwand.«

Alle vier Tische waren belegt, und der Obduktionsraum schwirrte vor Betriebsamkeit, doch der Rechtsmediziner war gänzlich in seine Arbeit versunken. Er trug einen Mundschutz, Handschuhe, eine Schürze und Schuhschoner über grüner, abwaschbarer Kleidung.

»Teile der Haut haben eine schwärzliche Farbe. Teile der rechten Seite des Brustkorbes sind ebenfalls zerstört worden, aber ein Teil des Gewebes in der Achselhöhle auf der rechten Seite ist unverändert geblieben. Überreste eines Herzschrittmachers sind sichtbar. Überreste von Schrittmacherelektroden sind vorhanden.« Der Rechtsmediziner nahm ein Skalpell, beugte sich tiefer über den Leichnam und schnüffelte. »Das ganze Gewebe des Brustkorbes riecht eindeutig nach Rauch.«

Die Sanitäter, die gestern Vormittag auf den Notruf 911 aus dem Haus am North Lincoln Square geantwortet hatten, glaubten ebenso wie der erste Polizeibeamte am Tatort, dass Marie Ferguson an einer Schusswunde gestorben sei. Als sich jedoch herausstellte, dass die ersten Ermittlungsergebnisse nicht haltbar waren und der traumatisierte Ehegatte des Opfers immer wieder seine Unschuld beteuerte, bis er von dem behandelnden Arzt ein Beruhigungsmittel bekam, stellte sich heraus, dass nichts an dem Fall so war, wie es zunächst ausgesehen hatte.

Der Obduktionsbefund des Gerichtsmediziners bestätigte Sean Fergusons wirre, hysterische Erklärung. Seine Frau war nicht erschossen worden, sondern ihr Herz war explodiert, ihr linker Lungenflügel war zusammengefallen, und in der Brusthöhle befand sich Blut.

»Todesursache: Zerstörung des Herzbeutels und des Herzmuskels«, las Commander Isaiah M. Jackson Lieutenant Joseph Duval kurz vor elf an diesem Abend aus dem Protokoll vor, das auf dem schnellsten Weg in sein Büro gebracht worden war.

»Und die Rechtsmediziner glauben, dass der Herzschrittmacher für den Tod verantwortlich sei?«, fragte Joe Duval, der den Commander aufmerksam und erstaunt anschaute.

»Sie scheinen ziemlich sicher zu sein.« Jackson spielte mit einem goldenen Kugelschreiber, der auf seinem Schreibtisch lag. Er war groß, hatte gepflegte Hände, einen athletischen Körper, ein strenges, selten humorvolles Gesicht und einen dunkel schimmernden, vollkommen kahlen Schädel.

»Ist so etwas schon einmal passiert?« Joe beugte sich über das blutbefleckte Beweisstück, das in zwei Glasbehältern verpackt war, die auf dem Schreibtisch des Commanders standen. Die Behälter waren fest versiegelt, aber das Büro stank nach Formaldehyd.

»Mir ist kein Fall bekannt.« Jackson verzog das Gesicht. »Das ist schon eine merkwürdige Art, den Löffel abzugeben.«

»Dann ist es also ein Unfalltod, und wir schicken das Beweismaterial an den Hersteller zurück?«

»Der Hersteller ist die Firma Hagen. Sie befindet sich auf dem Logan Square.« Jackson schüttelte den Kopf. »Ich kannte den Vater von Mrs. Ferguson, William Howe. Ein Teufelskerl.«

»Und das Oberhaupt einer einflussreichen Familie«, fügte Joe hinzu.

»Ganz genau. Darum müssen wir uns schnell darum kümmern, Duval.« Der Commander rümpfte die Nase. »Dieses Zeug riecht wie Stinktierpisse.«

Joe stand schon an der Tür.

»Die Leute von Hagen müssen uns garantieren, dass es sich um einen Einzelfall handelt«, sagte Jackson, um Duval aufzuhalten. »Wir müssen sicher sein, dass es ein Unfall war.«

»Glauben Sie, dass sich noch weitere Unfälle ereignen könnten, Commander?«, fragte Joe.

»Gott bewahre.«

Isaiah Jackson wartete, bis Duval die Tür hinter sich geschlossen hatte, lehnte sich dann in seinen Sessel zurück und starrte auf die Glasbehälter auf seinem Schreibtisch. Von diesem Anblick wurde ihm ganz übel, und das hatte nichts mehr mit dem Gestank zu tun. Sein eigener Schrittmacher war vor drei Jahren implantiert worden, und er hatte sich nie besser gefühlt. Dennoch vermittelte ihm der Tod von Marie Ferguson – ob es nun ein Unfall war oder nicht – ein Gefühl des Unbehagens, das er in dieser Form zum letzten Mal verspürt hatte, als ein verrückter pensionierter Officer vor fünf Jahren mehrere erfahrene Polizisten erschossen hatte.

Er rieb behutsam über seine Brust.

Es fiel ihm nicht leicht, ruhig zu bleiben. Die ganze Angelegenheit schlug ihm auf den Magen.

6. Kapitel

Donnerstag, 7. Januar

Lally nahm Katy mit nach Hause. Die Zehnjährige hatte zuerst schwach protestiert, doch Chris und Lally hatten beide ihre große Erleichterung gespürt. Wahrscheinlich war sie froh, dass noch jemand ihr Geheimnis kannte und ihr Vater ihrer Mutter vielleicht nun die nötige Hilfe zukommen lassen konnte.

Sie saßen eine Weile am Küchentisch, tranken selbst gemachte Limonade und spielten mit Nijinskij. Anschließend bauten sie trotz der Dunkelheit einen Schneemann auf dem Hinterhof und gingen dann ins Studio in der Scheune, um einige Übungen an der Stange zu machen. Lally schaltete alle Lichter an, legte eine Kassette mit Musik von Prokofjew ein, und sie fingen an zu tanzen. Nach kurzer Zeit hielten sie sich nicht mehr an das Lehrbuch und versuchten beide auf ihre Weise, sich von den angestauten Spannungen in Körper und Seele zu befreien.

Lally wurde von ihrer plötzlichen Atemlosigkeit überrascht.

»Ich muss aufhören«, keuchte sie, wobei sie verhalten lachte und sich gegen eine der Spiegelwände lehnte. »Du hast mich geschafft, Katy Webber. Ich glaube, ich werde alt.«

Katy hörte auf zu tanzen und ging beunruhigt zu ihr. »Ist alles in Ordnung?«

»Alles in Ordnung«, beteuerte Lally, obwohl sie sich seltsam erschöpft fühlte. »Aber ich glaube, es ist fürs Erste genug.«

Nachdem sie die Musik ausgeschaltet hatte, zogen sie Schneestiefel und Mäntel an und gingen zurück ins Haus. Auf dem Anrufbeantworter war eine Nachricht von Hugo, der sie sprechen wollte, doch Lally war jetzt nicht in der Stimmung, Hugo alles zu erklären. Sie sagte zu Katy, dass heißer Kakao und Marshmallows jetzt genau das Richtige für sie sei, und das Kind, das sich beschäftigen musste, half ihr, die Getränke zuzubereiten, wirbelte um seine Lehrerin herum und streichelte die Katze. Keine von ihnen schnitt das Thema Andrea an. Lally wusste, dass es nicht richtig wäre, Katy Fragen zu stellen, wenn ihr Vater nicht dabei war. Ihr einziges Recht, das ihr in dieser ganzen schrecklichen Angelegenheit zukam, war, dafür zu sorgen, dass ihre Schülerin außer Gefahr war. Katy streichelte Nijinskijs Ohren, summte leise Melodien von Prokofjew, und Lally fragte sich, was wohl in diesem anderen Haus einige Meilen die Straße hinunter geschah.

Chris kam an diesem Abend kurz nach neun. Lally hatte früh das Essen für sich und Katy zubereitet, nachdem Hugo ihr telefonisch mitgeteilt hatte, dass er die ganze Nacht bei einem Freund bleiben werde. Da Katy sehr müde war, hatte Lally sie überredet, sich in ihrem Bett etwas hinzulegen, und ihr versprochen, sofort Bescheid zu sagen, sobald sich ihr Vater meldete.

»Komm herein«, sagte sie leise.

Er sah abgespannt und traurig aus, und Lally sah auf seiner rechten Wange und seiner linken Hand frische Kratzer. Sie war entsetzt, sagte jedoch nichts dazu, sondern bat ihn, hereinzukommen und sich ans Feuer zu setzen.

»Katy schläft«, sagte sie zu ihm. »Ich habe ihr versprochen, sie zu wecken, wenn du kommst.«

»Hättest du etwas dagegen, wenn wir sie noch einen Moment schlafen lassen?«

»Natürlich nicht. Sie braucht Ruhe.«

Im Wohnzimmer war es ganz still.

»Kann ich dir etwas zu essen machen?«

»Eigentlich habe ich gar keinen Hunger.«

»Es ist alles fertig und muss nur aufgewärmt werden. Das ist kein Problem, und du siehst aus, als könntest du etwas vertragen.«

Chris nickte müde. »Vielleicht hast du Recht.«

Sie setzten sich an den großen Kieferntisch, und Lally stellte eine Kasserolle mit Hühnchen und Kartoffelpüree hin. Chris stellte fest, dass er trotz seines Kummers ziemlich hungrig war, und Lally, die mit Katy nur wenig gegessen hatte, leistete ihm Gesellschaft. Nach einem kurzen Moment des Zögerns öffnete sie eine Flasche Rotwein und füllte zwei Gläser.

Es war ein seltsames Mahl. Zwei Fremde, die bloß die oberflächlichsten Dinge voneinander wussten, eben das, was die Leute in einer kleinen Gemeinde voneinander wissen, und ihr einziges Verbindungsglied schlief oben im ersten Stock. Chris war ein verheirateter Mann, der Vater einer Schülerin, und es gab wirklich keinen Grund für Lally, sich auf irgendeine Weise mit diesem Mann verbunden zu fühlen. Doch genau das tat sie, und das hatte nichts mit dem zu tun, was heute Nachmittag geschehen war. Hätte es Andreas seltsamen Angriff auf sie nicht gegeben, hätte sich Chris wahrscheinlich niemals in der Lage gesehen, ihre Hilfe in Anspruch zu nehmen. Als Lally ihm nun beim Essen zusah und seinen Schmerz spürte, stellte sie schuldbewusst fest, dass Chris Webber etwas verwirrend

Attraktives an sich hatte, das sie ziemlich aus der Fassung brachte.

»Hättest du etwas dagegen«, fragte er nach einer Weile, »wenn ich dir etwas darüber erzähle?«

»Keineswegs«, erwiderte sie. »Solange du dich nicht dazu verpflichtet fühlst.«

»Ich würde gern darüber sprechen. Vielleicht hätte ich schon seit langer Zeit jemandem mein Herz ausschütten sollen.« Er hielt inne. »Aber ich habe kein Recht, dich damit zu belasten.«

»Du belastest mich nicht«, sagte Lally.

Er sprach langsam, aber freimütig, und allmählich kam alles ans Licht. Er stamme aus Philadelphia, sei aber vor dreizehn Jahren während der Semesterferien nach Nordosten gekommen und habe sich in die Berkshires und in Andrea verliebt. Nach sechs Monaten hätten sie geheiratet und sich in Williamstown niedergelassen. In der ersten Zeit habe es so ausgesehen, als sei es für beide eine gut funktionierende, liebevolle Ehe, bis Andrea angefangen habe, gewisse irrationale Ängste zu verspüren, die sie mit dem Gefühl ihrer eigenen Unzulänglichkeiten in Verbindung brachte. Obwohl Chris immer wieder versucht habe, sie zu beruhigen, habe Andrea das Gefühl gehabt, sie sei zu gehemmt, unbeliebt und eine arme Frau. Sie habe vorher niemals Alkohol getrunken, da sie in einer Abstinenzlerfamilie aufgewachsen sei. Ungefähr ein Jahr, nachdem sie und Chris geheiratet hätten, habe sie jedoch ihr erstes Glas Wein auf einer Party getrunken und sei wie aus heiterem Himmel der Mittelpunkt des Abends geworden. Chris habe sich gefreut, als er Andreas Selbstvertrauen in jener Nacht erblühen sah, und wenn sie an diesem Punkt aufgehört hätte, wäre alles vielleicht gut gewesen. Aus einem Glas wurden indessen zwei und drei, und dann habe sie angefangen,

Schnaps zu probieren, und ihr neu gewonnenes Selbstbewusstsein sei in Aggression umgeschlagen.

»Durch das Trinken hat sie sich so verändert – wirklich verändert«, sagte Chris zu Lally. »Zuerst war sie grundlos selbstkritisch und ein wenig zwanghaft, und dann wurde aus ihr eine verärgerte, streitsüchtige Frau.«

»Aber nur, wenn sie trinkt?«

»Ausschließlich.« Chris nahm sein Glas Wein in die Hand und stellte es dann wieder auf den Tisch. »Es war nicht so schlimm wie jetzt, und als sie schwanger war, wurde alles viel besser, weil sie aufhörte zu trinken.«

»Und nach Katys Geburt?«

»Fing sie wieder an.«

Mit Rücksicht auf ihr Kind, und weil sie sich über das Ausmaß der schlechten Wirkung, die Schnaps auf sie habe, bewusst gewesen sei, habe Andrea selten außerhalb des Hauses getrunken. Sie wollte eine gute Mutter sein, und bis zu einem gewissen Punkt sei ihr dies auch gelungen, aber seitdem sie nach Stockbridge gezogen seien, sei alles schlimmer geworden.

»Mein glänzender Plan«, sagte er in sarkastischem Ton. »Meine große Hoffnung für die Zukunft. Andrea war schon immer verrückt nach Hunden, und so bildete ich mir ein, die Hundezucht sei genau das, was sie brauche, um glücklich zu werden. Wahrscheinlich hoffte ich, dass das große Haus und die Unabhängigkeit ihr helfen würden, mit dem Trinken aufzuhören.«

Es hatte nicht geholfen. Zuerst habe Andrea verbal um sich geschlagen, und dann sei sie gewalttätig geworden, aber solange sie ihre Wut nicht an Katy ausgelassen habe, konnte Chris seine Wut noch zügeln. Seitdem sie jedoch zum ersten Mal ihre Tochter geschlagen habe, sei sein Leben ein wahrer Alptraum.

Er schwieg einen Moment. Lallys Küche war warm und gemütlich. Die einzigen Geräusche waren das leise Summen des Kühlschranks und das laute Schnurren von Nijinskij, die es sich auf Lallys Schoß gemütlich gemacht hatte.

»Du musst nicht weitersprechen.«

»Es ist ein seltsames Gefühl, sich auf diese Weise zu öffnen«, gab Chris zu. »Ich habe immer sehr zurückgezogen gelebt, und trotz alledem habe ich das Gefühl, Andrea untreu zu sein, wenn ich auf diese Weise über sie spreche ...« Er verstummte wieder.

»Einer Fremden gegenüber?« Lally lächelte. »Hast du nicht vielleicht gerade deshalb das Gefühl, mit mir darüber sprechen zu können? Ich bin Katys Ballettlehrerin und habe mit dir und deiner Frau eigentlich nichts zu tun.«

»Offen gestanden«, sagte Chris, »bist du keine Fremde für mich.«

»Wegen der Vorfälle heute Nachmittag«, sagte Lally schnell. »Weil ich bei euch war.«

»Ich vermute ja.«

Lally trank einen Schluck Wein und streichelte wieder die Katze.

»Ich habe Andrea so sehr gedrängt, mit dem Trinken aufzuhören«, sagte Chris. »Ich habe ihr jede Art von Hilfe angeboten, die mir in den Sinn kam, doch sie hat alles ausgeschlagen. Sie behauptet, aufhören zu können, wenn sie wolle, aber das wolle sie halt nicht. Damit das Leben mit mir erträglich sei, müsse sie trinken, sagt sie.«

Seitdem Chris vor einigen Wochen bei Katy die ersten blauen Flecke entdeckt hatte, wusste er, dass er endlich handeln musste. Er hätte Andrea den Gefallen getan und sie schon vor Jahren verlassen, aber aus Liebe zu seiner Tochter war er geblieben.

»Und nun?«, fragte Lally.

»Ich weiß nur, dass es so nicht weitergehen kann.«

»Nein.«

»Bevor ich zu dir gekommen bin, habe ich versucht, mit ihr zu reden. Es war jedoch vergeblich, da sie viel zu viel getrunken hatte.«

»Ich habe die Kratzer gesehen«, sagte Lally. »Sie sehen entzündet aus. Soll ich dir eine Wundsalbe geben?«

Chris schüttelte den Kopf. »Es ist nicht so schlimm.«

»Und wie wäre es mit einem Kaffee?«

»Eine gute Idee.«

Lally setzte Nijinskij auf den Boden und wischte den Tisch ab. Chris schickte sich an, ihr zu helfen, aber sie gab ihm ein Zeichen, dass er sitzen bleiben solle. Es herrschte wieder Schweigen, doch es war nicht peinlich, sondern angenehm und fast vertraut. Lally kochte eine Kanne Kaffee und goss beiden eine Tasse ein.

»Ich bin mir über drei Dinge klar geworden«, sagte Chris. »Erstens muss ich Katy von diesem Moment an schützen. Zweitens muss ich Andrea mit oder ohne ihre Einwilligung in eine Klinik bringen.« Er verstummte.

»Und drittens?«

»Ich muss akzeptieren, dass meine Ehe nicht mehr zu retten ist.«

»Bist du sicher?«

»Andrea trank nicht, bevor wir heirateten. Sie war nicht unglücklich, bevor wir heirateten, und sie fing an zu trinken, weil sie sich schlecht fühlte.« Er schüttelte den Kopf. »Ich nehme nicht die ganze Schuld auf mich. Doch ich will ihr helfen, und ich werde ihr helfen. Andrea hat sich nach unserer Hochzeit verändert, und es wird höchste Zeit, dass wir es beenden.«

Chris fragte Lally, ob Katy die ganze Nacht bleiben könne. Er wusste, dass es eine ziemliche Belastung war, aber es erschien ihm unbarmherzig, sie jetzt zu wecken und mit nach Hause zu nehmen. Und wenn Katy außerhalb des Hauses in Sicherheit war, wäre Chris außerdem in der Lage, Andrea einfacher zur Rede zu stellen, wenn sie aufwachte. Er könnte mit ihr über seine Gefühle sprechen, bevor sie die Möglichkeit hatte, wieder zu trinken.

Lally führte ihn in ihr Schlafzimmer und beobachtete ihn, wie er sich zu seiner Tochter hinunterbeugte und sie zärtlich aufs Haar küsste, doch sie schlief tief und fest.

»Ich sollte ihr ein paar Zeilen schreiben«, flüsterte er. »Dann weiß sie, dass ich sie nicht einfach im Stich gelassen habe.«

»Das wird sie nicht denken.«

Chris schaute aufs Bett. »Und wo schläfst du?«

»Ich habe ein Gästezimmer«, flüsterte Lally.

»Bist du sicher, dass es dir nichts ausmacht?«, fragte er unsicher.

»Ich kann überall schlafen.« Lally schaute auf das schlafende Kind. »Und ehrlich gesagt bin ich wahrscheinlich glücklicher, wenn ich weiß, dass sie morgen früh hier ist, als wenn …« Sie verstummte.

»Ich verstehe«, sagte Chris. »Du hast Recht.«

Der Schwindelanfall überfiel Lally erneut an der Haustür. Es war ein schlimmerer Anfall als der vor einigen Tagen, und sie dachte im ersten Moment, dass sie tatsächlich in Ohnmacht fallen würde, aber Chris stand neben ihr und fing sie auf, und im nächsten Moment war es schon wieder vorbei.

»Was zum Teufel war das?«

»Ich weiß nicht. Mir war nur ein wenig schwindelig.«

Er führte sie zurück ins Wohnzimmer und stützte sie, bis sie auf der Couch saß. »Bist du krank?«, fragte er besorgt. »Du schienst vorhin ganz gesund zu sein.«

»Es geht mir gut«, beruhigte Lally ihn. »Ich bin in letzter Zeit etwas blass. Das ist alles.«

Chris war entsetzt. »Und du nimmst dir die Zeit, um zu uns zu kommen, und wirst obendrein noch pausenlos beleidigt. Und ich sitze den ganzen Abend hier herum und erzähle dir von meinen Problemen ...« Er steuerte auf die Schlafzimmertür zu.

»Wo gehst du hin?«

»Ich will Katy wecken.«

»Wage es ja nicht.« Lally stand auf und setzte sich dann schnell wieder hin.

»Ist dir wieder schwindelig?« Rasch trat er an ihre Seite.

»Nein, es ist alles in Ordnung. Du darfst Katy nicht wecken. Es geht mir gut, wirklich.«

»Du bist fast ohnmächtig geworden.«

»Es war bloß ein kleiner Schwächeanfall.«

»Das sagt sich so einfach! Du hast ja keine Ahnung, wie du ausgesehen hast. Du warst kalkweiß.«

»Ein weiterer Grund, Katy nicht mitzunehmen. Hugo ist heute Nacht nicht im Haus, und es ist schön zu wissen, dass noch jemand da ist. Nicht etwa, dass ich jemanden brauchen werde«, fügte sie hastig hinzu.

»Bist du sicher?«

»Ganz sicher.«

»Kann ich etwas tun, bevor ich gehe?« Er zögerte. »Oder sollte ich bleiben?«

»Nein«, sagte Lally energisch. »Du wirst zu Hause gebraucht.« Es gelang ihr zu lächeln. »Mit mir ist alles wieder in Ordnung. Siehst du?« Sie stand auf, und tatsächlich war das Schwindelgefühl weg.

»Wirklich?«

»Es ist Zeit, dass du gehst, Chris.«

»Ich bin mir nicht ganz sicher.«

»Möchtest du, dass ich Pirouetten drehe, um dir zu beweisen, dass ich in Ordnung bin?«

»Nein, auf gar keinen Fall.«

»Dann geh bitte.«

Es dauerte noch zehn Minuten, bis er wegfuhr. Schließlich hatte er sich überzeugen lassen, dass sie nicht ohnmächtig werden und sich verletzen würde. Lally musste jedoch zugeben, dass sie sich ziemlich krank fühlte, als ob sie an einem Marathonlauf teilgenommen hätte, ohne etwas zu trinken. Wenn es ihr in ein oder zwei Tagen nicht besser ginge, würde sie zu Dr. Sheldon gehen müssen, obwohl es Jahre her war, dass sie den Arzt zum letzten Mal aufgesucht hatte.

Vielleicht sorge ich mich mehr um Katy, als mir bewusst ist, dachte sie.

Als sie langsam die Treppe hinaufstieg, hielt sie sich für alle Fälle am Geländer fest. Sie ging schnell in ihr Schlafzimmer, nahm die Sachen, die sie für die Nacht brauchte, schaute noch einen Moment auf das schlafende Kind, ließ die Tür angelehnt und das Licht im Korridor brennen und legte sich auf das Bett im Gästezimmer.

7. Kapitel

Freitag, 8. Januar

Die fünf Fabriken, die zum Hagen-Unternehmen gehörten, lagen auf einem dreieinhalb Hektar großen Grundstück hinter der Western Avenue im Logan Square Distrikt von Chicago. Die meisten der Angestellten von Hagen meldeten sich zwischen sieben und neun Uhr morgens zur Arbeit und gingen zwischen vier und sechs Uhr abends nach Hause. Während der Arbeitszeit gab es für sie keinen zwingenden Grund, das Firmengelände zu verlassen. Hagen Industries war ein umsichtiger Arbeitgeber, und alles, was die Angestellten brauchten, war in der Nähe. Es gab ein Restaurant und eine Imbissstube, eine Filiale der North-Community-Bank und ein Postamt, ein Lebensmittelgeschäft, einen Drugstore und einen Arzt.

Die meisten Männer und Frauen, die bei Hagen Industries arbeiteten, waren glücklich darüber, Geräte herzustellen, die der Menschheit von Nutzen waren, besonders diejenigen, die im Bereich der Schrittmacher-Herstellung arbeiteten. Ihre Fabrik war die kleinste von den fünf des Komplexes, und die Geschäftsleitung akzeptierte, dass dies ein Bereich war, indem finanziellem Zuwachs ein geringerer Stellenwert zukam als gleichbleibende Qualität. Albrecht Hagen, der Präsident, war nämlich bekannt dafür, dass er sich leidenschaftlicher um die Weiterentwicklung dieser brillanten Apparate sorgte als um irgendetwas anderes in seinem Unternehmen.

Die modernen Schrittmacher waren die zuverlässigsten Elektronikgeräte, die je von Menschen hergestellt wurden. Das musste auch so sein, denn sie wurden eingesetzt, um eine mangelnde Funktion des menschlichen Herzens auszugleichen, ohne dass sich der Träger unbehaglich fühlt oder sich des Gerätes auch nur bewusst ist. Und von jedem Gerät wurde erwartet, dass es mehr als dreihundertfünfzig Millionen Herzschläge während seiner Laufzeit lieferte. Mindestens dreihundertfünfzigtausend Herzschrittmacher wurden jedes Jahr implantiert, und seit der Gründung von Hagen-Schrittmacher Mitte der Siebziger hatte sich das Unternehmen durch kontinuierliche und gewissenhafte Arbeit einen beträchtlichen Anteil an der Gesamtproduktion sichern können.

Die Schrittmacherfabrik war in zwei Hauptbereiche aufgeteilt. Forschung und Weiterentwicklung wurden von Dr. Olivia Ashcroft geleitet und die Produktion von Howard Leary, einem Wissenschaftler, der zuvor zehn Jahre in der Rüstungsindustrie tätig gewesen war. Nachdem Mr. Leary jedoch in das Unternehmen gekommen war, hatte er sich schon bald sehr heimisch gefühlt. Mrs. Ashcroft und Mr. Leary waren dem Unternehmen und seinen Produkten beide treu ergeben, aber mit fünfundvierzig beziehungsweise zweiundfünfzig Jahren waren sich beide darüber bewusst, dass sie praktisch die besten Jahre hinter sich hatten. Der Höhepunkt einer Karriere im Elektronikbereich war heute viel schneller erreicht als in fast allen anderen Berufen. Aufgrund der schnellen Weiterentwicklung musste so viel neues Wissen aufgenommen werden, dass ein Ingenieur, der drei Jahre aus dem Beruf aussteigen würde, danach kaum noch eingesetzt werden könnte. Es gab nichts, was Ashcroft und Leary nicht über Schrittmacher wussten, doch für den wichtigsten Bereich – die Qualität – war Fred Schwartz verantwortlich, der Leiter der Qualitätssicherung. Schwartz lebte und starb für seine Arbeit. Jeder, der ihm unterstellt war, erhielt eine so gründliche Ausbildung, dass sich das Unternehmen hundertprozentig auf die Qualitätskontrolle verlassen konnte. Niemand hatte jedoch ein schärferes Auge und einen schärfer entwickelten Instinkt für den geringsten Defekt als Schwartz selbst.

Und im Moment brauchten sie ihn mehr denn je.

Um sechs Uhr morgens versammelten sie sich im Büro des Präsidenten. Die Fabrik lag noch verschlafen da, und in Mr. Hagens Büro herrschte eine angespannte Atmosphäre. Es war ein kühler, rechteckiger Raum, der in krassen Schwarz- und Weißtönen dekoriert und eingerichtet war. An den Wänden hingen Schwarzweißfotos, größtenteils naturgetreue Landschaftsaufnahmen, und eine eingebaute Hi-Fi Anlage mit vier Lautsprechern bildete den Mittelpunkt.

Hagen hatte Ashcroft, Leary und Schwartz sofort zu Hause angerufen, nachdem er vom Sicherheitsdienst über die beiden Faxe von der Bostoner und Chicagoer Polizei informiert worden war. Ashcroft und Leary waren benommen und struppig aus ihren Betten gekrochen. Schwartz hingegen, der stolz darauf war, mit weniger Schlaf als die meisten anderen Menschen auszukommen, hatte zu dem Zeitpunkt schon seinen Anzug an. Nachdem Hagen ihnen mitgeteilt hatte, was passiert war, standen alle unter Schock. In absehbarer Zeit würde garantiert keiner von ihnen zur Ruhe kommen.

»Ist das wirklich wahr?«, fragte Schwartz den Präsidenten.

»Ich fürchte, ja.«

Weder Ashcroft noch Leary sagten etwas.

»Ein Toter in Boston am letzten Samstag und ein zweiter am Mittwochmorgen hier in Chicago.« Al Hagen schaute sie alle mit seinen hellblauen, durchdringenden Augen an. Er wurde von seinen Angestellten in der Regel als wohlwollender Chef betrachtet. Einundfünfzig Jahre alt, ein Meter achtzig groß, mit gebeugten Schultern und grauen, kurz geschnittenen Haaren pflegte er sich mit Fliege, weißen Socken und langen, bunten Wollschals im Winter wie ein alternder Student zu kleiden. Heute sah er alles andere als wohlwollend aus. Er war sprachlos und schaute vorwurfsvoll in die Runde.

»Wissen wir schon Näheres?« Olivia Ashcroft erholte sich als Erste von dem Schock. Sie war in der Regel elegant gekleidet und selbstsicher, legte dezentes Make-up auf und trug jeden Tag maßgeschneiderte Kostüme. Heute Morgen trug sie blaue Jeans, einen Pullover und einen Anorak, und ihr Haar war zerzaust.

Hagen reichte die Faxe herum. »Schauen Sie selbst.«

In der Eile hatte Olivia Ashcroft ihre Brille vergessen. Sie hielt das Blatt in einiger Entfernung, und Howard Leary und Fred Schwartz verrenkten sich die Hälse, um die Faxe lesen zu können.

»Um Gottes willen.« Howard Leary, der trotz des hektischen Anrufs einen eleganten Anzug trug, war ein rothaariger Mann mit grünen Augen und aufbrausendem Temperament, schlechter Verdauung und gelblicher Gesichtsfarbe. Als er das Fax aus Chicago las, wurde er blasser denn je.

Olivia Ashcroft schaute ihn an. »Und?«

»Sagt Ihnen der Name nichts?«

Sie schaute noch einmal auf das Fax. »Marie Ferguson?«

»Das ist Marie Howe Ferguson«, erklärte Al Hagen. Seine Stimme, die normalerweise freundlich war, hatte einen schroffen Klang. »Ihr gehört die Howe-Klinik im Rogers-Park. Sie ist die Tochter von William B. Howe. Eine reiche, angesehene Familie.«

»Oh Gott.«

Fred Schwartz, der noch immer auf die Faxe starrte, schwieg. Er war zu schockiert, um sprechen zu können.

»Haben Sie nichts dazu zu sagen, Mr. Schwartz?«, fragte Mr. Hagen ruhig.

»Was soll ich dazu sagen?«

»Vielleicht sollten Sie mal darüber nachdenken«, sagte Howard Leary.

Fred Schwartz war ein ruhiger, bescheidener Mann mit braunen Augen, grauem Haar, einer kleinen Nase und schmalen Lippen. »Ich werde die beiden Lieferungen überprüfen ...«, sagte er unsicher. »Aber auf den Faxen steht, dass die Explosionen jede Spur der Seriennummern vernichtet haben ...«, fügte er in schleppendem Ton hinzu.

»Sie werden so viele Informationen wie möglich brauchen«, sagte Al Hagen.

»Die Ärzte der Opfer werden unsere Lieferscheine in ihren Akten haben«, meinte Olivia Ashcroft.

»Die Schrittmacher könnten auch in den Krankenhäusern oder bei den Ärzten auf Lager gelegen haben«, gab Mr. Schwartz zu bedenken. »Ich brauche wohl niemandem hier zu sagen, dass die Lieferscheine uns nur zu den entsprechenden Lieferungen führen. Viele Lieferungen bestanden aus Geräten verschiedener Produktionsserien, und wenn weder der Schrittmacher von Mr. Long noch der von Mrs. Ferguson zu unseren gängigsten Geräten gehörte ...« Er hielt inne. Sein Geist arbeitete noch immer angestrengt und ging die verschiedenen Möglichkeiten durch.

»Es hängt davon ab, wann diese beiden Geräte hergestellt wurden.« Mr. Hagen setzte den Gedankengang fort. Seine

Fassungslosigkeit wuchs zusehends, da die Ungeheuerlichkeit ihrer misslichen Lage ihm immer klarer wurde. »Die meisten anderen Geräte der beiden Serien sind wahrscheinlich auch schon eingesetzt worden. Wenn nicht gar alle.«

»Wir haben noch die Testexemplare.« Fred Schwartz war schon einen Schritt weiter.

»Oh Gott«, sagte Howard Leary noch einmal, diesmal etwas leiser.

Schwartz konzentrierte sich beharrlich auf das Problem. In den zehn Jahren, in denen dieser Mann für das Unternehmen arbeitete, hatte ihn noch nie jemand in Verlegenheit gesehen. Wenn Schwartz auch ein wortkarger Mensch war, so strahlte er ein Vertrauen aus, das auf die anderen beruhigend wirkte. Er war ein begabter Ingenieur, der über ein immenses Wissen verfügte. Weder der tristen Kleidung, die er trug, noch seinem unauffälligen Gesicht haftete etwas Extravagantes an. Nur seine klaren, braunen Augen und die Hände mit den langen, geschickten Fingern verrieten seine große Intelligenz und sein Talent. Solange Fred Schwartz in der Nähe war, wussten Al Hagen und die anderen, dass alles reibungslos lief. Zumindest war es bis jetzt so gewesen. Doch in diesem Augenblick hatte er nichts anzubieten.

»Das ist eine Katastrophe«, sagte Leary entschieden.

»Wie bitte?« Olivia Ashcroft blieb sachlich. »Wie kann so etwas passieren?«

»Theoretisch kann es nicht passieren«, erwiderte Fred Schwartz.

»Nach den Angaben der Bostoner und der Chicagoer Polizei ist es aber passiert.« Al Hagens schmales Gesicht war angespannt. »Und das ist auch die Meinung der Rechtsmediziner in den beiden Städten.«

Seitdem Fred Schwartz die Qualitätskontrolle übernommen hatte, war ihm noch nicht einmal der winzigste, unbedeutendste Fehler unterlaufen. Für den Fall unerwarteter Probleme hatte er nichtsdestotrotz einfache, unkomplizierte Verfahren entwickelt. Das fing damit an, dass jedes Teil, das in einen Schrittmacher eingebaut wurde, eine eigene Seriennummer erhielt. Alle Teile wurden in Serien zu einhundert Stück gekauft oder hergestellt, von denen dreiunddreißig im normalen Produktionsablauf verwendet wurden. Dreiunddreißig wurden zur Seite gelegt und in drei Monaten, weitere dreiunddreißig erst in einem Jahr verwendet. Das verbleibende Exemplar jeder Serie wurde aus der Produktion genommen. Auf diese Weise war dieses Exemplar nicht nur für eine Überprüfung leicht verfügbar, falls es Probleme gab, sondern das Fehlerpotenzial war auf ein Drittel reduziert.

Weil die Faxe deutlich machten, dass die Explosionen jedes Teil der beiden Schrittmacher einschließlich der Seriennummern auf den Elektrodenzuführungen völlig zerstört hatten, gab es für Fred Schwartz keine andere Möglichkeit, als auf alle Einzelheiten der Lieferungen zu warten, die die Geräte enthalten hatten. Selbst wenn der Firmen-Computer ihnen sagen konnte, wie viele Schrittmacher in den letzten zwei Monaten nach Massachusetts oder Illinois versandt worden waren, gab es ohne diese Information keine Garantie, dass ein oder beide Geräte in Boston und Chicago nicht ein Jahr oder länger auf Lager gelegen hatten, da sie innerhalb dieses Zeitraums noch implantiert werden konnten.

»Wie lange wird es dauern, bis wir das bekommen, was von den Geräten übrig geblieben ist?«, fragte Fred Schwartz.

»Wir werden die Überreste von Mrs. Fergusons Schrittmacher heute am späten Vormittag bekommen«, erwiderte Al Hagen. »Die Reste des Gerätes aus Boston werden so schnell wie möglich zu uns geflogen.« Der Präsident schüttelte sein graues Haupt. »Gott weiß, was die Presse daraus macht, wenn sie es erfährt.«

»Wir müssen verhindern, dass es herauskommt«, sagte Howard Leary.

»Wie sieht es diesbezüglich aus?«, fragte Olivia Ashcroft Mr. Hagen. »Was haben die Familien bisher erfahren?«

»Das ist ein anderes Problem«, erwiderte Hagen. »Sean Ferguson, der Ehemann, ist Journalist.« Seine Stimme klang ein wenig verzweifelt.

»Scheiße«, sagte Howard Leary.

»Nach Angabe der Polizei waren sie zusammen, als es geschah, und ich meine das so, wie ich es sage: *zusammen*.« Hagen faltete seine Hände und legte sie auf den Schreibtisch. Er war offensichtlich erschüttert und kämpfte gegen seine innere Unruhe an. »Der arme Mann sah, wie es geschah. Ob er den Obduktionsbefund schon gelesen hat oder nicht, spielt keine Rolle. Er sah, wie seine Frau durch einen unserer Herzschrittmacher starb.«

»Wir *müssen* verhindern, dass es durchdringt«, sagte Howard Leary grimmig. »Es wird einen wahren Aufstand geben. Die Patienten werden verlangen, dass ihre Schrittmacher herausgenommen werden.«

»Verhindern Sie das, Mr. Leary.«

»Herrgott, Mrs. Ashcroft, rund zwölftausend Menschen vertrauen uns jährlich ihr Leben an.«

»Und wenn wir die Beherrschung verlieren, werden wir keinem von ihnen helfen.«

»Was schlagen Sie vor?« Howard Leary schaute sie finster an.

Schwartz stand auf. »Ich habe in dieser Sache nur einen vernünftigen Vorschlag zu machen.« Seine Stimme wurde etwas lauter. »Und zwar, dass keine Informationen mehr weitergegeben werden. Ich werde inzwischen mit den ersten Überprüfungen beginnen.«

»Wie lange wird das dauern, Mr. Schwartz?«, fragte Mr. Hagen.

»Die Frage kann ich nicht beantworten.«

»Können Sie wenigstens eine Vermutung wagen?«, fragte Leary in sarkastischem Ton.

»Wie sollte er denn?« Olivia Ashcroft nahm ihn in Schutz. »Er braucht Fakten, einen Anhaltspunkt.«

»Ich werde dafür sorgen, dass Sie alles bekommen, was Sie brauchen, Mr. Schwartz«, sagte Mr. Hagen.

»Das wird ein harter Tag.« Fred Schwartz sprach Al Hagen direkt an und überging Howard Leary. »Wir können offensichtlich keinen anderen in die Sache hineinziehen, und daher muss ich dafür sorgen, dass die Produktion weiterläuft. Außerdem muss ich stundenlang allein arbeiten.«

»Danken wir Gott, dass das Wochenende vor der Tür steht«, sagte Mr. Leary.

»Wenn wir einmal vom Schlimmsten ausgehen«, meldete sich Mrs. Ashcroft zögernd zu Wort, »müssen wir dann nicht in Erwägung ziehen, die Produktion zu stoppen, falls wir bis Montag noch keine Ergebnisse haben?«

»Ich bezweifle, dass wir eine andere Wahl haben …«, sagte Mr. Hagen niedergeschlagen, »wenn die FDA* Wind davon bekommt, aber zunächst …« Ein neuer Gedanke schoss ihm durch den Kopf. »Das kann ziemlich gefährlich für Sie werden, Mr. Schwartz. Wenn Sie erst einmal anfangen, die Testexemplare oder was auch immer von den Serien übrig geblieben ist, zu überprüfen. Ich meine, wir können nicht sicher sein, dass sie nicht auch tödlich sind.«

* FDA: Food and Drug Administration; älteste Verbraucherschutzbehörde der USA, in deren Aufgabenbereich unter anderem die Kontrolle der Medikamente fällt (Anm. d. Übers.)

»Sind sie nicht«, sagte Schwartz überzeugt. »Dafür verbürge ich mich.«

»Wir reden hier über Ihre Existenz«, sagte Olivia Ashcroft. »Und wie sicher Sie sich auch fühlen mögen, so müssen wir auch an die Zukunft der Belegschaft denken.«

»Mrs. Ashcroft hat Recht«, stimmte ihr Mr. Hagen zu.

»Das könnte bedeuten, dass wir die Produktion stoppen müssen.« Leary nahm kein Blatt vor den Mund. »Das würde dazu führen, dass wir von der lebensrettenden Behandlung von Hunderten von Patienten zurücktreten müssen, ganz zu schweigen davon, dass wir unseren Angestellten und jedem, den sie kennen, sagen müssen, dass unser Unternehmen zu gefährlich ist, um noch hier arbeiten zu können. Warum kaufen wir nicht gleich eine ganze Seite in der *Tribune?* Sie werden Hagen-Schrittmacher vernichten und jeden Schrittmacherpatienten im Land in Panik versetzen.«

Fred Schwartz setzte sich wieder hin. »Ich sage es ungern, aber in gewisser Weise macht es die Sache etwas leichter, dass wir zwei Tote haben …«

»Leichter!« Hagen war entsetzt.

»Nur in der Beziehung, dass wir den Computer bald zumindest mit zwei verschiedenen Datensätzen füttern können. Vielleicht können wir das Problem, wenn es überhaupt unser Problem ist, so eingrenzen, dass wir unser Augenmerk nur auf eine einzige Produktionsserie richten müssen.«

»Herrgott, Mr. Schwartz!« Howard Leary war sichtlich aufgebracht. »Vielleicht würde Ihnen eine ganze Reihe von Explosionen gefallen!«

»Nehmen Sie es leicht, Mr. Leary.« Al Hagen wandte sich wieder an Schwartz. »Glauben Sie wirklich, es wäre möglich, dass es sich nicht um einen Produktionsfehler handelt?«

»Ich *weiß*, dass es nicht sein kann«, erwiderte Mr. Schwartz entschieden. »Es gibt einfach nichts in den Geräten, was eine solche Reaktion hervorrufen könnte.«

»Die Batterien sind brennbar«, warf Mr. Leary ein.

»Und luftdicht verschlossen. Wir haben noch nie irgendwelche Probleme mit ihnen gehabt. Und das ist einer der Gründe, warum ich mir überhaupt keine Sorgen um mich oder irgendjemanden auf dem Firmengelände mache, wenn ich die Testexemplare überprüfe.«

»Sie müssen dennoch Vorsichtsmaßnahmen ergreifen«, ordnete Mr. Hagen an. »Schutzkleidung, Schutzbrille und Handschuhe ...«

»Natürlich.«

Einen Moment herrschte Schweigen.

»Okay«, sagte Mr. Hagen. »Das Wichtigste zuerst. Ich werde mich darum kümmern, alle verfügbaren Informationen zu erhalten. Außerdem werde ich alles tun, um die Leute, die schon Bescheid wissen, zu überzeugen, diese Story nicht auszuschlachten. Ich brauche wohl niemandem hier zu sagen, wie entscheidend es ist, dass niemand anderes hier im Unternehmen oder außerhalb auch nur das kleinste Gerücht vernimmt.«

»Natürlich nicht«, sagte Mrs. Ashcroft.

»Von mir wird niemand etwas erfahren«, versicherte Mr. Leary. »Sie müssen vorsichtiger als jeder andere von uns sein«, sagte er zu Fred Schwartz. »Sie sind derjenige, der an vorderster Front arbeitet.«

Schwartz war ziemlich verärgert. »Glauben Sie, dass gerade ich die katastrophalen Konsequenzen einer undichten Stelle nicht erkennen könnte?«

»Ruhe, Leute!«, beschwichtigte Al Hagen. »Wir müssen alle versuchen, ruhig zu bleiben.«

»Ich bin ruhig«, erklärte Mr. Schwartz.

»Ich bin so ruhig, dass es mir schon Angst macht«, beteuerte Howard Leary sarkastisch.

Olivia Ashcroft erhob sich. »Ich fahre nach Hause, um mich umzuziehen, sofern es nichts gibt, was ich in diesem Moment für Sie tun kann, Mr. Schwartz. Wir wissen alle, dass Sie besser alleine arbeiten können ...«

»Ich muss alleine arbeiten, weil wir alle versuchen, die Normalität zu wahren.«

»Aber wenn ein zweiter Kopf oder ein zweites Paar Augen einen Unterschied hinter den Kulissen macht ...?«

»Dann werde ich es Sie wissen lassen.« Fred Schwartz lächelte sie an. »Danke.«

Leary schaute Hagen an. »Mr. Hagen, ich muss noch ein Wort mit Ihnen sprechen.« Er schaute die beiden anderen an. »In einer anderen Angelegenheit.«

»Natürlich«, sagte Al Hagen. »Ich sehe Sie später, Mrs. Ashcroft.« Er nickte Mr. Schwartz zu. »Viel Glück, Mr. Schwartz.«

Als Mrs. Ashcroft und Mr. Schwartz den Raum verließen, setzte sich Mr. Hagen wieder hin.

»Um was geht es, Mr. Leary?«

Howard Leary sprach mit leiser Stimme. »Sind Sie sicher, dass er der Sache gewachsen ist?«

»Sie meinen Schwartz? Mehr als jeder andere.«

Mr. Leary sah skeptisch aus. »Ich weiß, dass wir immer geglaubt haben, er sei ein Ass, doch es ist noch nie großartig etwas schief gelaufen, seitdem er bei uns ist. Sehen wir den Tatsachen doch ins Auge, Mr. Hagen. Die meisten der Kontrollgeräte waren installiert, ehe Mr. Schwartz zu uns kam. Er hat es noch nie mit Überprüfungen dieser Art zu tun gehabt.«

Jeder Muskel in Hagens Gesicht war straff angespannt. »Mr. Leary, ich würde lügen, wenn ich Ihnen sagen würde, dass ich mir in diesem Moment irgendeiner Sache sicher sei. Aber ich glaube, dass ich Mr. Schwartz im Laufe der Jahre so gut kennen gelernt habe, dass ich mir einer Sache sicher sein kann, und zwar, dass Hagen-Schrittmacher ihm alles bedeutet.«

»Das trifft doch wohl auf uns alle zu«, entgegnete Mr. Leary mit einem Achselzucken. »Vielleicht bin ich nur enttäuscht, weil ich ihm die Detektivarbeit überlassen muss. Noch vor wenigen Jahren war ich der einzige, dessen Augen vierundzwanzig Stunden am Tag an einem Mikroskop klebten. Es ist nicht leicht, das einem anderen zu überlassen.«

»Mr. Schwartz hat vielleicht nicht Ihr Talent, Mr. Howard, oder Ihre Fähigkeiten«, sagte Al Hagen freundlich, »aber selbst Sie müssen zugeben, dass er der gewissenhafteste und gründlichste Mann ist, den man finden kann.«

»Sie glauben also nicht, dass wir daran denken sollten, Hilfe von außerhalb zu holen?«

»Nicht, solange wir nicht müssen«, erwiderte Hagen im Brustton der Überzeugung. »Es sind weiß Gott schon zu viele Menschen in die Sache verwickelt.« Er schaute auf die Uhr. »Ich muss einige Telefonate führen. Innerhalb der nächsten Stunden muss ich die Polizei in Chicago und Boston und die Angehörigen von Ferguson und Long davon überzeugen, dass wir Himmel und Erde in Bewegung setzen, um dem Problem auf die Spur zu kommen.«

»Sie müssen sie beruhigen, Mr. Hagen.«

»Wir sollten alle hoffen und beten, dass ich es schaffe.« Hagen schaute ihn grimmig an. »Wenn es mir nicht gelingt und sie darauf bestehen, das an die Öffentlichkeit zu bringen, wird das Chaos ausbrechen.«

»Das weiß ich genauso gut wie Sie.«

8. Kapitel

Samstag, 9. Januar

Obwohl scherzhafte oder bösartige Spötteleien ebenso zum Alltag der Chicagoer Polizei gehörten wie das gemeinsame Bier nach Schichtende, spotteten wenige der Kollegen über die Vorahnungen von Lieutenant Joseph Duval, seitdem er fast allein dem vielfachen Brandstiftermörder, der die *Teuflische Fackel* genannt wurde, das Handwerk gelegt hatte. Sie neckten den Detective mit der spitzen Nase und den hageren Gesichtszügen, weil er immer dünn blieb, wie viel er auch aß, und sie spotteten über ihn, weil er von nur einer Flasche Bier einen Schwips bekam. Andererseits respektierten sie seine allseits bekannte Hartnäckigkeit, und sie zogen Joe Duval selten auf, wenn er seiner Intuition folgte.

Fünfzehn Minuten nachdem er das Büro des Präsidenten von Hagen-Schrittmacher am frühen Freitagnachmittag betreten hatten, wurde Joe von seinem sechsten Sinn – der sich immer in Form eines sonderbaren Kribbelns entlang seiner Wirbelsäule ankündigte – gewarnt, dass sich die Sache nicht nur in einen Fall verwandelte, sondern dass es todsicher ein großer Fall war.

»Ich hasse Wissenschaftler«, vertraute er Commander Jackson am Samstagmorgen im Präsidium an. »Sie leben auf einem anderen Planeten. Wir haben zwei Leichen, eine männliche und eine weibliche, neunhundert Meilen voneinander entfernt. Ihre Herzschrittmacher, die beide von diesen Leuten hergestellt wurden, haben ihre Brustkästen total zerfetzt, und alles, was ihnen dazu einfällt, ist, dass so etwas nicht passieren kann.«

»Nach Hagens Worten kann es nicht passieren«, sagte Jackson.

»Aber es ist passiert.« Joe schüttelte sein dunkles Haupt. »Äpfel explodieren auch nicht, aber wenn die Gerichtsmedizin mir einen Bericht schickt, der beweist, dass zwei Red Delicious in tausend Teile explodiert sind, würde ich das glauben. Nicht jedoch diesen Leuten hier mit ihren Formeln und ihren endlosen Auflistungen der Bestandteile.«

»Und alles beweist angeblich, dass diese Dinger nichts enthalten, was explodieren könnte.«

»Das bedeutet, dass sie entweder Unrecht haben und es einige chemische Reaktionen gibt, die sie noch nie in Betracht gezogen haben …«

»Unmöglich nach Hagens Meinung.«

»… oder«, fuhr Joe fort, »diese beiden Geräte enthielten noch etwas anderes.«

»Sie sprechen von Sabotage, Duval.«

»Ich spreche von Mord.«

»Sie sprechen von Bomben.«

»Ich glaube ja.«

»Es gibt keinen echten Beweis.«

»Noch nicht.«

»Ich wünschte, Sie hätten diesmal Unrecht, Lieutenant Duval.«

»Das wünschte ich auch.«

»Aber Sie glauben es nicht?«

»Nein.«

»Herrgott!« Er hatte das Wort leise, fast flüsternd ausgesprochen.

»Alles, was sie bis jetzt zu wissen scheinen, ist, dass beide

Herzschrittmacher vor Monaten hergestellt wurden«, sagte Joe. »Der Leiter der Qualitätskontrolle, ein Typ namens Schwartz, schwört, dass das Unternehmen sauber sei.«

»Hagen sagt, dass sie Zeit brauchen.«

»Wie viel Zeit können wir ihnen zugestehen, Commander? Seit dem Tod von Long ist schon fast eine Woche vergangen.«

Die beiden Männer verfielen in Schweigen. Innerhalb der dunklen, holzgetäfelten Wände in Jacksons Büro mit den gerahmten Urkunden und Fotografien seines Inhabers, der angesehenen Frauen und Männern vom Major bis zum Kriminalrat der Polizei die Hand schüttelte, war es in der Regel möglich, ein wenig Ruhe zu genießen. Im Gegensatz dazu herrschte außerhalb in dem geräumigen Großraumbüro, das mit angeschlagenen Schreibtischen und verbeulten Aktenschränken voll gestopft war und in dem es von Kriminalbeamten und Sekretären wimmelte, meistens lautstarkes Chaos. Isaiah Jackson, immer gepflegt, immer gut gekleidet, hasste Lärm und mochte Menschen nicht, die herumschrien, um ihre Meinung durchzusetzen, und trotz seiner tiefen, vollen Stimme war er bekannt für seine Fähigkeit, die Menschen leise anzuschreien.

»Trauen Sie Hagen?«, fragte Joe.

»Ich habe ihn nie kennen gelernt … Aber ich habe Ihnen ja gesagt, dass ich Marie Fergusons Vater, William Howe, kannte.« Er lehnte sich in seinem Stuhl zurück und zeigte auf ein Schwarzweißfoto an der Wand zu seiner Linken. »Das ist er. Der große Typ mit dem Hut. Hagen würde jetzt schon in der Hölle schmoren, wenn Howe noch lebte.«

»Die Leute bei Hagen sind nervös wegen Sean Ferguson. Sie wissen, dass er freier Journalist ist?«

»Dann kann ich es ihnen nicht verübeln.«

»Sicher, wenn sie Angst haben, er könnte einen Artikel

schreiben, der bei Tausenden von Patienten eine Herzattacke auslöst«, sagte Joe bissig. »Als ich Leary traf, den Leiter der Produktion, hatte ich das unbestimmte Gefühl, dass er in erster Linie daran interessiert ist, seinen Arsch zu retten.«

»Ich nehme an, Sie mögen Leary nicht.«

»Ich dachte, er sei ein arrogantes Arschloch, aber wahrscheinlich hat er Recht, es so lange wie möglich vor der Presse geheim zu halten.«

»Wenn Sie in diesem Punkt Recht haben«, sagte Jackson, »ist Leary einer der Hauptverdächtigen.«

»Zusammen mit jedem anderen bei Hagen-Schrittmacher.« Joe verstummte. »Wie gehen wir vor, Commander? Sollen wir das ganze Unternehmen auf den Kopf stellen und schließen?«

»Hagen stimmt Schwartz zu und sagt, dass sie Zeit brauchen.«

Joe zuckte mit den Schultern. »Ich vermute, dass wir keine andere Wahl haben, wenn wir die Sache geheim halten wollen. Und sie sind die Experten.« Er dachte nach. »Wie wäre es, wenn wir ihnen das restliche Wochenende zugestehen, uns aber schon diskret einschalten, ihnen jede mögliche Hilfe anbieten und selbst einige Nachforschungen anstellen?«

»Was brauchen Sie?«, fragte der Commander.

»Ich würde gerne heute und morgen durch die Fabrik wandern, und ab Montag, denke ich, sollten zwei von uns hineingehen – nur zwei, um die Sache nicht zu sehr aufzubauschen – und ihnen als Undercover auf die Pelle rücken. Wir behaupten, dass wir eine Art Zeitstudie durchführen.« Joe überlegte. »Lipman würde eine gute Wissenschaftlerin abgeben, wenn sie frei wäre.«

Jackson nickte. »Ich werde mich mit Chief Hankin beraten, Hagen anschließend anrufen und alles in die Wege leiten.«

»Es werden nur die nötigsten Informationen über unsere Anwesenheit im Betrieb weitergegeben. Nur diejenigen, die schon etwas wissen, werden eingeweiht«, fügte Joe hinzu. »Er schaute auf seine Notizen. »Howard Leary, Olivia Ashcroft und Fred Schwartz.« Er verstummte erneut. »Schwartz gefiel mir. Er war zu beschäftigt, um mit mir zu sprechen, aber er sah so gequält aus, als ob diese Sache ihn umbringen würde.«

»Und was ist mit Ashcroft?«

»Ich habe sie nicht getroffen. Sie war zu Hause bei ihrer Familie.«

»Und was halten Sie von Hagen?«

»Er erinnert mich an einen meiner Lehrer auf dem College. Im ersten Moment dachte ich, er mache sich nicht unbedingt nur um den Betrieb Sorgen.«

Der Commander schaute den Lieutenant aufmerksam an. »Sie wissen, dass es nur ein fataler Unfall gewesen sein könnte, Duval.«

»Ich hoffe es.«

»Sie hatten doch eine Ihrer verdammten Vorahnungen, nicht wahr?«

Joe grinste ihn an, als er sich erhob.

»Gott sei Dank, bin ich nicht unfehlbar, Commander.«

9. Kapitel

Sonntag, 10. Januar

Nachdem Chris Webber Katy am Freitagmorgen abgeholt hatte, um sie zur Schule zu bringen, kam Lally ihr Haus ungewöhnlich ruhig vor. Chris war zeitig gekommen, um noch ein Wort mit seiner Tochter sprechen zu können, ehe sie gingen. Dieses Gespräch hatte Lally richtig erschüttert.

Chris hatte seine Worte mit Bedacht gewählt. »Mama geht es heute Morgen besser, Liebling. Das bedeutet jedoch nicht, dass sie nicht mehr krank ist. Das wissen wir beide, nicht wahr? Und ich glaube, wir müssen endlich dafür sorgen, dass sie die Behandlung bekommt, die sie braucht, damit sie wieder gesund wird.«

»Mama ist doch nicht richtig krank, Papa, oder?«, fragte Katy. »Es geht ihr ja nur schlecht, wenn sie zu viel getrunken hat.«

»Gerade das ist ja die Krankheit, Katy.« Chris schaute sie traurig an. »Wir haben schon einmal darüber gesprochen, erinnerst du dich? Zu viel Alkohol beeinflusst die Menschen auf verschiedene Art und Weise.«

»Ich erinnere mich«, sagte Katy. »Einige Menschen fallen hin, andere bekommen Magenschmerzen, manche benehmen sich seltsam oder werden richtig traurig.«

»Normalerweise«, fuhr ihr Vater fort, »sind sie nur ziemliche Nervensägen, aber in einigen Fällen verändert der Alkohol die Menschen richtig. Selbst Menschen, die sich sonst ganz normal verhalten und freundlich sind, können durch ein paar Gläser außer sich geraten.«

»Wie Mama.«

»Genau wie Mama.«

»Und was werden die Ärzte tun, damit sie wieder gesund wird, Papa? Wird der Arzt ihr Medikamente geben?«

Chris nahm die Hand seiner Tochter. »Das ist nicht so, als hätte man eine Grippe oder eine Mandelentzündung, Katy. Es ist möglich, dass Mama für eine Weile in ein Krankenhaus gehen muss.«

»Wie lange?«

»Das weiß ich nicht genau.«

»Zwei Tage?«

»Länger.«

»Eine ganze Woche?«

»Vielleicht noch etwas länger.« Als Chris Katys trauriges Gesicht sah, drückte er ihre Hand noch etwas fester. »Aber du kannst sie besuchen, Liebling. Findest du nicht auch, dass es das Beste ist, wenn die Ärzte Mama helfen, wieder gesund zu werden?«

»Doch, schon«, erwiderte Katy unsicher.

Als Lally wieder allein war, hatte sie versucht, sich zu beschäftigen, indem sie für das Café buk, aber sie hatte sich seltsam einsam gefühlt. Hugo blieb oft über Nacht bei Freunden, und Lally machte das in der Regel nichts aus. Sie hatte ein fröhliches Naturell und neigte normalerweise nicht zu Gefühlen der Einsamkeit. Nachdem Katy jedoch bei ihr geschlafen und sie mit Chris gegessen hatte, war es anders. Er hatte ihr so freimütig sein Herz ausgeschüttet und sie an seinen Problemen teilhaben lassen, dass sie sich jetzt seltsam vertraut mit ihm fühlte. Eigentlich kannte Lally die Webbers natürlich kaum, doch es ließ sich nicht abstreiten, dass sie nun in die Sache verwickelt war, ob es ihr gefiel oder nicht.

Und gefällt es mir?, fragte sie sich, als sie Eier in den Teig schlug.

Die Frage war nicht einfach zu beantworten. Sie hasste die Tatsache, dass ein zehnjähriges Mädchen in Angst und Schrecken lebte und den Kummer der Erwachsenen ertragen musste. Es war ihr sehr unangenehm gewesen, Andrea Webber in betrunkenem Zustand zu sehen, und der Schmerz und die Bestürzung in den Augen ihres Gatten hatten sie traurig gestimmt. Die Stunden mit Chris hatte sie jedoch genossen. Und als Chris ihr gestanden hatte, dass seine Ehe nicht mehr zu retten sei, war sie ehrlich gesagt überhaupt nicht betroffen gewesen. Allerdings hatte er das heute Morgen Katy gegenüber nicht erwähnt.

Lally schüttelte sich. Plötzlich hatte sie Schuldgefühle. Es war nichts zwischen ihr und Chris Webber, und selbst wenn sie ihn anziehend fand, gab es nicht den geringsten Hinweis darauf, dass dieses Gefühl von ihm erwidert wurde. Dieser Mann hatte tausend Dinge im Kopf, und sie gehörte sicherlich nicht dazu. Sofern es um die Ehe der Webbers ging, war außerdem nichts vorbei, bis es wirklich vorbei war. Und wäre es nicht weit besser für Katy, wenn sie weiterhin in einer intakten Familie leben könnte?

Das ist sicher das Beste für Katy, dachte Lally, *und nur das zählt.*

Chris und Katy kamen an diesem Nachmittag nach der Schule nicht zu ihr. Lally, die an diesem Morgen nur eine Stunde gegeben hatte und dann sofort in *Hugos Café* gegangen war, musste zugeben, dass sie bitter enttäuscht war. Chris hätte sie anrufen können, um ihr zu sagen, wie es bei ihnen zu Hause weiterging. Sie redete sich ein, dass es ihm wahrscheinlich peinlich war, einer Fremden – was sie natürlich noch immer für ihn war – so viel erzählt zu haben. Die Ballettlehrerin seiner Tochter hatte ihre Nase in seine Privatangelegenheiten gesteckt und mehr erfahren, als ihr zustand.

Chris rief am Freitagabend um kurz nach neun an, als Lally und Hugo sich im Fernsehen einen alten Spielfilm ansahen.

»Es tut mir Leid, dass es schon so spät ist«, sagte er. »Ich habe Katy eben erst ins Bett gebracht.« Er schien nach den richtigen Worten zu suchen.

»Du bist nicht verpflichtet, mich anzurufen«, erwiderte Lally, die zwar höflich, aber sehr zurückhaltend war. »Es hat mich gefreut, dass Katy bei mir geschlafen hat.« Sie wusste, dass Hugo, der nur einen Meter von ihr entfernt saß, jedes Wort hörte, das sie sagte, und sie konnte seine Missbilligung spüren, ohne ihn anzusehen.

»Ich wollte dich aber anrufen«, sagte Chris, »damit du weißt, was passiert ist.«

»Nicht, dass du das Gefühl hast, du müsstest es tun«, sagte Lally schnell. »Ich meine, wenn ich noch irgendetwas tun könnte, wäre ich froh, aber andererseits ...«

»Hättest du etwas dagegen, wenn ich darüber spreche?«

»Nein, natürlich nicht.«

»Offen gestanden habe ich das Gefühl, zum ersten Mal an diesem Tag etwas Vernünftiges, halbwegs Normales zu tun, wenn ich mit dir spreche.«

Chris erzählte Lally, dass er Andrea überzeugt habe, heute Nachmittag in der Nähe von Springfield in eine Klinik zu gehen. Er sagte nicht viel darüber, was es gekostet hatte, mit ihr darüber zu sprechen und sie dazu zu bringen, aber Lally las zwischen den Zeilen und vermutete, dass es für beide sicher ein wahrer Albtraum gewesen war. Sie dankte ihm, dass er angerufen hatte, und Chris fragte sie, ob sie sich besser fühle. Dann verabschiedeten sie sich sehr herzlich voneinander, aber es schien Lally mehr denn je, dass sie die Stimmung am letzten Abend falsch gedeutet hatte. Es gab zwischen ihnen nichts, und das durfte auch nicht sein.

»Sei vorsichtig, Lally«, sagte Hugo, nachdem sie aufgelegt hatte.

»Inwiefern?«

»Das weißt du doch.«

»Tue ich das?«

»Ich glaube ja.«

Mehr sagte Hugo nicht, aber Lally wusste, dass er fast immer ihre Gedanken lesen konnte, und sie wusste auch – was die Sache noch verschlimmerte –, dass Hugos Warnungen normalerweise etwas wert waren. Sie beschuldigte ihn oft, besonders in Bezug auf zwischenmenschliche Beziehungen allzu vorsichtig zu sein. Aber Hugo war ihr bester Freund, beständiger als alle anderen, die sie kannte, außer ihrem Bruder Joe, und in der Regel schenkte sie Hugos Ratschlägen mehr Bedeutung, als sie sich eingestand.

Chris Webber war einfach ein netter Mann, der so verzweifelt war, dass er seine Probleme mit einem anderen Erwachsenen teilen wollte. Lally konnte sich noch nicht einmal selbst anschwindeln und sich einreden, dass er sie ausgesucht habe, um sich ihr anzuvertrauen. Sie war ja diejenige gewesen, die in sein Elend hineingestolpert war. Jetzt hatte sie erreicht, was sie sich vorgenommen hatte, nämlich Katys Albtraum möglichst schnell ein Ende zu bereiten. Andrea würde nun Hilfe bekommen, und wenn alles gut ging, würde sie in nicht allzu langer Zeit wieder zu Hause sein.

Möglicherweise könnten die Webbers dann wieder eine ganz normale Ehe führen.

An diesem grauen, verschneiten Sonntagmorgen kam Chris und Katy Webber jedoch nicht die größte Bedeutung in ihren Gedanken zu. Lally hatte ihren ersten Schwindelanfall, unmittelbar nachdem sie aufgestanden war, und dann noch einen zweiten kaum zwanzig Minuten später unten an der Treppe. Hugo, der gerade aus der Küche kam, ließ fast seine Kaffeetasse fallen und beharrte darauf, sie ins Wohnzimmer zu tragen und auf die Couch zu setzen.

»Ich rühre mich keinen Zentimeter von der Stelle, ehe du mir nicht ganz genau gesagt hast, seit wann das schon so geht«, sagte er, während er vor ihr stand.

»Es ist nicht so schlimm«, beteuerte sie mit so schwacher Stimme, dass es unglaubwürdig klang.

»Blödsinn.«

»Es ist nicht sehr angenehm, besonders an einem Sonntag.«

Hugo trug einen Bademantel, sein langes Haar fiel offen auf seine Schultern, und Lally fand, dass er mit seiner Adlernase und seinem großen, mageren Körper fast biblisch aussah.

»Ich fühle mich nicht so gut«, sagte er. »Die Frau, an der mir am meisten liegt, ist soeben umgekippt ...«

»*Fast* umgekippt, und ich fühle mich schon besser.«

»... Ist soeben fast umgekippt, und ihr ist gerade herausgerutscht, dass es schon einmal passiert ist, und ich will zum Teufel noch mal wissen, warum du nie etwas davon erwähnt hast.«

»Weil ich weiß, dass du dich dann aufregst.« Sie schickte sich an aufzustehen.

»Wage ja nicht aufzustehen. Natürlich rege ich mich auf,

und wenn du mir jetzt nicht sofort alles erzählst, rufe ich Dr. Sheldon an.«

»Schon gut, schon gut. Ich erzähle es dir ja. Du brauchst nicht so ein besorgtes Gesicht zu machen. Mir war nur ein wenig schwindelig. Wahrscheinlich ist es nur irgendein Virus.«

»Bist du jemals richtig umgekippt?«, fragte Hugo.

»Nein.«

»Sicher?«

»Nein.«

»Wie oft ist es schon passiert?«

»Hugo, hältst du bitte den Mund und lässt mich erzählen.«

Fünf Minuten später rief er jedenfalls Dr. Sheldon an und beharrte darauf, dass Lally gründlich untersucht werden müsse. Obwohl Hugo die Ruhe in Person war, so beunruhigte es ihn doch maßlos, dass Lally nicht einmal mehr Einwände erhob.

Der Albtraum begann ungefähr fünfzehn Minuten, nachdem Dr. Sheldon mit seiner Untersuchung begonnen hatte. Der Arzt war um die dreiundsechzig, vielleicht etwas älter, trug alte Tweedanzüge, schnitt sich sein dünnes, weißes Haar selbst und roch nach Pfeifentabak. Er war immer sehr rücksichtsvoll und neigte nicht zu vorschnellen Entscheidungen oder Diagnosen. Lally hatte an diesem Morgen allerdings den Eindruck, dass Dr. Sheldon in seinem alten, gemütlichen Sprechzimmer, an dessen Wänden Drucke von Rockwell hingen, noch mehr grübelte als gewöhnlich. Er gab kaum mehr als ein Knurren von sich, als er ihren Blutdruck maß, in ihre Augen und Ohren schaute, ihr Herz und ihre Lungen abhörte, ihre Reflexe testete, sie wog, ihr etwas Blut abnahm und sie dann zur Toilette schickte, weil er eine

Urinprobe brauchte, die mit den anderen Proben ins Labor geschickt werden sollte.

Der Arzt telefonierte, als Lally wieder ins Sprechzimmer kam, und es dauerte einen Moment, ehe sie begriff, dass die Untersuchungstermine in einer knappen Stunde, die er gerade vereinbarte, für sie bestimmt waren.

»Dr. Sheldon, was bedeutet das?«, fragte sie, als er den Hörer auflegte.

»Ich habe nur ein paar Termine für Untersuchungen vereinbart.« Er nahm seine Brille ab, die so alt wie sein Anzug und mit Klebeband notdürftig repariert war, und rieb über seinen Nasenrücken.

»Das habe ich gehört.« Sie schaute ihm in die Augen. »Wo brennt's, Dr. Sheldon? Was haben diese Untersuchungen zu bedeuten?«

Auch er schaute ihr in die Augen. »Ich bin beunruhigt, Miss Duval. Bei einem anderen Patienten würde ich vielleicht zunächst annehmen, dass die Schwindelanfälle stressbedingt seien, aber dafür kenne ich Sie zu lange.«

»Es könnte ja sein.«

»Glauben Sie das?«

Sie antwortete nicht.

»Gut, ich will ehrlich sein. Ihr Pulsschlag gefällt mir nicht.«

Angst kroch in ihr hoch. »Was ist damit nicht in Ordnung?«

»Ich bin mir nicht sicher, und daher habe ich weitere Untersuchungen angeordnet, okay?«

»Ich weiß nicht.«

»Es führt leider kein Weg daran vorbei.«

Sie zuckte hilflos mit den Schultern. »Sie sind der Arzt, Dr. Sheldon.«

Hugo, der im Wartezimmer saß, erblasste sichtlich, als Lally versuchte, ihm ruhig zu erklären, dass sie sofort ins Taylor-Dunne-Krankenhaus in Holyoke fahren müsse, um sich dort ein paar Untersuchungen zu unterziehen.

»Sofort?« Hugo schaute Dr. Sheldon an, der in der Tür hinter ihr stand. Der Arzt nickte.

»Ich glaube, Dr. Sheldon langweilt sich sonntags«, versuchte Lally zu scherzen.

»Ich mache nur meine Arbeit«, sagte Dr. Sheldon zu Hugo. »Und ich versuche, ein paar Dinge auszuschließen.«

»Was für Dinge?«, fragte Hugo.

»Das wird er dir nicht verraten«, sagte Lally und nahm seinen Arm. »Er ist Arzt, und die studieren jahrelang genau für solche Momente. So können sie behaupten, dass sie sich auskennen, wenn sie in Wirklichkeit überhaupt nichts wissen.«

»Doktor?« Hugo schaute Dr. Sheldon wieder an.

»Bringen Sie sie nur nach Holyoke. Die Leute dort sind auch ohne Patienten, die zu den Untersuchungen zu spät kommen, schon beschäftigt genug.«

Als sie zum Wagen gingen, erkannte Lally deutlich die Angst in Hugos Augen, und sie erinnerte sich daran, dass er seit seiner Rückenverletzung eine kleine Angstneurose hatte, wenn es um Krankenhäuser ging. »Ich könnte doch auch ein Taxi nehmen?«

»Ja, natürlich.«

Sie zog ihn zu einem Taxistand. »Hugo, ich bin sicher, dass es keinen Grund gibt, sich Sorgen zu machen, und ich glaube, es wäre besser, wenn du das Café öffnen würdest. Ich meine, wozu braucht man einen Geschäftspartner, wenn er sich nicht um das Geschäft kümmert, wenn man krank ist.«

»Du brauchst gar nicht erst zu versuchen, mich abzuschütteln, Lally.« Er ging weiter.

»Vielleicht möchte ich lieber allein sein.«

»Nein, das möchtest du nicht.«

Sie lehnte sich an seine Schulter. »Nein«, antwortete sie, »das möchte ich nicht.«

Sie wurde gründlicher untersucht als je zuvor in ihrem Leben, und es wurden ihr mehr als hundert Fragen gestellt. Man nahm ihr wieder Blut ab und machte eine Gehirnaufnahme und ein EKG, bei dem Elektroden an ihrem Brustkasten, ihren Handgelenken und Fußknöcheln befestigt wurden. Es wurden Röntgenaufnahmen vom Rücken und der Brust gemacht, und ein Wärmetest wurde durchgeführt, bei dem der äußere Gehörgang ihrer Ohren kurz mit Wasser überflutet wurde. Dann wurden ihre Augen hinsichtlich normaler Reflexe untersucht. Die Ärzte, Krankenschwestern und Pfleger waren alle freundlich und tüchtig und versuchten, sie zu beruhigen, aber Lally hatte sich noch nie so schrecklich allein gefühlt. Hugo saß im Wartezimmer, doch nun hätte es ihr vielleicht gut getan, eine vertraute Hand zu halten, und als sie plötzlich an Chris Webber dachte, war sie für einen Augenblick abgelenkt. Sie erinnerte sich an die dunkelblauen Augen, das lockige, blonde Haar und seine markante Nase. Und dann ließ sie das Bild wieder los. Im Moment war sie allein, aber damit würde sie schon zurechtkommen.

Mit ihrem Kopf war alles in Ordnung und mit ihren Ohren auch, und alles andere war auch in Ordnung, nur der Herzschlag war es nicht, und das war genau das, was Dr. Sheldon vermutet hatte. Gegen ihren Willen wurde Lally in einen Rollstuhl gesetzt und in das Sprechzimmer eines gewissen Dr. Lucas Ash, eines Kardiologen, gefahren.

Hier wartete sie fast eine Dreiviertelstunde, umgeben von tadellosem perlgrauem Leder und Chrom, in schweigender Atmosphäre, während der Arzt seine Visite im Krankenhaus beendete.

»Verzeihen Sie, dass ich Sie warten ließ«, sagte er, als er ins Sprechzimmer eilte.

»Kein Problem.« Lally schaute ihn fasziniert an. Er war um die fünfundvierzig, blond, und mit seiner römischen Nase, den violettblauen Augen und dieser Art makelloser Haut, die aussah, als sei sie sauber geschrubbt und soeben frisch eingecremt worden, war er eine Spur zu hübsch.

»Entschuldigen Sie mich bitte noch einen Moment, damit ich die Untersuchungsergebnisse durchsehen kann?« Er lächelte sie entwaffnend an und beugte sich dann über die Akte. Ab und zu nahm er eine winzige zusammengeklappte Brille von seinem Schreibtisch und setzte sie auf, und Lally hatte fast das Gefühl, er müsse beweisen, dass er wirklich Arzt und kein Schauspieler aus einer Arztserie war.

Doch er ließ sie nicht mehr lange auf die Diagnose warten. Er hörte ihr Herz ab, überprüfte ihren Puls und den Blutdruck, überprüfte zweimal ihre Familiengeschichte und fragte sie laut und deutlich, ob sie ganz sicher sei, dass sie in der letzten Woche keinerlei Drogen genommen habe.

»Noch nicht einmal ein Aspirin«, erwiderte Lally.

»Gut.«

Als sie auf die Diagnose wartete, schaute sie angespannt auf das Fenster hinter dem Stuhl des Arztes. Draußen schneite es wieder, und die Grünanlage des Krankenhauses und die ganze Welt schien hinter einem weißen Schleier zu versinken.

»Sie haben eine sogenannte Bradykardie. Vereinfacht gesagt ist das eine abnorm niedrige Herzfrequenz. Dadurch haben Sie zu niedrigen Blutdruck, und das zieht einen Mangel an Energie, Schwäche und Schwindelanfälle nach sich.« Dr. Ash machte eine Pause. »Haben Sie schon einmal etwas von einem Herzblock gehört?«

Lally schüttelte den Kopf. Ihre Hände waren eiskalt.

»Das ist eine Unterbrechung oder eine Blockierung des Reizleitungssystems des Herzens. Die Kontraktion der oberen und unteren Teile des Herzens sind nicht richtig aufeinander abgestimmt. Obwohl in einigen Fällen nur eine relative Störung bestehen kann, liegt in Ihrem Fall das vor, was wir einen totalen Herzblock nennen.« Er machte wieder eine Pause und schaute ihr ins Gesicht. »Das ist aber keineswegs so beängstigend, wie es sich anhören mag.«

»Wie ernst ist es?« Lallys Stimme war ganz leise.

»Sehr ernst, aber nur dann, wenn es nicht behandelt wird. Es kann zu Bewusstlosigkeit und sogar zu einem Herzstillstand führen.«

»Wollen Sie damit sagen, dass es tödlich sein kann?«

»Nur, wenn wir nichts dagegen unternehmen.«

Lally schaute ihn ungläubig an. Alles erschien ihr unwirklich, als schwebe sie über dem Raum und sähe sich dort unten gegenüber vom Arzt im Rollstuhl sitzen. Immerhin würde sie überleben.

»Ich verstehe wirklich nicht, wie das wahr sein kann«, sagte sie ganz langsam und ruhig. »Ich bin Tänzerin, und ich tanze nicht nur ständig, sondern ich trainiere jeden Morgen. Eigentlich hatte ich immer viel zu viel Energie und wusste kaum wohin damit. Ich bin eine starke Person.«

»In letzter Zeit jedoch nicht ganz so stark«, vermutete Dr. Ash.

»Ja, das stimmt. Könnte es denn nicht nur einer dieser sonderbaren Viren sein, von denen man ab und zu hört?« Lally bemerkte jetzt das unterdrückte Entsetzen in ihrer Stimme. »Weder meine Mutter noch mein Vater hatten Herzprobleme. Keiner in meiner Familie, soviel ich weiß.«

»Ihre Mutter und Ihr Vater sind jung bei einem Unfall ums Leben gekommen.« Der Arzt war freundlich, aber sachlich. »Und ich bezweifle, dass Herzkrankheiten zu den regelmäßigen Gesprächsthemen bei Ihnen zu Hause gehörten. Das ist nie der Fall, bis es Probleme gibt.«

»Und nun ist es so weit.« Angst kroch in Lally hoch, und sie hatte das Gefühl, als lege sich eine Faust um ihren Magen. Plötzlich wollte sie wie ein Kind weinen, wollte, dass sie jemand in den Arm nahm und ihr sagte, dass alles wieder gut sei.

»Es gibt keinen Grund, sich Sorgen zu machen, Miss Duval«, beruhigte sie Dr. Ash. »Ich sagte Ihnen ja bereits, dass es nur ein Problem ist, wenn es nicht behandelt wird.«

Lally schaute ihn unsicher an. »Und wie können Sie es behandeln?«

»Indem ich Sie mit einem künstlichen Herzschrittmacher ausrüste.«

»Ein Herzschrittmacher?« Lally war entsetzt. Als sie gehört hatte, dass sie nicht sterben würde, war sie einen Augenblick erleichtert gewesen, doch dieses Gefühl wurde nun von schrecklichen Bildern beiseite geschoben. Im Geiste sah sie künstliche Herzen vor sich und sich selbst mit Schläuchen und Drähten in einem Bett liegen. Dann sah sie sich blass und zerbrechlich in einem Rollstuhl sitzen, während Hugo sie zu ihrem Tanzstudio schob, und sie hörte, wie sie zu ihren Schülern sagte, sie könne sie nie mehr unterrichten, aber sie müssten sich keine Sorgen um sie machen …

»Was wissen Sie über Herzschrittmacher?« Die Stimme des Arztes holte Lally wieder in die Realität zurück.

»Ich vermute, sehr wenig.« Sie errötete leicht. »Ich habe natürlich etwas über Herzschrittmacher gehört, aber soviel ich weiß, habe ich noch nie jemanden kennen gelernt, der einen hat.«

»Wie groß sind Ihrer Meinung nach Herzschrittmacher?«

Lally zuckte mit den Schultern, hielt ihre Hände hoch und deutete unsicher die Form und Größe einer Apfelsine an. »Ungefähr so? Ich weiß es nicht.«

Dr. Ash lächelte und öffnete eine Schublade seines Schreibtisches.

»Das ist ein moderner Herzschrittmacher.« Er sah ihren erstaunten Blick. »Nicht viel größer als eine Streichholzschachtel, nicht wahr? Nehmen Sie ihn in die Hand.« Er gab ihr den Schrittmacher. »Und er ist außerdem leicht, nicht wahr?«

»Das ist verblüffend.« Die Angst kehrte zurück. »Das wird an meinem Herzen befestigt? Ich weiß, es ist klein, aber wie kann ich mich bewegen, wenn ich so etwas in mir habe?«

»Ganz einfach, glauben Sie mir.« Der Kardiologe griff in die tiefe Schreibtischschublade, um noch etwas anderes herauszufischen, stand dann auf, drehte sich um und nahm ein Buch aus einem Regal. »Miss Duval, kommen Sie und setzen Sie sich hierhin.« Er zeigte auf ein graues Sofa und wartete, bis sie sich gesetzt hatte. »In den alten Zeiten, den ersten Tagen der Schrittmacher, wurde den Patienten so ein Gerät eingesetzt.« Er hielt einen breiten Metallgegenstand hoch. »Nehmen Sie es.«

Lally nahm es in die rechte Hand. Es war ungefähr siebenmal so groß wie das erste Gerät, das er ihr gezeigt hatte. »Es ist so schwer«, sagte sie bestürzt.

»Nichtsdestotrotz lebt der erste Empfänger des ersten

Herzschrittmachers aus den späten Fünfzigern noch immer.«

»Wirklich?« Zum ersten Mal spürte sie eine Spur Erleichterung.

»Und wenn Sie erfahren, wie außergewöhnlich weit die Entwicklung der Schrittmacher in den letzten dreißig Jahren vorangeschritten ist, müsste allein diese Information die meisten Ihrer Ängste zerstreuen.«

»Vielleicht.«

Der Arzt hatte sie keineswegs überzeugt.

In Dr. Ashs Blick spiegelte sich aufrichtiges Mitgefühl. »Ich möchte Ihre Befürchtungen nicht verharmlosen, Miss Duval. Die Symptome, unter denen Sie gelitten haben, würden jeden erschrecken. Hinzu kommen die ganzen Untersuchungen, die Sie in den letzten Stunden über sich ergehen lassen mussten. Und dann komme ich herein, ein völlig Fremder, und sage Ihnen, dass Sie ein ernsthaftes Herzproblem haben.«

»Aber eines, das mich nicht töten wird, nicht wahr?«

»Ganz genau.« Der Arzt nahm ihr den Herzschrittmacher wieder aus der Hand. »Sie haben noch immer Angst, nicht wahr?«

Lally nickte.

»Damit werden Sie am besten fertig, wenn ich Ihnen alles ganz genau erkläre. Und dann werden wir den Eingriff so schnell wie möglich vornehmen.«

»Wann?«

»Sofort.«

»Sie meinen heute?«

»Unbedingt noch heute.« Lucas Ash lächelte. »Es ist ein verhältnismäßig einfacher Eingriff, Miss Duval, eigentlich gar keine richtige Operation. Keine Vollnarkose, nur ein kurzer Krankenhausaufenthalt von ein paar Tagen, damit

Sie sich erholen, und dann können Sie nach Hause gehen und wieder ein normales Leben führen.«

»Was verstehen Sie unter normal?«, fragte Lally.

»Ich meine es so, wie ich es sage: normal.«

»Nach wessen Maßstab?«

»Eines jeden.«

»Und was ist mit den Anforderungen einer Tänzerin?«

Dr. Ash beugte sich nach vorn. »Miss Duval, hören Sie mir zu. Ich habe nicht das Recht, meine Patienten zu belügen, okay?«

»Okay«, erwiderte Lally, die äußerst angespannt war.

»In den ersten zwei oder drei Tagen nach dem Eingriff werden Sie aufgrund der kleinen oberflächlichen Wunde auf Ihrem Brustkorb, genau über der linken Brust, einen leichten Wundschmerz verspüren. Sie sind Rechtshänderin, nicht wahr?« Sie nickte. »In der Woche nach dem Eingriff sollten sie Anstrengungen vermeiden, obwohl Sie wahrscheinlich mit jedem Tag größere Lust verspüren, Pirouetten zu drehen, oder was immer Balletttänzerinnen gerne tun.« Er sah das klägliche Lächeln auf ihren Lippen. »Und danach werden Sie, wenn alles gut geht, in der Lage sein, genau das zu tun, was Sie immer getan haben.«

»Was könnte denn schief gehen?«, fragte Lally sofort.

»Nichts Katastrophales. Manchmal müssen nach der Implantation noch Einstellungen vorgenommen werden, wobei Sie von einem Gerät überwacht werden. Alles wird hundertprozentig richtig eingestellt, ohne das geringste Unbehagen hervorzurufen.«

»Hört sich ganz einfach an«, sagte sie.

»Ist es auch.«

»Aber muss es wirklich heute gemacht werden? Ich habe Verpflichtungen, meinen Ballettunterricht, das Café. Hugo, der Freund, der mich hierher gebracht hat, und ich führen zusammen ein Café in West Stockbridge, und er braucht mich, weil ich backe und …«

»Ich bin sicher, Ihr Freund kommt auch ohne Sie zurecht.«

»Vielleicht, aber …«

»Nichts aber.«

Lally verstummte.

»Wir müssen es sofort tun, Miss Duval«, begann Lucas Ash noch einmal geduldig. »Wenn wir es nicht tun, wird höchstwahrscheinlich nichts passieren, und Sie werden damit durchkommen. Aber Sie begeben sich in unnötige Gefahr.«

»Sie meinen, ich könnte ohnmächtig werden oder so etwas.«

»Ich meine, dass Sie theoretisch sterben könnten. In Anbetracht der Tatsache, dass ein Herzschrittmacher sich vollständig um das Problem kümmert, wäre das doch fatal, finden Sie nicht?«

Lally schwieg einen Augenblick.

»Einverstanden.«

»Sind Sie ganz sicher? Haben Sie verstanden, was ich Ihnen erklärt habe?«

»Ich glaube ja.«

»Wenn Sie eine zweite Meinung hören möchten, habe ich nichts dagegen, vorausgesetzt, dass es keine Verzögerung gibt.«

»Das ist nicht nötig, Dr. Ash. Ich vertraue Ihnen.«

»Du vertraust ihm?« Hugo, der im Wartezimmer saß, erblasste zuerst und wurde dann aschfahl.

»Ja, das tu ich.« Lally setzte sich neben ihn auf die marineblaue Couch. »Und das tut Dr. Sheldon auch, was noch viel wichtiger ist.«

»Aber solltest du nicht eine zweite Meinung einholen?«

»Nein, wirklich nicht.« Wieder erschien ihr alles unwirklich. Ihre trügerische Ruhe war nur von kurzer Dauer. »In gewisser Hinsicht ist Dr. Ash die zweite Meinung. Es war offensichtlich, dass Dr. Sheldon sofort, als er mein Herz abhörte, wusste, was mit mir los war.«

»Aber warum muss es jetzt sofort gemacht werden?«

»Weil es ziemlich dumm wäre zu riskieren, dass ich tot umfalle, weil die Sache um einen Tag verschoben wird.«

»Sag so etwas nicht.« Hugo war sichtlich erregt.

»Nur, wenn du mir versprichst, dass du nicht mehr so ein ängstliches Gesicht machst.« Lally schaffte es zu lächeln. »Ich verspreche dir, Hugo, dass mir nichts passieren wird.«

In Hugos braunen Augen spiegelten sich Zärtlichkeit und Entsetzen. »Hast du keine Angst?«

»Was glaubst du wohl?«

»Ich werde besser Joe anrufen.«

»Nein«, sagte Lally schnell.

»Du musst es ihm sagen.«

Sie schüttelte ungestüm den Kopf. »Nein. Joe macht sich schon genug Sorgen um Jess und das Baby. In einer Woche ist das etwas anderes, auch wenn er dann wütend wird.«

»Er ist dein Bruder, Lally. Er hat ein Recht darauf, es zu erfahren.«

»Und ich habe das Recht, ihm die Angst zu ersparen.« Lally blieb unnachgiebig. »Du wirst ihn nicht anrufen, Hugo. Ein stark beschäftigter Bulle ist ein verletzbarer Bulle. Joe hat es mir selbst gesagt. Und ich habe keine Lust, mich wieder um ihn zu sorgen.« Sie legte ihre Hand auf seinen Arm. »Versprich mir, dass du ihn nicht anrufst.«

»Wenn du das möchtest. Ich bin trotzdem nicht deiner Meinung.«

»Versprich es mir, Hugo.«

»In Ordnung, ich verspreche es.« Hugo war unglücklich und schwieg einen Augenblick. »Möchtest du, dass ich bei dir bin, wenn der Eingriff vorgenommen wird? Ich könnte deine Hand halten.«

»Und mittendrin kippst du dann um?«, fragte Lally scherzhaft. »Ich möchte nicht, dass sich Dr. Ash noch um jemand anderen kümmern muss.«

»Ich werde nicht umkippen.«

»Vielleicht kippst du nicht um, aber dir wird die ganze Zeit übel sein, und ich habe Wichtigeres zu tun, als mir Sorgen um dich zu machen.«

»Das hört sich an, als sei ich ein Schwächling.«

Lally schlang ihre Arme um ihn. »Du bist alles andere als ein Schwächling, Hugo Barzinsky. Du bist ein starker, sensibler, wundervoller Mensch, und ich weiß nicht, was ich ohne dich täte.«

Hugo errötete.

Um vier Uhr begann Dr. Ash mit dem Eingriff. Lally wurde bei vollem Bewusstsein in das Katheterlabor in der Kardiologie gefahren. Sie war so gut wie möglich auf das, was mit ihr geschehen würde, vorbereitet. Dr. Sheldon war nach Holyoke gekommen, um nach ihr zu sehen, und das hatte ein wenig geholfen. Ihr Hausarzt war kein Lügner. Wenn er sagte, dass eine Herzschrittmacherimplantation keineswegs so schön sei wie ein Tag am Meer, aber auch nicht annähernd so schlimm, wie einen Zahn gezogen zu bekommen, war sie geneigt, ihm zu glauben. Und sie vertraute Dr. Ash, selbst wenn er so unglaublich gut aussah.

Im Labor waren noch zwei weitere Personen.

»Hallo, Miss Duval, ich heiße Joanna King.« Eine dunkelhäutige, etwa dreißigjährige Frau von klassischer Schönheit kam zu ihr und schüttelte ihr freundlich die Hand. »Ich bin Röntgenärztin und werde die Implantation auf unserem Röntgengerät überwachen.«

»Danke.« Lally wusste nicht, was sie sonst sagen sollte, obwohl die Frau sogar in ihrem weißen Kittel eher wie ein Pariser Modell als eine Röntgenärztin aussah. Allmählich wunderte sie sich über all die gut aussehenden Menschen hier.

»Und das ist Bobby Goldstein.« Lucas Ash zeigte auf den jungen Kardiotechniker mit dem freundlichen Gesicht und der Brille, der auf der anderen Seite des Raumes stand. Goldstein, der beschäftigt war, hob eine Hand und winkte ihr zu. »Mr. Goldstein ist dafür verantwortlich, die Trickkiste in Betrieb zu setzen, okay?«

»Okay.« Ihre Stimme klang heiser.

Als sie dort saß und darauf wartete, dass es begann, war Lally einerseits erleichtert und andererseits entsetzt, weil sie ganz offensichtlich nicht in einem Operationssaal war. Das Kathederlabor war blitzsauber, und in einer Ecke stand ein Instrumentenwagen. Aus einem Lautsprecher erklang Mozart. Es gab keinen einschüchternden Operationstisch, nicht zu viel blendenden Stahl oder grelles Licht und keinen schrecklichen, widerlichen Geruch. Andererseits konnte sie sich der Frage nicht erwehren, wo denn die Geräte für die Wiederbelebung waren, falls etwas schief gehen sollte.

Der Schrittmacher bestand aus einem kleinen Gehäuse, das dem ähnelte, das ihr Dr. Ash in seinem Büro gezeigt hatte, und aus zwei isolierten Kabeln, die die elektrischen Impulse von dem Aggregat zu ihrem Herzen leiten würden und später mit dem Gehäuse verbunden wurden. An den Enden der Kabel befanden sich zwei winzige Elektroden, die letztendlich im rechten Vorhof im oberen Teil des Herzens und in der rechten Kammer im unteren Teil des Herzens verankert wurden. Dr. Ash hatte Lally versichert, dass sie abgesehen von dem Einstich für die Lokalanästhesie, um die Brust für den Schnitt zu betäuben, keinen richtigen Schmerz, sondern lediglich ein paar ungewöhnliche Empfindungen verspüren würde. Der Schnitt wurde auf ihrer Brust etwas unterhalb der linken Schulter gemacht, und die Kabel wurden unter Joanna Kings Röntgenkontrolle in die Vena subclavia eingeführt und langsam und behutsam in Richtung auf ihr Ziel weiter geschoben.

»Sobald die Elektroden in Ihrem Herzen verankert sind«, erklärte Bobby Goldstein Lally, bevor sie anfingen, »ist es meine Aufgabe zu überprüfen, ob sie hundertprozentig richtig positioniert sind. Anschließend werde ich verschiedene Messungen durchführen.«

»Und wenn Mr. Goldstein fertig ist«, fuhr Lucas Ash fort, »werde ich den eigentlichen Schrittmacher mit den beiden Elektroden verbinden und ihn anschließend in einer kleinen Tasche unter der Haut unter Ihrer linken Brust versenken und die Wunde zunähen. Dann wird der Schrittmacher exakt auf die Bedürfnisse Ihres Körpers eingestellt.«

»Denken Sie daran, dass ich Tänzerin bin«, sagte Lally mit zusammengepressten Lippen.

»Natürlich. Wir haben ja schon darüber gesprochen.« Der Kardiologe war geduldig und freundlich. »Ihr Herzschrittmacher wird auch für extreme Belastungen genauestens programmiert. Erinnern Sie sich daran, Miss Duval, was ich Ihnen erklärt habe, oder möchten Sie, dass wir die Details noch einmal durchsprechen?«

»Nein, ist schon in Ordnung.«

»Sind Sie sicher? Es macht mir nichts aus. Wir haben keine Eile.«

»Ich bin ganz sicher.« Sie verzog ein wenig das Gesicht. »Diesbezüglich auf jeden Fall.«

»Und inwiefern sind Sie unsicher?«

»Ich bin nicht sicher, ob ich heute Morgen nicht besser im Bett geblieben wäre.«

Lally hatte nie an die Bedeutung des Wortes Unbehagen geglaubt. Wenn ein Allgemeinmediziner oder ein Zahnarzt sagten, dass etwas gleich ein wenig Unbehagen verursachen würde, bedeutete das ihrer Meinung nach in der Regel, dass es schmerzen würde. Wenn sie sagten, dass es gleich ein wenig wehtäte, würde es höchstwahrscheinlich höllisch schmerzen.

Als Dr. Ash begann, saß sie ganz ruhig da und versuchte verzweifelt, sich zu entspannen. Obwohl sie den Mozart-Klängen lauschte, war sie so erstarrt wie Stahl, und auch wenn Lally außerhalb des Tanzstudios selten schwitzte, spürte sie, wie die Schweißperlen unter dem Operationskittel über ihren Rücken liefen. Joanna King konzentrierte sich zu sehr auf den Eingriff, um auf Lally zu achten, doch Bobby Goldstein sah das Entsetzen in ihren Augen. Daher zog er sich einen Hocker heran und setzte sich ganz dicht neben sie, bis er seine Einstellungen vornehmen musste. Als Lally plötzlich ein seltsames Gefühl verspürte und unfreiwillig zusammenzuckte, nahm der Techniker ihre Hand und drückte sie. Da schob sich zum zweiten Mal an diesem Tage Chris Webbers Gesicht unerwartet vor ihr geistiges Auge, und ein paar wertvolle Augenblicke dachte Lally nicht an die Kabel, die in ihr Herz geschoben wurden.

Der ganze Eingriff dauerte knapp eine Stunde.

»Das war's«, sagte Lucas Ash zu ihr.

»Funktioniert der Schrittmacher?«

»Ausgezeichnet.«

»Warum halten Sie die Luft an?«, fragte Bobby Goldstein.

Lally errötete und versuchte zu atmen.

»Sehen Sie? Es passiert nichts Schreckliches, nicht wahr?« Dr. Ash lächelte und tätschelte ihre rechte Hand. »Und das wird es jetzt auch nicht mehr, Miss Duval.«

»Und das war wirklich alles?«, fragte sie ungläubig.

»Sie können sich entspannen«, sagte Goldstein zu ihr. »Ihr Herz arbeitet ausgezeichnet.«

»Und das wird es mithilfe dieses Schrittmachers noch mehr als zehn Jahre tun«, fügte Lucas Ash hinzu. »Und sogar dann muss nur das kleine Gehäuse ausgewechselt werden, und das ist wirklich keine große Sache.«

Lally spürte, wie sie sich entspannte. Sie hatte bis jetzt gar nicht richtig bemerkt, wie erstarrt sie während der Operation gewesen war. Plötzlich hätte sie am liebsten vor Erleichterung geweint. Zu ihrer Schande traten die Tränen schon in ihre Augen, und hastig wischte sie sie weg.

»Hier.« Joanna King gab ihr eine Schachtel Kleenex. »Lassen Sie die Tränen ruhig fließen.«

»Es tut mir Leid«, sagte Lally weinend.

»Viele Patienten weinen, wenn es vorbei ist«, beruhigte sie Bobby Goldstein.

»Wie verrückt«, bemerkte Joanna King mit einer winzigen Spur Verachtung. »Ich habe schon die zähesten Männer gesehen, die die ganze Zeit von Anfang bis Ende geweint haben.«

»Aber es tat noch nicht einmal weh«, schluchzte Lally erstaunt.

»Habe ich Ihnen das nicht gesagt?«, fragte Lucas Ash liebevoll.

»Ja, aber ich habe Ihnen nicht geglaubt.« Lally putzte sich die Nase. »Wie können denn Kabel durch meine Venen mitten in mein Herz geschoben werden, ohne dass es Schmerzen verursacht?«

»Nun, die kleine Wunde wird ein wenig schmerzen, wenn die örtliche Betäubung nachlässt«, erklärte ihr Dr. Ash, »aber wir werden Ihnen etwas dagegen geben. In ein bis zwei Tagen werden Sie nur noch einen minimalen Schmerz verspüren.« Er hielt inne. »Das Wichtigste ist, dass alles vorbei ist. Wir haben alles getan, was wir tun mussten, und Sie können sich nun entspannen.«

»Ich werde Sie während Ihres Aufenthaltes hier mehrmals besuchen«, sagte Goldstein zu ihr, »um noch weitere Messungen und alle winzigen Korrekturen in Ihrer Programmierung vorzunehmen, die notwendig sind.«

»Sie sollen ohne Angst und ohne Beschwerden nach Hause gehen können«, fügte Dr. Ash hinzu.

Lally putzte sich noch einmal die Nase.

»Hat irgendjemand von Ihnen schon einmal davon gehört, dass ein Schrittmacher falsch eingestellt war?«

»Das ist seit vielen Jahren nicht mehr passiert«, erwiderte Dr. Ash, der sie in ruhigem Ton ganz offen aufklärte. »Sehr selten verursachten die Aggregate in den Anfängen einige wenige kleine Defekte und gelegentliche Kabelbrüche, aber diese Probleme sind so selten, dass ihnen keine größere Bedeutung zukommt. Es ist wirklich wahrscheinlicher, dass Sie von einem Bus überfahren werden. Natürlich ist eine Infektion wie bei jeder Operation noch immer ein mögliches Risiko, aber ich habe ein örtliches Antibiotikum aufgetragen, ehe ich die Wunde zugenäht habe, sodass auch hier nicht mit einem Problem zu rechnen ist.«

»Sie müssen sich jetzt nur ins Bett legen«, sagte Joanna King, »und sich ein paar Tage schonen.«

»Da alles ausgezeichnet verlaufen ist, gibt es keinen

Grund, sich Sorgen zu machen. Wenn Sie sich ein wenig Ruhe gönnen und ein paar Tage zur Überwachung im Krankenhaus bleiben«, fügte der Kardiologe hinzu, »werden Sie alles vergessen können.«

»Zurück ins normale Leben«, erwiderte Lally, die nun zum ersten Mal lächelte.

»Ganz genau.«

10. Kapitel

Montag, 11. Januar

Joe Duval und Linda Lipman erschienen am Montagmorgen um acht Uhr dreißig im Hagen-Unternehmen zur Arbeit. Lipman sah genauso aus, wie Joe gehofft hatte: Nadelstreifenkostüm, das seit etwa neun Jahren aus der Mode war; die Tönung, mit der sie ihr blondes Haar gefärbt hatte, ziemlich ausgewaschen; bequeme Schuhe, farbloser Nagellack – das Musterbild der erfolgreichen Statistikerin im Einsatz, bei der kein einziges Haar falsch lag, die aber viel zu beschäftigt war, um sich für die neueste Mode zu interessieren.

»Hübsches Horngestell«, sagte sie, während sie grinsend auf die Brille ihres Kollegen schielte, der den Wagen parkte. »Kannst du dadurch etwas sehen?«

»Es ist Fensterglas.«

»Lass sie nirgends herumliegen.«

»Hast du deine Stoppuhr?« Joe schaltete die Zündung aus.

»Hast du dein Klemmbrett?«

»Klar.«

»Auf in den Kampf.«

»Wie Sie wissen, hatten wir gehofft«, sagte Mr. Hagen zehn Minuten später in seinem Büro zu ihnen, »dass Mr. Schwartz es schaffen würde, beide Geräte einer einzigen Produktionsserie zuzuordnen. Das hätte unsere Chancen vergrößert, jedes mögliche Gefahrenelement aufzuspüren.«

»Doch das hat sich als unmöglich erwiesen?«, fragte Joe.

»Bedauerlicherweise. Wir müssen unser Augenmerk von vornherein mindestens auf zwei möglicherweise fehlerhafte Serien richten, wenn es überhaupt ein Produktionsfehler war. Mr. Long hatte einen sogenannten Einkammerschrittmacher und Mrs. Ferguson einen Zweikammerschrittmacher.«

»Sie haben sie jedoch noch nicht aufgespürt«, sagte Lipman.

»Wir werden sie finden, aber es wird eine Weile dauern«, erwiderte Hagen. »Unsere Buchhaltung führt detailliert Buch über alle Produktionsserien einschließlich aller Lieferungen. Obgleich wir keine Seriennummern haben, auf die wir uns sofort stützen konnten, waren wir daher in der Lage, das Problem so einzugrenzen, dass nur drei Serien im Bostoner Fall und nur zwei Serien im Chicagoer Fall infrage kommen.«

»Das sind doch gute Nachrichten, oder?«, vermutete Joe.

»Ich wünschte, das könnte ich sagen.« Hagen machte ein verbittertes Gesicht. »Wir produzieren Schrittmacher in Serien von hundert Stück, die um der Sicherheit willen in drei Teile von jeweils dreiunddreißig Stück geteilt werden. Diese werden in Abständen von drei Monaten ausgeliefert, wobei ein Testexemplar zur Sicherheit zurückbehalten wird. Zwei von den fünf infrage kommenden Serien wurden im letzten September hergestellt, eine im Oktober und zwei weitere im Dezember. Wenn wir nun die Septemberserie betrachten, ist die Wahrscheinlichkeit ziemlich hoch, dass alle Geräte des ersten Satzes und eine Reihe des zweiten Satzes mittlerweile schon Patienten implantiert wurden.«

»Sicherlich können Sie die Patienten ausfindig machen?«, erkundigte sich Lipman.

»Bis wir dies weiter eingrenzen können, Detective, sprechen wir über mindestens zweihundert Geräte, von denen viele schon Menschen implantiert wurden, die überall in den Staaten und teilweise sogar jenseits unserer Grenzen leben.«

»Aber die letzten dreiunddreißig Exemplare jeder Serie und die Testexemplare könnten sie noch überprüfen«, sagte Joe.

»Ja, das stimmt. Und logischerweise müssten die Testexemplare den Fehler, was auch immer die beiden Tragödien verursacht haben mag, ebenfalls aufweisen.«

»Das war aber nicht der Fall?«, fragte Joe.

»Keine Spur. Alles war so, wie es sein musste.« Hagen schüttelte den Kopf. »Und es wird eine langwierige, schleppende Arbeit, jedes einzelne Teil der anderen Geräte zu überprüfen. Wir wollen kein Risiko eingehen.« Er schob seinen rechten Zeigefinger unter seine Brille und rieb sich über den Nasenrücken. »Einerseits macht mich die Tatsache, dass die Testexemplare vollkommen in Ordnung waren, zuversichtlicher, dass die anderen Schrittmacher ebenfalls alle in Ordnung sind, aber andererseits macht es mich noch nervöser, weil wir keine handfesten Beweise haben.«

»Sie können sicher die Geräte zurückrufen, die noch nicht implantiert wurden?«, fragte Lipman.

»Das hört sich sehr einfach ein, Detective.«

»Dieser Punkt schien mir einfach zu sein«, stellte Lipman knapp fest. »Das FDA ist gezwungen, sie zurückzurufen.«

»Detective Lipman, die Gesundheitsbehörde weiß, dass es zu früh ist, die wirkliche Gefahr einzuschätzen. Diese zweihundert Geräte, die möglicherweise zu den fehlerhaften Exemplaren gehören, könnten – Gott bewahre – nur die Spitze des Eisberges sein.« Mr. Hagen errötete. »Wenn wir auf Nummer sicher gehen wollen, müssten wir darüber sprechen, Tausende von Schrittmachern zurückzurufen und zu überprüfen.« Er drehte sich zu Joe um. »Verstehen Sie langsam, was passieren könnte, Lieutenant?«

»Ich glaube schon«, erwiderte Joe.

»Sie können sich sicher ausmalen, was passiert, wenn alle Krankenhäuser und Ärzte und Kardiologen gewarnt werden. Vielleicht gehen Sie noch weiter und malen sich die zu erwartende Panik und das Chaos aus, wenn Presse und Fernsehen von der Sache Wind bekommen.«

»Natürlich tun wir das«, sagte Lipman.

Hagen wandte sich nun ihr zu. »Stellen Sie sich vor, man hätte Ihnen einen Schrittmacher implantiert, Detective, und Sie würden davon hören. Was würden Sie tun?«

»Ich würde wie eine Irrsinnige sofort zu meinem Arzt rennen.«

»Und was soll er tun?«

»Mir sagen, dass mein Schrittmacher in Ordnung ist.«

»Und wenn er nicht sicher sein kann? Was dann? Sie würden ihn bitten, den Schrittmacher herauszunehmen und Ihnen einen einzusetzen, der garantiert nicht explodiert.«

»Wahrscheinlich würde ich das tun«, stimmte Lipman zu.

»Können Sie sich vorstellen, was es zur Folge hätte, ein möglicherweise explosives Gerät aus einem lebenden, atmenden Menschen zu entfernen?« Hagen war nun wieder ganz weiß im Gesicht. »Wenn Sie Chirurg wären, würden Sie sich dann Sorgen um die Gefahr machen? Wenn Sie die Leitung eines Krankenhauses innehätten, gäben Sie dann die Erlaubnis zur Benutzung Ihrer Operationssäle?«

Lipman antwortete nicht. Auch sie war erblasst.

»Ich könnte so fortfahren.«

»Wir sind im Bilde«, sagte Joe.

»Das ist nicht wie beim Anacin-Skandal, Lieutenant

Duval. Sie können den Leuten nicht einfach sagen, sie sollen ihre Medikamente nicht schlucken. Darum haben wir gebetet, dass Mr. Schwartz zumindest in der Lage wäre, sich auf ein engeres Gebiet zu konzentrieren. Wenn wir von zwei Serien genau sagen könnten, dass sie mit Sicherheit fehlerhaft sind – und ich muss Ihnen sagen, dass es uns allen im Unternehmen noch immer fast unmöglich erscheint –, könnte zumindest das Albtraumszenario von Operationssälen mit rotem Warnlicht auf ein Minimum reduziert werden.«

Eine Weile saßen alle nur schweigend da.

»Was macht Mr. Schwartz nun?«, fragte Joe schließlich.

»Offensichtlich hat er angefangen, die noch nicht ausgelieferten Geräte der Serien, über die wir sprachen, zu überprüfen. Anschließend wird er jedes einzelne Testexemplar jeder Serie der letzten sechs Monate überprüfen und testen. Mr. Schwartz hält es übrigens noch immer für ausgeschlossen, dass so etwas passieren kann.«

»Und was glauben Sie, Mr. Hagen?«, fragte Lipman.

»Ich weiß nicht mehr, was ich noch glauben soll.« Hagen zögerte. »Da Sie und Lieutenant Duval von der Mordkommission sind, ist es ziemlich offensichtlich, dass Sie von etwas Schlimmerem als einem Unfall ausgehen.«

»Da Mr. Leary und Mr. Schwartz beide eindeutig erklärt haben, dass normalerweise nichts in Ihren Schrittmachern von allein explodieren kann«, sagte Joe in ruhigem Ton, »muss eine verbrecherische Absicht in Betracht gezogen werden.«

Hagen errötete wieder. »Können Sie sich vorstellen, wie undenkbar das für mich ist?«

»Ich glaube ja, Sir.« Lipman schenkte Hagen ein trügerisches zärtliches Lächeln. Linda trug normalerweise, wenn sie nicht gerade als Undercover-Beamtin eingesetzt wurde, gerne kräftige Rosatöne und manchmal sogar knallrote Lippenstifte, aber heute war ihr ganzes Gesicht gepudert und dezent geschminkt.

»Wir sind nicht nur hier, um zu ermitteln«, sagte Joe freundlich. »Wir möchten Ihnen, so gut wir können, helfen.«

»Und dafür bin ich Ihnen dankbar, wie ich Ihrem Commander schon sagte.«

Lieutenant Duval und Detective Lipman standen auf. »Ich glaube, wir sollten mit der Arbeit beginnen.« Joe nahm die Hornbrille aus seiner Brusttasche. »Wir werden die Augen aufhalten, uns umhören und uns Notizen machen. Haben Sie Ihren Angestellten gesagt, dass ab heute eine Zeitstudie durchgeführt wird?«

»Natürlich. Die einzigen Leute hier, die die Wahrheit kennen, sind Mr. Leary, Mrs. Ashcroft und Mr. Schwartz.« Hagen zögerte. »Und ich glaube, es wäre hilfreich, meine persönliche Assistentin, Cynthia Alesso, ins Vertrauen zu ziehen. Sie arbeitet seit der Gründung des Unternehmens mit mir zusammen. Ich würde meine rechte Hand für sie ins Feuer legen.«

Joe setzte seine Brille auf. »Ich wäre glücklicher, wenn Sie ihr nur das Notwendigste erzählten.«

»In Ordnung.«

Hagen ging mit ihnen ins Vorzimmer und stellte ihnen seine Assistentin vor. Cynthia Alesso war um die fünfzig und hatte aufmerksame, braune Augen und mit silbernen Strähnen durchzogene dunkle Locken. Mit ihren jähen, schnellen Bewegungen und ihrer hohen melodischen Stimme erinnerte sie Joe an eine Amsel. Hagen ging in sein Büro zurück und schloss die Tür. Einen Moment später hörten sie laute, klangvolle klassische Musik, die durch die Wände drang.

»Wagner.« Cynthia Alesso lächelte entschuldigend. »Ich habe Wagner immer gehasst, aber der Chef ist verrückt danach. Er sagt, es beruhige ihn, wenn er Probleme lösen muss. Je größer das Problem, desto lauter die Musik.«

***

Joe Duval wusste, dass sein Wunsch, in der Vollstreckung des Gesetzes Karriere zu machen, größtenteils aus der Zeit herrührte, da sein bester Freund Tom Harris bei einem Überfall in einer Drogerie erschossen worden war. Seine Mutter wollte gerade Aspirin und Shampoo kaufen, als es passierte. Joe und Tom waren in der dritten Klasse ein Herz und eine Seele, und daher rief diese Tragödie bei Joe große Bestürzung und ein Gefühl der Einsamkeit hervor. Die Polizei schien diese Gefühle vollauf zu verstehen und zu teilen, denn sie zeigte großes Engagement und bereitete dem Albtraum schnell ein Ende. Schon zwei Wochen später konnten die beiden drogensüchtigen Revolverhelden verhaftet werden. Die Polizeibeamten waren für die meisten Schulkinder Helden geworden, aber für niemanden mehr als für Joe Duval.

Abgesehen von den schrecklichen Monaten nach Toms Tod, war Joes Kindheit recht glücklich, verlaufen, obwohl er schon in frühen Jahren wusste, dass er nicht dazu bestimmt war, in den Berkshires zu bleiben. Lally und er hatten den gleichen Teint, die gleichen dunkelbraunen Haare und grauen Augen, und sie liebten einander ohne Worte, aber in gewisser Hinsicht waren sie grundverschieden. Lally bedeutete ihre Heimat alles. Für Joe dagegen war der Tag, als er West Stockbridge verließ und am John Jay College in New York City Kriminalrecht und Psychologie zu studieren begann, einer der aufregendsten seines Lebens.

Alles war so verlaufen, wie er es geplant hatte: zuerst das College, dann die Polizeischule und anschließend seine ersten Jahre bei der Polizei in New York. Dann hatte er sich in Jess und ihre reizende Tochter Sal verliebt und war nach Chicago gezogen, damit sie heiraten konnten. Eigentlich war in seinem Leben als Erwachsener bis zum Tod seiner Eltern nichts wirklich schief gelaufen. Unglücklicherweise hatte Jess im letzten Jahr eine Fehlgeburt erlitten, und das hatte ihn zutiefst betrübt. Wenn er jetzt mit etwas Abstand auf die Tragödien zurückschaute, war er seltsamerweise fast dankbar, weil er dadurch die Vergänglichkeit und den Wert der Liebe, der Familie und der Dinge, die wirklich von Bedeutung waren, erst richtig begriffen hatte. Ehrgeiz, harte Arbeit und Leistung hatten ihren berechtigten Platz, aber das war bei weitem nicht alles, was wirklich zählte.

Es war hart, manchmal fast unmöglich, als Bulle ein guter Ehemann und Vater zu sein, aber Joe war glücklicher als die meisten. Obwohl er wusste, dass Jess ebenso ängstlich war wie die meisten Polizistenfrauen, machte sie ihm niemals das Leben schwer wegen der gefährlichen Situationen, in die er verwickelt war, und nörgelte selten wegen der vielen Stunden, die er arbeitete.

»Ich wusste das, als ich dich geheiratet habe«, sagte sie einfach.

»Verabscheust du es denn nicht?«

»Wie könnte ich, wenn es dir so viel bedeutet?«

Er war in vielerlei Hinsicht ein glücklicher Mann. Kurz nach seiner Beförderung zum Sergeant konnte er beim FBI an einem zehnmonatigen Fortbildungsprogramm teilnehmen. Im NCAVC, dem Nationalen Zentrum für die Analyse von Gewaltverbrechen, wurde er in der Täterprofilanalyse ausgebildet. Unmittelbar nach Joes neu erworbenen Kenntnissen über Täterprofile kam sein erster größerer Fall.

Der Brandstifter hielt Chicago nahezu vier Monate lang in Atem, und in Briefen, die er zuerst an die *Chicago Tribune* und, als die Ermittlungen anliefen, an Joe Duval persönlich sandte, bezeichnete er sich selbst als die *Teuflische Fackel.* Es war ihm lieber, Menschen zu verbrennen als Besitz. Und das Wissen, dass sie lebendig und bei vollem Bewusstsein verbrannten, hatte ihm besonders gut gefallen. Die Tatsache, dass er keines seiner Opfer kannte, schien seine Befriedigung eher zu steigern als zu schmälern. Effektive Teamarbeit, routinierte Ermittlungen, die beim FBI erworbenen Kenntnisse über Täterprofile und viel Glück hatten zur Verhaftung der *Teuflischen Fackel* geführt. Zu dem Zeitpunkt hatte der Killer aber bereits ein neues Feuer gelegt und geprahlt, dass es mindestens hundert Opfer verbrennen würde. Joe hatte ihn auf jede ihm bekannte Art verhört und nicht immer nur die üblichen Methoden angewandt. Das Feuer in einem Kinderkrankenhaus konnte rechtzeitig gelöscht werden. Drei Monate später war er zum Lieutenant befördert worden.

Knapp eine Stunde, nachdem Joe und Lipman bei Hagen-Schrittmacher angekommen waren, standen sie wieder einer neuen Situation gegenüber. Cynthia Alesso bat Joe, in Hagens Büro zu kommen, um einen Anruf vom Commander entgegenzunehmen.

Jackson war kurz angebunden und kam sofort zur Sache. »Die Rechtsmedizin hat Spuren von Plastiksprengstoff in Mrs. Fergusons Leiche gefunden.«

»Ich dachte, dass sei ausgeschlossen worden«, erwiderte Joe, der seine Worte mit Bedacht wählte, da Hagen am Schreibtisch saß.

»Tja, das dachte ich auch, Lieutenant. Ist Hagen bei Ihnen.«

»Ja.«

»Er weiß es schon.«

Joe schaute Hagen an. Er sah mitgenommen aus.

»Sollen wir die Sache hier abbrechen, Commander?«

»Es wäre Zeitverschwendung«, antwortete Jackson grimmig. »Ich habe mit Boston gesprochen, und Chief Hankin, das FBI und FDA informiert. In Anbetracht unserer Zuständigkeit können wir unser eigenes Team zusammenstellen und das Dezernat Bomben und Brandstiftung hinzuziehen. Das FBI wird uns Zugang zu seinen Computern und Transportmitteln gewähren, und uns in jeder Weise unterstützen.«

»Wer wird die Sondereinheit leiten?«, fragte Joe.

»Sie.«

Joe sagte nichts. Er spürte vor Erregung einen kleinen Stich im Herzen, dem eine Woge von Schuldgefühlen folgte. So war es oft, wenn er in einem Mordfall ermittelte. Natürlich hatte er die richtige Motivation, aber dann spürte er diese widerlichen Gewissensbisse, die ihn daran erinnerten, dass ein gut gemachter Job seiner Karriere förderlich war und dass er all den armen verbrannten Menschen seine Beförderung zu verdanken hatte.

»Sie haben die *Teuflische Fackel* verhaftet.« Jackson konnte Gedanken lesen. »Und noch wichtiger ist, dass Sie an dem Seminar für Täterprofilanalysen teilgenommen haben. Das FBI steht also in diesem Fall hinter uns – im Moment zumindest. Es ist Ihr Fall, Duval.«

»Danke, Sir.« Joe verdrängte seine Schuldgefühle und konzentrierte sich ausschließlich auf den Fall.

»Ich bin den ganzen Tag zu erreichen«, fuhr Jackson fort. »Sie können mit niemandem darüber sprechen, noch nicht einmal mit Ihrer Frau.«

»Ich verstehe, Sir.« Joe hasste es, etwas vor Jess zu verbergen. Sie gehörten zu den Paaren, die gerne alles miteinander teilten.

Hagen stand auf, verließ den Raum und schloss leise die Tür hinter sich.

»Hagen ist gerade hinausgegangen«, sagte Joe. »Er sah ziemlich verstört aus.«

»Sagen Sie es den anderen, Leary, Ashcroft und Schwartz. Beobachten Sie, wie sie reagieren, und erklären Sie ihnen verdammt deutlich, dass es nur für ihre Ohren bestimmt ist.«

»Es könnte jeder von ihnen gewesen sein.«

»Es könnte jeder in diesem ganzen gottverdammten Unternehmen gewesen sein ... Hagen sagt, dass Schwartz dabei sei, Testexemplare aus der Produktion der letzten sechs Monate zu überprüfen. Glauben Sie, dass er der Sache gewachsen ist, oder sollten wir jemanden hinzuziehen?«

»Vielleicht wäre es ein Fehler, ihn zu diesem Zeitpunkt zu ersetzen. Er kennt die Geräte besser als jeder andere.« Er erinnerte sich an den gequälten Gesichtsausdruck des Mannes und auch daran, dass er ihn auf den ersten Blick sympathisch fand. Dann verdrängte er den Gedanken. »Er muss jeden Moment, den er arbeitet, überwacht werden.«

»Und er muss in einem sicheren Überprüfungsbereich arbeiten, der in sicherer Entfernung vom Rest der Belegschaft liegt. Wen möchten Sie in Ihrem Team haben?«

»Lipman natürlich. Und Tony Valdez von Bomben und Brandstiftung«, erwiderte Joe, ohne zu zögern. »Er ist der richtige Mann, um mit Schwartz und der Produktionsabteilung zusammenzuarbeiten. Und Cohen.«

»Cohen hat einen Herzschrittmacher.« Automatisch führte der Commander seine rechte Hand an seine Brust. Er glaubte, dass abgesehen von Chief Hankin keiner bei der Polizei von seinen gesundheitlichen Problemen wusste.

»Den hat er schon zehn Jahre. Dadurch wird er besonders kritisch sein.«

Jackson zuckte zusammen. »Er wird das nicht für eine so großartige Idee halten.«

»Ich bin sicher, dass er uns helfen will.« Er und Sol Cohen arbeiteten schon lange zusammen.

»Ich werde mit den beiden sprechen und Sie wieder anrufen.«

»Danke, Sir.«

»Finden Sie nur heraus, wie zum Teufel das passiert ist, Duval, und fassen Sie den Scheißkerl, der es getan hat.« Jacksons Stimme klang noch voller. »Und finden Sie um Gottes willen heraus, ob diese beiden Fälle die einzigen waren.«

»Wir werden unser Bestes tun, Commander.«

»Das wird nicht reichen, Lieutenant.«

Joe schaute auf den verstummten Hörer und hängte ihn langsam zurück auf die Gabel. Der Commander wollte Ergebnisse, Chief Hankin wollte Ergebnisse, und wenn Joe ihnen nicht lieferte, was sie forderten – und zwar bald –, und dieser Terror ihm aus der Hand zu gleiten drohte, wäre sein Traum von einer Karriere bei der Mordkommission ausgeträumt.

Joe wusste, dass dies der Fall seines Lebens war, und das war trotz allem genau das, was er gewollt hatte.

11. Kapitel

Dienstag, 12. Januar

Hugo kam um drei Uhr nachmittags, um Lally aus dem Krankenhaus abzuholen.

»Bist du sicher, dass du schon nach Hause darfst?«, fragte er sie.

»Ich hätte schon gestern Vormittag nach Hause gehen können.«

»Aber Dr. Ash wollte, dass du bis morgen bleibst.«

»Und dann hat er seine Meinung geändert.«

»Weil du ihn verrückt gemacht hast.«

»Er würde mich nicht nach Hause gehen lassen, wenn es mein Zustand nicht erlaubte.«

»Das hat sicher auch damit zu tun, dass du ihm so auf die Nerven gegangen bist.«

»Das hört sich ja an, als sei ich eine echte Nervensäge.«

»Bist du auch.«

»Hugo?«

»Ja?«

»Bring mich nach Hause.«

Sie wusste, dass er noch immer Angst um sie hatte, und in gewisser Hinsicht war sie dafür dankbar. Diese Angst gab ihr Kraft, weil es jemanden außer ihr gab, der an sie dachte. Das Schlimmste in den letzten Tagen war sicher gewesen, dass sie sich ihres eigenen Körpers plötzlich bewusst geworden war und ständig dagegen ankämpfen musste, nicht jeden Herzschlag zu zählen. Hugo hatte sich ein Herz gefasst und gesagt, dass sie ausgezeichnet aussehe, zwar ein bisschen blass, aber interessant, und dass gute Hausmannskost und viel Schlaf wieder Farbe auf ihre Wangen zaubern würden. Lally litt noch immer unter leichten Wundschmerzen, obwohl es von Stunde zu Stunde besser zu werden schien, doch abgesehen davon fand sie es schwer, genau zu beschreiben, was sie empfand.

»Ich fühle mich sonderbar«, sagte sie auf der Heimfahrt zu Hugo.

»Wie meinst du das?«

Lally versuchte es in Worte zu fassen. »Zum Teil stehe ich noch unter Schock, weil alles so dramatisch war und so schnell ging.« Sie überlegte einen Moment. »Gleichzeitig bin ich verletzbar und ängstlich, weil ich vielleicht doch nicht ganz glaube, dass ein so einfacher Eingriff wirklich etwas so Lebensgefährliches in Ordnung bringen könnte.«

Hugo warf ihr einen Blick zu. »Aber dadurch ist jetzt alles wieder in Ordnung, Lally. Seit Dr. Ash dir den Herzschrittmacher eingesetzt hat, habe ich mich gut informiert. Das sind wunderbare, vollkommen zuverlässige Geräte.«

»Ich weiß.« Sie lächelte ihn an. »Ich versuche nur ehrlich zu sagen, was ich fühle.« Sie fuhr sich mit den Fingern durch ihr langes, dunkles Haar. »Ich kann es gar nicht erwarten, zu duschen und meine Haare zu waschen.«

»Deine Haare könnte ich dir ja waschen.«

»Vielleicht darfst du mir helfen, sie abzutrocknen.«

»Du bist zu gütig.«

Lally schaute aus dem Fenster und erfreute sich an dem Anblick der verschneiten Landschaft und der Schönheit der fernen Berge. »Ich weiß, es klingt dumm«, sagte sie leise, »aber in manchen Augenblicken fühle ich mich auch wie eine Heldin, und zwar, wenn ich daran denke, dass ich dem

Tod ins Auge gesehen habe. Dann bin ich euphorisch, als hätte ich Dope geraucht und Champagner getrunken.«

»Das hört sich für mich nicht dumm an«, sagte Hugo.

»Aber das Seltsamste von allem ist, dass ich es abwechselnd vergesse und mich dann mit einem Schlag daran erinnere, dass dieses Ding in meinem Körper eingebaut ist, dieses fremde Ding, das mein Herz antreibt ...«

»Es treibt dein Herz nicht an. Es stellt nur sicher, dass es richtig schlägt.«

»Ich weiß. Trotzdem.«

Zu Hause warteten zwei Blumensträuße auf Lally. Ein Strauß rosaroter Rosen von Hugo mit einer Karte, auf der stand, wie sehr er sie liebte, und ein Strauß Gartenwicken von Katy Webber, die ihr schrieb, dass sie ihr gute Besserung wünsche und ob sie etwas dagegen habe, wenn sie sie besuchte.

»Schau mich nicht so an.« Hugo sah Lallys vorwurfsvollen Blick. »Ich musste es einigen Leuten sagen. Immerhin wirst du einige Wochen keinen Unterricht geben können.«

»Vielleicht.«

»Bestimmt.« Er hob abwehrend die Hand. »Mach dir keine Sorgen. Ich habe es Joe nicht gesagt, obwohl ich noch immer der Meinung bin, dass er es wissen sollte.«

»Er wird es erfahren, wenn es mir besser geht«, sagte Lally entschieden, »und vorher nicht.«

»Das ist wahrscheinlich auch deine Sache.«

»Ganz richtig.« Lally schaute wieder auf die Blumen. »Ich muss die Blumen ins Wasser stellen.«

»Das mache ich schon. Du gehst nach oben und legst dich ins Bett.«

»Ich bin doch eben erst aufgestanden.«

»Dr. Ash sagte, du könntest nur nach Hause gehen, wenn

du dich ausruhst, und damit meint er, dass du im Bett bleiben sollst.«

»Ich kann mich doch auf die Couch legen«, sagte Lally.

»Mit einem Kissen und einer Decke«, erwiderte Hugo kompromissbereit.

»Abgemacht.«

»Dann zieh dir etwas Bequemes an, während ich dir ein Stück von deinem Begrüßungskuchen abschneide.«

Lallys Augen strahlten. »Schokoladenkuchen?«

»Was denn sonst?«

Sie lag schon auf der Couch, als Hugo ihr ein Stück Kuchen und eine Tasse Kamillentee brachte. »Das ist heute Morgen für dich gekommen.« Er gab ihr ein in braunes Papier eingeschlagenes Paket.

Da auf dem Paket weder eine handgeschriebene noch eine gedruckte Adresse stand, musste es abgegeben worden sein. »Von wem ist es?«, fragte sie neugierig.

»Man hat mich gebeten, nichts zu sagen«, erwiderte Hugo. »Es wird wohl ein Geschenk sein.«

Lally hielt das Paket einen Moment fest und suchte nach Hinweisen. Es war rechteckig, ungefähr fünfundvierzig mal dreißig Zentimeter groß und fünf Zentimeter dick. Sie gab das Raten auf, riss das Papier auf und hielt einen braunen Karton in der Hand, den sie ungeduldig öffnete.

»Sei vorsichtig«, warnte Hugo. »Es könnte zerbrechlich sein.«

»Es ist ein Bild.« Lally riss die Augen auf. Vorsichtig zog sie es aus der Schachtel und sah, dass es ein auf Leinen gemaltes Bild von ihr war, das in einem matt polierten Holzrahmen steckte. Sie war barfuß und trug ein Balletttrikot und das Baumwollshirt, das sie oft zum Tanzen anzog. Ihr Haar war zu einem Knoten frisiert, und sie hielt ein

Paar Ballettschuhe in der Hand. Tränen stiegen ihr in die Augen.

»Es steht etwas auf der Rückseite«, sagte Hugo ein wenig zerknirscht.

Sie drehte es um. *Danke*, stand dort. *Lass es dir gut gehen und pass auf dich auf. Chris.*

»Er hat mehrmals angerufen«, sagte Hugo. »Ich wusste nicht, was ich ihm erzählen durfte, und deshalb habe ich ihm nicht gesagt, wo du warst. Nach der Operation sagte ich ihm dann, dass es dir gut gehe und wann ich dich zu Hause erwarte. Na ja, er wirkte ziemlich aufgeregt, als er hörte, dass du krank bist, und dann rief er wieder an und hinterließ Nachrichten.«

»Warum hast du mir das nicht gesagt?«

»Ich weiß es nicht«, antwortete Hugo zögernd. »Ich war mir nicht ganz darüber im Klaren, wie du zu den Webbers stehst.«

»Meinst du nicht eher, wie *du* zu ihnen stehst?«, fragte Lally freundlich.

»Vielleicht.« Lally zog ihre Beine an, um Hugo Platz zu machen, der sich ans Ende der Couch setzte. »Weißt du, ich fühlte mich nicht wohl bei dem Gedanken, dass du in diese Sache hineingezogen wirst. Es hat dich mitgenommen, und außerdem ist der Mann verheiratet und hat viele Probleme …«

»Ich verstehe«, sagte Lally.

»Aber heute Morgen, als ich noch im Bett lag, stand er dann auf einmal hier auf der Matte und wollte ganz genau wissen, wann ich dich abhole.« Hugo lächelte süßsauer. »Er sitzt jetzt sicher zu Hause und kaut an seinen Fingernägeln, weil er mit dir sprechen will.«

»Ich sollte ihn anrufen.«

»Ja, das solltest du. Warte, ich bringe dir das Telefon.«

Nach dem zweiten Klingeln hob Chris ab.

»Ich bin es«, sagte Lally, während Hugo den Raum verließ.

»Du bist wieder zu Hause.« Er schien sehr erleichtert zu sein.

»Ich rufe an, um mich für das Geschenk zu bedanken«, erwiderte sie. Sie wählte ihre Worte mit Bedacht, obwohl sie wusste, dass ihre Stimme ihre Gefühle verriet. »Es ist das schönste Geschenk, das ich je bekommen habe.«

»Ich habe mir so große Sorgen gemacht«, antwortete Chris.

»Es geht mir wieder gut.«

»Als Hugo mir sagte, was passiert war, konnte ich es gar nicht glauben.«

»Mir fiel es auch schwer, es zu glauben.«

»Ich erinnerte mich daran, dass du fast umgefallen bist, als ich neulich abends bei dir war, und dass ich einfach nach Hause gegangen bin und dich allein gelassen habe.«

»Weil ich darauf bestand. Du wolltest ja nicht gehen.«

»Ich hätte bleiben und einen Arzt rufen müssen.«

»Chris, es geht mir wieder gut. Es ist alles vorbei.«

»Hugo wollte nicht, dass ich dich besuche. Er wollte mir noch nicht einmal sagen, wo du warst. Ich hätte dir Blumen geschickt.«

»Ich war nur zwei Tage im Krankenhaus, und Besuch wurde nicht gern gesehen.«

»Jetzt bist du wenigstens wieder zu Hause.«

»Und wie geht es dir?«, fragte Lally zögernd. »Was macht Katy? Ist sie da? Ich möchte mich bei ihr für die schönen Blumen bedanken.«

»Katy geht es sehr gut«, erwiderte Chris, »aber sie ist gerade bei einer Freundin. Sie machen zusammen Schulaufgaben. Das hat sie jedenfalls gesagt.«

Lally zögerte nur kurz. »Und Andrea?«

»Nicht so gut. Sie weigert sich noch immer zuzugeben, wie ernst ihr Problem ist, und sie wehrt sich noch immer dagegen, sich helfen zu lassen.«

»Das tut mir Leid.«

»Sie scheint zu begreifen, dass ich ihr Katy wegnehme, wenn sie nicht im Krankenhaus bleibt. Vielleicht macht sich Andrea keine Sorgen um unsere Ehe, aber sie liebt ihre Tochter zu sehr, um das Risiko einzugehen, sie zu verlieren.«

Hugo kam wieder ins Zimmer und gab Lally wie eine Glucke zu verstehen, dass sie nun lang genug telefoniert habe.

»Ich muss jetzt Schluss machen«, sagte Lally. »Mein Krankenpfleger möchte, dass ich ein Nickerchen mache.«

»Das solltest du auch tun«, stimmte Chris sofort zu. »Du brauchst jetzt so viel Ruhe wie möglich.«

»Nochmals vielen Dank für das wunderschöne Bild. Es wird mich daran erinnern, zu tun, was man mir sagt, damit ich so schnell wie möglich wieder Unterricht geben kann.«

»Darüber würde sich Katy sehr freuen.«

Lally legte auf und schaute sich das Bild an. Sie hatte den Gedanken, ihm einen Besuch vorzuschlagen, verworfen. Chris schien es unangenehm, sich in ihr Leben einzumischen, da er nicht wusste, ob sie das wünschte. Als ihr Blick wieder auf das Bild fiel, hellte sich ihre Stimmung ein wenig auf. Sie sah die feinen Pinselstriche, und wenn es stimmte, dass die Schönheit eines Objektes sich in den Augen des Betrachters spiegelte, dann dachte dieser besondere Künstler ganz bestimmt, sie sei hübsch. Ob es weise war oder nicht, so machte Lally diese Vorstellung sehr glücklich.

Hugo wartete bis zum späten Abend, und erst nachdem er Lally eine Tasse Gulaschsuppe mit frisch gebackenem Brot gebracht hatte, schnitt er das Thema der Webberfamilie und Lallys Verstrickung mit ihr wieder an.

»Darf ich ganz offen sein?« Hugo setzte sich in einen Sessel.

»Das bist du doch immer.«

Das Wohnzimmer strahlte Geborgenheit aus. Hugo hatte die große Lampe ausgeschaltet und die beiden hübschen Glaslämpchen angeknipst, die Toni Petrillo bei einem Kunsthandwerker aus dem Ort bestellt und Lally vor zwei Jahren zum Geburtstag geschenkt hatte. Das einzige andere Licht kam vom Kamin und der Welt hinter den Fenstern. Lally hatte Hugo gebeten, die Vorhänge nicht zuzuziehen, weil es wieder schneite, und sie liebte es, gemütlich drinnen zu sitzen und zuzusehen, wie die Schneeflocken im Licht der Straßenlaternen langsam zu Boden fielen.

»Du hast dich in ihn verliebt, nicht wahr?«

Lally schwieg.

»Du musst mir nicht antworten. Ich weiß es, und ich weiß auch, dass Webber das Gleiche für dich empfindet, und das sollte er auch, aber …«

»Sprich nicht weiter«, sagte Lally leise. »Es ist nicht nötig. Ich weiß, was du mir sagen möchtest. Chris ist mit einer kranken Frau verheiratet und hat eine Menge Probleme, und Katy ist meine Schülerin, und außerdem ist die ganze Sache zu verworren, um sich Hals über Kopf hineinzustürzen.«

»Aber manchmal«, sagte Hugo, »sind Gefühle stärker als die Vernunft, nicht wahr?«

»Ja, sicher.« Lally schaute auf das Bild von Chris, das am Kaminsims lehnte. Es war, als sei er hier bei ihr. Eigentlich sollte diese Vorstellung sie verwirren, aber das war nicht der Fall.

»Und gerade jetzt«, fuhr Hugo fort, »bist du besonders verletzbar. Vielleicht zu sehr, um vernünftige Entscheidungen treffen zu können. Du bist in der Regel sehr vernünftig, Lally.«

Sie lächelte ihn an. »Ich muss zugeben, dass mir meine Vernunft im Moment nicht am wichtigsten ist, Hugo.« Lally bewegte ihre Zehen behaglich unter der Decke. »Heute Abend bin auf jeden Fall zu beschäftigt damit, glücklich darüber zu sein, dass ich lebe, dass ich wieder zu Hause bin und du bei mir bist.«

»Ich schätze, die einzige Person auf der Welt, die fast so glücklich ist wie du, bin ich.«

»Ich weiß«, antwortete sie liebevoll.

»Willst du wenigstens versuchen, ein bisschen vorsichtig zu sein?«

»Vielleicht wünsche ich mir nicht unbedingt, vernünftig zu sein«, sagte Lally langsam. »Vorerst möchte ich aber auch keine zu großen Risiken eingehen, weder in Bezug auf mein Leben noch auf Chris Webber.«

12. Kapitel

Mittwoch, 13. Januar

Sam McKinley arbeitete seit einer Woche wieder, aber heute war der erste Tag, an dem er zum aktiven Dienst eingeteilt war. Der Amtsarzt hatte seine ganzen Krankenberichte gelesen und ihnen beigepflichtet. Er hatte ihn persönlich untersucht und zugegeben, dass Sam wieder der Alte war.

Die Feuerwehr in San Francisco kümmerte sich um ihre Angestellten, und Sam fehlte es während seiner kurzen Krankheit an nichts, einer Krankheit, die ihm für einige Tage einen höllischen Schrecken eingejagt hatte. Letztendlich hatte sich jedoch herausgestellt, dass sie mit einer einfachen Operation und einer liebevollen Nachbehandlung in Ordnung gebracht werden konnte.

Ebenso wie seine anfängliche Angst vor einem frühzeitigen Tod hatte Sam beunruhigt, dass er möglicherweise seiner Arbeit nicht mehr würde nachgehen können. Sam McKinley war nicht in der Lage, einen Schreibtischjob zu verrichten. Er brauchte eine Arbeit, die seinen vollen Einsatz verlangte, denn er suchte die Herausforderung. Außerdem lag ihm die einzigartige Kameradschaft in seiner Schicht sehr am Herzen, und wenn es hart auf hart ging, sah er auch mutig der Gefahr ins Auge. Sam hatte immer zu seinem Bruder Andy gesagt, dass er, wenn er denn jung sterben musste, ganz sicher nicht im Bett sterben würde. Natürlich hatte er das zu keinem anderen und schon gar nicht zu seiner Frau Susan gesagt, denn mit ihr sprach er nie über den Tod.

Nicht etwa, dass Sam Todessehnsucht gehabt hätte. Wenn er je eine Sekunde geglaubt hatte, Todessehnsucht zu haben, waren all diese Gedanken an dem Tag, als sein Ärger begann, wie weggefegt. Das Blut in seinen Adern, das ihm seine Lebenskraft verlieh, war ihm in dem Moment fast in den Adern gefroren. Und als Sam sich im Spiegel betrachtete, hatte er ein Gesicht gesehen, das zumindest auf den ersten Blick sein eigenes zu sein schien, und doch war es nicht seins gewesen. Das Wesentliche war verschwunden aus den freundlichen, alten, braunen Augen, die ihm jeden Morgen seines Lebens, wenn er sich rasiert und für die Arbeit fertig gemacht hatte, zugezwinkert hatten.

Doch nun lagen die ganzen Sorgen hinter ihm, und er war zurück bei der Feuerwehr und bei seinen Kollegen und wartete auf den ersten Anruf der Schicht. J. D. hatte vor einer halben Stunde zu ihm gesagt, er hoffe um Sams willen, dass ihr erster Morgen nichts Ernsteres bringen werde als gestrandete Katzen oder stecken gebliebene Aufzüge, aber Sam hatte das Gefühl, dass noch etwas anderes passieren würde.

Und ganz richtig – es passierte.

Es war in einem Lagerhaus nicht weit vom Fisherman's Wharf entfernt, und niemand schien zu wissen, wie oder warum das Feuer plötzlich ausgebrochen war. Zwei Ausgänge waren blockiert, und es waren Menschen dort drinnen eingeschlossen, die den tödlichen Rauch einatmeten, und die Zeit lief ihnen davon.

Sam bekämpfte das Feuer mehr als eine Stunde mit den anderen von außen, und die Hitze war wie immer unbeschreiblich. Hin und wieder fragte ihn Susan, was es für ein Gefühl sei, aber er ging immer mit einem Achselzucken darüber hinweg, weil er wusste, dass sie es nicht verstehen konnte. Und dann hörte Sam, dass J. D. hineingegangen und in Schwierigkeiten war. Da sah Sam McKinley rot, weil J. D. ihm vor drei Jahren bei einem großen Brand in der Fulton Street das Leben gerettet hatte. Sie waren schon vorher die besten Freunde gewesen, und wenn J. D. in Schwierigkeiten war, würde Sam hineingehen, um ihn da herauszuholen.

Er sah ihn sofort und stellte fest, dass mit ihm soweit alles in Ordnung war, außer dass eine große Holzkiste auf seinem Bein lag, die ihn zu Boden drückte. Es war aufgrund der Sauerstoffmasken schwer für sie zu sprechen, und durch das Donnern des Feuers und der Schläuche unmöglich, etwas zu verstehen. Eigentlich bedurfte es auch keiner Worte, denn die Erleichterung in den Augen von J. D., als er sah, dass Sam ihm zu Hilfe kam, war mehr als genug, und Sam hatte zu viel Arbeit, um sich mit Worten aufzuhalten.

Er nahm die Kiste von dem Bein seines Kollegen und zerbrach einen langen Holzknüppel, damit J. D. eine Krücke hatte, und dann gingen sie zusammen hinaus. Sam führte J. D. vor sich her, um sicher zu gehen, dass er heil ins Freie kam, und in diesem Moment traf es ihn wie zehn Vorschlaghämmer und alle Feuerwerkskörper der Feiern zum Vierten Juli zusammen.

Und der ganze Lebenssaft, der in Sam McKinleys Adern floss, geriet für den Bruchteil einer Sekunde in Wallung, und dann hörte er auf zu fließen, und Sam regte sich nicht mehr. Und J. D. war schon draußen, bevor er begriff, dass Sam nicht bei ihm war, und es war niemand im Lagerhaus geblieben, der das Spritzen des Blutes sah.

Aber da war sowieso zu viel Rauch.

13. Kapitel

Donnerstag, 14. Januar

Der Mann nahm sich trotzdem Zeit, jede Nacht für eine Weile in den Raum zurückzukehren. Es war wie immer schön, dort zu sein. Besser als zu Hause, besser als am Arbeitsplatz, besser als irgendwo sonst. Und er musste zu ihnen gehen, zu seinen kleinen Drachen, um ihnen frisches Wasser zu geben, ihre Behälter zu reinigen und sicherzustellen, dass sie richtig versorgt wurden.

Er schaute ihnen gern beim Fressen zu. Die Geckos fraßen lebende Insekten: Grillen, Nachtfalter, Heuschrecken; alles, was die kleinen Kreaturen einfach überwältigen konnten. Die beiden grünen Leguane mit ihren großen Stacheln und den dicken Kehlkopflappen konnten bei einer Diät aus zerhacktem Kohl oder Hundefutter gesund bleiben, wenn die Menschen ihnen ab und zu Mäuse oder Vogeleier brachten. Und seine Lieblinge, die Gila-Monster, die mit ihren schwarzen und rosa Streifen recht hübsch aussahen, waren kleiner und freundlicher als die Leguane. Wegen ihrer scharfen Zähne, die das Gift aus den Drüsen ihres Unterkiefers beförderten, wurden sie aber am meisten geachtet und gefürchtet.

»Sie haben sehr schwache Augen«, hatte der Wärter des Reptilienhauses des Chicagoer Zoos zu ihm gesagt. »Und sie bewegen sich sehr langsam. Sie können sich nicht auf große, schnelle Tiere stürzen, und daher jagen sie Babyratten und junge Vögel, Wühlmäuse und Eier – alles, was klein genug ist, um es ganz herunterschlucken zu können. Es sind außerdem sehr scheue Nachttiere, und daher wissen wir nicht allzu viel über sie. Wir nehmen an, dass ihr Gift größtenteils ein Verteidigungsmechanismus ist, denn im Gegensatz zu Schlangen töten sie ihre Beute sofort, indem sie sie mit ihrem Kiefer zerquetschen.«

»Das Gift ist also zweitrangig?«, hatte der Mann gefragt.

»Es ist das Trauma des Bisses, das tötet, das Gift folgt unwillkürlich. Diese Geschöpfte haben gewaltige Kiefer und Muskeln, und wenn man von ihnen gebissen wird, ist es wirklich schwierig, sie loszuwerden, weil sie festhängen und diese spitzen Zähne sehr scharf sind.«

Der Mann hatte die einzelne stämmige Eidechse in ihrem Glasbehälter angestarrt.

»Können sie einen Menschen töten?«, hatte er gefragt.

»Ich habe mir sagen lassen, dass sie schon einige getötet haben, aber gewöhnlich ist ein Biss nur verdammt schmerzhaft und macht die Menschen für eine Weile richtig krank.«

Der Mann ging ungeheuer besonnen mit seinen Gila-Monstern um. Aber er war bei allem immer sehr achtsam und auch geduldig. Er hatte sich jahrzehntelang in Geduld geübt, und nun war es damit vorbei. Es hatte begonnen.

Es hatte ihn weniger als achtundvierzig Stunden gekostet, sich den fertigen Entwurf für seine Rache komplett mit maßstabsgerechten Zeichnungen, mathematischen Berechnungen und Operationsentwürfen auszudenken. Ein Sommerwochenende hatte er sich Zeit genommen und sich mit allem, was er zur Inspiration brauchte, in dem Raum eingeschlossen. Er hatte sich mit Delikatessen von Kuhn eingedeckt, Champagner aus dem Hause Glunz gekauft, seine neue CD-Version von *Siegfried* eingelegt und sich gegenüber vom Terrarium niedergelassen, um die Sache anzugehen.

Es gab unzählige Möglichkeiten, viele verschiedene Wege, um sein Ziel zu erreichen. Jedes Teil, das in einen Herzschrittmacher gehörte, und jeder Millimeter des Schaltkreises waren ihm bestens vertraut. Er konnte alles so lesen und verstehen, wie ein Durchschnittsbürger die Zeitung oder Comics las oder fernsah. Und an diesem Sommerwochenende hatte sich der Mann erlaubt, seiner Fantasie freien Lauf zu lassen, und hatte endlose Alternativen durchdacht, überlegt und verworfen, nach Perfektion, Reinheit und Tadellosigkeit gestrebt.

Und das hatte er gefunden.

Es war lächerlich einfach, wenn man erst einmal darauf kam.

Es stellte sich heraus, dass die zweite Etappe, die aktive Planung, fast ebenso schnell zu realisieren war. Ende August begann er damit, das Material zusammenzutragen, und Mitte September war alles auf seiner Werkbank in dem Raum an Ort und Stelle. Alles außer dem Plastiksprengstoff. Er wollte das Zeug nirgends in seiner Nähe haben, bis er anfangen konnte.

Hagen-Schrittmacher produzierte zu jener Zeit achthundert Schrittmacher im Monat, also zweihundert pro Woche. Die Erzeugnisse wurden wie immer in Serien von einhundert Stück unterteilt und jede Serie wiederum in drei Teile von dreiunddreißig Schrittmachern mit einem Testexemplar, das zur Sicherheit zur Seite gelegt wurde. Die ersten hundert Schrittmacher wurden zwischen Montagmorgen und Mittwochmittag hergestellt und die nächsten hundert Stück zwischen Mittwochmittag und Freitagabend.

Er hatte sich Pläne von weit größerer Komplexität ausgedacht, und seine Ausdauer ging so weit, dass ihn der Gedanke reizte, ganze Schrittmacher herzustellen, denn er vertraute auf seine Fähigkeit, perfekte Nachbildungen der echten Geräte anzufertigen. Aber er wusste nichtsdestotrotz, dass Einfachheit am besten war, und daher hatte er seine Motivation gezügelt.

Dienstag- und Donnerstagabend wurde jede Woche eine bestimmte Anzahl von teilweise zusammengebauten Schrittmachern in der Produktionsabteilung zurückgelassen. Die Batterien waren bereits mit den Platinen verlötet, und diese mussten nur noch in die Titanhüllen gesteckt und verschweißt werden. Er hatte vor, eine bestimmte Anzahl der teilweise zusammengesetzten Geräte mit in seinen Raum zu nehmen, wo er die Batterien herauslöten und durch seine eigenen ersetzen wollte, die er speziell für seinen Zweck angefertigt hatte. Niemand würde ihn je zur Rede stellen, da seine Anwesenheit abends und manchmal auch spätnachts vom Sicherheitsdienst als selbstverständlich betrachtet wurde.

Er musste zugeben, dass seine eigenen winzigen Batterien genial waren – wahre Schönheiten. Manchmal hatte ihn während der Planung und Ausführung der unvernünftige Wunsch überwältigt, Ashcroft zu zeigen, was er tat. Der beste Kopf bei Hagen-Schrittmacher, und das wusste sie trotz ihrer kultivierten, ruhigen Art ganz genau. Wie gern hätte er ihr Gesicht und die nackte Bewunderung in ihren Augen gesehen. Aber er hörte noch immer Mutters warnende, tadelnde Stimme: Selbstbeherrschung geht über alles.

Die Lithiumbatterien, die in alle Hagen-Schrittmacher eingesetzt wurden, stellte ein unabhängiger Lieferant her. Sie waren winzig und sehr leistungsfähig. Das mussten sie auch sein, denn sie trieben den Impulsgenerator zehn oder zwölf Jahre lang an. Er hatte vor, die rostfreien Stahlkästchen dieser Batterien nachzubauen und in jeden dieser leeren Behälter vier Dinge einzusetzen: eine kleinere Batterie, die in ihrer Zusammensetzung mit dem Original identisch war, eine Art Mikro-Schaltkreis, fünfzehn Gramm Plastiksprengstoff und eine Sprengkapsel.

Da seine Batterie kleiner war, würde sie den Schrittmacher keineswegs so lange antreiben wie eine größere, doch unter den gegebenen Umständen zählte das kaum. Bei der Planung war ein wichtige Aspekt, dass alle Hagen-Geräte von der Fabrik mit einer zweijährigen Verwendbarkeit vom Zeitpunkt der Herstellung geliefert wurden. Natürlich wurden die meisten Schrittmacher unter normalen Umständen innerhalb eines Jahres nach der Produktion implantiert. Er hatte sich dafür entschieden, eine Zeitschaltuhr mit der Batterie zu verbinden, um sicherzustellen, dass der Countdown der Detonation erst nach der Implantation erfolgen würde.

Hierbei war er auf einige Probleme gestoßen. Hagen-Schrittmacher unterlagen strengen Kontrollen und Testverfahren, einschließlich Überprüfungen nach der Montage, um die Wirkung der Implantation im menschlichen Körper zu imitieren und sicherzustellen, dass jeder Herzschrittmacher effektiv arbeiten würde, wenn er musste. Der Schaltkreis während dieser Tests und dem tatsächlichen Einsatz unterschieden sich jedoch, und daher hatte er einen einfachen Zähler eingebaut, um den Strom zu registrieren, der zu allen Zeiten von der Batterie floss. Während der Schrittmacher auf Lager lag, war der Stromfluss gering. Nach der Implantation war der Stromfluss wesentlich höher. Dieser Wechsel von der Ruhestellung zum Betriebsmodus war ziemlich einfach zu ermitteln, aber die gleiche Veränderung würde natürlich bei den Kontrollen nach der abschließenden Verschweißung erfolgen. Diese Überprüfung dauerte fünfzehn Minuten, und daher musste sein Schaltkreis nicht nur erkennen, dass die Batterie im Schrittmachermodus lief, sondern er musste auch die Pulsfrequenz zählen.

Alle Patienten, denen ein Schrittmacher implantiert wurde, blieben mindestens vierundzwanzig Stunden im Krankenhaus, und eine Woche oder zehn Tage nach dem Eingriff kehrten sie zu einer Untersuchung und einer weiteren Kontrolle ihres Gerätes ins Krankenhaus zurück. Es war daher unbedingt erforderlich, dass die Detonation nicht vor der endgültigen Entlassung des Patienten stattfand. Und wieder einmal war die Lösung kinderleicht gewesen. Um eine bestimmte Zeit verstreichen zu lassen, musste der Zähler bei einer Anzahl von sechzig Pulsschlägen pro Minute bis zu einer Million Pulsschlägen zählen und dann automatisch den Zeitzünder aktivieren, um die Detonation auszulösen.

Schließlich gab es nur noch ein Problem. Wenn es losging und erst einmal Menschen starben, war es nur eine Frage der Zeit, bis sie anfingen, die Patienten zu röntgen, um ihre Schrittmacher zu überprüfen. Reguläre Röntgenstrahlen, die in Krankenhäusern eingesetzt wurden, zeigten die Stahlkästchenbatterien in einem Schrittmacher als kleine undurchsichtige Masse an. Erhöhte man allerdings die Hochspannung, um einen dichteren Penetrationsstrahl zu erhalten, was zweifellos passieren würde, sobald sie wussten, wonach sie suchten, wären sie in der Lage, seinen zusätzlichen Schaltkreis zu erkennen – allerdings ohne den Plastiksprengstoff. Man würde seine Zeitschaltuhr sehen, und das würde die Sache für sie einfach machen. Sie könnten die Menschen massenweise röntgen, und wenn sie dann die wenigen, die ganz wenigen Ausgewählten erkannten, wäre die Panik vorbei. Er hatte nicht vor, ihnen auf lange Sicht zu entwischen. Das war überhaupt nicht der Punkt – nicht für ihn. Es war sein Spiel. Es war ihr Schmerz, ihr Albtraum, ihre Strafe. Er hatte zu lange gewartet, um sich mit weniger zufrieden zu geben.

Das Problem der Röntgenstrahlen erwies sich als nicht allzu schwierig. Auch das war ein Kinderspiel. Er hatte die dreifache Menge an Geräten manipuliert, das war alles. Nur zwei Drittel waren mit einem zusätzlichem Schaltkreis und ein Drittel mit Schaltkreis und Plastiksprengstoff ausgerüstet. Lediglich um sie aus dem Konzept zu bringen, um Verwirrung, Angst und Hysterie zu stiften.

Von der letzten Septemberwoche bis zur vorletzten Novemberwoche hatte er jeden Dienstag- und Donnerstagabend sechs teilweise zusammengesetzte Schrittmacher mitgenommen und sie am nächsten Morgen ganz früh zurückgebracht. Er hatte seine eigenen Batterien eingesetzt und sie mit dem Hagen-Schaltkreis verlötet. Zwei von ihnen waren echte Bomben und die anderen vier Attrappen. Er war fest davon überzeugt, dass all seine Midnight-Specials, wie er sie nannte, jede Kontrolle überstehen würden. Die Kästchen waren in jeder Hinsicht bis hin zu ihren Seriennummern tadellos.

Als er mit seiner Arbeit fertig war, saßen neunundsechzig maßgeschneiderte Schrittmacher gemütlich in ihren lasergelöteten, hermetisch versiegelten Titankästchen und warteten darauf, an Krankenhäuser und Kardiologenpraxen im ganzen Land ausgeliefert zu werden. Zweiunddreißig davon waren Miniaturbomben. Der Mann hätte zwei- oder dreimal so viele machen können, aber das war mehr als ausreichend. Sie würden töten, es würde sie irre machen, verwirren und Schrecken verbreiten. Es würde die Todesdrachen zügeln und töten.

Er hatte seine Werkbank und seine Ausrüstung abgebaut und alles Brennbare verbrannt. Den Rest hatte er zu einer

Mülldeponie auf halbem Wege zwischen Chicago und Gary in Indiana gebracht. Alles, was er getan hatte, war von ihm genauestens aufgezeichnet worden. Als allerletzten Streich hatte er dann fünf zusätzliche Abschriften davon angefertigt, die alle gleichermaßen verworren und außerdem falsch waren. Wenn sie ihm schließlich auf die Spur kamen, wollte er in der Lage sein, die Qual noch eine Idee weiter zu treiben, falsche Fährten zu legen und sie noch verrückter zu machen. Sie sollten betteln, und sie sollten bezahlen.

Erst zwei Wochen des neuen Jahres waren vergangen, und unschuldige Menschen starben.

Aber das taten sie ja eigentlich immer.

14. Kapitel

Freitag, 15. Januar

Wie Joe vermutet hatte, erwies sich der neue Fall als verdammt harter Brocken. Der Leiter der Qualitätskontrolle bei Hagen-Schrittmacher, Fred Schwartz, war so fähig und gründlich, wie Hagen behauptet hatte. Seine stetig wachsende Bestürzung, Enttäuschung und Müdigkeit waren ebenfalls nicht zu übersehen. Er presste seine Lippen noch immer entschlossen zusammen, doch die roten Ränder und dunklen Schatten unter seinen braunen Augen verstärkten sich zusehends. Seit Montag war die Fabrik jede Nacht in mühevoller Kleinarbeit systematisch auseinander genommen worden, um Beweise zu finden, aber sie hatten nicht die Spur eines Beweises entdeckt, und daher blieb Hagen-Schrittmacher für den Moment in Betrieb. Inzwischen nahm Schwartz in einer Sicherheitszone, die in sicherem Abstand von der Belegschaft lag, jedes Testexemplar und den ganzen verbleibenden Vorrat der möglicherweise fehlerhaften Geräte auseinander und überprüfte sie. Tony Valdez von Bomben und Brandstiftung assistierte ihm mit seinen Adleraugen und überwachte jeden Zentimeter seines Weges, aber sie kamen verdammt langsam voran. Diskrete Überprüfungen aller früheren und jetzigen Mitglieder der Hagen-Belegschaft und der Frachtgesellschaft, mit der sie zusammenarbeiteten, ergaben bisher weder eine einzige Vorstrafe noch ein offensichtliches Motiv. Commander Jackson, dem der Chief im Nacken saß, kaute an seinen gepflegten Fingernägeln, und Joe, der Gewissensbisse hatte, weil er sich nicht um seine schwangere, schutzbedürftige Frau kümmern konnte, hatte Jess vorgeschlagen, mit Sal ihre Eltern zu besuchen, was sie schon seit Monaten vorhatte.

»Es wäre wirklich ein guter Zeitpunkt, um zu deinen Eltern zu fahren, Jess.«

»Warum?« Sie sah ihn mit ihren sanften braunen Augen misstrauisch an.

»Weil ich rund um die Uhr an diesem neuen Fall arbeiten werde, und ich meine wirklich rund um die Uhr. Ich werde den Papierkram mit nach Hause nehmen, und mir ist verboten, dir irgendetwas darüber zu erzählen. Du weißt ja, dass ich es hasse, wenn ich wichtige Dinge nicht mit dir besprechen kann. Es macht mich fast wahnsinnig.«

»Du bist aber nicht in Gefahr?«

Joe wusste, dass sie Angst hatte. »Nein, Jess. Ich schwöre es dir. Es ist nur ein Haufen Arbeit, und ich werde es erst genau wissen, wenn es vorbei ist.«

»Also wieder ein großer Fall.«

»Der größte.«

»Dann wirst du also ungenießbar sein. Und du glaubst, ich muss mich wegen des Babys um mich kümmern. Wenn ich da bin, wirst du nur Gewissensbisse haben, und das wird dich noch ungenießbarer machen.«

»Ganz genau.«

»Und du schwörst, dass du nicht in Gefahr bist?« Jess hob herausfordernd das Kinn, wobei ihre kastanienfarbenen Locken ein wenig hin- und hersprangen.

»Großes Ehrenwort«, sagte Joe, wobei er innerlich zusammenzuckte, weil er diese in Bomben verwandelten Schrittmacher vor Augen hatte.

»Ich werde Mutter nachher anrufen.«

»Ich liebe dich, Jess.«

»Ich weiß.«

Joe hasste es, sie wegzuschicken, aber im Grunde hasste er eigentlich alles an diesem Fall, weil den Ermittlungen eine ganz eigene Problematik anhaftete. Gott sei Dank sah er die Opfer nicht. Er bekam diesmal nichts von dem unmittelbaren, überwältigenden Schrecken mit, der normalerweise den Hass schürte, der notwendigerweise zu allen Ermittlungen in Mordfällen dazugehörte. Wenn Joe ein Mordopfer sah, ob Männer, Frauen oder manchmal Kinder – besonders Kinder –, aufgeschlitzt oder zerschnitten oder erschossen oder erschlagen oder verbrannt oder weiß Gott in welchem Zustand, erlitt er wie die meisten seiner Kollegen immer die gleichen Qualen in dem Kampf, sich davon zu lösen. In den meisten Mordfällen war es auch nötig, etwas über die Opfer zu erfahren, jedes Detail aufzudecken, alles, was ihnen helfen konnte, den Mörder zu fassen. Aber es hatte sich schnell herausgestellt, dass sie das in dem Schrittmacherfall keineswegs weiterbringen würde. Zwischen dem Opfer in Boston und dem in Chicago bestand nicht der geringste Zusammenhang. Sie waren Zufallsopfer, und ihre einzige Verbindung bestand darin, dass ihre Schrittmacher vom gleichen Hersteller waren. Es gab keinen Grund für Joe, mehr über Jack Long oder Marie Ferguson herauszufinden, als er schon wusste. Sie waren lediglich Opfer, und alles fühlte sich so *kalt* und leidenschaftslos an. Joe hatte zwar im Laufe der Jahre die Bedeutung der beruflichen Distanz begriffen, aber er wusste dennoch, dass die Wut für ihn bei jedem Fall noch immer ein notwendiges Übel war.

Er hatte in dieser Woche jede Nacht an dem Profil des Mörders gearbeitet, selten mehr als zwei Stunden geschlafen und vergeblich versucht, seinen Koffeinkonsum zu beschränken, denn er wusste, dass er die Ruhe bewahren musste.

Seit der Gründung des Nationalen Analysezentrums für Gewaltverbrechen im Jahre 1984 hatte das FBI in seinen Computern eine gewaltige Datenbank von Gewaltverbrechern angelegt. Die Wissenschaftler und Spezialagenten, die in Quantico hauptberuflich an Täterprofilen arbeiteten, waren keine Polizeibeamten, sondern Verhaltensforscher. Ihre Aufgabe war es nicht, den Geist der Verbrecher psychologisch zu analysieren, um zu verstehen, warum sie Verbrechen verübten, sondern das Verbrechen in der Weise zu analysieren, dass es sie zu den Tätern führte. Sie betrachteten Verbrechen als Symptome und untersuchten die Tat in der Weise, dass sie zu einem Tätertypus führte, der solche Symptome an den Tag legen könnte.

»Ganz vereinfacht dargestellt«, hatte ein Seminarleiter zu Joe gesagt, »ist es so, als ob ein Pathologe einen abgetrennten Fuß präsentiert bekommt, der zur Identifikation nur eine große Blase auf seiner Sohle ausweist. Die Art der Blase deutet auf eine bestimmte Marke von Sportschuhen hin, die zu einem Athleten einer bestimmten Art führt. Die Tatsache, dass sich die Blase über alter Narbenhaut gebildet hat, zeigt, dass der Läufer zu der zwanghaften Art gehören könnte, der Art, die nicht aufgeben will, auch wenn es schmerzt und so weiter. Wir suchen nach Hinweisen, die gewöhnlich viel feiner sind als diese Blase und die uns Einblick in den Geist eines Verbrechers geben könnten.«

Massenmörder oder Serienkiller kennen selten ihre Opfer und sind häufig erfreut und leiden manchmal, wenn sie den Mord begehen, aber die Verhaltensforscher hatten mithilfe von Interviews mit überführten Serienkillern auch untersucht, wie sie sich nach jedem Mord verhielten. In diesem Fall, in dem es zwei Opfer gab, die Hunderte von Meilen entfernt starben, und in dem die Medien bis zum jetzigen Zeitpunkt schwiegen, war die Wahrscheinlichkeit sehr gering, dass der Schrittmachermörder an den Tatort der Verbrechen hätte zurückkehren können, um sich an seinen Morden zu erfreuen oder sie zu beobachten. Es war jedoch äußerst wahrscheinlich, dass der Täter oder die Täterin an den Ort des eigentlichen Verbrechens zurückgekehrt war oder ihn niemals verlassen hatte: den Ort, an dem die lebensrettenden Geräte in Todesfallen verwandelt worden waren.

»Wir wollen noch einmal alles durchgehen«, sagte Joe zu Lipman und Cohen, während eines ihrer kurzen Treffen in ihrem Büro in der Fabrik am Freitagmorgen. Man hatte ihnen einen mittelgroßen, praktischen Raum auf Hagens Flur zur Verfügung gestellt, in dem zwei Schreibtische, ein Computer, vier Telefone, ein Fax-Gerät und eine Kaffeemaschine standen. »Hagen, Leary, Ashcroft und Schwartz geben alle die gleichen Gründe an, die die Behauptung stützen, es sei praktisch so gut wie unmöglich, dass das Verbrechen hier verübt worden sei.«

»Obwohl jeder von ihnen unser Übeltäter sein könnte«, sagte Sol Cohen. »Was sie uns erzählen, könnte keinen Pfifferling wert sein.« Detective Cohen war siebzehn Jahre älter als Joe, rundlich und kahl, und er und der Lieutenant mochten sich so gern, als seien sie Onkel und Neffe.

»Es muss einer aus der Chefetage sein«, sagte Lipman. »Jemand mit Zugang zum Ort zu einer Zeit, zu der niemand anderes in der Nähe ist, um ihn zu beobachten, und in Übereinstimmung mit dem Sicherheitsdienst bleibt außer den Abteilungschefs keiner bis spät in die Nacht. Und es sind meistens die Männer«, fügte sie hinzu, »obwohl Leary offensichtlich seltener als Schwartz oder Hagen dort herumhängt. Ashcroft sagte mir, dass sie gerne pünktlich nach

Hause gehe, um bei ihrer Familie zu sein, und ihr Assistent hat das bestätigt.«

»Valdez stimmt mit Schwartz überein, dass man nach der endgültigen Versiegelung nicht in einen Schrittmacher eingreifen könne«, sagte Cohen. »Daher ist es ausgeschlossen, dass es nach der endgültigen Kontrolle passiert ist, ohne dass es bemerkt wurde.«

Joe nickte. »Aber Schwartz behauptet, dass keiner seiner Arbeiter, selbst wenn er geschickt wäre und die Fähigkeit hätte – was er bezweifelt – die Zeit gehabt hätte, sich unbefugt in der Produktionsabteilung zu schaffen zu machen, ohne erwischt zu werden.«

»Schwartz will vielleicht nur seinen Arsch retten«, erinnerte ihn Lipman.

Valdez stürzte ins Büro und warf Papiere auf einen der Schreibtische. Wenn er es mit Sprengstoff zu tun hatte, bewegte sich Valdez so geschmeidig und bedächtig wie eine Katze, aber außerhalb des Jobs bewegte er sich gerne schnell, war oft unüberlegt und sogar ungehalten.

»Hagen ist mit einer Grippe nach Hause gegangen, und er ist der dritte heute Morgen.«

Der ganze Hagenindustriekomplex wurde seit Mitte der Woche von einer Grippewelle heimgesucht, und Männer und Frauen fielen um wie die Fliegen.

»Lass sein Haus observieren«, sagte Joe zu Cohen. »Aber unauffällig.«

»Natürlich.« Cohen war schon am Telefon.

»Schwartz sieht auch grauenhaft aus«, sagte Valdez.

»Wie weit seid ihr mit den Überprüfungen?«, fragte Joe.

»Es geht langsamer. Er ist müde und außerdem krank.« Valdez hielt inne. »Irgendwie hatte ich gehofft, er würde sich selbst belasten und dadurch allen anderen eine Menge Ärger ersparen.«

»Ich glaube noch immer nicht, dass es Schwartz war.« Lipman schüttelte den Kopf. »Wir haben ihn alle stundenlang beobachtet. Sein Eifer lässt nie nach. Ich habe noch nie jemanden gesehen, der so konzentriert, engagiert und sorgfältig arbeitet.«

»Vielleicht.« Joe zog ein Blatt Papier aus seiner Aktentasche und las es durch. »*... Ein tüchtiger, ganz normaler Mann ... kein Schmuck, keine auffallenden Krawatten und keine ausgefallene Garderobe ... ruhig, höflich, methodisch, pünktlich.*«

»Dein Täterprofil?«, fragte Lipman.

Joe schüttelte den Kopf. »James Brussels Profil des verrückten Bombenlegers.«

»Frank Kulak?« Lipman runzelte die Augenbrauen.

»Ein anderer, ein Typ namens Metesky in New York in den frühen Fünfzigern. Er sprengte Radio Music Hall und ein paar andere Theater in die Luft.«

»Und eine Reihe von Bahnhöfen«, fügte Valdez hinzu. »Du hast sein Täterprofil in dem Brandstifterfall benutzt.«

Joe nickte. »Wie unser Freund hier benutzte Metesky genaueste wissenschaftliche Methoden, um Zufallsopfer zu erreichen und durch Vorbereitung zu töten, ohne selbst Hand anzulegen.«

»Leary trägt eine Rolex und zwei Ringe«, sagte Lipman, während sie über das Täterprofil nachdachte.

»Auch Hagen ist extravagant.« Cohen hatte sein Telefonat beendet und beteiligte sich wieder am Gespräch.

»Schwartz ist sicherlich ebenso gut wie Leary und Hagen imstande, die Schrittmacher zu manipulieren«, überlegte Lipman. »Obwohl mir lieber wäre, Leary hätte es getan.«

»Dir auch?« Joe hatte Leary vom ersten Augenblick an nicht leiden können.

»Er ist so ein vornehmes Arschloch, und er hat zehn Jahre lang Waffensysteme entwickelt.«

»Ich glaube, Schwartz ist sauber«, überlegte Cohen.

»Das glaube ich auch«, stimmte Lipman zu.

»Wir können einen Typen nicht einlochen, nur weil er keine protzigen Klamotten trägt«, warf Valdez ein.

»Ich hoffe, es war Leary«, sagte Lipman noch einmal.

»Wir können auch keinen Typen einlochen, nur weil wir ihn nicht leiden können«, meinte Valdez.

»Was nun, Joe?«, fragte Cohen.

»Wir werden uns wie Kletten an die Firmenleitung hängen. Ich werde Schwartz eine Weile übernehmen, bis er zusammenbricht. Lipman, du übernimmst Leary, und wenn es sein muss, flirte mit ihm.«

»Schönen Dank!«

»Cohen kann Ashcroft übernehmen. Ich glaube nicht, dass sie ein koketter Typ ist, und Valdez, du schnüffelst einfach überall herum. Ihr benutzt alle eure Klemmbretter, macht die Augen auf und spitzt die Ohren, macht euch eine Million Aufzeichnungen und macht alle so nervös, wie ihr könnt.« Joe ging zur Tür, legte seine Hand auf den Griff und drehte sich noch einmal um. »Vielleicht haben wir sie bisher noch zu sehr geschont. Ihre Selbstgefälligkeit ist wirklich unerträglich. Ich will, dass wir ihnen eine Weile so richtig die Hölle heiß machen und ihnen auf die Nerven gehen.«

»Du willst, dass wir sie verrückt machen?«, fragte Lipman.

»Je verrückter, desto besser.«

Die Nachricht vom Todesfall in San Francisco kam an diesem Nachmittag kurz nach fünf, und der allgemeine Blutdruck von Joes Team und der Firmenleitung schoss explosionsartig in die Höhe, als die Entscheidung getroffen wurde, Hagen-Schrittmacher am nächsten Morgen zu schließen. Kaum eine Stunde später ging Fred Schwartz, der nun hohes Fieber hatte, nach Hause und legte sich ins Bett. Die einzigen Abteilungschefs, die sich noch in der Firma aufhielten, waren Ashcroft und Leary. Während sich die Krise zuspitzte, es Hagen und Schwartz nun richtig erwischt hatte und Ashcroft immer erschöpfter und mitgenommener wirkte, schien Howard Leary die Ruhe in Person zu sein.

»Was nun?«, fragte Ashcroft Joe in Learys geschmackvoll eingerichtetem Büro kurz nach neunzehn Uhr.

»Wir behaupten nicht mehr, Statistiker zu sein, und beginnen mit offenen Ermittlungen«, erwiderte Joe. »Wir werden so schnell wie möglich von zwei weiteren Detectives vom Dezernat für Gewaltverbrechen, von zwei weiteren von Bomben und Brandstiftung und zwei FBI Wissenschaftlern unterstützt. Noch vor morgen früh wird dieses Gebäude vom Rest des Komplexes abgeriegelt, und außer Ihnen werden nur die unentbehrlichen Angestellten bleiben, die Sie anfordern.«

»Was wird aus Ihrer Tarnung?« Leary, der einen maßgeschneiderten dunklen Anzug trug, war die Ruhe selbst und schien sich wohl zu fühlen. Als Joe auf seine hellgraue, tadellos gebundene Krawatte sah, wurde ihm bewusst, dass er so etwas niemals hinkriegen würde, selbst wenn er geschlagene drei Stunden vor dem Spiegel stände.

»Risse am Gebäude«, erwiderte Joe.

»Risse?« Leary runzelte die Stirn.

»Das Erdreich sackt ab«, erklärte Joe. »Wir sagen ihnen, dass es wahrscheinlich ein Problem des Fundamentes sei, das heute sehr spät entdeckt wurde. Mit einer Notbelegschaft gäbe es kein Problem, aber normale Gewichtslasten seien gefährlich. Denjenigen, die ausgeschlossen werden, wird gesagt, dass sie weiterhin ihren vollen Lohn bekommen. Sie erhalten eine spezielle Rufnummer, unter der sie täglich anrufen müssen, um sich über den aktuellen Stand der Dinge zu informieren. Auf diese Weise behalten wir sie für alle Fälle im Auge.«

»Der arme Feuerwehrmann«, sagte Ashcroft. Sie war blass und sah müde aus. »Ich frage mich, ob er noch am Leben wäre, wenn wir es an die Öffentlichkeit gebracht hätten.«

»Das ist unlogisch, Mrs. Ashcroft«, behauptete Mr. Leary. »Der einzige Unterschied ist, dass er in einer Schlange vor dem Sprechzimmer seines Arztes gestorben wäre anstatt in einem Feuer. Und er wäre vor Angst gestorben anstatt bei der Arbeit.« Er hielt kurz inne. »Wie lange können wir Ihrer Meinung nach diese Sauerei mit den manipulierten Schrittmachern noch geheim halten, Lieutenant?«

»Nicht mehr sehr lange«, antwortete Joe. »Und nicht ohne sehr viel Kooperation. Zu viele Menschen wissen es: Familienangehörige, Gerichtsmediziner, Hausärzte. Außerdem wissen wir mit hundertprozentiger Sicherheit, dass mindestens ein Journalist genauestens informiert ist.«

»Ich glaube noch immer, dass Geheimhaltung unbedingt erforderlich ist«, sagte Leary.

»Obwohl Männer und Frauen und vielleicht sogar Kinder mit Zeitbomben in ihren Brustkästen herumlaufen?«, fragte ihn Ashcroft. »Ich bin nicht sicher, ob sie nicht wenigstens das Recht haben, zu versuchen, sich selbst zu retten.«

»Das FDA stimmt noch immer mit Mr. Leary überein«, sagte Joe, »dass es bis zum jetzigen Zeitpunkt mehr zu verlieren gibt, wenn es an die Öffentlichkeit dringt. Ich vermute, dass morgen früh ein Treffen auf höchster Ebene stattfindet, um zu entscheiden, wie die Geheimhaltung am besten aufrechterhalten werden kann.«

»Haben Ihre Ermittlungen schon zu irgendetwas geführt, Lieutenant?«, fragte Ashcroft.

»Wir haben schon viele Möglichkeiten ausgeschlossen.«

»Mit anderen Worten, Sie haben noch nichts«, stellte Leary fest.

»Wir haben noch keine heiße Spur.«

»Sie sind zumindest ziemlich ehrlich.«

»Es hat keinen Sinn, es nicht zu sein.«

»Verdächtigen Sie mich noch?«, fragte Leary.

»Wie kommen Sie darauf, dass ich das tue?«

Leary zuckte mit den Schultern. »Ich bin kein sympathischer Mensch.«

Olivia Ashcroft saß ganz ruhig da, und Joe schaute auf Mr. Leary mit seinen ironisch hochgezogenen roten Augenbrauen, den schmalen grünen Augen und dem gelblichen Gesicht. »Das macht aus Ihnen nicht automatisch unseren Hauptverdächtigen.«

»Und was ist mit Hagen?«, fragte Leary.

»Was soll mit ihm sein?«

»Halten Sie ihn für verdächtig?«

»Mr. Leary!«

»Warum sind Sie so schockiert, Mrs. Ashcroft? Sie wissen ganz genau, dass es jeder von uns gewesen sein könnte.«

»Es ist viel wahrscheinlicher, dass es ein Irrer mit ziemlich viel Grips war, der sich als Fensterputzer ausgibt oder in der Versandabteilung arbeitet«, beharrte Ashcroft.

Joe wandte sich wieder an Leary. »Warum sollten wir Hagen verdächtigen?«

»Wegen seiner Mutter.«

»Was ist denn mit ihr?«

»Wissen Sie es nicht?«, fragte Leary in einem freundlichen, aber spöttischen Ton.

»Offensichtlich nicht.«

»Seine Mutter starb an einem Herzleiden.«

»Das tun Millionen von Menschen«, sagte Ashcroft.

»Nicht, wenn sie durch einen einfachen Eingriff gerettet werden könnten.«

»Durch einen Schrittmacher.« Joe spürte ein Kribbeln auf dem Rücken, zeigte seine Erregung jedoch nicht.

»Das ist richtig.«

»Wann ist sie gestorben?«

»Mitte der Fünfziger. Hagen war vierzehn.«

»Das war die Zeit, kurz bevor Schrittmacher in der Medizin eingesetzt wurden.«

»Es fing gerade erst an. Er hörte kurz nachdem sie starb von ihnen.«

»Das wusste ich nicht.« Mrs. Ashcroft war offensichtlich überrascht.

»Er hat es mir vor Jahren erzählt.«

»Was hat er Ihnen noch erzählt?«, fragte Joe.

Mr. Leary lächelte. »Sie meinen, ob er mir erzählte, dass er Schrittmacher hasst, weil sie zu spät erfunden wurden, um seine Mutter zu retten?«

»Und hat er?«

»Ganz im Gegenteil. Er sagte, dass es vor allem mit dem Tod seiner Mutter zu tun habe, dass er in seinem Unternehmen Schrittmacher herstelle.«

»Das leuchtet mir ein.«

»Das sollte man meinen«, stimmte Leary zu.

»Natürlich ist das verständlich«, sagte Ashcroft freundlich.

»Sind Sie anderer Meinung?«, fragte Joe.

»Eigentlich nicht. Ich hielt es nur für angebracht, es zu erwähnen, falls Ihre Leute es noch nicht herausbekommen haben ... Vielleicht meinen Sie, ich hätte es Ihnen früher erzählen sollen.«

»Das ist offensichtlich.« Joe unterdrückte seine Wut. Er, Lipman und Cohen hatten Leary alle mehrmals verhört und immer einen gewissen Groll bei ihm bemerkt. Im Geiste überflog er noch einmal die Informationen, die sie über den Chef von Hagen Industries gesammelt hatten. *Albrecht Hagen, geboren 1941 in Chicago. Vater, Helmut, geboren 1916 in Köln, Westdeutschland. Elektroingenieur. Gestorben 1950 (Lungenkrebs). Mutter, Annaliese, geboren 1921 in Chicago. Hausfrau. Gestorben 1955 (Herzinfarkt). Familienstand: ledig. Kinder: keine.* Soweit er sich erinnerte, wiesen noch sechzehn andere Personalakten Todesfälle in der Familie aufgrund von Herzkrankheiten auf.

»Möchten Sie noch irgendetwas hinzufügen?«, fragte er Leary.

»Über Hagen?«

»Oder eine andere Person.«

»Möchten Sie, dass ich gehe?«, fragte Ashcroft eine Spur säuerlich.

»Nicht nötig.« Leary lächelte wieder. »Wussten Sie, dass Mr. Hagen das College abgebrochen hat?«

»Ja, das wusste ich«, sagte Ashcroft in kühlem Ton. »Ist es wichtig?«

Leary zuckte unmerklich mit den Schultern. »Wahrscheinlich nicht.«

»Es beeinträchtigte offensichtlich nicht seine Karriere«, merkte Joe an.

»Nein«, stimmte Ashcroft zu. »Hagen hat sein Unternehmen allein aufgebaut. Er hat es nicht geerbt. Er ist ein sehr talentierter Mann.«

»Der uns für unsere Qualifikationen bezahlt. Wir sind das Gehirn, und er ist der Chef.«

»Jetzt übertreiben Sie aber, Mr. Leary«, sagte Ashcroft.

»Hagen-Schrittmacher liegt ihm besonders am Herzen. Was Sie sich da zusammenreimen, macht keinen Sinn.«

»Überhaupt keinen«, stimmte ihm Leary freundlich zu.

»Wollen Sie damit andeuten, er könne sich über seine mangelnde Qualifikation ärgern?«, beharrte Joe, der ganz ruhig blieb.

Leary zuckte wieder mit den Schultern. »Wir sind gescheiter als er, und das weiß er so gut wie wir.« Er schaute seiner Kollegin ins Gesicht. »Besonders Mrs. Ashcroft, wenn sie auch vehement widerspricht, aber sie ist unser bester Kopf.« Seine grauen Augen lächelten belustigt. »Sie könnten es sicher getan haben, obwohl es meines Wissens nichts in Ihrem Lebenslauf oder Ihrer Vergangenheit gibt, was Sie zu so einer Tat treiben könnte.«

»Danke, Mr. Leary.« Ashcroft warf ihm einen vernichtenden Blick zu.

»Keine Ursache.«

»Und was ist mit Schwartz?«, fragte Joe. Im Geiste sah er noch einmal die ersten Zeilen seiner Personalakte vor Augen. *Frederick Schwartz, geboren 1951 in Chicago. Vater, Siegmund, geboren 1920 in Düsseldorf in Westdeutschland, Künstler. Gestorben 1950 in Chicago (Autounfall). Mutter, Eva, geboren 1924 in Chicago. Hausfrau, gestorben 1962 (Gehirnthrombose). Familienstand: ledig. Kinder: keine.* Schwartz hatte seinen Vater nicht gekannt und seine Mutter früh verloren. Auch Hagen hatte beide Elternteile verloren, aber Joe erinnerte sich an nichts anderes von besonderer Bedeutung.

»Keine große Persönlichkeit«, sagte Leary. »Hagen stimmt nicht mit mir überein, obwohl ich glaube, dass Sie mir zustimmen, nicht wahr, Mrs. Ashcroft?« Sie blieb ihm die Antwort schuldig. »Schwartz' Hingabe schien mir immer ziemlich aufrichtig zu sein. Er ist wie ein Chef deutscher Abstammung, ist ein Vorbild in puncto Arbeitsmoral, lebt ebenfalls allein, soweit ich weiß, aber sonst weiß ich sehr wenig über ihn.« Er überlegte einen Augenblick. »Er könnte es auch getan haben. Wie ich schon sagte, könnte es jeder von uns gewesen sein.«

Es klopfte an der Tür, und Lipman kam herein.

»Die Männer von Bomben und Brandstiftung sind da, Lieutenant.«

Joe schaute auf die Uhr. Fast acht Uhr. Die neue, erweiterte Sondereinheit würde in Kürze anfangen, das Hagen-Schrittmacher-Unternehmen auseinander zu nehmen. Sie würde in jeder Abteilung und in jedem Lagerraum herumstöbern und wenn nötig jedes Stück Papier, jedes Rohr der Klimaanlage, jeden Zentimeter der Leitungen untersuchen, um Beweise zu finden, die ihnen helfen könnten, einer Aufklärung des Falles näher zu kommen. Und das konnte seiner Meinung nach nicht früh genug geschehen

»Wollen Sie mich bitte entschuldigen?« Er stand auf.

»Natürlich«, sagte Ashcroft.

»Viel Glück.« Howard Leary zögerte einen Moment. Offensichtlich wollte er noch etwas loswerden. »Sie wissen es vermutlich schon, aber meine Eltern leben noch wie auch meine Frau und meine drei Kinder. In meiner Familie gibt es keine Herzkrankheiten, und ich hege keinen Groll gegen die Gesellschaft, abgesehen von der Tatsache, dass sie wahrscheinlich im Begriff ist, den Bach hinunterzugehen.«

»Und Sie möglicherweise ihren Arbeitsplatz verlieren«, fügte Ashcroft freundlich hinzu.

»Wie alle anderen Firmenmitglieder auch«, entgegnete Leary.

»Wahrscheinlich.« Joe ging zur Tür. Seine Kollegin wartete schon.

Leary lächelte. »Außer Albrecht Hagen.«
Scheinbar hatte Howard Leary gerne das letzte Wort.

15. Kapitel

Samstag, 16. Januar

Am Samstagmorgen um halb zwölf, als Hugo im Café war und Toni Petrillo gerade das Haus nach einem Besuch verlassen hatte, kamen Chris und Katy Webber Lally besuchen. Die eine Stunde, die sie blieben, war zumindest für Lally eine der unglücklichsten und enttäuschendsten, die sie je erlebt hatte.

Seit Lally von Chris das Bild bekommen hatte, war sie sich ziemlich sicher, dass Chris sie ebenso anziehend fand wie sie ihn und er vielleicht auch schuldbewusst die Momente gezählt hatte, bis sie sich wiedersehen würden. Als er nun an diesem Morgen über ihre Schwelle trat, sah sie in sein Gesicht und erkannte, dass sich ihre eigenen verworrenen Gefühle in seinen Augen spiegelten, ohne dass er sie zu verbergen versuchte.

Aber das Kind stand zwischen ihnen und hinderte sie daran, ihre Gedanken auszusprechen, ihre Arme auszustrecken und die Hand oder die Wange des anderen zu berühren. Und auch Andrea Webber stand zwischen ihnen, obwohl sie meilenweit entfernt in einer Klinik eingeschlossen war, aber vielleicht war gerade das der Grund. Möglicherweise dämpften ihre Gewissensbisse ihre Stimmen, und wahrscheinlich hatten sie nicht das Recht, auch nur an ihre eigenen Gefühle zu *denken*.

»Wann werden Sie wieder Unterricht geben?«, wollte Katy wissen.

»Das wird noch eine Weile dauern.«

»Sie sind aber bald wieder gesund?«

Das Mädchen schaute Lally mit seinen dunkelblauen Augen ängstlich an. Es waren die Augen ihres Vaters, und Lally wusste, dass sie niemals mehr in der Lage sein würde, sie anzuschauen, ohne an ihn zu denken.

»Ganz bestimmt, Liebling«, sagte Chris.

»Ja.« Lally lächelte ihn an. »Natürlich.«

Sie sprachen über Gott und die Welt, nur nicht über sich. Über das Ballett, über die Schneeverhältnisse auf den Skihängen in Bousquet, über einen Eiszapfen, der wie ein Speer über einem Lebensmittelladen in der Elm Street aus dem Türsturz herausragte und Katys Kopf vor zwei Tagen nur knapp verfehlt hatte. Über Jade und die anderen Hunde in dem großen Haus ein paar Meilen die Straße hinunter und dass Katy ihrer Mutter versprochen hatte mitzuhelfen, sich um sie zu kümmern, so lange sie fort war. Schließlich erwähnte Chris die bevorstehende Veröffentlichung seines neuen autodidaktischen Werks für Maler. Sie sprachen über alles, was ihnen einfiel, außer über Andrea Webbers Alkoholismus oder Katys blaue Flecke oder die Tatsache, dass Chris und Lally sich schuldig fühlten, weil sie sich ineinander verliebt hatten, und dass sie beide wussten, dass es keine Zukunft und keine Hoffnung gab.

Nachdem sie sich verabschiedet hatten, ging Lally in die Küche und versuchte, ein Soufflé zu machen, das im Backofen jämmerlich in sich zusammenfiel. Dann legte sie eine Kassette vom *Schwanensee* auf, aber sie hatte Angst, zu tanzen oder auch nur ein paar Schritte zu machen. Und es schneite wieder, und plötzlich hasste sie diese ganze weiße Landschaft und die gedämpften Geräusche und den grauen Himmel. Sie fühlte sich eingeschlossen und hatte Platzangst und war schrecklich deprimiert. So einsam hatte sie sich seit Jahren nicht gefühlt.

Hugo kam an diesem Nachmittag um kurz nach vier nach Hause und sah Lally zusammengerollt unter ihrer Patchwork-Steppdecke liegen. Nijinskij schlief an ihrer Seite. Lallys Augen waren geschlossen, aber Hugo war sich nicht ganz sicher, ob sie wirklich schlief. Auf ihren Wangen waren Tränenspuren, und ein frischer Strauß Gartenwicken stand in einer kleinen Vase neben Webbers Bild auf ihrem Schrank. Hugo wusste sofort, wer Lally besucht hatte und an diesen Tränen schuld war.

Und Hugo, der selten Alkohol und niemals so früh am Tage Schnaps trank, ging leise die Treppe hinunter und goss sich ein Glas Whisky ein. Er stand am Fenster im Wohnzimmer, nippte an seinem Glas und starrte hinaus durch den Schleier auf die weiße Schneedecke, die auf der Lenox Road, auf West Stockbridge und dem größten Teil der Berkshires lag. Der Whisky schmeckte bitter, aber kaum bitterer als seine Eifersucht.

Chris Webber hatte Lally zum Weinen gebracht, und Hugo hasste ihn dafür. Gleichzeitig verachtete er seine Heuchelei, denn eigentlich hätte Chris Webber ihm dann sympathischer sein müssen, wenn Webber Lally glücklich machen würde.

Natürlich war das von der Wahrheit meilenweit entfernt.

16. Kapitel

Sonntag, 17. Januar

Am Sonntagmorgen schien zum ersten Mal seit fast einer Woche in Chicago die Sonne. Es war bitterkalt, der Wind fegte über den See, auf den Bürgersteigen lag eine vereiste Schneedecke, und auf den Bordsteinen türmte sich der Schnee. Der blaue Himmel war wolkenlos, und die Sonne verlieh der Stadt einen so hübschen Glanz, dass Joe sich so gut fühlte wie schon lange nicht mehr. Seine Stimmung wurde seit jeher vom Wetter beeinflusst und manchmal sogar beherrscht. An solchen Tagen klappte alles besser, und das war in Anbetracht der beiden Termine, die vor ihm lagen, äußerst günstig.

Als Joe am Michigansee entlang in Richtung Süden fuhr, ertappte er sich dabei, dass er wie fast jeden Tag an Lally dachte. Meistens widmete er ihr ein paar zärtliche Gedanken, wenn er morgens seine erste Tasse Kaffee trank und auf zwei seiner Lieblingsfotos von ihr an der Wand gegenüber schaute. Doch im Verlauf der letzten Tage war ihm aufgefallen, dass sich trotz des verrückten Schrittmacherfalls seine Gedanken Lally auch dann zuwandten, wenn er gar nicht damit rechnete. Hätte Jess gewusst, dass sich sein sechster Sinn – wie sie es nannte – meldete, hätte sie dafür gesorgt, dass er sich die Zeit nahm, seine Schwester anzurufen. Jess war jedoch mit Sal zu ihren Eltern gefahren, und es war kaum zwei Wochen her, seitdem er und Lally zum letzten Mal miteinander gesprochen hatten. Im Grunde machte er sich auch keine Sorgen, aber als er den Wagen parkte und die Zündung ausschaltete, nahm er sich dennoch vor, sie bald anzurufen.

Hagen-Schrittmacher wurde noch immer auf den Kopf gestellt, aber das hatte sie noch keinen Schritt weitergebracht. Die FBI-Computer wurden mit Hagen-Schrittmacher vernetzt, um eine möglichst vollständige Liste von Schrittmacherempfängern mit eventuellem Risiko zu erstellen. Diese Daten waren notwendig, falls sie die Entscheidung treffen mussten, bei allen Risikopatienten den Schrittmacher auszutauschen. Und Joe konzentrierte sich auf zwei der drei Männer, die noch immer seine Hauptverdächtigen waren und deren Krankheit ihm nun einen Vorwand lieferte, sie zu Hause zu besuchen. Eigentlich sollte Lipman Joe heute Morgen begleiten, wenn er Hagen und Schwartz aufsuchte. Leider lag auch sie seit der vergangenen Nacht mit einer Grippe im Bett. Joe wollte, dass Valdez und Cohen in der Fabrik blieben, falls man endlich eine Spur finden würde. Es war die reinste Hölle, und er und die anderen waren schon bereit, sich mit den kleinsten Fortschritten zu begnügen. Er war also allein, als er gegenüber vom Michigansee aus dem Wagen stieg, der heute wie ein großer, mit Reif überzogener Ozean glitzerte, und die geschwungenen, rötlichen Steinstufen zum Eingang des Hauses *The Carlyle* hinaufstieg.

Dieses Haus, das in der wohl vornehmsten Wohnstraße Chicagos stand, gehörte zu den prachtvollsten Gebäuden. Ein hübsch konstruiertes, sandfarbenes Steinhaus mit ungefähr vierzig Stockwerken, das Mitte der Sechziger erbaut worden war und auf das nur ein unauffälliges Schild hinwies, das zu klein war, um von der Straße aus gesehen zu werden. Der Eingang war verschlossen. Joe wartete einen Moment, ehe er auf die Klingel drückte, drehte sich noch einmal um und schaute auf den See, der zum Teil zugefroren war. Zum Eisfischen war die Eisdecke jedoch nicht dick genug. In manchen Jahren, wenn er hart genug gefroren war, trugen die Angler Stühle auf den See, schlugen Löcher ins Eis, setzten sich hin und angelten durch die Löcher. Heute Morgen sah Joe keine Stühle.

Als Hagen oben im dreiunddreißigsten Stock seine Tür öffnete, drang Musik aus der Wohnung, eine Oper, wahrscheinlich wieder Wagner, und Joe erinnerte sich daran, was Cynthia Alesso ihm erzählt hatte.

»Guten Morgen, Lieutenant.« Er trug einen schwarzen, seidenen Hausmantel und dazu einen passenden Pyjama, weinrote Hausschuhe, und um seinen Hals hatte er einen weißen Seidenschal gewickelt. Seine Stimme war heiser, und obwohl er sich die Mühe gemacht hatte, sich zu rasieren, fand Joe, dass er verdammt schlecht aussah. Zweifellos war er dem gleichen Grippevirus zum Opfer gefallen wie nun auch Linda Lipman.

»Wie geht es Ihnen, Sir?«

»Ziemlich mies. Kommen Sie herein, wenn Sie es wagen.«

Als Hagen die Tür geschlossen hatte, bemerkte Joe den Wohlstand, der ihn umgab. Er sah Bronzestatuen und Gemälde, erkannte einen Dali und vermutete, dass es sich um ein Original handelte. Es war nicht so, dass sie es nicht irgendwie gewusst hätten, aber Mr. Leary hatte in einer Hinsicht Recht. Wenn es mit Hagen-Schrittmacher den Bach hinunterging, würde dieser Mann wenigstens finanziell nicht übermäßig leiden.

»Es war liebenswürdig von Ihnen, mich zu Hause zu empfangen«, sagte Joe. »Ich hoffe, es ist nicht zu anstrengend für Sie.«

»Kein Problem. Im Grunde ist es für mich eine willkommene Abwechslung.« Hagen führte ihn durch die wunderschöne, marmorne Eingangshalle in ein riesiges, helles Wohnzimmer, in dem eisblaue Möbel standen, cremefarbene Teppiche lagen und Kristallleuchter hingen. Zwischen diesem Raum und seinem in Schwarz und Weiß gehaltenen Büro lagen Welten. »Ich kann Ihnen gar nicht sagen, wie schuldig ich mich fühle, dass ich mich Ihnen auf diese Weise entzogen habe, Lieutenant, aber ich war gestern den ganzen Tag kaum in der Lage, das Bett zu verlassen.«

»Vielleicht sollten Sie sich setzen, Sir.«

Hagen nickte schwach, setzte sich auf ein Sofa mit hoher Lehne und gab Joe ein Zeichen, dass er Platz nehmen könne, wo er wolle. Ein silbernes Tablett mit passendem Kaffeeservice wartete auf einem Tisch neben dem Sofa, und Hagen goss ihnen mit leicht zitternder Hand Kaffee ein.

»So«, sagte Hagen, »wie kann ich Ihnen helfen, Lieutenant? Oder hat es Fortschritte gegeben, von denen Sie mir berichten möchten? Ich habe natürlich mehrmals mit Chief Hankin gesprochen, und Mr. Leary und Mrs. Ashcroft haben mich auf dem Laufenden gehalten.«

»Ich wünschte, ich könnte Ihnen von einem Durchbruch berichten.«

»Doch den gibt es noch nicht.« Hagen sah unglücklich aus. Trotz des unpassenden Schals, den er sich lässig um den Hals gewickelt hatte, war heute Morgen von der jugendlichen Art, die Joe bei ihren früheren Begegnungen aufgefallen war, nichts erkennbar. Heute war das wuschelige, kurz geschnittene, graue Haar nicht so sehr eine Stilentscheidung. Es war einfach nur grau, die Haut auf seiner Kehle offenbarte jedes seiner einundfünfzig Jahre, und die Augen hinter seiner runden Metallgestellbrille zeigten seine Bestürzung.

»Erzählen Sie mir etwas über Mr. Leary«, sagte Joe plötzlich.

»Was möchten Sie denn wissen?« Hagen schien verwundert zu sein. »Eigentlich dachte ich, Sie wüssten die meisten Dinge über uns alle bereits.«

»Das dachte ich auch.«

»Und haben Sie Ihre Meinung geändert?«

»Ich habe mich nur daran erinnert, wie unzuverlässig unsere Kontrollsysteme sein können.« Joe lächelte. »Unsere nationale Paranoia in Bezug auf den Verlust der Privatsphäre ist eigentlich unbegründet, denn über die meisten Bürger liegen noch immer überraschend wenig Daten vor.«

»Aber das FBI hat doch aufgrund der Jahre, die Mr. Leary an Militärobjekten gearbeitet hat, eine ziemlich ausführliche Akte über ihn«, erwiderte Hagen.

Die Musik im Hintergrund wurde lauter und verstummte schließlich.

»Darf ich offen sprechen, Sir?«

»Natürlich.«

»Hat Mr. Leary irgendeinen besonderen Grund, Sie nicht zu mögen?«

Hagens Augen flackerten unmerklich. »Es geht eigentlich nicht um Mr. Leary, nicht wahr, Lieutenant«, fragte er scharfsinnig, »sondern um mich?«

»Es geht um Sie beide – um jeden im Unternehmen.« Joe drückte sich sehr vorsichtig aus, um Mr. Hagen nicht vor den Kopf zu stoßen.

»Hat Mr. Leary Ihnen etwas über mich erzählt?«

»Ja, er hat über Sie gesprochen.«

»Und er sagte etwas, das mich verdächtig macht?« Hagens Stimme war sehr ruhig. »Oder vielleicht sollte ich sagen, verdächtiger, da wir alle Hauptverdächtige sind.«

»Er sprach über Ihre Mutter.«

»Meine Mutter?« Hagen schaute ihn fragend an. »Was soll mit ihr sein?«

»Er spielte auf ihren Tod an.«

»Meine Mutter ist schon vor vielen Jahren gestorben.«

»Ja, Sir.«

Joe sah einen Anflug von Verärgerung in Hagens Miene. Es war nicht so, dass er plötzlich zornig war, kaum dass sich seine Stimmung großartig geändert hätte, und doch wirkte er ziemlich verstimmt.

»Mr. Leary erwähnte die Tatsache, dass das Leben Ihrer Mutter durch einen Herzschrittmacher hätte gerettet werden können.«

»Das stimmt. Wenn sie zur Verfügung gestanden hätten«, gab Hagen zu. »Sie waren natürlich schon erfunden, aber kein lebender menschlicher Patient hatte schon einen erhalten.«

»Sie waren sehr jung, als sie starb.«

»Vierzehn Jahre alt. Als mein Vater starb, war ich noch jünger.«

»Der Tod Ihrer Mutter hat Sie jedoch so stark beeinflusst, dass Sie mehr als fünfzehn Jahre später anfingen, Schrittmacher herzustellen.«

Hagen nickte. »Ich bin sicher, dass es ein ausschlaggebender Grund war.«

Joe nahm seine Kaffeetasse in die Hand. Es war feines Porzellan, und er war froh, dass er nie ein ungeschickter Mensch gewesen war. Er spürte zum tausendsten Mal in dieser Woche, dass er überhaupt nicht weiterkam. Hagen ärgerte sich zweifellos über dieses erneute Verhör, doch er war noch immer peinlich darauf bedacht, höflich zu sein. Er bot das Bild eines Mannes, der einsah, dass er ein gewisses Eindringen in seine Privatsphäre dulden musste, da er zum Kreis der Verdächtigen gehörte. Joe hätte sich am liebsten umgesehen und den Rest der Wohnung in Augenschein genommen, aber er wusste, dass es dazu – jedenfalls bei diesem Besuch – keine Gelegenheit geben würde.

»Ich habe keinen tief verwurzelten Hass gegen Schrittmacher, Lieutenant, falls es das ist, was Sie oder vielleicht Mr. Leary denken sollten«, erklärte Hagen. »Wenn ich in Ruhe darüber nachdenke, macht mich der Gedanke, dass meine Mutter vielleicht viele Jahre länger hätte leben können, noch immer etwas traurig, aber dann müsste ich ebenso alle Gesundheitsminister hassen, die Zigaretten nicht verbieten, weil mein Vater an Lungenkrebs gestorben ist.«

Hagen nahm seine Tasse und Untertasse vom Tisch und stellte dann beides wieder hin. Seine Hände zitterten noch immer, doch Joe nahm an, dass dies sicherlich eher mit der Grippe zusammenhing als mit seiner Erregung oder mit Schuldgefühlen.

»Ich bin stolzer darauf, Lieutenant Duval, Schrittmacher herzustellen als auf irgendetwas anderes in meinem Leben.«

Joe nickte. »Das kann ich mir gut vorstellen, Sir.«

»Und sagte Mr. Leary noch etwas anderes von Bedeutung?« Hagen lächelte matt. »Dies ist eine seltene Gelegenheit, mehr darüber zu erfahren, was meine Kollegen über mich denken.«

Joe fiel auf, dass Hagen das Wort Kollege statt Angestellter benutzte, aber er hatte nicht das Gefühl, dass Hagen dadurch eine bestimmte Wirkung erzielen wollte.

»Er spielte auf Ihre Collegekarriere an.«

»Auf meine mangelnde Qualifikation.«

»Dass Sie das College abgebrochen haben.«

Hagen lächelte wieder, diesmal jedoch weniger betrübt. »Mr. Leary hat nie gewagt, es mir ins Gesicht zu sagen, aber er freut sich immer, dass er mir in dieser Hinsicht überlegen ist. Mrs. Ashcroft ist die Einzige von uns, die er respektiert, weil er keine andere Wahl hat, denn sie ist einfach unsere beste Kraft.«

»Wie denkt er über Fred Schwartz?«, fragte Joe.

»Er brachte ihm ziemlich großes Vertrauen entgegen, bis diese Sache passierte. Ich habe jedoch das Gefühl, dass er auch jetzt eher seinen Fähigkeiten misstraut, als dass er an seiner Unschuld zweifelt.«

»Mr. Schwartz war offensichtlich am meisten besorgt, seit es begann.«

»Ich habe Mr. Schwartz immer gemocht.« Hagen zuckte die Achseln. »Das soll nicht heißen, dass ich ihn nicht ebenfalls für einen potenziellen Verdächtigen gehalten habe.«

»Haben Sie den Gedanken mittlerweile verworfen?«

»Eigentlich schon.« Hagen ließ sich gegen die Lehne der Couch fallen. »Ich dachte eher daran, dass wir einen Feind haben, der irgendwo im Unternehmen für uns arbeitet, jemand von einer Konkurrenzfirma vielleicht.«

»Das ist natürlich noch immer eine Möglichkeit, Sir, obwohl es immer unwahrscheinlicher erscheint.«

Hagen sah sehr müde aus. »Wir haben eigentlich noch nichts erreicht, Lieutenant, nicht wahr? Hagen-Schrittmacher ist geschlossen worden, und Sie sind weder dem Täter noch seiner Methode auf der Spur. Wir wissen noch nicht einmal, wie viele Geräte manipuliert wurden.«

»Das wissen wir erst, wenn wir die verantwortliche Person oder die verantwortlichen Personen gefunden haben.«

»Und inzwischen werden sie vermutlich über uns lachen.«

»Vermutlich.«

»Ich lache nicht«, sagte Hagen düster.

»Nein, Sir. Ich weiß.«

»Tun Sie das?« Hagen schüttelte den Kopf. »Ich glaube nicht, dass Sie nun viel schlauer sind als vorhin, als Sie herkamen, Lieutenant.«

Joe antwortete nicht.

»Wie viel Zeit haben wir noch«, fragte Hagen, »bis wir gezwungen sind, an die Öffentlichkeit zu gehen?«

»Das kann ich nicht sagen, Sir.«

»Wissen Sie, Mr. Leary hat in dieser Hinsicht vollkommen Recht. Es wäre ein Albtraum.«

»Es wird keine andere Möglichkeit geben.«

Hagen machte sich die Mühe aufzustehen.

»Tun Sie etwas für mich, Lieutenant.«

»Wenn ich kann.«

»Bereiten Sie dem ein Ende.« Hinter seiner Brille glitzerte etwas, und Joe vermutete fast, dass es Tränen waren. »Hören Sie auf, auf Samtpfoten um uns herumzuschleichen und immer so verdammt höflich zu sein. Erzielen Sie endlich Ergebnisse.«

Das Haus, in dem Fred Schwartz wohnte, lag nicht sehr viel weiter nördlich an der Uferstraße des Michigansees als das Haus, in dem Hagen wohnte, doch Joe wusste, dass es in sozialer und finanzieller Hinsicht ebenso auf einem anderen Kontinent hätte sein können. Joe vermutete, dass die Bewohner dieses recht ansehnlichen, massiven Gebäudes aus braunem Sandstein wahrscheinlich einen ständigen Kleinkrieg gegen all die Dinge führten, gegen die man als ordentlicher Bürger zu kämpfen hatte. Wenn in einem Haus wie dem *Carlyle* etwas mit der Elektrizität, der Klimaanlage oder den Aufzügen nicht in Ordnung war oder jemand in einem Vorratsraum ein Wanzennest fand, würde Mr. Hagen es zweifellos nie erfahren. In Schwartz' Haus gab es wahrscheinlich eine Reihe von Mieterausschüssen, deren Bemühungen immer wieder scheiterten, weil die Mieter einerseits in gewisser Weise gleichgültig waren und andererseits zu viele mitreden wollten. Hagen lebte im dreiunddreißigsten

Stock im *Carlyle*. Schwartz lebte in der zweiundzwanzigsten Etage seines Hauses. Hagens Terrasse gab den Blick auf den Michigansee und die Prachtmeile frei, die ein paar hundert Meter weiter rechts lag. Schwartz' Wohnung hatte keinen Seeblick und keinen Balkon, aber wenn er sich aus seinem Wohnzimmerfenster lehnte, konnte er sicher auch den See sehen. Joe dachte später darüber nach, dass Schwartz Hagens Lebensstil zweifellos so gut er konnte nacheiferte, obwohl sich die Einrichtungen gewaltig unterschieden. Er wusste nicht, ob Schwartz jemals die Wohnung seines Chefs betreten hatte. Außerdem konnte er nicht sagen, ob es eine Art Schmeichelei oder eine Art Neid war. Es war zumindest interessant. Das war immerhin *etwas*.

»Es ist sehr freundlich von Ihnen, mich zu empfangen, Sir«, sagte Joe an der Wohnungstür.

»Ich freue mich, Sie zu sehen, Lieutenant. Ich habe außer meinem Arzt niemanden mehr gesehen, seitdem ich die Fabrik am Freitag verlassen habe.«

Schon Hagen hatte grauenhaft ausgesehen, aber Schwartz sah noch schlimmer aus. Auch er trug einen seidenen Hausmantel, obwohl seiner ein schottisches Muster hatte und alt aussah, wenn er auch peinlich sauber und gebügelt war. Sein buschiges, graues Haar war sorgfältig gekämmt, und sein unauffälliges Gesicht mit den schmalen Gesichtszügen sah blass aus. Das Weiß in seinen trüben braunen Augen war rosa, und Stirn und Oberlippe waren mit Schweiß bedeckt. Er trug einen burgunderroten Pyjama unter seinem Hausmantel und roch nach Menthol, als hätte er seine Brust eingerieben.

»Sollten Sie nicht im Bett liegen?«, fragte Joe ernsthaft besorgt.

»Im Bett fühle ich mich noch schlechter«, erwiderte Schwartz, der einen Schritt zurückwich. »Sie sollten Abstand halten, Lieutenant. Sie wollen sich doch sicher nicht anstecken.«

»Wenn ich mich bis jetzt noch nicht angesteckt habe, bin ich hoffentlich immun.«

Schwartz, der so ruhig und bescheiden wirkte, hatte eine überraschend wohlhabende Wohnung. Joe ging über persische Teppiche, als Schwartz ihm den Weg ins Wohnzimmer wies, das mit schweren Vorhängen ausgestattet war. In der Mitte hing ein glitzernder Kronleuchter, und an den Wänden standen Bücherregale. Joe fiel ein, dass er bei Hagen überraschenderweise keine Bücher gesehen hatte, aber vielleicht hatten Wohnungen im *Carlyle* ihre eigene Bücherei. Aus zwei Lautsprechern, die in einer Mahagonischrankwand im Stil der dreißiger Jahre standen, drang leise Musik. Eine Oper. Joe lächelte im Stillen. Noch eine Liebe, die die beiden teilten, oder noch etwas, das einer nachahmte.

»Sie haben eine schöne Wohnung, Mr. Schwartz.«

»Danke, Lieutenant. Möchten Sie sich nicht setzen?« Schwartz zeigte auf einen mit Brokat bezogenen Lehnstuhl. »Darf ich Ihnen etwas zu trinken anbieten?«

»Nein danke, Sir.« Joe setzte sich hin und betrachtete ein Porträt in einem verzierten Rahmen, das über dem Sofa hing. »Eine schöne Frau.«

»Meine Mutter. Mein Vater hat es gemalt.«

»Es ist wunderschön.«

»Danke.« Auch Schwartz setzte sich hin und verzog ein wenig das Gesicht, als ob seine Gelenke schmerzten. Er nahm aus der Tasche seines Hausmantels ein weißes Leinentaschentuch und wischte sich damit die Stirn ab. »Verdammt«, sagte er, »ich war schon seit Jahren nicht mehr krank.«

»Detective Lipman liegt auch seit gestern flach.«

»Die Arme. Es tut mir Leid«, sagte Schwartz.

Joe zögerte. »Darf ich sofort zur Sache kommen, Sir?«

»Dafür wäre ich dankbar.«

»Ich bin zu dem Schluss gekommen, dass Sie wirklich mehr über das laufende Sortiment von Hagen-Schrittmachern wissen als irgendein anderer einschließlich Mr. Hagen.«

»Das ist wahrscheinlich richtig.« Schwartz blieb sachlich.

»Ich weiß, dass Sie noch immer glauben, so etwas könne in diesem Unternehmen nicht passieren.«

»Sie wollen wohl sagen, dass ich es nicht glauben will.«

»Vielleicht, aber Sie sollten wissen, dass wir uns auch anderweitig umsehen.«

»Ich habe nie daran gezweifelt, dass Sie das tun müssen.« Schwartz wischte sich wieder übers Gesicht, hustete dann und räusperte sich, ehe er weitersprach. »Ich kenne die Fabrik so gut wie diese Wohnung, Lieutenant, und ich habe nicht die Spur eines Beweises dafür gefunden, dass etwas nicht mit rechten Dingen zuging, und außerdem ist Ihr Detective Valdez ebenfalls ein sehr gründlicher Mann.«

»Und Sie alle einschließlich Valdez behaupten steif und fest, dass man die Geräte nicht mehr öffnen kann, wenn sie erst einmal versiegelt sind.«

»Das ist richtig.«

»Dennoch sind alle Kardiologen und Herzchirurgen, die bis jetzt in die drei Fälle verwickelt sind«, fuhr Joe fort, »felsenfest davon überzeugt, dass sie es bemerkt hätten, wenn die Schrittmacher manipuliert worden wären.«

»Verzeihen Sie, aber das glaube ich nicht.«

»Die Ärzte beteuern, dass Schrittmacher vor jeder Implantation immer genauestens überprüft werden.«

Schwartz zuckte die Achseln. »Was sollen sie denn sonst sagen?«

Joe lächelte. »Vielleicht haben Sie Recht.« Er zögerte

einen Moment und sprach dann weiter. »Ich würde Sie gerne um einen Gefallen bitten, Sir, wenn Sie dazu bereit sind.«

»Alles, was Ihnen hilft, Lieutenant.«

»Wenn Sie zu krank oder zu erschöpft sind, sagen Sie es mir nur.«

»Natürlich.«

Joe rutschte auf seinem Sessel nach vorn. »Wenn Sie, Mr. Schwartz, es gewesen wären, wenn Sie es getan hätten, wie wären Sie vorgegangen? Wenn Sie mit Ihrem Wissen über Schrittmacher eines dieser Geräte in eine Bombe hätten verwandeln wollen, wie hätten Sie es gemacht?«

Schwartz ließ sich nicht anmerken, ob er gekränkt war. »Unter der Voraussetzung, dass die Geräte noch nicht versiegelt waren?« Joe nickte. »Und Sie gehen davon aus, dass ich unbeschränkten Zugang zum Produktionsbereich habe?« Er sprach nach einer kurzen Pause sofort weiter: »Ich würde die Batterie benutzen. Sie ist das brennbarste Teil im Aggregat, des Teils des Schrittmachers, der in den Brustkorb implantiert wird.«

»Fahren Sie fort.«

»Das war die erste Sache, über die Mr. Leary und ich zu Beginn sprachen, da Lithiumbatterien unter bestimmten Umständen potenziell brennbar sind. Ich habe natürlich auch mit Detective Valdez darüber gesprochen.«

»Bestimmte Umstände wären zum Beispiel extreme Hitze oder Flammen?«

Schwartz nickte. »Das könnte durchaus den Tod des Feuerwehrmannes verursacht haben, erklärt aber natürlich nicht die anderen Todesfälle.«

»Könnte in die Batterien genügend Sprengstoff eingefügt werden, um den Tod herbeizuführen?«, fragte Joe.

»Ich nehme an, theoretisch ja. Ich bin aber kein Sprengstoffexperte.« Schwartz hustete wieder, und diesmal war es ein noch stärkerer Anfall. Sein Gesicht färbte sich rot, und die Adern auf seinem Hals und den Schläfen traten hervor.

»Soll ich Ihnen ein Glas Wasser holen?« Joe stand auf.

»Gerne.« Schwartz zeigte auf die Tür. Er versuchte, das Husten zu unterdrücken, schaffte es aber nicht. »Die Küche ist rechts.«

Joe ging wieder über die persischen Teppiche. Er sah zwei geschlossene Türen, öffnete eine und hoffte, dass es nicht die Küche war. Schwartz' Schlafzimmer war warm und konservativ eingerichtet, das Bett war gemacht, aber nicht zugedeckt. Eine große Kleenexschachtel, ein Glasfläschchen mit roten Kapseln und ein Glas Wasser standen auf dem Nachtschränkchen, und auch hier roch es nach Menthol. Joe hörte Schwartz husten, schloss die Tür und öffnete dann die Tür zur Küche, die blitzsauber und ordentlich war. Die Geschirrschränke hatten Glastüren. Alles war gut sichtbar und an seinem Platz. Joe öffnete den großen, alten Kühlschrank. Dort fand er nichts Interessantes, keine versiegelten Behälter, die unheimliche Substanzen hätten enthalten können, nur ein paar Dosen Sardinen, zwei Tüten Magermilch, eine Flasche deutsches Bier, ein halbes, in Folie eingewickeltes gebratenes Hähnchen, ein Paket Schinken aus dem Supermarkt, etwas Diätmargarine und drei Eier. Eigentlich nicht der Traumkühlschrank eines Meisterbombenlegers.

Joe drehte den Kaltwasserhahn auf, füllte ein Glas und ging damit zurück ins Wohnzimmer. Schwartz wischte sich wieder das Gesicht mit seinem Taschentuch ab. Er atmete schwer. Joe reichte ihm das Glas.

»Ich habe kein Mineralwasser gefunden.«

»Damit belaste ich mich nie.« Schwartz trank einen Schluck. Seine Hände zitterten. »Danke, Lieutenant. Es tut mir Leid, dass ich Ihnen so große Umstände mache.«

»Ich müsste mich bei Ihnen entschuldigen. Sie sind krank, und ich sollte Ihnen Ruhe gönnen und Ihnen nicht mit meinen ganzen Fragen auf die Nerven gehen.«

»Ich fühle mich geschmeichelt, oder sollte ich mich in Acht nehmen?«

Joe setzte sich wieder hin und lächelte. »Nur dann, wenn Sie es waren.« Dann kam er sofort wieder zum Thema. »Sie waren gerade dabei, mir zu erklären, wie der Plastiksprengstoff in die Batterien der Schrittmacher eingesetzt werden könnte.«

»Ich vermute, dass es an sich – rein theoretisch – nicht besonders schwierig wäre. Natürlich abgesehen von der Gefahr, dabei erwischt zu werden. Das versiegelte Gehäuse müsste geöffnet und anschließend wieder verschweißt werden, was bei der Kontrolle bemerkt werden würde.« Er zuckte leicht mit den Achseln. »Wenn es die Batterien waren, wäre es wahrscheinlicher, dass sich jemand während der Produktion daran zu schaffen machte.«

Joe nickte. »Wir haben das überprüft. Zum jetzigen Zeitpunkt scheint das unwahrscheinlich zu sein.«

»Okay. Aber selbst das würde uns nur einen kleinen Schritt weiterbringen. Ich bin sicher, dass unser Bombenleger auf weit größere Probleme gestoßen ist als den Sprengstoff einzusetzen.«

»Zum Beispiel?«

Schwartz zuckte wieder mit den Achseln. »Die Möglichkeiten sind unbegrenzt.« Jetzt schüttelte er den Kopf. »Leider verlangen Sie mehr von meinem Gehirn, als es Ihnen heute liefern kann, Lieutenant. Sicherlich sind Ihre Sprengstoffexperten inzwischen schon zu Ergebnissen gekommen?«

»Sie sind nicht viel weiter gekommen als Sie und Valdez. Plastikspuren, die Möglichkeit, dass die Batterien manipuliert wurden, und winzige Spuren von elektronischen Schaltkreisen, was bedeutet, dass wahrscheinlich Zeitzünder benutzt wurden.«

Schwartz bestätigte das. »Zeitbomben«, sagte er mit leiser, matter Stimme.

»Keine von ihnen zündete, bevor die Schrittmacher den Patienten eingesetzt wurden.«

»Und ich vermute, dass keiner eine Verbindung zwischen den drei Opfern herstellen kann.«

»Nein, außer dass sie alle einen Hagen-Schrittmacher hatten.«

Schwartz machte ein betrübtes Gesicht und schüttelte wieder langsam den Kopf. Die Feuchtigkeit auf seinen blassen Wangen glitzerte. »Es wird immer schlimmer, nicht wahr, Lieutenant?«

»Wir werden die Täter fassen.«

»Aber wie viele Menschen werden noch sterben, bis Sie sie haben?«

»Wir werden beten, dass bis dahin keiner mehr stirbt.«

»Wie lange wird die Fabrik noch geschlossen bleiben?«

»Diese Frage kann ich nicht beantworten, Mr. Schwartz.«

»Für Mr. Hagen ist es schrecklich.«

»Und für viele andere auch.«

»Aber Mr. Hagen hängt besonders an seinem Schrittmacherunternehmen – mehr als an all seinen anderen Firmen.«

»Sie hängen auch an dem Betrieb, Mr. Schwartz.«

»Sicher, Hagen-Schrittmacher ist seit zehn Jahren mein Leben.«

Joe stand auf.

»Sie und Mr. Hagen habe viele Gemeinsamkeiten.«

Schwartz lächelte matt.

»Ich glaube ja.«

17. Kapitel

Montag, 18. Januar

Am Montagmorgen fuhr Hugo Lally zum Krankenhaus in Holyoke zur Routinekontrolle, die nach einer Woche fällig war. Da er davon ausging, dass bei dieser Gelegenheit kein Eingriff vorgenommen wurde, ging er mit ins Kathederlabor und hielt Lallys Hand, als Lucas Ash, Joanna King und Bobby Goldstein sie untersuchten. Sie machten eine abschließende Röntgenaufnahme und testeten ihre elektronische Zauberwaffe, während Lally abwechselnd saß, auf einem Laufband lief, sich hinlegte und durch den Raum ging, um festzustellen, dass ihr Schrittmacher einwandfrei für die individuellen Bedürfnisse ihres Herzens programmiert war.

»Hundertprozentig«, sagte Dr. Ash am Ende der Untersuchung.

»Wirklich?« Lally, die mit den Nerven am Ende war und deren Gliedmaßen von kaltem Schweiß glänzten, schaute ihn misstrauisch an.

»Ich habe Ihnen doch schon gesagt, Miss Duval, dass ich meine Patienten nicht belüge.«

»Es tut mir Leid.« Sie errötete.

»Das muss Ihnen nicht Leid tun. Hauptsache, Sie glauben mir.«

»Ich werde es versuchen.«

Hugo, der auch schon feuchte Hände hatte, drückte noch einmal Lallys Hand und ließ sie dann los.

»So, nun geht es mir besser«, sagte er.

»Ich denke, es ist für uns alle eine Erleichterung«, bemerkte Joanna King trocken, aber nicht unfreundlich.

Hugo nahm es nicht zur Kenntnis. »Das bedeutet also, dass mit Lally tatsächlich alles in Ordnung ist?«

Lucas Ash schüttelte den Kopf. »In Ordnung klingt, als ob sie geradeso überlebt. Miss Duval wird wieder in Top-Form sein und das Leben führen, das sie führen will. Sie kann tanzen, backen, oder was immer sie tun möchte.«

»Das ist schwer zu glauben«, bemerkte Lally, obwohl ein erfrischendes, wundervolles Gefühl von Wärme und Erleichterung durch ihren ganzen Körper und Geist strömte. »Allmählich glaube ich es wirklich, aber es kam alles so plötzlich, und es war so *ernst*, und nun ...« Sie schüttelte ungeduldig den Kopf. »Puh, ich bin eine wahre Nervensäge.«

»Nein, das sind Sie nicht«, beruhigte sie Bobby Goldstein.

»Nicht mehr als jeder andere in dieser Situation«, fügte Joanna King hinzu. »Ich weiß, dass ich nicht anders reagieren würde, wenn es mir so erginge.«

»Sie können jetzt nach Hause gehen«, sagte Dr. Ash.

»Und dann?«, fragte Lally.

»Vergessen Sie es.«

»Ehrlich?« Jetzt hörte sich Hugos Stimme ungläubig an.

»Ich möchte, dass Sie langsam und behutsam mit dem Tanzen beginnen«, sagte der Arzt zu Lally, »aber Sie können und Sie sollten anfangen. Machen Sie leichte Aufwärmgymnastik und Übungen an der Stange. In den nächsten ein bis zwei Wochen nichts zu Anstrengendes, nicht etwa, weil es Sie töten oder Ihnen auch nur schaden würde«, fügte er schnell hinzu, »aber ich möchte nicht, dass Sie es übertreiben und sich selbst Angst einjagen. Sie sollen es leicht nehmen und sich mit der Tatsache abfinden, dass das Ding in Ihrem Brustkorb Ihr Freund ist, ein Teil von Ihnen.«

»Denken Sie einfach, es sei Ihr neuer Liebhaber«, schlug Joanna King vor, »der sich allmählich in den perfekten Ehemann verwandelt. Zuerst glauben Sie noch nicht ganz, wie gut die Dinge laufen, und Sie können ihm nicht ganz trauen, aber allmählich lassen Sie sich darauf ein und begreifen, dass alles besser läuft als je zuvor.«

»Und dann nehmen Sie es als selbstverständlich hin.« Bobby Goldstein grinste.

»In diesem Fall eine gute Sache«, sagte Lucas Ash.

»Und wie sieht es mit Nachuntersuchungen aus?«, fragte Hugo.

»In einem Monat«, erwiderte Dr. Ash. »Dann in sechs Monaten und dann jährlich.«

»Und die Batterien?«, fragte Lally.

»Sie halten zehn bis zwölf Jahre.«

Lally lehnte sich zurück und entspannte sich. Im Moment hatte sie keine Fragen mehr. Sie sah sich im Labor um und betrachtete dann die Personen um sie herum. Die Sonne war durch die graue Wolkendecke gestoßen, und der gelbliche Schein der Wintersonne erhellte plötzlich den blonden Schopf des Arztes und verlieh ihm das Aussehen einer Karikatur, worüber sie lächeln musste.

»Und wie sieht es mit Urlaub aus?«, fragte Hugo.

»Das ist eine gute Idee«, erwiderte Dr. Ash.

»Urlaub?« Das hörte sich gut an. Lally hatte zwar Joe vor längerer Zeit einmal in Chicago besucht, aber richtigen Urlaub hatte sie schon lange nicht mehr gemacht.

»Und was für einen Urlaub kann ich machen?«

»Wonach Ihnen gerade der Sinn steht. Mir wäre es allerdings lieber, wenn Sie nicht gleich Berge hochklettern würden, aber Sie können wandern oder reiten oder schwimmen.

Wie es bei den meisten Dingen im Leben ist, sollten Sie bei allem Vernunft walten lassen.«

»Skifahren?«, fragte Lally.

»Sicher, warum nicht?«

»Eigentlich ist mir gar nicht nach Skifahren zumute«, sagte sie. »Vielleicht sollte ich lieber vor diesem ganzen Schnee flüchten.«

»Du magst doch Schnee«, bemerkte Hugo.

»In den letzten Tagen nicht. Ich habe ihn gehasst.«

»Wir könnten nach Florida fahren«, schlug Hugo vor, der sie verlegen anschaute. »Es sei denn, du möchtest lieber alleine sein.«

»Nein.«

»Oder mit einem anderen fahren.«

Lally schaute ihn ruhig an. Sie wusste, dass er an Chris Webber dachte. »Es gibt niemanden, mit dem ich lieber fahren würde, Hugo.«

»Dann scheint ja alles klar zu sein«, sagte Joanna King.

»Florida?«, fragte Bobby Goldstein. »Sie sehen nicht aus wie Leute, die nach Miami Beach fahren, wenn ich das so sagen darf.«

»Das sind wir wahrscheinlich auch nicht.« Lally lächelte ihn an.

»Ich vielleicht schon«, räumte Hugo ein. »Ich war noch nie dort.«

»Ich auch nicht«, sagte Lally, »aber ich wollte schon immer einmal die Everglades sehen.«

Goldstein war von der Idee begeistert. »Auf zu den Keys. Für kreative Menschen ist es wunderschön dort – der schönste Platz auf Erden. Sümpfe – wenn Sie Alligatoren lieben ...«

»Und Hirsche«, fügte Lally hinzu, »und Ottern und Tausende von Vögeln.«

»Wissen Sie, dass mindestens sechs Gewinner des Pulitzer-Preises allein in Key West leben?« Goldstein sah sie unsicher an. »Ich werde dorthin fahren, wenn ich meinen Bestseller schreibe.«

»Ach wie interessant«, sagte Joanna King spöttisch.

»Dann ist ja alles klar.« Lucas Ashs Stimme brach den Bann. »Miss Duval und Mr. Barzinsky fahren nach Florida.«

»Wann?«, fragte Lally ihn.

»Wann Sie möchten.«

»Sie meinen, ich könnte jetzt sofort fahren?«

Dr. Ash zuckte die Achseln. »Vielleicht sollten Sie zuerst nach Hause fahren und ein paar Sachen einpacken.«

Die Sonne war schon verschwunden, doch die Wärme durchdrang Lally noch immer. Sie fühlte sich gut.

»Ich hasse Alligatoren.« Plötzlich sah Hugo besorgt aus.

Lally lächelte ihn an.

»Ich werde dich beschützen.«

An diesem Abend beschloss Lally, dass es Zeit war, Joe anzurufen. Sie horchte ein paar Minuten und legte dann wieder auf.

»Was ist?«, fragte Hugo.

»Niemand zu Hause.«

»Und der Anrufbeantworter?«

»Ich wusste nicht, was ich sagen sollte.«

»Erzähl ihnen, was passiert ist und dass es dir wieder gut geht.«

Lally schüttelte den Kopf. »Das möchte ich nicht. Joe wird sich weniger Sorgen machen, wenn er persönlich mit mir spricht.«

»Sag ihm, es geht dir so gut, dass wir in Urlaub fahren.«

»Er würde es mir nicht glauben.«

»Lally, du musst es ihm sagen«, verlangte Hugo streng.

»Muss ich nicht.« Lally blieb stur. »Ich kenne meinen Bruder viel besser als du.« Sie wählte noch einmal die Nummer, wartete, bis sich der Anrufbeantworter einschaltete, und legte einen Finger auf ihre Lippen, um Hugo zum Schweigen zu bringen, bevor sie ihre Nachricht aufs Band sprach. »Hallo, ihr Lieben, hier ist Lally. Ich will nur schnell guten Tag sagen. Mir geht es gut, Hugo geht es gut, Nijinskij geht es gut, uns geht es allen gut, und alles ist in Ordnung. Hugo und ich fahren ein paar Tage in Urlaub. Macht euch also keine Sorgen, wenn ihr uns nicht erreichen könnt. Ich liebe euch.«

»Lally ...«

Sie legte den Hörer auf.

Hugo schien nicht begeistert zu sein, denn er funkelte sie wütend an.

»Hugo?«

»Was ist denn?«

»Guck nicht so. Er wird es noch früh genug erfahren.«

18. Kapitel

Dienstag, 19. Januar

Er lag in dem Raum auf der Couch und machte ein Schläfchen, als der Gecko ihn weckte. Plötzlich spürte er ihn auf seiner Brust, fast gewichtslos, gerade schwer genug, um ihn zu wecken, sodass ihm alle Haare zu Berge standen und er die Augen öffnete.

Angst überfiel ihn, und ihm wurde übel, aber der Mann zügelte seine Angst, blieb ganz still und beobachtete ihn. Die Echse war so klein und so trügerisch attraktiv mit ihrer leopardengefleckten Haut und den raffinierten, goldenen Augen. Er erinnerte sich daran, wie er eines dieser kleinen Wesen eines Morgens in der Hand gehalten hatte, kurz nachdem er sie nach Hause gebracht hatte, und er trug dicke Handschuhe, als er es hochnahm und gegen die Sonne am Fenster hielt. Es sah so aus, als scheine das Licht genau durch seinen Kopf. Und vor Erregung und Angst begann er zu zittern, als er das schimmernde Bild seiner Macht vor seinen Augen sah.

Bis jetzt hatte er noch nie einen Gecko auf seiner nackten Haut gespürt. Die Echse musste wohl aus ihrem Terrarium geklettert sein, als er das Wasser gewechselt hatte. Langsam kroch sie hinunter zu seinem Bauch. Übelkeit stieg in ihm hoch, und sein Entsetzen wuchs. Und als er dann auf den gefleckten spitzen Schwanz sah, bemerkte er, dass sich seine eigene Erregung immer mehr steigerte. Sein Penis schwoll an und ragte kraftvoll wie ein Schwert empor. Und wie im

Traum – denn sonst hätte er es sicher nicht getan – streckte er seine Hand aus und nahm das Tier mit der bloßen Hand von seinem Bauch. Es zappelte angsterfüllt in seinen Händen, krümmte sich, und Fetzen seiner frisch gehäuteten Haut flogen in die Luft. Die Angst des Wesens machte ihm Mut, und vorsichtig presste er die winzigen Kiefer zusammen, richtete sich ein wenig auf und fing an, es über seinen Körper, seine Brustwarzen, seinen Bauch, seine Hoden und seinen Penis zu reiben. Er spürte das Feuer in sich, die Aufwallung, den Todeskampf und die Hitze, einen Schauer und ein Stöhnen der Erlösung. Dann floss das milchige Sperma auf seine Haut. Die Bewegung in seiner Hand hatte aufgehört, und als er hinuntersah, begriff er, dass er das kleine Wesen zu Tode gequetscht hatte. Es war das erste Mal, dass er einen Drachen in einem körperlichen Kampf getötet hatte. Die Erlösung und Erleichterung und Bestätigung waren überwältigend, und der Mann wusste, dass es ein Zeichen war.

Ein wenig später, als er sich des toten Tieres entledigt hatte, legte er sich wieder hin, schloss die Augen und ließ zu, dass seine Gedanken zurück in die Vergangenheit wanderten. Zurück zum Tod seiner Mutter, zurück zur Qual und Demütigung, zurück zu den Tagen und Nächten der Freude und des süßen Schmerzes, zu ihren Händen und ihren Armen in ihrem großen Bett zu Hause und an ihrem eigenen besonderen Ort.

Zuerst war es schwer gewesen, auf die Todesfälle zu warten, aber es war ja so spannend. Mutter hatte ihn in seiner ganzen Kindheit auf besondere Überraschungen warten lassen wie zum Beispiel damals, als sie seine geliebten Gewürzkekse in Buchstabenform gebacken hatte. Doch sie hatte verlangt, dass er aus den Keksen zwei Namen aus dem

Ring des Nibelungen buchstabierte, ehe er den ersten in den Mund stecken durfte. Das hatte sich aufgrund der Köstlichkeit immer gelohnt, aber das Warten war so qualvoll gewesen.

Mutter ließ ihn auch auf andere Vergnügen warten. Manchmal durfte er spät in der Nacht aufstehen, wenn sie von ihrem besonderen Ort nach Hause kam, und sie erlaubte ihm, ihr Haar zu bürsten, das so weich und seidig und golden war, oder das Bett mit ihr zu teilen. Und wenn sie ihm erst einmal erlaubt hatte, in ihr Bett zu kommen, ließ sie ihn eine Ewigkeit warten, bis sie anfing, seinen Rücken zu streicheln, über seine Schultern zu reiben und seine Brust und seinen Bauch zu tätscheln. Und dann tat sie das, was er am meisten liebte, und erzählte ihm Geschichten von Vater und seine liebsten Heldengeschichten aus vergangenen Zeiten.

Sie war nicht immer lieb zu ihm gewesen. Ihre Arbeit hatte sie erschöpft, und wenn sie mit müden Knochen nach Hause kam, war sie oft aufbrausend. Dann bestrafte sie ihn mit ihren Zigaretten oder ihren Händen, doch diese Härte hatte die zärtlichen Momente für ihn noch wertvoller gemacht. Er hatte es nie geschafft zu widerstehen, sie nach ihrer Arbeit zu fragen, und seine Fragen hatten ihm oft einen Klaps oder Schlimmeres eingebracht. Manchmal hingegen, wenn sie mit ihm im Bett lag, hatte sie nachgegeben und ihm davon erzählt und es ihm auch gezeigt. In solchen Momenten schien das Zimmer, in dem sie lagen, fast zu verschwinden, da sich brandneue, faszinierende Geheimnisse entfalteten und alles für ihn ganz klar wurde.

Mutter hatte ihn einmal mit an ihren besonderen Ort genommen, und die Pracht hatte ihm Ehrfurcht eingeflößt. Die Kristallleuchter und die roten Samtvorhänge, die mit dicken, verzierten Kordeln gebunden waren; die Schlafzimmer mit ihren Baldachinen und ihren Deckenspiegeln und die seltsamen, unvergesslichen Gemälde und Wandteppiche, die die alten deutschen Sagen und Legenden darstellten, die Mutter so sehr zu einem Teil ihres Lebens gemacht hatte. Ein Gemälde, das *Siegfried der Drachentöter* hieß, hatte es ihm besonders angetan, und nachdem seine Mutter gestorben war und ihr besonderer Ort seine Türen für immer geschlossen hatte, war er vor der Versteigerung dorthin gegangen und hatte es so eingerichtet, dass einer der Kronleuchter und dieses Gemälde für ihn zur Seite gelegt wurden.

Nun, da er genug Zeit hatte, erlaubte sich der Mann, mehr Stunden in der Vergangenheit zu verweilen als all die Jahre zuvor. In gewisser Hinsicht hatte er zu viel Zeit. Es machte das Warten schwerer und die Selbstbeherrschung noch wichtiger. Mit seinen schauspielerischen Fähigkeiten hatte er seiner Meinung nach in der Fabrik und in seiner Wohnung geglänzt. Der Lieutenant hatte ihn am Sonntagmorgen verlassen, ohne den geringsten Zweifel daran zu hegen, dass er ein kranker Mann war. Es war nicht allzu schwierig gewesen, die Grippe vorzutäuschen, nicht annähernd so anstrengend wie die Rolle, die er so viele Jahre gespielt hatte. Wenn er ganz ehrlich zu sich war, waren diese vergangenen zwei Wochen der größte Spaß, den er je erlebt hatte. Zuzusehen wie sie sich alle ebenso wanden und zappelten wie der kleine Gecko, den er vorhin in seiner Hand zerquetscht hatte. Es war eigentlich jammerschade, außerhalb des Zentrums des Geschehens zu sein, weg vom Mittelpunkt der Ermittlungen. Natürlich sicherer, aber weniger fesselnd.

Er ging nun zweimal täglich in den Raum und blieb dort länger als bisher. Manchmal schaute er sich seine kleinen gefangenen Drachen an, manchmal las er seine Eintragungen, die Aufzeichnungen seiner Arbeit, und manchmal ruhte er sich einfach aus, dachte nach oder schwelgte in Erinnerungen. Die Polizisten würden wahrscheinlich nicht so schnell wiederkommen und sicher vorher anrufen. Meistens hatte er seinen Anrufbeantworter eingeschaltet, wie es sich für einen kranken Mann gehörte. Und selbst wenn der gute Lieutenant allmählich misstrauisch werden sollte – was in absehbarer Zeit sicherlich passieren würde –, war er auf ihn vorbereitet.

Dies war eine neue Phase des Wartens, vielleicht die schlimmste und doch die verlockendste. Warten, bis man ihn fassen würde. Ein neues Spiel mit ihnen spielen. Von Angesicht zu Angesicht.

19. Kapitel

Mittwoch, 20. Januar

Lally und Hugo hatten die Nacht von Dienstag auf Mittwoch auf Key Largo verbracht, der ersten und größten der Inseln, die aneinander gereiht an der Route 1 lagen, dem großen Overseas Highway*. Jede Vorstellung, die Lally über Camping, Paddeln und Wandern in einem der Naturschutzgebiete der Everglades gehabt haben mochte, war von Hugo vor und während ihres Fluges nach Miami entschieden abgelehnt worden.

»Wir werden campen und ein Boot mieten. Wir können schwimmen oder schnorcheln oder wandern oder angeln oder tun, wonach dir der Sinn steht«, hatte er im Flugzeug zu ihr gesagt. »Aber in einem Sumpf mit einem Haufen Moskitos und Alligatoren herumzuplanschen, das ist ganz einfach ungesund.«

»Es ist Winter«, sagte Lally. »Es wird dort nicht viele Moskitos geben.«

»In diesem Klima gibt es immer Moskitos.«

»Im Meer werden auch glitschige Fische sein«, hatte sie ihn verspottet.

»Dann wirst du alleine schwimmen und schnorcheln.«

»Du willst eine kranke Frau allein schnorcheln lassen?«

* 113 Meilen lange, gut ausgebaute Hauptverbindungsstraße, die über 42 Brücken bis nach Key West führt (Anm. d. Übers.)

»Du hast doch gesagt, du seist gesund wie ein Pferd.«

»Ich bin noch immer etwas schwach.«

»Dann kannst du unter einem Sonnenschirm liegen und exotische Drinks schlürfen.«

»Einen Tag lang«, willigte Lally ein.

»Und wie wäre es mit fünf?« Hugo war nie ein Naturbursche gewesen.

»Einen, und dann gehen wir schnorcheln.«

»Das ist nichts für eine kranke Frau.«

»Und Camping?«

»Das ist okay.« Hugo lehnte sich in seinem Sitz zurück und schloss die Augen.

»Hugo?«

»Ja?«

»Was hältst du von Fledermäusen?«

Er öffnete seine Augen nicht. »Ich habe gehört, dass sie sich nur auf Frauenhaar stürzen.«

Die Keys sind eine subtropische Inselkette an der südlichsten Spitze Floridas. Sie markieren eine schmale Trennungslinie zwischen dem Atlantischen Ozean im Süden und Osten und dem Golf von Mexiko im Westen. Zahlreiche Legenden von Piraten und gekaperten Schiffen gehören zur Vergangenheit der Inseln, doch trotz der modernen Verbindungen und der unvermeidlichen Fast-Food- und Motelketten entlang der Route 1 haftet den Keys sogar heute noch ein Hauch von Freiheit und Romantik an. Key Largo ist die erste Insel der Floridakeys, und hier beginnt der Overseas Highway, der bis Key West führt. Lally und Hugo hatten ihren Mietwagen, den sie am Flughafen in Miami gemietet hatten, geparkt und in den Geschäften der Stadt alles eingekauft, was sie in ihrer Eile, vor dem Schnee in Neuengland zu fliehen, vergessen hatten einzupacken: Insektenspray,

Sonnenschutzcreme, Filme und Sandalen. Anschließend hatten sie in einem modernen Hotel eingecheckt, das oberhalb der Bucht lag. Erstens wollte Hugo sicher sein, wenigstens für eine Nacht ein bequemes Bett und ein Bad zu haben, und zweitens war es das einzige Hotel mit zwei freien Zimmern, das sie finden konnten.

Sie hatten sich an diesem Abend in einem Restaurant namens Sundowner's ein gutes Essen gegönnt, Gelbschwanzkorallenbarsche gegessen, sich mit Krebsfleisch voll gestopft und Chardonnay getrunken. Anschließend waren sie noch gemächlichen Schrittes durch die Stadt gebummelt, hatten die Menschen beobachtet und dem Geschnatter der Touristen gelauscht, die aus aller Herren Ländern kamen, ehe sie ins Hotel zurückgekehrt waren. Dort machten sie es sich noch eine Weile mit einem Schlummertrunk auf der Terrasse gemütlich und genossen die friedliche Atmosphäre und die Geräusche und Gerüche des Meeres, die ihre Fantasie anregten.

»Es ist wie im Paradies«, sagte Lally leise.

»Ich kann gar nicht glauben, dass wir wirklich hier sind«, stimmte Hugo zu.

»Es ist so warm und so …« Lally suchte nach dem richtigen Wort.

»Friedlich«, beendete Hugo den Satz.

»Ja«, flüsterte Lally. »Friedlich ist das richtige Wort.«

»Lally?«

»Hm?«

»Bist du sicher, dass du campen möchtest?«

Sie lächelte. »Ich möchte alles tun. Ich möchte unter freiem Himmel schlafen, mit den Delfinen schwimmen und Ottern und Schildkröten sehen. Es macht mir nichts aus, wenn ich keine Alligatoren sehe, aber ich möchte Adler sehen, und ich möchte Steinkrabben angeln und diese kleinen Waschbären beobachten, die ihre Nahrung putzen, bevor sie sie fressen.«

Es war eine milde Nacht mit einer sanften, kühlen Brise, die von der Floridabucht herüberwehte. Lally streckte ihre langen Beine in ihrer weißen Baumwolljeans aus und ruhte sich aus. Ihr Glas stand auf ihrem Schoß, und sie schloss einige Minuten die Augen. Hugo beobachtete sie und dachte wie so oft, dass sie unbeschreiblich schön war, und dabei war sie sich kaum darüber bewusst. Er liebte sie so sehr, und noch immer schmerzte es ihn, dass sie ihm nichts als Freundschaft entgegenbrachte.

Sie schliefen tief und fest und brachen am Mittwochmorgen in aller Ruhe auf. Nach dem Frühstück auf der Hotelterrasse machten sie eine Fahrt in einem Glasbodenboot zum John-Pennekamp-Korallenriff. Etwas später überredete Lally Hugo, es einmal mit dem Schnorcheln zu versuchen, und sie schwammen an der Oberfläche einer seichten Stelle in einem unvorstellbar farbenprächtigen Gebiet. Es gefiel Hugo so gut, dass er gar nicht mehr aus dem Wasser kommen wollte. Die berühmte entspannte Atmosphäre der Keys, von der sie gehört hatten, zeitigte schon ihre Wirkung, und die Zeit verlor an Bedeutung. Um drei Uhr waren sie wieder auf dem Highway und fuhren durch Tavernier in Richtung Islamorado gen Süden. Sie hatten zum ersten Mal Schneckensuppe und Key-Limonenkuchen probiert, sangen beide alte Songs von Bob Dylan und blickten mit großen Augen entzückt und meistenteils wortlos nach links und rechts auf das Grün und Blau des Meeres und des Golfes.

In dieser Nacht wollten sie in der Nähe des Atlantiks im Schatten großer Australischer Kiefern campen, und Lally wollte Gumbo-Limbos, Mangrovensümpfe und Würgefeigen sehen. Sie wollte unter den Sternen liegen, und sie war dankbarer als je zuvor in ihrem Leben. Die Erinnerung an die Krankheit, die Ärzte und das Krankenhaus und Gedanken an gestörte Familien, alkoholkranke Mütter, unglückliche kleine Mädchen und Männer mit dunkelblauen Augen schienen schon Lichtjahre entfernt zu sein und in eine andere unwirkliche Welt zu gehören.

20. Kapitel

Donnerstag, 21. Januar

Joes Tag hatte schlecht begonnen, und es wurde immer schlimmer.

Als er Lallys Nachricht am frühen Dienstagmorgen gehört hatte, war er zunächst erleichtert gewesen. Als er dazu gekommen war, sie später an diesem Tag zurückzurufen, war leider ihr Anrufbeantworter eingeschaltet. Daher hatte er vermutet, dass sie und Hugo schon in Urlaub gefahren waren. Er schaffte es, eine Weile nicht mehr an sie zu denken, doch dann war dieses seltsame, nagende Unbehagen in Bezug auf sie zurückgekehrt. Auch als er sich einredete, dass es keinen vernünftigen Grund gab und er sowieso nichts tun konnte, war es nicht besser geworden.

Der heutige Tag hatte mit einem persönlichen Gespräch begonnen, das Joe mit Sean Ferguson, dem trauernden Ehemann von Marie Howe Ferguson, und mit dem Kardiologen Dr. John Morrissey, ihrem engen Freund und Partner, geführt hatte. Der Commander hatte ihm seinen Segen gegeben, alles zu tun und zu sagen, was vertretbar war und die beiden Männer zumindest noch eine Weile in Schach halten würde. Joe hatte sich kurz nach acht mit ihnen im Salon des Stadthauses der Fergusons am North Lincoln Square getroffen. Es war ein Raum, neben dem sogar Mr. Hagens Wohnung fast billig aussah. Feine Kunst, Antiquitäten, Silber, ein funkelndes Klavier, auf dem eine Reihe gerahmter Fotos standen, ein hübscher Kamin mit glühenden Holzscheiten, und jedes kleinste Detail bewies einen ausgezeichneten Geschmack, ohne dabei aufdringlich zu wirken. Dieser Reichtum hatte eine lange Tradition, und nichts davon hatte eigentlich viel mit Sean Ferguson zu tun, der aussah, als ob er sich in einem ausgebauten Dachboden wohler gefühlt hätte. Doch es war auch deutlich erkennbar, dass er seine Frau innig geliebt hatte und bereit war, gegen jeden einen Kampf zu führen, wenn es sein musste. Ob es sich dabei um Lieutenant Joseph Duval, den Präsidenten der Hagen Industries oder den Direktor des FBI handelte, war ihm ziemlich gleichgültig.

»Meine Frau liegt noch im Leichenschauhaus, Lieutenant«, hatte Ferguson zu Joe gesagt, wobei sich sein Schmerz in seinen dunklen trauernden Augen spiegelte. »Jetzt möchte ich sie beerdigen, aber ich werde immer wieder vertröstet. Ich weiß, was ich gesehen habe, und ich weiß, was sie getötet hat, und nun möchte ich wissen, wie und warum und *wer* ...«

»Mr. Ferguson ...«

»Wir haben beide die Nase voll von diesem ganzen Gerede, mit dem man uns nur beruhigen will, Lieutenant.« Ferguson ging über Joes Einwand hinweg. »Und wir sind gekommen, weil wir alles wissen wollen, und zwar jetzt sofort.«

»Wir wären zum Kriminalrat persönlich gegangen«, sagte John Morrissey, ein vornehmer, grauhaariger Mann ganz ruhig, »wenn Chief Hankin nicht geschworen hätte, dass Sie mehr über den Stand der Ermittlungen wissen als jeder andere in diesem Land.«

»Und wenn wir heute Morgen nicht genaue Einzelheiten erfahren«, fügte Ferguson hinzu, »werden wir an die Öffentlichkeit gehen, ganz egal, welche Folgen das nach sich zieht.«

Joe hatte sie beobachtet, aufmerksam zugehört und die Fotos der verstorbenen Marie Ferguson betrachtet, einer schönen Frau mit blondem Haar, grünen Augen und einem Gesichtsausdruck, der ihn an Jess erinnerte. Wieder einmal war er seiner inneren Stimme gefolgt und hatte ihnen alle Einzelheiten anvertraut. Es war noch immer eine jämmerliche, erfolglose Suche und Herumschnüffelei, doch Morrissey und Ferguson schienen seine Ehrlichkeit und Integrität anzuerkennen. Vermutlich schätzten sie auch die Tatsache, dass die Mordkommission alles Menschenmögliche getan hatte, auch wenn die Ermittlungen so verdammt langsam angelaufen waren. Und der praktische Arzt in Morrissey konnte nicht umhin, sich der einhelligen Meinung anzuschließen, dass eine Massenoperation aller Risikopatienten noch immer ein Albtraumszenario war, so lange es keine weiteren Informationen gab.

Um elf Uhr hatte Joe an seinem zweiten und weitaus nervenaufreibenderen Treffen dieses Tages teilgenommen, das in der weit weniger angenehmen Umgebung eines Konferenzsaales der City Hall stattfand. Ebenfalls anwesend waren Chief Hankin, Commander Jackson und der Bezirksleiter des FBI sowie zwei Agenten, der Pressereferent der Chicagoer Polizei, die Beauftragen der öffentlichen Sicherheit von Chicago, Boston und San Francisco, die Pressereferenten der Bürgermeister dieser Städte und ein Abgesandter des Gesundheitsministers der Regierung der Vereinigten Staaten. Auf der Tagesordnung standen das Zusammentragen von Informationen und eine Analyse der aktuellen Situation. Außerdem ging es darum, Einhelligkeit in der Frage zu erreichen, welches Maß an Verschwiegenheit man den Chefchirurgen im ganzen Land zumuten könne, sobald sie Notfallpläne und Listen von Risikopatienten in Händen hätten. Abschließend ging es um den Umgang mit den Medien.

Jackson hatte seinen Bericht des aktuellen Ermittlungsstandes vorgetragen, und an Joes Leitung der Sondereinheit im Schrittmacherfall war während der Konferenz keine Kritik laut geworden. Allerdings sprachen die kühlen Blicke, die man ihm zuwarf, Bände. Alle Anwesenden waren der Meinung, dass ihnen die Zeit davonlief. Da so viele Menschen in drei Staaten nur über Informationsfetzen verfügten, was äußerst gefährlich war, einigte man sich, unverzüglich mit allen Nachrichtenagenturen und Fernsehsendern in Kontakt zu treten, um eine einstweilige Nachrichtensperre zu vereinbaren. Es musste auf jeden Fall vermieden werden, dass in den nächsten Tagen das Chaos ausbrach.

Es war kurz nach zwei, als Joe zu Hagen-Schrittmacher zurückkehrte. Cohen wartete schon in der Vorhalle auf ihn. Sein Gesicht war vor Angst verzerrt.

»Alles in Ordnung«, beruhigte ihn Joe. »Ich werde noch nicht gefeuert.«

»Ich muss dich eine Minute sprechen, Joe.«

»Kein Problem.« Die Erleichterung, der schweren Artillerie entkommen zu sein, hatte ihm etwas Auftrieb verliehen. »Um was geht es?«

»Unter vier Augen.«

Joe schaute ihn fragend an. »Was ist passiert?«

»Ich muss dir etwas zeigen.«

»Was denn?«

»Im Büro.«

Seit der Erweiterung der Sondereinheit waren ein weiterer Schreibtisch und noch zwei Aktenschränke in das Büro gequetscht worden, das ihnen zugewiesen worden war. Ein

Stapel Computerausdrucke lag auf dem Schreibtisch, der am Fenster stand. Außer ihnen war niemand anwesend.

»Ich habe mir die Namen der Patienten angesehen«, sagte Cohen. Er war sichtlich nervös. »Vielleicht habe ich Mitleid mit all diesen Menschen, weil ich selbst einen Schrittmacher habe. Gott sei Dank wissen sie es noch nicht, aber …« Er zögerte.

»Und?« Joe war noch immer geduldig. »Sol, was ist los mit dir?«

»Einer der Namen.«

»Jemand, den du kennst?« Allmählich wuchs seine Unruhe. »Wer ist es?«

»Ich glaube, du solltest einen Blick darauf werfen.«

Joe nahm den Stapel Computerausdrucke in die Hand.

»Vielleicht solltest du dich besser setzen.«

Joe blieb stehen. Als er den Namen sah, den Cohen mit einem Bleistift markiert hatte, wich alles Blut aus seinem Gesicht.

Hélène Duval, Lenox Road, W. Stockbridge, Mass.

Er setzte sich zitternd hin.

»Das kann nicht sein. Das ist ein Irrtum.«

»Ich glaube nicht.« Cohen schaute ihn mitfühlend an. »Joe, es tut mir so leid. Aber ich konnte ja schlecht so tun, als hätte ich den Namen übersehen.«

Joe starrte noch immer auf die Computerausdrucke. »Das verstehe ich nicht. Warum hat sie mir nichts davon gesagt?«

»Hast du denn überhaupt gewusst, dass sie krank ist?«

Joe schüttelte den Kopf. Er war zu benommen, um sprechen zu können.

»Du hast mir doch erzählt, dass du kürzlich mit ihr

gesprochen hast«, sagte Cohen freundlich. »Sie wollte doch in Urlaub fahren, oder?«

»Wir haben nicht miteinander telefoniert. Sie hat nur eine Nachricht hinterlassen.« Joes Stimme war so leise, dass sein Kollege ihn kaum verstehen konnte. »Ich habe so oft an sie gedacht, mir Sorgen gemacht, und ich wusste nicht warum. Es ergab keinen Sinn. Vielleicht weil hier alles drunter und drüber ging. Ihre Stimme hörte sich auch ganz normal an.« Er schüttelte wieder den Kopf. »So *gesund.*«

Cohen zog sich einen Schreibtischstuhl auf Rollen heran und setzte sich rittlings drauf. »Wir müssen sie finden, Joe. Wo ist sie hingefahren?«

»Ich weiß es nicht.« Die Benommenheit wich allmählich, doch stattdessen machte sich Panik breit. »Sol, ich weiß es nicht. Sie hat es mir nicht gesagt.«

»Dann rufen wir ihren Freund Hugo an.«

»Sie sind zusammen weggefahren.«

»Wer könnte es sonst noch wissen?« Joe antwortete nicht. »Wer noch, Joe?«

»Toni Petrillo aus dem Nachbarhaus.«

»Gut. Hast du seine Nummer?«

»Ihre Nummer. Nein.«

»Kein Problem.« Cohen nahm den Hörer ab. »Ich werde sie schon herausfinden.«

Joe starrte wieder auf die Computerausdrucke. Als er Lallys Stimme am Dienstag auf Band gehört hatte, war er zuerst beruhigt gewesen und dann hatte er sich gefragt, wohin sie wohl fahren würde. Skifahren hatte er vermutet. Plötzlich hatte er das Bild von Lally vor Augen gehabt, als er sie das letzte Mal auf den Hängen in Bousquet gesehen hatte. Sie trug einen karminroten einteiligen Skianzug, und ihr langes Haar flatterte im Wind. Sie winkte ihm mit einem Skistock zu und lachte. Er hatte über den

Anblick gelächelt. Lally brachte ihn fast immer zum Lächeln.

Doch Joe wusste nun, dass sie nicht zum Skifahren gefahren sein konnte, weil sie krank gewesen war und der Urlaub sicher zur Erholung gedacht war. Mit Lallys Herz war etwas nicht in Ordnung, mit dem Herz seiner eigenen Schwester, und er hatte es noch nicht einmal gewusst. Sie hatte sicher Angst es ihm zu sagen, weil er sich schon um Jess' Schwangerschaft sorgte. Das sah ihr ähnlich. Verdammter Mist! Er hatte doch wohl das Recht, sich um seine eigene Schwester zu sorgen, oder nicht? Und nun war sie irgendwo dort draußen und hatte dieses Ding in ihrer Brust …

»Joe.«

Joe sah auf. Cohen hatte den Hörer wieder aufgelegt.

»Toni Petrillo antwortet nicht, aber vielleicht besteht ja auch gar keine Gefahr. Lallys Schrittmacher muss ja nicht von Hagen angefertigt worden sein. Dies ist nur eine Liste von allen Personen im ganzen Land, denen in den letzten sechs Monaten ein Schrittmacher eingesetzt wurde. Wir müssen mit ihrem Arzt sprechen.«

»Dr. Sheldon.« Die erste Woge der Panik war abgeebbt, und Joe fühlte sich jetzt wie betäubt. »Er ist schon seit langem unser Hausarzt.«

»Seine Nummer.« Cohen stieß ihn freundlich an. »Joe, gib mir seine Telefonnummer.«

»In Stockbridge gibt es nur einen Dr. Sheldon.«

Auch Dr. Sheldon war nicht zu Hause. Eine Stunde verging, und Toni Petrillo hob noch immer nicht den Hörer ab. Der Anrufservice von Dr. Sheldon vermutete, dass sein Piepser vielleicht nicht funktionierte oder sich außerhalb der Reichweite befand, weil er normalerweise sofort zurückrief, wenn er verlangt wurde. Joe war sich sicher, dass sie ihn bald erreichen würden, und wenn das nicht gelang, würde die hiesige Polizei ihn aufspüren. In Kürze würden sie auch irgendwie herausfinden, wo Lally und Hugo hingefahren waren. Möglicherweise erfuhren sie zwischenzeitlich auch, dass Lallys Schrittmacher gar nicht von Hagen stammte. Im Moment war alles andere unwichtig.

Doch irgendwo im Schnee oder in der Sonne, am Meer oder tief im Herzen des Landes oder vielleicht sogar in einer großen Stadt saß oder wanderte oder schwamm oder aß oder tanzte Lally vielleicht in der Zwischenzeit – vielleicht war sie sogar in einer Höhe von zehn- oder zwanzigtausend Metern über den Wolken. Und seine Schwester hatte nicht den leisesten Verdacht, dass der Fremdkörper in ihrer Brust, das winzige Ding, das mit ihrem Herzen verbunden war und sie am Leben halten sollte, sie stattdessen töten könnte.

21. Kapitel

Freitag, 22. Januar

Der Commander war für seine Verhältnisse relativ verständnisvoll.

»Ich gebe Ihnen die nächsten Stunden, Duval.«

»Es könnte etwas länger dauern, Sir.«

»Wollen Sie den Fall abgeben?«

»Nein.«

»Dann gebe ich Ihnen die nächsten Stunden Zeit.«

Joe war fix und fertig. Die Starre war inzwischen längst verflogen, und seine Nerven lagen blank. Während seiner Suche nach Lally war es ihm gelungen, nicht allzu viele Leute anzuschreien, denn er wusste, dass diese Neuengländer frostig und stur sein konnten, wenn man sie vor den Kopf stieß. Als er endlich am frühen Donnerstagabend mit Dr. Sheldon sprach, war dieser so schockiert, dass Joe einen Moment fürchtete, er könne selbst einen Herzanfall erleiden. Aber dann hatte sich der Arzt wieder aufgerappelt und versprochen, Dr. Lucas Ash, den Kardiologen, sofort aufzuspüren.

Es war zehn Uhr, ehe Joe wieder von ihm hörte.

»Es tut mir Leid, Mr. Duval«, sagte Sheldon.

Joes Magen krampfte sich zusammen. »Es ist ein Hagen.«

»Nein, das nicht. Es tut mir Leid, dass ich keine Neuigkeiten für Sie habe. Dr. Ash ist nicht im Lande und nicht erreichbar.«

»Warum zum Teufel nicht?«

»Weil er irgendwo zwischen einer Tagung in Los Angeles und einem Kongress in Honolulu unterwegs ist.«

»Und was ist mit seinem Büro?«

»Das Büro hat heute um sechs Uhr geschlossen und das Wochenende früher eingeläutet. Und sein Anrufservice verweist dringende Fälle an einen anderen Arzt.«

»Er muss doch Mitarbeiter haben, eine Sekretärin zum Beispiel. Jemand muss doch Zugang zu seinen Akten haben, sodass wir herausfinden können, was er Lally eingebaut hat. Wo zum Teufel ist denn Ashs Büro?«

»In Pittsfield, aber bis Montagmorgen ist dort niemand.«

»Und was ist mit dem Krankenhaus, in dem Dr. Ash die Implantation vorgenommen hat?«

»Das ist das Taylor-Dunne in Holyoke. Dort habe ich es schon versucht.« Dr. Sheldon hörte sich erschöpft an. »Sie sagten mir, dass Dr. Ash immer seinen eigenen Vorrat an Schrittmachern benutze. Leider weiß ich im Moment nicht, was wir sonst noch tun könnten, bis er in Honolulu angekommen ist und in seinem Hotel eingecheckt hat, Lieutenant.«

Da Joe Toni Petrillo noch immer nicht erreichen konnte, entschloss er sich, die vom Commander zugestandenen Stunden etwas auszudehnen und den ersten Flug am Freitagmorgen von O'Hare nach Albany in New York zu nehmen und dann die 90. Straße in Richtung Südosten nach Stockbridge einzuschlagen. Es war Mittagszeit, als er vor Lallys Haus ankam und mit seinem Ersatzschlüssel die Tür aufschloss. Dort im Wohnzimmer stand Toni Petrillo und goss die Blumen seiner Schwester, ohne sich die geringsten Sorgen zu machen.

»Wo warst du?«

»Auch hallo, Joe.« Toni war einen Meter sechzig groß,

hatte lockiges blondes Haar, unschuldige blaue Augen und rundliche Wangen. Sie legte gegenüber Lallys großem Bruder immer ein unbekümmertes Verhalten an den Tag, um die übergroße Vernarrtheit zu verbergen, die sie seit ihrer Kindheit für ihn hegte.

»Ich habe seit fast vierundzwanzig Stunden versucht, dich zu erreichen.«

»Wirklich?« Toni war überrascht. »Ich war zu Hause, jedenfalls, wenn ich nicht in Hugos Café oder hier war.«

»Und warum gehst du dann nicht ans Telefon?«, fragte Joe aggressiv, der sofort zum Thema kam. »Wo sind sie?«

»Du meinst sicher Lally und Hugo?« Toni stellte die Kupferwasserkanne auf das Sideboard. Nijinskij schlängelte um ihre Knöchel herum und rieb sich an ihnen.

»Tu nicht so schlau, Toni. Wo sind sie?«

»Im Urlaub.«

»Das weiß ich, aber wo?«

»Warum? Was ist los?« Langsam, aber sicher bekam sie es mit der Angst zu tun. »Was machst du hier, Joe? Weiß Lally, dass du kommen wolltest?«

Joe zog seinen Anorak aus und warf ihn aufs Sofa. »Toni, zum letzten Mal, sag mir, wo sie sind.«

»Sie sind in Florida.«

»Florida?« Das war der letzte Ort, auf den er gekommen wäre. Er stellte sich Matronen vor, dic sich in Miami Beach sonnten, und erneutes Entsetzen machte sich breit. Wenn Lally sich einverstanden erklärt hatte, nach Miami zu reisen, musste sie wirklich krank gewesen sein. Doch das war in Anbetracht der Umstände jetzt nicht so wichtig. Er wandte sich wieder Toni zu. »Wo in Florida?«

»Das weiß ich nicht.«

»Du musst es doch wissen.« Joe starrte sie an.

»Ich weiß es nicht.« Toni schaute ihn besorgt an. »Joe, ich weiß es nicht, weil Lally es selbst nicht wusste. Sie und Hugo haben sich spontan dazu entschlossen, und alles, was sie mir gesagt hat, ist, dass sie nach Miami fliegen und wahrscheinlich zu den Everglades oder vielleicht auf die Keys fahren würden.«

»Oh Gott.« Joe erinnerte sich, irgendwo gelesen zu haben, dass der Everglades-Nationalpark allein eine Fläche von über fünftausendsechshundert Quadratkilometern umfasste.

»Joe?« Als Toni Joes Gesichtsausdruck sah, wurde sie von Panik erfasst. »Sag mir, was los ist.«

»Ich muss Lally finden.« Seine Stimme klang äußerst angespannt. »Und zwar schnell.«

»Kannst du mir nicht sagen warum?«

»Nein«, erwiderte er eine Spur freundlicher. »Toni, denk einmal ganz genau nach. Hat sie etwas gesagt, irgendetwas, was das Reiseziel etwas eingrenzen könnte. Wir sprechen über Tausende von Quadratkilometern.«

Toni schüttelte den Kopf, und dann hellte sich für den Bruchteil einer Sekunde ihr Gesicht auf. »Ich habe gehört, dass sich Hugo im Hintergrund beklagte und sagte, dass er Alligatoren hasse. Lally lachte über ihn, aber du weißt ja, wie gutmütig sie ist. Sie würde ihn niemals zwingen, etwas zu tun, was er wirklich verabscheut. Joe, hat es etwas damit zu tun, dass sie krank war? Es geht ihr wieder gut. Sie ist vollkommen in Ordnung.«

»Du glaubst also, dass sie geradewegs zu den Keys gefahren sind.«

Toni starrte ihn an. »Ich weiß es nicht.«

Joe ließ sich in einen Sessel fallen. Als er das flackernde Lichtsignal auf Lallys Anrufbeantworter sah, stand er wieder auf. Sechs Nachrichten. Nur eine war von ihm. Er drückte auf die Taste und hörte den Anrufbeantworter ab. Zwei Nachrichten waren von Müttern von Schülern, die wissen wollten, wann Lallys Unterricht wieder begann. Drei waren von einem Mann namens Chris, der wissen wollte, wo Lally war. Sein Ton war herzlich, aber bei der letzten Nachricht klang seine Ungeduld durch.

»Wer ist Chris?«, fragte Joe Toni.

»Chris Webber. Seine Tochter ist eine von Lallys begabtesten Schülerinnen.«

»Es hörte sich nicht so an, als rufe er als Vater an.«

Toni zögerte einen Augenblick. »Ich glaube, er hat Interesse an Lally.«

»Und hat sie Interesse an ihm?«

»Ja und nein.«

»Was bedeutet das?«

»Es bedeutet gar nichts.«

Joe war für diese Art von Spielchen nicht in der richtigen Stimmung. »Treffen sie sich?«

»Nein.« Toni hasste es, hinter Lallys Rücken über sie zu sprechen. »Zwischen ihnen war nichts.«

»Denn er ist verheiratet, nicht wahr?« Joe spürte, dass Wut in ihm aufstieg, aber er unterdrückte sie. Sorgen wie diese gehörten zur Normalität, zu einem Leben, in dem seine Schwester nicht mit einer Zeitbombe in der Brust herumlief.

»Ist Lally irgendwie in Gefahr, Joe?« Tonis Angst wurde immer größer. »Das musst du mir wenigstens sagen. Ich weiß ja gar nicht, was hier vor sich geht.«

Joe dachte angestrengt nach. »Wo kann ich diesen Webber finden?«

»Er wohnt kurz hinter Stockbridge an der 102. Straße.«

»Wo arbeitet er?«

»Er ist Künstler und arbeitet zu Hause. Joe, es ist nicht

so, wie du denkst. Es gibt nichts, worüber du dir Sorgen machen müsstest. Chris' Frau ist …«

»Ihre Beziehung interessiert mich nicht, Toni«, unterbrach Joe sie. »Lally muss ihm doch etwas über den Urlaub gesagt haben.«

»Aber du hast es doch gehört. Er wusste noch nicht einmal, dass sie weggefahren sind.«

»Sie könnte doch eine Bemerkung gemacht haben.« Joe war schon wieder auf den Beinen und griff nach seinem Anorak. »Hast du seine Adresse?«

Auch Toni war aufgestanden und hatte schon das Telefonbuch in der Hand. Sie riss eine Ecke vom *Berkshire Eagle* ab, schrieb Adresse und Telefonnummer auf und gab ihm den Zettel. Joe zog den Reißverschluss seiner Jacke zu und ging zur Haustür.

»Das ist nicht fair.« Toni stand kurz davor, aus der Haut zu fahren. »Du kannst doch nicht einfach so gehen. Sag mir wenigstens, was ich tun kann.«

Joe ließ sich erweichen. »Stöbere herum und sieh nach, ob du irgendetwas finden kannst, was uns helfen könnte, Landkarten, oder vielleicht haben sie Reiseführer markiert oder etwas aufgeschrieben, was auch immer. Und denk noch einmal genau nach. Vielleicht hat sie etwas gesagt, was du nicht für wichtig gehalten hast, etwas, das du vergessen hast.« Er blieb stehen und gab ihr einen Kuss auf die Stirn. »Ich würde dir gerne mehr sagen, aber das kann ich leider nicht, Toni.« Er öffnete die Tür und drehte sich dann noch einmal um. »Wenn Lally und Hugo dich anrufen, dann doch wohl zu Hause, oder?«

»Oder im Café, aber ich glaube nicht, dass sie anrufen werden.« Sie dachte nach. »Und was ist, wenn mein Telefon kaputt ist? Du hast mich ja auch nicht erreicht.«

»Wenn du dich hier umgesehen hast, geh nach Hause und

lass es von der Telefongesellschaft überprüfen. Sag ihnen, dass es ein Notfall ist, und beruf dich auf mich, falls es helfen sollte. Und sage allen, die im Café arbeiten, Bescheid, um sicherzustellen, dass sie sich, falls Lally und Hugo anrufen, eine Telefonnummer geben lassen, unter der sie zu erreichen sind. Sie sollen ihnen sagen, dass sie sich nicht vom Fleck rühren dürfen. Nicht vom Fleck rühren – verstehst du?«

»Ich verstehe.«

Joe hatte erwartet, dass Chris Webber ihm auf den ersten Blick unsympathisch sein würde, aber das war nicht der Fall. Der Mann war allein zu Hause, und nach dem Geruch der Farbe und den frischen Farbflecken auf seinem blauen Pullover zu schließen, malte er gerade. Zwei freundliche deutsche Schäferhunde standen hinter ihm und wedelten mit dem Schwanz. Joe stellte sich vor, und als er Lallys Namen nannte, schien Webber fast aufzuleuchten. Er versuchte nicht, seine Gefühle zu verbergen, und es war keine Spur von Gewissensbissen zu erkennen. Joe sah sofort, dass Chris Webber in seine Schwester verliebt war und es kein Problem für ihn war, dass Joe es erfuhr.

Webber wusste gar nichts von einem Urlaub.

»Ich wusste noch nicht einmal, dass sie wegfahren wollten.«

»Aber Sie wussten, dass sie krank war?«

»Ja.« Als Chris Joe ansah, blickten ihm aus seinem angespannten Gesicht Lallys grüne Augen entgegen. »Sie nicht?«

»Nein.«

»Ich habe sie letzten Samstag gesehen.« Chris versuchte, Joe zu beruhigen. »Sie war wirklich in guter Verfassung. Diese Schrittmacher sind wunderbare Geräte. Die Ärzte sagen, dass sie nun alles tun könne, was sie früher auch getan hat.«

Sie standen noch immer im Flur. Die Atmosphäre war in höchstem Grade angespannt.

»Darf ich Ihnen einen Kaffee anbieten?«, fragte Chris.

»Sie dürfen.«

Die Küche war groß und hell. Auf der Spüle standen Töpfe und Schüsseln, die schon gespült, aber noch nicht weggeräumt worden waren. Ein Kanten Brot lag auf einem Brett auf dem Eichentisch inmitten von Krümeln, und daneben stand ein Becher abgestandener, kalter Kaffee. Joe fragte sich, was Webbers Frau wohl trieb, und er spürte wieder, dass Wut in ihm aufkeimte, aber er unterdrückte dieses Gefühl entschlossen.

»Ich muss Lally dringend finden«, sagte er. »Sind Sie ganz sicher, dass sie nichts über einen Urlaub gesagt hat, als Sie sie zum letzten Mal sahen? Hat sie je etwas davon gesagt, dass sie nach Florida reisen wollte?«

Chris schüttelte den Kopf. »Ich kenne Lally noch nicht lange. Nein, sie sprach nicht darüber, zu verreisen. Doch da ich sie nicht erreichen konnte, habe ich die Nachrichten auf ihrem Anrufbeantworter hinterlassen. Ich habe mir Sorgen gemacht und wollte eigentlich nachher ins Café gehen, falls sie sich nicht meldet.«

Er goss frischen Kaffee in zwei Tassen und stellte sie auf den Tisch. Mit der rechten Hand fegte er die Krümel in seine linke Hand und warf sie in den Mülleimer. Die beiden Hunde trieben sich noch eine Weile herum und legten sich dann zusammen in eine Ecke.

»Darf ich Ihnen etwas zu essen anbieten?«

»Nein danke.« Joe schaute auf die Wanduhr. Es war fast zwei Uhr. »Darf ich mal telefonieren? Es ist ein Ferngespräch, aber ich werde Ihnen die Gebühren erstatten.«

»Nicht nötig.« Chris nahm ein weißes Telefon mit einer langen Schnur von einer der Arbeitsplatten und stellte es vor Joe auf den Tisch. »Ich bin solange nebenan.«

Joe rief bei Hagen-Schrittmacher an und verlangte Cohen.

»Joe, wo bist du?«

Joe sagte es ihm.

»Und Lally ist in Florida?« Cohen war entsetzt.

»Vermutlich in den Everglades oder auf den Keys, aber niemand weiß wo.« Joe trank einen Schluck Kaffee. »Hast du überprüft, ob Dr. Ash ein Kunde von Hagen ist?«

»Ja, ist er, aber offensichtlich kauft er auch bei anderen Unternehmen. Es muss daher nicht unbedingt etwas zu bedeuten haben.«

»Wir können es aber auch nicht ausschließen. Hat Dr. Sheldon versucht, mich zu erreichen?«

»Nein. Jackson will dich unbedingt sprechen. Ferguson sitzt Chief Hankin im Nacken.«

»Ich werde noch einmal zu Dr. Sheldon gehen und versuchen, die Polizei hier zu überzeugen, mir Zugang zu Ashs Büro zu verschaffen.«

»Wann kommst du zurück?«

»Sobald ich Dr. Ash oder Lally aufgespürt habe.«

»Du willst doch nicht nach Florida fliegen?«

»Wenn es sein muss.«

»Deine Anwesenheit wird hier verlangt, Joe. Du musst deine Sondereinheit leiten.«

»Wir sprechen über das Leben meiner Schwester«, antwortete Joe knapp.

»Sie kann auch ohne dich gesucht werden.« Cohen wusste, wie stur Joe sein konnte, und daher sprach er schnell weiter. »Du kennst Florida noch nicht einmal, und selbst wenn du sie findest und ihr Schrittmacher von Hagen stammt, ist es immer noch vernünftiger, diesen Scheißkerl zu finden, der das getan hat. Dann können die Ärzte entscheiden, wie sie ihn sicher wieder herausnehmen können.«

»Ich muss nun auflegen, Sol.«

»Du musst den Commander anrufen.«

»Werde ich tun.«

»Ferguson will mit dir sprechen.«

»Sag ihm, dass ich ihm nichts Neues zu sagen habe.«

»Du kannst nicht alle Leute hier im Stich lassen, Joe, und das weißt du.«

»Ich weiß, dass das Leben meiner Schwester in Gefahr ist«, sagte Joe leise. »Immerhin besteht die Möglichkeit, dass sie wie Marie Ferguson oder Jack Long oder der Feuerwehrmann jeden Moment sterben könnte.«

»Joe, lass dir dabei helfen.« Cohens Ton wurde dringlicher. »Geh zu dem Arzt, versuche, in Ashs Büro zu kommen, oder was auch immer, und inzwischen können wir die Staatspolizei in Florida bitten, Lally zu suchen.« Auch er senkte die Stimme. »Wenn du vom Dienst suspendiert wirst, wird ihr oder den anderen das nicht helfen. Du musst die Ermittlungen weiterführen. Du musst.«

»Ich muss auflegen, Sol.«

»Ruf den Commander an.«

»Mache ich.«

»Sofort.«

»Gleich.«

»Und denk daran, mit mir in Verbindung zu bleiben.« Cohens Zuneigung und Sorge schwangen in seiner Stimme mit. »Viel Glück, Joe.«

»Danke.« Joe legte auf.

»Was geht hier vor?«

Als Joe Webbers Stimme hörte, bekam er einen Schreck und drehte sich um. Chris Webber stand im Türrahmen. Er war kalkweiß, und der Schock stand ihm ins Gesicht geschrieben.

»Ich habe gehört, was Sie gesagt haben. Was geht hier vor?«

»Das kann ich Ihnen nicht sagen.«

»Natürlich können Sie das.«

Joe schüttelte den Kopf. »Das geht nur die Polizei etwas an.«

Chris betrat die Küche und setzte sich an den Tisch. Seine Hände waren zu Fäusten geballt. »Sie sagten, Lallys Leben sei in Gefahr.«

»Ich wusste nicht, dass Sie zuhören.«

»Als ich hereinkam, habe ich Bruchstücke des Gespräches mitgehört.« Chris' Stimme war kühl. »Wenn Sie nicht gewollt hätten, dass ich zuhöre, hätten Sie das Gespräch nicht in meiner Küche zu führen brauchen.«

Joe antwortete nicht.

»Was ist mit diesen anderen Menschen passiert?«, beharrte Chris. »Marie Ferguson und Jack Long und der Feuerwehrmann. Wer sind sie? Was ist ihnen zugestoßen?«

»Das darf ich Ihnen nicht sagen«, erklärte Joe noch einmal.

»Wenn Lally irgendwie in Gefahr ist, möchte ich es wissen.«

»Glauben Sie eigentlich, Ihnen kämen in Bezug auf meine Schwester besondere Rechte zu?«

»Nein, ich habe keinerlei Rechte, außer dass ich mich in sie verliebt habe.«

Joe schaute auf den Ring an Chris' linker Hand. »Weiß es Ihre Frau?«

»Nein.«

»Leben Sie zusammen?«

»Meine Frau ist in einer Klinik«, antwortete Chris

gefasst, »und wird dort wegen ihrer Alkoholssucht behandelt. Bevor Sie mich fragen, sage ich Ihnen gleich, dass zwischen mir und Lally nichts gewesen ist. Sie weiß nicht einmal etwas von meinen Gefühlen, oder zumindest habe ich es ihr nicht gesagt.« Er verstummte. »Sie sagten am Telefon, dass sie jeden Moment sterben könne, daher nehme ich an, dass wir sie finden müssen.« Er presste die Lippen zusammen. »Ich möchte Ihnen helfen.«

»Das können Sie nicht.« Joe stand auf. »Ich muss gehen.« Auch Chris stand auf. »Das können Sie nicht machen.«

»Wollen Sie mich aufhalten?«

»Tragen Sie eine Waffe bei sich?«

»Nein.«

»Dann werde ich sicher versuchen, Sie aufzuhalten, wenn ich muss.«

Joe schaute dem Mann noch einmal in die Augen. Er wusste lediglich, dass er verheiratet war, eine Tochter hatte, sich in Lally verliebt hatte und seine Frau krank war. Eigentlich hätte er ihn verachten müssen, und zu einem anderen Zeitpunkt hätte er ihm sicher eine Faust ins Gesicht geschlagen. Aber nach all dem, was geschehen war, stellte er jetzt fest, dass er Webber vertraute. Vielleicht war das verrückt, aber es war wieder ein Gefühl aus dem Bauch, und er würde danach handeln.

»Okay«, sagte Joe und setzte sich wieder hin.

»Gott sei Dank.«

Chris goss ihnen frischen Kaffee ein und setzte sich ebenfalls an den Tisch.

»Wenn eine Art amtlicher Geheimhaltung erforderlich ist, werde ich ein Schriftstück – oder was auch immer Sie benötigen – unterschreiben. Sagen Sie mir nur, was hier vor sich geht.«

Joe erzählte es ihm. Als er ihm alles gesagt hatte, sah er

die Wut in Webbers Augen, und da wusste er, dass es richtig gewesen war, sich ihm anzuvertrauen. Chris Webber hatte genau wie er große Angst um Lally.

»Was kann ich tun?« Chris' Stimme war unsicher, aber entschlossen.

»Warten Sie, bis ich gegangen bin, und rufen Sie dann diese Nummer an.« Joe nahm einen Kugelschreiber und ein Notizheft aus seiner Brusttasche und riss ein Blatt heraus. »Detective Cohen ist der Mann, mit dem ich soeben gesprochen habe. Er ist in Ordnung, aber ich will nicht, dass er gefeuert wird. Keiner kann erwarten, dass er mich nach Chicago zurückholt, wenn er nicht persönlich mit mir sprechen kann.«

»Was soll ich ihm sagen?«

»Dass ich mich Ihnen anvertraut habe – Gott stehe uns bei – und dass er Sie über alle Entwicklungen in Chicago genauestens informieren soll.«

»Und inzwischen?«

»Ich werde Dr. Sheldon suchen, und ich denke daran, in Ashs Büro einzubrechen.« Joe stand wieder auf. »Informieren Sie sich, wie schnell ich in Miami sein kann.« Er schaute auf das Telefon und notierte sich die Nummer. »Ich bleibe mit Ihnen in Verbindung.«

Chris wartete, bis die Haustür ins Schloss fiel. Dann verließ er das Haus und ging auf den Hinterhof zu den Hundezwingern. Die Hunde bellten, doch er achtete nicht darauf. Der Schnee war sogar auf dem Weg einen halben Meter hoch aufgetürmt, und er trug nur Turnschuhe, aber er nahm weder Kälte noch Nässe zur Kenntnis. Er dachte an Lally, an ihre Schönheit, ihre Liebenswürdigkeit und ihren Mut. Er träumte von dem Zauber, der so heftig zwischen ihnen aufgeflackert war, und bedauerte, dass sie sich wegen Andrea und Katy ihre Gefühle nicht zeigen konnten. Dann musste er an Lucas Ash und den kleinen Schrittmacher denken, der eigentlich Lallys Leben retten sollte. Auch die anderen Menschen erregten sein Mitleid, die alle ein normales Leben führten und Hoffnungen und Träume hatten und die von einem Verrückten mittels einer Bombe ins Jenseits befördert worden waren.

Chris spürte eine feuchte Nase an seiner linken Hand und schaute hinunter. Jade, die Hündin, mit der Lally gespielt hatte, als sie vor zwei Wochen ins Haus gekommen war, rieb freundlich ihre Nase an seiner Hand. Erst jetzt bemerkte Chris, dass Tränen über seine Wangen rannen und der Hund versuchte, ihn zu trösten.

»Alles in Ordnung, Jade.«

Die Sonne ging schon langsam unter, aber sie war noch zu sehen, und die schwer beladenen Zweige der Tannen schimmerten rosa. In Südflorida was es sicher warm, und irgendwo bereitete sich Lally auf einen glühenden Sonnenuntergang vor und dachte zufrieden an die Zukunft, eine Zukunft, die vielleicht niemals kommen würde, wenn es nicht gelang, sie zu finden.

Chris blieb noch einen Moment stehen und ging dann zurück ins Haus, um Cohen anzurufen.

Joe rief Chris um sechs Uhr an.

»Haben Sie etwas?«

»Cohen möchte, dass Sie ihn anrufen.«

»Gibt es etwas Neues?«

»Hatten Sie kein Glück mit Ash?«

»Sein Büro ist in einem Hochsicherheitsgebäude. Es gibt keine Möglichkeit, unbemerkt da hineinzugelangen. Wir müssen warten, bis er sich von Hawaii aus mit uns in Verbindung setzt. Haben Sie einen Flug für mich gefunden?«

»Für uns.«

»Das kommt überhaupt nicht infrage.«

»Sie können mich nicht aufhalten.«

Joe überlegte eine Sekunde. »Haben Sie einen anständigen Wagen, damit wir schnell nach Albany fahren können?«

»Einen Jeep Cherokee. Soll ich Sie abholen?«

»Was ist mit Ihrer Tochter?«

»Ich habe Katy schon zu einer Freundin gebracht. Sie ist begeistert.«

»Sind Sie sicher?«

»Wo sind Sie?«

»In Lallys Wohnung.«

»Ich bin schon unterwegs.«

Joe rief Cohen vom Flughafen an.

»Gott sei Dank.«

»Was ist denn los?«

»Jess wird fast verrückt.«

»Was ist mit ihr?« Angst kroch in ihm hoch. »Ist etwas mit dem Baby.«

»Ich bin nicht sicher, und sie ist auch nicht sicher …«

»Sag mir um Himmels willen, was passiert ist.«

»Jess hat angerufen, und sie hörte sich wirklich aufgeregt an. Sie hatte Schmerzen und wollte dich sprechen. Dann ging ihre Mutter an den Apparat und sagte, dass ein richtiger Ehemann bei seiner Frau ist, wenn sie ihn braucht.« Cohen hörte sich besorgt an. »Joe, du musst zurückkommen. Ich weiß, wie schwer das für dich ist, aber du hast keine andere Wahl.«

Joe war hin und her gerissen. Er sah, dass Webber auf die Uhr schaute und auf und ab lief. Und er dachte an Lally, die irgendwo in glückseliger Unwissenheit Urlaub machte, und dann dachte er an Jess, seine geliebte Jess, und er wusste, dass Cohen Recht hatte.

»Hast du in Florida angerufen?«

»Sie haben alles, was sie brauchen. Ich bin zu dir gegangen und habe ein Foto von Lally mitgenommen, um es ihnen zu faxen. Und morgen werden sie das Originalfoto haben … Was soll ich Jess sagen?«

»Sag ihr, dass ich komme.«

»Es ist nicht deine Schuld, Joe. Mach dich nicht fertig.«

Joe legte den Hörer auf. Webber stand sofort neben ihm.

»Es ist etwas passiert«, sagte Chris knapp.

»Ich muss zurück nach Chicago.«

»Das können Sie nicht machen.«

»Ich muss.« Joe hätte gerne laut geschrien, aber seine Stimme war ganz ruhig. »Meine Frau braucht mich. Sie könnte unser Baby verlieren.«

Chris stand einen Moment reglos da.

»Ich werde nach Florida fliegen«, sagte er.

»Die Staatspolizei hat mit der Suche nach Lally schon begonnen.« Joe schaute Webber an. »Sind Sie sicher, dass Sie fliegen wollen?«

»Das wissen Sie doch ganz genau.«

Joe nickte. »Ich werde die Kollegen informieren, dass Sie unterwegs sind und Sie ihnen helfen werden. Aber Sie müssen sich nach ihnen richten, denn das sind die Experten, okay?«

»Okay.«

Der Flug wurde aufgerufen. Chris griff nach seiner Tasche.

»Finden Sie sie«, schloss Joe.

»Das werde ich.«

»Und jagen Sie ihr bloß keine Angst ein.«

Chris lächelte ihn verhalten an. »Ich habe schon genug Angst für zwei.«

»Sie braucht Sie. Sie müssen stark sein.«

»Vertrauen Sie mir.«

»Das tue ich.« Auch Joe nahm seine Tasche. »Das tue ich, so wahr mir Gott helfe.«

22. Kapitel

Freitag, 22. Januar

Die beiden letzten Nächte hatten sie gecampt, aber heute Abend genehmigten sie sich Urlaub vom Camping, um sich »in gutem Benehmen zu üben«, wie Hugo es nannte. Denn Hugo würde sich nie ganz daran gewöhnen, in einem Schlafsack oder einem Zelt zu schlafen. Auf Conch Key hatten sie in einer winzigen Holzhütte mit vorgebauter Veranda direkt am Meer übernachtet. Sie schliefen beide im selben Raum, und Hugo fühlte sich zugleich heldenhaft und unmännlich. Seine Liebe zu Lally wurde immer stärker, und sicherlich würde sie das irgendwann bemerken, und er hoffte, dass sie es nicht tat, und er betete, dass sie es tat.

»Morgen auf nach Bahia Honda«, sagte Lally verträumt, ehe sie sich schlafen legten. »Weiße Sandstrände, silberne Palmen und Schildkröten.«

»Das hört sich an, als hättest du den Reiseführer verschluckt«, antwortete Hugo aus der Dunkelheit.

Lally lächelte. »Und abends Fledermäuse.«

Wieder einmal hatte sie an Chris gedacht. Sie hatte es nicht beabsichtigt und schon beinahe geglaubt, der Zauber sei verflogen. Natürlich wusste sie, dass es vollkommen unmöglich war, sich in einen so problembeladenen Mann zu verlieben. Chris hatte sich jedoch mit den wunderschönen Sonnenuntergängen der letzten Tage und dem Wissen, dass man solche Bilder nicht mit einer Pentax festhalten und nur ein großer Fotograf oder Künstler einen solchen Zauber einfangen konnte, wieder geschickt in ihren Geist geschlichen. Lally gestand sich im Schutze der Dunkelheit die reine Wahrheit, die ungeschminkte und beschämende Wahrheit ein, während Hugo im anderen Bett friedlich schnarchte. So erfreulich es auch war, diesen Urlaub mit ihrem besten Freund zu verbringen, so sehr wünschte sie, Chris wäre auch hier, sodass sie ihn hätte beobachten können, um zu sehen, wie er reagieren und was er sagen würde. Wie gern hätte sie weit weg von seinen Sorgen ein wenig Zeit mit ihm verbracht und etwas über den Mann, das Individuum, erfahren. Lally wusste, dass sie nahe davor stand, sich in Tagträumen zu verlieren, aber das wollte sie nicht zulassen. Sie benahm sich wie ein Schulmädchen, und sie wusste, dass das aufhören musste.

Du kennst ihn doch gar nicht, sagte sie sich zum hundersten Mal. *Und er ist nicht hier, und er kann mit dir weder hier noch irgendwo anders sein, und es gibt keinen Grund, sich etwas zu wünschen, was nicht sein kann.*

Sie tat es dennoch.

23. Kapitel

Samstag, 23. Januar

Alice Benton Douglas war in Orlando, Florida, beim Friseur und ließ sich nach zwanzig Jahren zum ersten Mal wieder eine Dauerwelle machen. Zum letzten Mal hatte sie sich am Tag vor ihrem dreißigsten Hochzeitstag eine Dauerwelle gegönnt, weil sie gehofft hatte, dass eine kleine Veränderung ihrem Fest etwas Würze verleihen würde, aber ihr gekräuseltes, kaputtes Haar war eine Katastrophe gewesen. Und Martin hatte sich strikt geweigert, sich mit ihr in der Öffentlichkeit zu zeigen, und zu ihr gesagt, sie sähe aus wie ein alter Scheuerlappen.

Heute war alles anders. Erstens war Martin schon seit drei Jahren tot, und obwohl Alice ihn oft vermisste und sich gewünscht hätte, abends ein wenig Gesellschaft zu haben, würde sie zumindest kein Mann verspotten, wenn wieder alles schief ging. Zweitens war *Melvyns Salon* ein Topfriseur und schrecklich teuer, und Alice hatte noch keinen einzigen Scheuerlappen gesehen, der den Salon verlassen hatte. Alle waren gepflegt und elegant, und auch Alice fühlte sich schon nach der ersten Haarwäsche wie verwandelt.

Heutzutage war natürlich alles anders durch Walt Disney und EPCOT und das ganze Zeug. Und dann gab es die Baustellen, so viele Neubauten, all diese schönen Häuser und all diese Fremden, die durch das Gebiet strömten. Die meisten ihrer Freunde, ihre Zeitgenossen, beklagten sich, dass die Landschaft zerstört und zugebaut wurde, aber Alice liebte die Gegend. Die neuen Häuser waren wunderschön, dachte sie, wie Filmschauplätze und so luxuriös, und sie hatten Leben, Jugend und Reichtum hierher gebracht. Und es gab Einkaufszentren und saubere kleine Kaufhäuser, und es war so einfach, in der Nähe von Geschäften wie *Melvyns Salon* zu parken, Geschäften, die in der alten Zeit unerreichbar gewesen wären.

Für Alice hatte sich nun alles verändert. Seit ihrer Operation war alles anders. Operation. So ein großes Wort für einen so kleinen Eingriff, wie sie es im Krankenhaus genannt hatten, doch Alice hatte ihnen im ersten Moment nicht geglaubt. Wie konnte denn eine Operation, bei der ein Loch in ihren Brustkorb geschnitten wurde, als einfacher Eingriff bezeichnet werden? Als sich das Entsetzen gelegt hatte und sie nicht nur begriffen hatte, dass sie noch da war und noch lebte, sondern dass sie sich bereits jetzt tausendmal besser fühlte, hatte sie jedoch zugegeben, dass die Ärzte Recht gehabt hatten.

Wie verwandelt, dachte sie, als sie sich bequem zurücklehnte, während ein schneeweißes Handtuch wie ein Turban um ihr Haar gewickelt wurde. *Die neue Alice Douglas.* Das Haar würde nur ein kleiner, kaum bedeutender Teil dieses Prozesses sein wie auch das neue Kleid, das sie sich heute Nachmittag – oder wenn sie zu müde war – morgen früh kaufen wollte. *Aber ich werde nicht müde sein*, dachte sie zufrieden. *Das ist der springende Punkt. Ich werde nie mehr so hundemüde sein, ohne einen verdammt guten Grund zu haben.*

Der junge Mann, der Alice das Haar gewaschen hatte, stellte den Stuhl in die richtige Position, sodass sie wieder aufrecht saß, und half ihr auf. Alice dachte einen Moment daran, seine Hilfe zurückzuweisen, aber sie war in einer Zeit aufgewachsen, da noch alles verhältnismäßig ritterlich zuging, und sie wusste, dass es unhöflich war, jede Art von Freundlichkeit zu verschmähen.

Als es geschah, schaute sie in den Spiegel. Sie saß auf dem Stuhl, einem wirklich komischen, ganz unangenehmen Stuhl, der mithilfe eines Pedals hochgepumpt wurde, bis man die richtige Höhe erreicht hatte. Der Stuhl gefiel ihr nicht, weil er sie einfach zu sehr an den Zahnarzt erinnerte. Sie hörte der jungen Frau zu, die ihr die Dauerwelle machen wollte und ihr alles erklärte. Scheinbar lief man heutzutage nicht mehr Gefahr, krauses oder auch nur lockiges Haar zu bekommen, wenn man sich nur ein wenig mehr Halt fürs Haar wünschte.

Ein wenig mehr Halt waren die letzten Worte, die Alice Douglas je hörte. Alles andere wurde durch das Rauschen eines Haartrockners übertönt, der ganz in der Nähe eingeschaltet wurde, und durch den seltsamen leisen Donner in ihrer Brust und den Schrei der Friseuse, die gerade die erste Haarsträhne auf einen Lockenwickler drehte, als Alices nasser Kopf nach vorn plumpste und dann wieder schlaff und leblos zurückfiel.

Im ersten Moment hielt jeder Abstand und wich zurück. Und dann stürmten die schockierten Menschen wieder nach vorn, ganz nahe an die arme, tote Alice Douglas heran, und starrten mit vor Entsetzen weit aufgerissenen Augen auf das Blut, das auf den Spiegel, die weißen Haarspraydosen, Gelflaschen und die zusammengefalteten Handtücher auf dem Tisch vor ihr gespritzt war.

Und sie starrten auf das blutende, zerfetzte Loch in ihrem blassgrünen Kittel.

Und auf den Rauch.

24. Kapitel

Samstag, 23. Januar

Der Mann wusste, dass er sehr krank war. Er hatte seine Krankheit zwar am letzten Samstag, als der ach so gute Lieutenant ihn besucht hatte, nur vorgetäuscht. Doch als er jetzt in den Badezimmerspiegel schaute und die hektisch geröteten Wangen in seinem weißen Gesicht und die dunklen Ringe unter den brennenden Augen sah, wusste er, dass er in ein Krankenhaus gehen sollte.

Eines der Gilatiere hatte ihm das angetan. Seine Lieblingsdrachen. Und seine eigene impulsive Entscheidung, noch ein weiteres Spiel mit dem Feind zu spielen, falls man ihm auf die Schliche kommen würde. Er hatte beschlossen, seine sechs Exemplare der Aufzeichnungen, wovon eines das genaue Protokoll seiner Arbeit war und die anderen fünf seine komplizierten falschen Spuren, im Terrarium zu vergraben. Zuerst hatte er mit dem Gedanken gespielt, zwei in jedem Behälter zu vergraben, aber die großen Leguane schüchterten ihn noch immer ein, und aus diesem Grunde hatte er am Ende beschlossen, das ganze Paket, das er mit Gummibändern zusammengebunden hatte, bei den Monstern zu vergraben.

Da sie nicht zu sehen waren, als er die Glastür ihres Behälters aufschloss, war er hineingegangen. Es waren scheue Wesen, die sich oft tief im Sand vergruben. Am Tag zuvor hatte der Mann ein Versteckspiel mit den schlecht sehenden Wesen gespielt. Er hatte zwei jüngst verstorbene Babyratten zuerst in einen Teil des Behältern, gelegt, sie dann immer wieder woanders hingelegt und beobachtet, wie die langsamen, aber hartnäckigen Echsen sich jedes Mal dem Geruch zuwandten. Am Ende hatte der Mann sie dann mit dem Essen belohnt, das sie wie immer in einem Stück heruntergeschluckt hatten. Sie hatten gut gefressen, und nach einem guten Mahl vergruben sie sich oft und schliefen tagelang. Er hatte weder damit gerechnet, sie zu wecken noch versehentlich dorthin zu treten, wo eine von ihnen schlief.

Auch nicht damit, dass ihn eine Gila beißen würde.

Er wusste über den Biss der Gilatiere Bescheid. Es gelang ihm kaum, die gerillten, scharfen Zähne zu lösen, und nichts hätte ihn je auf den Schmerz des Bisses und auch nicht auf die entsetzliche Qual des Giftes vorbereiten können, das kaum dreißig Sekunden später durch die Zähne freigegeben wurde und in das durchbohrte Fleisch seiner linken Ferse strömte.

Vor Schmerzen schreiend war er auf den Boden gefallen und hatte mit seinem anderen Fuß nach dem Ungeheuer getreten. Dann hatte er nach seinem fetten Körper gegriffen und gezogen, doch die Zähne des Monsters hatten nur noch fester zugebissen. Wie ein Wahnsinniger kroch er aus dem Terrarium, verstreute Sand und Kies und Fäkalien im ganzen Raum und suchte vergebens nach einem Werkzeug oder einem Messer, denn nach der Beendigung seiner Arbeit Ende letzten Jahres hatte er alles aus dem Raum entfernt. Und noch immer hing das Monster an ihm, und das Gift strömte in seinen Fuß. Plötzlich erinnerte er sich daran, von einem Fall gelesen zu haben, in dem heißes Wasser eine Arizona-Gila von der Hand eines Opfers gelöst hatte. Er quälte sich zur Spüle in der Küche, füllte den Kessel, brachte das Wasser zum Kochen und stieß aufgrund des Schmerzes die ganze Zeit leise Schreie aus. Dann goss er das Wasser auf seinen Fuß und die Echse, die ihn schließlich losließ. Er litt so heftige Schmerzen, dass er sich erbrach und die Besinnung verlor. Als er wieder zu sich kam, lag der Drachen, den das brühend heiße Wasser getötet hatte, noch immer neben ihm, und trotz seiner heftigen Schmerzen wusste der Mann, dass er wieder gesiegt hatte.

Später hatte er das Durcheinander, so gut er konnte, beseitigt, das Terrarium verschlossen, den in Zeitungspapier gewickelten Kadaver der Echse in den Hausmüllschlucker geworfen, und war in seine Wohnung zurückgetaumelt. Er hatte die Wunden desinfiziert, die Blasen mit antiseptischer Salbe eingerieben und seinen Fuß verbunden, aber er wurde immer schwächer und konnte nichts essen. Wahrscheinlich hatte er Fieber, doch um es zu messen, fehlte ihm die Kraft. Der Mann wusste, was er von dem Gift zu erwarten hatte: lokale Schmerzen und Schwellungen, allgemeine Schwäche, Übelkeit, Klingeln in den Ohren, vielleicht Atemnot. In den schlimmsten Fällen sogar Herzversagen, aber er wusste, dass das nicht geschehen würde. Er würde nicht sterben.

Zu gegebener Zeit würden sie ihn wieder aufsuchen, und wenn sie sahen, wie sehr sich sein Zustand verschlechtert hatte, würden sie vermutlich einen Arzt holen oder ihn vielleicht sogar in ein Krankenhaus bringen. Selbst wenn er starke Schmerzen hätte, würde er Socken und Pantoffeln anziehen und ihnen nichts von dem Biss sagen. Und auch wenn sie den Biss schließlich entdeckten, würde er schweigen und den anderen Drachen nicht die Genugtuung geben, zu erfahren, was einer ihrer Artgenossen ihm angetan hatte. Für den Biss einer Gila gab es kein Gegengift. Sie würden nicht mehr tun können, als für ihn zu sorgen, während er sein Spiel mit ihnen trieb.

Mutter sorgte sich immer um ihn, wenn er krank war.

25. Kapitel

Samstag, 23. Januar

Joe konnte keinen klaren Gedanken mehr fassen. Er war wie betäubt, denn seine große Angst und seine Gewissensbisse setzten ihm schrecklich zu. Jess war im Krankenhaus, und alle bisherigen Tests zeigten, dass mit dem Baby alles in Ordnung war. Sie beteten, dass sich ihr Zustand stabilisieren würde und Jess nach Hause gehen könnte. Aber für den Moment wollten die Ärzte, dass sie noch im Krankenhaus blieb. Joe musste mit sich ringen, um ihr nicht von Lally zu erzählen, und das Problem war, dass sich seine Gefühle immer in seinem Gesicht spiegelten. Jess sagte immer, er gäbe einen miesen Pokerspieler ab, aber diesmal war er fest entschlossen, sie nicht mit diesem Albtraum zu belasten, und bis jetzt hatte er es auch geschafft.

Auf Hawaii hatte ein Sturm gewütet, und Joe verlor die Beherrschung, als Cohen ihm sagte, dass Lucas Ash sich noch immer nicht gemeldet habe, weil es Probleme mit den Telefonleitungen gäbe. Immerhin hatte die Polizei in Florida die Ausdrucke von Lallys Foto erhalten. Die Polizisten waren bereits unterwegs, sahen sich um und stellten Fragen. Offensichtlich war es ihrer Meinung nach gut möglich, dass sich Lally und Hugo in Everglades City aufhielten, weil das große Meeresfrüchte-Festival stattfand. Für Joe war diese Überlegung ziemlich einleuchtend, denn niemand, der so gerne aß wie Lally, könnte da wohl widerstehen.

Die Überprüfungen und Nachforschungen bei Hagen-Schrittmacher und in der Batteriefabrik waren abgeschlossen, und nichts, nicht die geringste Spur eines Beweises war gefunden worden, um zu belegen, dass die Schrittmachersabotage dort verübt worden war. Hagen und Schwartz lagen noch immer krank zu Hause. Hagen hatte sich telefonisch bei Cynthia Alesso gemeldet. Er hatte eine Brustfellentzündung, und es bestand die Gefahr, dass es sich zu einer Lungenentzündung entwickelte. Linda Lipman jedoch, die jünger und robuster war und eine bessere Konstitution hatte, war schon wieder zur Arbeit erschienen und hatte Ashcroft und Leary zu Hause aufgesucht. Olivia Ashcroft hatte ihre Erwartungen voll und ganz erfüllt, aber Lipman war überrascht, einen Howard Leary anzutreffen, der sich von dem Mann in der Firma vollkommen unterschied. Er war ein erstaunlich überzeugender Familienvater mit einer hübschen Frau, die Lehrerin war, einer zufriedenen spanischen Haushälterin, die schon sehr lange im Hause war, und drei normal lärmenden, pubertierenden Kindern mit unterschiedlichen Zahnspangen.

Joe wollte unbedingt Hausdurchsuchungen bei Hagen und Schwartz durchführen, aber er kümmerte sich noch nicht einmal darum, einen Antrag für einen Durchsuchungsbefehl auszustellen, denn er wusste genau, dass kein Richter ohne handfeste Beweise den Antrag unterschreiben würde. Je länger Joe darüber nachdachte, desto mehr spürte er, dass die Krankheit der beiden Männer so verdammt gelegen kam, aber da fast halb Chicago die Grippe hatte, war auch das kein Beweis. Aufgrund von Jess und seiner aufrichtigen Sorge um Lally hatte der Commander verhältnismäßig wenig zu Joes Abstecher nach Massachusetts gesagt, aber Jackson war alles andere als erfreut darüber, dass er

Chris Webber erzählt hatte, was vor dem Rest des Landes geheim gehalten wurde.

»Was wissen Sie eigentlich über diesen Mann, Duval?«, fragte er Samstagabend.

»Sehr wenig«, gab Joe zu.

»Und dennoch haben Sie ihn der Polizei in Florida aufs Auge gedrückt.« Jacksons Ton war so weich wie üblich, enthielt aber einen unmissverständlich drohenden Unterton.

»Ich glaube, er kann ihnen helfen.«

»Und was ist, wenn er den falschen Leuten gegenüber plaudert?«

»Webbers einziges Interesse ist, meine Schwester zu finden, Commander«, erwiderte Joe. »Er hat sicherlich kein Interesse daran, seine Story zu verkaufen, und er würde sich weniger um andere Patienten sorgen, die in der gleichen Lage sind. Möglicherweise erinnert er sich an diese Dinge, wenn er Lally gefunden hat. Ich weiß nicht genug über ihn, um sicher sein zu können, aber jetzt in diesem Moment würde ich meine Hand dafür ins Feuer legen, dass er nichts anderes will als uns helfen.«

Der Commander schaute Joe lange an.

»Wann haben Sie zum letzten Mal geschlafen?«

»Ich habe im Flugzeug ein Nickerchen gemacht.«

»Gehen Sie nach Hause. Sie sehen grauenhaft aus.«

»Das kann ich nicht.«

»Das ist ein Befehl, Duval.«

»Ich werde nicht schlafen können, Commander.«

»Wollen wir wetten?«

Joe ging nach Hause. Das Haus war ohne Jess und Sal einsam, und es schien plötzlich mit Erinnerungen an Lally voll gestopft zu sein. Die Fotos und die Bücher, die sie ihm geschenkt hatte, das Aquarell der Berkshires, das sie gekauft hatte, damit ihm seine Heimat gut in Erinnerung blieb, die silbernen Kerzenleuchter, die sie ihm und Jess zu ihrem fünften Hochzeitstag geschenkt hatte. Er drückte auf die Fernbedienung und schaltete zwischen den Programmen hin und her. Auf einem Kanal wurde eine Comedy-Show wiederholt, die er sich ansah. Dann holte er eine Pizza aus der Tiefkühltruhe, wärmte sie in der Mikrowelle auf und trank dazu ein Bier. Normalerweise war das alles, was er brauchte, um die richtige Bettschwere zu erreichen, aber er wusste, dass er heute Nacht etwas mehr brauchen würde, wenn er ein wenig zur Ruhe kommen wollte. Daher kippte er noch einen Schuss Jack Daniels hinterher. Als die Comedy-Show endete, folgten *Die roten Schuhe.* Joe wusste, dass es einer von Lallys Lieblingsfilmen war. Plötzlich war er betrunken und trauriger als je zuvor in seinem Leben, und da niemand da war, schluchzte er ein wenig, saß einfach da, schaute auf den Bildschirm und schniefte wie ein kleines Mädchen.

Als der Abspann lief, wachte er auf. Es war schon nach zwei, und sein Kopf tat ihm weh. Mühsam quälte er sich aus dem Sessel, füllte ein Glas mit kaltem Wasser, trank es aus und rief dann im Krankenhaus an, um zu hören, wie es Jess ging. Anschließend rief er in Florida an, um sich nach Lally zu erkundigen, aber keiner hatte irgendwelche Neuigkeiten für ihn, und daher stieg er ganz langsam und schwerfällig die Treppe hinauf, zog sich aus, legte sich ins Bett und schlief wie ein Toter.

26. Kapitel

Sonntag, 24. Januar

Chris war sich in seinem ganzen Leben noch nie so nutzlos vorgekommen. Er hatte in den letzten Jahren geglaubt, dass seine Hilflosigkeit nicht größer hätte sein können, als er zugesehen hatte, wie sich Andrea durch den Alkohol immer mehr veränderte. Als er nun jedoch seit vierundzwanzig Stunden wie ein aufgescheuchtes Huhn durch den Süden Floridas rannte, Touristen beobachtete, in Autos starrte und seine Enttäuschung und Erschöpfung immer mehr zunahmen, weil er wusste, dass es ebenso wahrscheinlich war, auf Lally Duval zu stoßen wie eine Schneeflocke zu sehen, war ihm seine Suche immer lächerlicher erschienen, und seine Verzweiflung wuchs von Stunde zu Stunde.

Chief Hankin hatte bei seinen Kollegen in Miami um Unterstützung bei der Jagd nach Lally nachgesucht, und daraufhin hatte Joe Duval die Polizei vor Ort gebeten, Chris am Freitagabend am Flughafen von Miami abzuholen. Die Beamten wussten schon, dass Hugo und Lally sich einen roten Pontiac Sunbird geliehen hatten, und jeder verfügbare Polizeibeamte von Miami bis Key West hatte eine Kopie der Wagenbeschreibung und Lallys Foto. Es wäre hilfreich gewesen, wenn jemand daran gedacht hätte, ihnen auch einen Schnappschuss von Barzinsky zu geben, aber das war nicht so wichtig, weil sie nun, da sie ihr Autokennzeichen hatten, schon einen großen Schritt weiter waren. Als Chris ihnen sagte, dass er beschlossen habe, alleine zu suchen, statt sich irgendeiner Gruppe von Polizisten anzuschließen, widersprach niemand.

»Sind Ihre Männer auf allen Inseln?«, hatte er einen jungen Polizisten mit blonden, kurz geschorenen Haaren und Stupsnase gefragt.

»Es sind ziemlich viele.«

»Was verstehen Sie unter ziemlich viele?«

»Wir haben Informationen rausgegeben, Sir. An alle Campingplätze und alle Touristeninformationen.«

»Und was ist mit den Hotels?«

»Es gibt Hunderte von Hotels und Motels, Mr. Webber. Wir können nicht an alle detaillierte Suchmeldungen schicken, aber sie werden alle zu gegebener Zeit überprüft.« Der Polizist hatte ihn gönnerhaft angesehen und in einem herablassenden Ton gesprochen.

»Wie lange dauert das?«, hatte Chris gefragt.

»So lange es eben dauert, Sir.«

»Sie wissen, wie wichtig es ist, Miss Duval zu finden, nicht wahr?« Chris war kein gewalttätiger Mensch, aber plötzlich hatte er den starken Wunsch verspürt, dieses Arschloch gegen die Mauer zu stoßen und ihm seine Faust vor die Nase zu halten.

»Ja, Sir, das wissen wir, und wir werden unser Bestes tun.«

»Dann wird es Ihnen nichts ausmachen, wenn ich auf eigene Faust nach ihr suche.«

»Solange Sie sich keinen Ärger aufhalsen, Sir. Sie wollen doch sicher nicht, dass wertvolle Polizeikräfte ihre Zeit vergeuden, nicht wahr?«

Chris biss die Zähne zusammen. »Ich werde mich mit Ihnen in Verbindung setzen, um zu erfahren, ob Sie Neuigkeiten für mich haben.«

»Tun Sie das, Sir.«

Selbst wenn man annahm, dass sie sich in den Everglades aufgehalten hatten, konnten sie inzwischen längst nach Süden gefahren sein, die Sumpfgebiete verlassen und zu den Keys aufgebrochen sein, und Chris hatte daher Freitagnacht in einem Hotel in Florida City verbracht. Obwohl es am Samstagmorgen heißer gewesen war als erwartet, zog sich Chris wie ein zivilisierter Mensch an. Seine Jeans und seine Turnschuhe waren zu warm, aber er hatte nicht die Absicht, Zeit zu vergeuden, um Shorts oder Sandalen zu kaufen, und allmählich hatte er sich an die Hitze gewöhnt. Im Laufe des Tages hatte er überall, wohin er sah, junge Frauen mit langen, glatten, dunklen Haaren gesehen, aber immer, wenn er zu ihnen rannte oder auf die Hupe des Mercedes' drückte, den er sich gemietet hatte, oder ihnen auf die Schulter tippte, drehten sie sich um und sahen ihn erschreckt, belustigt oder ängstlich an. Keine von ihnen hatte jedoch diese sanften grauen Augen, diesen bezaubernden schlanken Körper oder diesen wundervollen Hals einer Tänzerin. Es war einfach hoffnungslos, schlimmer als die Suche nach einer Nadel im Heuhaufen, weil er nicht in Erfahrung bringen konnte, ob sie sich in diesem speziellen Heuhaufen oder in einem anderen zwanzig oder vierzig oder sogar hundert Meilen entfernt aufhielt.

Er hatte von Anfang an versucht, die Reise mit Lallys Augen zu betrachten. Sie war seiner Meinung nach eine energische junge Frau mit einem impulsiven Charakter, die sich aufgrund ihrer Krankheit sicherlich etwas zurückhaltender verhielt. Vermutlich würde Hugo Barzinsky auf Lally aufpassen, selbst wenn sie es nicht wollte. Chris hatte bemerkt, wie Hugo sie angesehen hatte und wie sich seine Augen veränderten, wenn er über sie sprach. Diesen Blick kannte er, da er ihn in den letzten zwei Wochen in seinen eigenen Augen im Rasierspiegel gesehen hatte.

Es gab zwei Möglichkeiten, die Floridakeys zu bereisen. Entweder waren Lally und Hugo die ganze Strecke bis zur letzten Insel, Key West, durchgefahren und denselben Weg gemütlich zurückgefahren, oder sie hatten auf ihrem Weg hinunter zur Spitze kurz einen Blick auf einige oder sogar alle Keys geworfen. Er war sich in Bezug auf Barzinsky nicht sicher, aber er glaubte nicht, dass Lally diese Reise von Anfang bis Ende durchgeplant hatte, und daher hatte Chris sein Glück mit der zweiten Möglichkeit versucht. Key Largo hatte er in der Annahme umgangen, dass sie diese Insel wie auch die Everglades schon besichtigt und inzwischen wieder verlassen hatten, und daher fuhr er geradewegs zur Islamorada-Inselgruppe.

»Haben Sie diese Frau gesehen?«

Er stellte diese Frage immer wieder und kam sich vor wie ein zweitklassiger Privatdetektiv in einem schlechten Film, außer dass die meisten Leute, die er fragte, erfreut waren, Lallys Bild zu betrachten, oder zu höflich, es abzulehnen. Aber niemand hatte sie gesehen. Es war einfach aussichtslos, und mittlerweile verstand er das Verhalten des jungen Polizisten schon ein wenig besser. Nach den Prospekten zu urteilen, die er aus der Touristeninformation mitgenommen hatte, gab es mindestens ein Dutzend Plätze, die sie angezogen haben könnten, und jede Menge Hotels und Motels und Ferienhäuser, wo sie übernachtet haben könnten, genau wie Unmengen von Restaurants, Gaststätten und Cafés, wo sie gegessen haben könnten.

Am Samstagabend hatte er endlich Erfolg.

»Haben sie diese Frau gesehen?«, fragte er den Mann an der Kasse am Eingang eines Campingplatzes auf Long Key.

»Ja.«

Chris starrte ihn an. »Ja?«

»Ganz sicher.« Der Mann war Spanier und hatte einen leichten melodischen Akzent. »Wie ich den Polizisten schon sagte. Sie und ihr Freund haben am Mittwoch und Donnerstag hier übernachtet. Was hat sie denn angestellt?«

»Wie bitte?«

»Warum suchen Sie sie alle?«

»Sie hat gar nichts angestellt.«

Chris konnte es nicht fassen. Es gab sechzig Campingplätze auf Long Key, und er hatte beim ersten Glück.

»Dann sind sie also gestern Vormittag wieder abgereist?« Seine Gedanken überschlugen sich. Seine Füße schmerzten nicht mehr, und das Hämmern in seinem Kopf war wie durch ein Wunder verschwunden.

»Ich vermute.«

»Wissen Sie, wohin sie von hier aus gefahren sind?«

»Woher soll ich das denn wissen?«

Seine Kopfschmerzen kehrten zurück. »Gibt es noch andere Personen, mit denen sie über ihre Pläne gesprochen haben könnten?«

Der Mann zuckte die Schultern. »Vielleicht mit einer Schildkröte, vielleicht mit einem Vogel.«

Noch so ein schlaues Arschloch! Chris bedankte sich bei ihm und ging zu einem Telefon, um sich bei der Polizei zu melden. Die Beamten waren schon vor ihm hier gewesen, aber die Entdeckung hatte sie nicht viel weitergebracht. Es sei gut, eine Bestätigung für ihren Aufenthalt auf den Keys zu bekommen, sagten sie, und nur eine Frage der Zeit, sie zu finden.

Es war nicht so, dass Chris es ihnen nicht glaubte. Das Problem war, dass er nicht sicher sein konnte, dass sie genug Zeit hatten.

Am Sonntagmorgen fühlte er sich nicht besser. Die vergangene Nacht hatte er in einem Motel an der Route 1 verbracht und war nun wieder unterwegs in Richtung Süden. Er kam sich vor wie ein erledigter Glücksspieler, der Nadeln auf die Landkarte steckte, um zu entscheiden, wo er sein Glück als Nächstes versuchen sollte.

Chris verabscheute sich selbst, denn er war ein Dilettant und ein arroganter, verdammter Idiot. Er hatte eine Frau in einer Klinik in Neuengland und eine zehnjährige Tochter, um die er sich kümmern sollte, und wenn irgendjemand Lally finden würde, war er es ganz sicher nicht. Aber er hatte Joe Duval versprochen, sein Bestes zu geben, und außerdem war er verliebt. Er war fünfunddreißig Jahre alt und hatte sich Hals über Kopf in eine Frau verliebt, die nicht seine Ehefrau war. Eine hübsche, talentierte, impulsive, anständige Frau, deren Leben in unglaublicher Gefahr war, und dieser Gedanke war ihm unerträglich.

Drei Wagen vor ihm sah er einen roten Sunbird. Chris' Pulsschlag beschleunigte sich. Er trat aufs Gaspedal und scherte aus, um den Wagen besser sehen zu können, aber es war überhaupt gar kein Sunbird, sondern ein japanisches Fabrikat, und Fahrer und Beifahrer waren beide Schwarze.

Er kämpfte gegen seine Enttäuschung an und fuhr weiter.

27. Kapitel

Sonntag, 24. Januar

Joe hörte das Telefon klingeln, als er unter der Dusche stand. Er griff hastig nach einem Handtuch, rannte los und hinterließ nasse Fußspuren auf dem Bettvorleger im Schlafzimmer, was Jess verabscheute.

»Ja?«

»Lieutenant Duval?«

»Am Apparat.«

»Hier ist Lucas Ash. Ich habe Ihre Schwester behandelt …«

»Ich weiß, was Sie getan haben«, sagte Joe schroff. Die Sabotage war wahrscheinlich nicht der Fehler des Kardiologen, aber für Joe war allein die verspätete Kommunikation schon unverzeihlich.

»Ich möchte mich für die Verzögerung entschuldigen, Sie zurückzurufen …«

»Schon gut.« Joe unterbrach ihn wieder. »Haben Sie die Informationen erhalten, Sir?« Er war ziemlich barsch, konnte aber nichts dagegen tun.

»Ja, Lieutenant.«

Joe hörte den grimmigen Tonfall in Ashs Stimme und wusste Bescheid.

»Der Schrittmacher stammt von Hagen?«

»Leider Gottes ja.«

»Sind Sie ganz sicher?« Ein letzter Funke Hoffnung war Joe noch geblieben. »Hat Ihr Büro das bestätigt?«

»Ja, aber ich erinnere mich im Fall Ihrer Schwester auch an jede Einzelheit, Lieutenant. Ein Zweifel ist leider ausgeschlossen.«

Joe konnte keinen klaren Gedanken mehr fassen.

»Lieutenant?«

»Ja?«

»Ich werde alles in die Wege leiten, um sofort zurückzukommen. Ich möchte zur Stelle sein, falls ich gebraucht werde ... Detective Cohen sagte mir, dass Sie Schwierigkeiten haben, Ihre Schwester zu finden. Wahrscheinlich ist sie mit Mr. Barzinsky nach Florida geflogen, aber ich fürchte, mehr habe ich nicht anzubieten.«

Joe antwortete ihm nicht.

»Ich bin sicher, dass Sie sie bald finden werden.«

»Das hoffe ich«, erwiderte Joe förmlich.

»Es tut mir so Leid, Lieutenant.« Ashs aufrichtige Anteilnahme war unverkennbar. »Ihre Schwester ist einer der liebenswürdigsten Menschen, die ich je kennen lernen durfte.«

»Ja«, sagte Joe, »das ist sie.«

Er legte den Hörer auf die Gabel. Rings um seine Füße hatte sich eine Pfütze gebildet, doch er achtete überhaupt nicht darauf. Das Telefon klingelte erneut, und er hob ohne zu überlegen den Hörer ab.

»Hast du schon etwas von Ash gehört?« Es war Cohen.

»Gerade eben. Schlechte Nachrichten.«

»Oh mein Gott.«

»Sonst noch etwas, Sol?«

»Noch nichts aus Florida, aber die Suche hat ja eben erst begonnen.« Cohen zögerte. »Ferguson hat mich aufgesucht.«

»Was war los?«

»Ich habe ihm von Lally erzählt.«

»Du hast was gemacht?«

»Ich weiß, ich weiß, aber der Mann war wirklich am Ende. Als er dann hörte, dass du in den Berkshires warst, war er felsenfest davon überzeugt, du hättest die Ermittlungen unterbrochen. Er hat mich ganz verrückt gemacht, und darum habe ich es ihm gesagt. Joe, ich wusste einfach nicht, was ich machen soll.«

Es war Cohen anzumerken, wie unglücklich er darüber war. »Ob Ferguson es weiß oder nicht, ist im Moment meine geringste Sorge, Sol.«

»Ich habe ihm jedenfalls das Maul gestopft. Er war total schockiert und wollte wissen, ob er irgendetwas für dich tun könne. Ich habe dankend abgelehnt, aber zumindest lässt er dich jetzt in Ruhe.« Cohen holte tief Luft und wechselte das Thema. »Gibt es etwas Neues von Jess?«

»Ihr Zustand ist unverändert.«

»Gott sei Dank.«

»Ja.«

»Sie werden Lally heute finden, Joe.«

»Ja.«

»Bist du in Ordnung?«

»Was glaubst du wohl?«

28. Kapitel

Sonntag, 24. Januar

Es waren himmlische Namen: Big Pine, No Name, Big Torch, Little Torch und Sugarloaf. Die Lower Keys begannen unterhalb der Siebenmeilenbrücke, und diese Inseln unterschieden sich wieder von den Inseln, die sie bisher gesehen hatten. Bereits auf Key Largo hatten sich Lally und Hugo langsam entspannt. Auf diesen Inseln, die weit von Key Largo entfernt und viel weniger touristisch erschlossen waren, gab es die Korallenriffe im Atlantik, Refugien für seltene Tiere, tropische Hartholzwälder und eine ruhigere und gelassenere Einstellung zum Leben an sich, und die beiden waren wirklich begeistert.

Am Samstagnachmittag hatten sie auf Big Pine Key ihre ersten Alligatoren aus der Nähe gesehen. Sie lagen ganz ruhig in der Nähe des Ufers eines großen Süßwasserteiches. Am Sonntag beobachteten sie in den frühen Morgenstunden im Nebel der Wildnis zwei scheue, winzige Rehe mit weißen Schwänzen. Diese Rehe waren die kleinsten der Welt. Lally hatte zum ersten Mal seit ihrer Krankheit Lust, vor Freude zu tanzen, aber sie beherrschte sich und stand ganz still. Auch Hugo traute sich kaum zu atmen, denn die beiden wunderschönen, zarten Kreaturen schienen fast für sie Pose zu stehen. Obwohl weder Lally noch Hugo wagten, nach ihrer Kamera zu greifen, weil sie Angst hatten, die Tiere zu stören, wussten sie beide, dass sie diesen Moment niemals vergessen würden.

Chris Weber achtete nicht auf Alligatoren, Hirsche, Reiher oder Pelikane. Er war Künstler, der sich kräftigen, freundlichen Farben, üppiger Vegetation, seltenen Tierarten und einer so friedlichen Atmosphäre gegenübersah, dass er zu einem anderen Zeitpunkt seine Staffelei genommen und sich Stunden oder sogar Tage nicht vom Fleck gerührt hätte. Aber seine Augen hielten noch immer nach dem roten Sunbird und der jungen Frau mit den dunklen Haaren und den grauen Augen Ausschau. Nichts anderes zählte, nichts war von Bedeutung, weder sein hungriger, knurrender Magen, wenn er vergaß zu essen, noch die unangenehmen Schmerzen in seinem Kopf von der Sonne und der unaufhörlichen Suche. Als er sich kurz nach Mittag mit der Polizei auf Sugarloaf Key in Verbindung setzte, wusste er nicht, dass er weniger als zwei Stunden hinter Lally und Hugo war. Das war natürlich toll, obwohl sie ebenso gut tausend Meilen von ihm hätten entfernt sein können. Trotzdem zwang er etwas einheimischen Fisch in sich hinein und trank noch eine Tasse Kaffee, und wenngleich beides nicht schmeckte, stärkte es seine Kräfte und steigerte seine Entschlossenheit. Dann stieg er in seinen Wagen, fuhr auf die Route 1 und nahm seine Verfolgungsjagd wieder auf.

Der Anblick der in der Sonne schimmernden Insel Key West verschlug Hugo und Lally den Atem. Die Insel erfreute sich einer üppigen Vegetation. Überall wuchsen Jasminbäume, Hibiskus, Mangobäume, Oleander und Kokospalmen, die herrlich dufteten. Es herrschte lebhaftes Treiben auf der farbenfrohen Insel mit ihren Fischerbooten und Yachten und reizenden Häusern und zufriedenen Menschen.

»Die spanischen Eroberer nannten die Insel *Cayo Hueso* oder Knocheninsel«, erklärte Lally Hugo, als sie kurz nach zwei ankamen. »Sie fanden all diese menschlichen Überreste verstreut am Ufer, und niemand fand je heraus, warum sie dort lagen oder zu wem sie gehörten, aber der Name blieb.«

»Nicht gerade treffend«, bemerkte Hugo. Seine Stimme war vor Erstaunen gedämpft. »Etwas Schöneres habe ich noch nie gesehen. Am liebsten würde ich nie mehr nach Hause fahren. Vielleicht könnten wir hier ein zweites Café eröffnen.«

»Und dann könnten wir beide Romane schreiben.« Lally ging auf seine Fantasien ein. »Erinnerst du dich daran, was Bobby Goldstein über die Pulitzer-Preisgewinner gesagt hat?«

»Du könntest hier Ballettunterricht geben.«

»Ich glaube nicht, dass Nijinskij die Hitze vertragen würde.«

»Sonst ist es noch viel heißer.«

»Es ist ja auch erst Januar.«

»Na ja«, seufzte Hugo, »wenn es der Katze nicht gefällt, können wir uns hier wohl nicht niederlassen.«

Chris Webber erreichte Key West um zehn nach vier. Er parkte seinen Mercedes auf einem Parkplatz in der Altstadt und suchte wie in jeder Stadt die Polizeiwache auf.

»Sie sind hier«, sagte der Dienst habende Polizist zu ihm. »Ihr Wagen wurde vor einer Stunde gesehen.«

»Und?« Chris' Pulsschlag schnellte wieder in die Höhe.

»Und das ist im Moment alles.«

»Aber Sie sagten doch, jemand habe ihren Wagen gesehen.«

»Natürlich.«

»Und?«

»Nichts und.« Der Polizeibeamte beobachtete Chris,

dessen Wangen vor Enttäuschung und Wut erröteten. »Mr. Webber, in dieser Stadt herrscht reges Treiben, und es gibt eine Menge Verkehr. Wenn wir jedoch davon ausgehen, dass sie noch nicht lange hier sind, werden sie wie die meisten Leute eine Weile bleiben, weil es ihnen gut gefällt.«

»Es sind also Leute von Ihnen unterwegs und halten Ausschau?« Chris versuchte nicht, seine Ironie zu verbergen.

»Natürlich, Sir.«

»Gott sei Dank.«

Der Beamte war freundlich. »Dies ist das Ende der Floridakeys, Sir. Sie können nicht weiterfahren, es sei denn, sie würden sich ein Boot mieten, und das hätten wir gehört. Daher müssen wir uns lediglich darum kümmern, sie zu erwischen, ehe sie wieder auf dem Highway sind und den Weg, den sie gekommen sind, zurückfahren.«

Chris ging zum Telefon und führte ein R-Gespräch mit Joe Duval.

»Ich bin in Key West, und sie sind auch hier.«

»Gott sei es gedankt.«

»Aber wir haben sie noch nicht«, sagte Chris schnell. »Mr. Duval, was weiß die Polizei hier über das, was passiert ist?«

»Die Streifenbeamten wissen, dass sie Lally schnell finden müssen.«

»Wissen sie nicht, dass sie in Gefahr ist?«

»Nicht genau.«

»Kann ich es ihnen sagen?«

Joe holte tief Luft, ehe er antwortete. »Nein.«

»Vielleicht würde es uns helfen, wenn sie es wüssten.«

»Es könnte Lally helfen, aber es würde sonst niemandem helfen.« Joes Stimme klang sehr angespannt.

»Sie ist Ihre Schwester«, widersprach Chris.

»Glauben Sie, dass Sie mich darauf hinweisen müssen?«

»Nein. Es war nicht so gemeint.«

»Schon gut. Ein Krankenhaus hier in Chicago ist in Alarmbereitschaft und wartet auf Lally.« John Morrissey, Marie Fergusons Partner, hatte Joe sofort angerufen und die Howe-Klinik zur Verfügung gestellt, um Lallys Schrittmacher dort austauschen zu können. »Gehen Sie sofort zurück auf die Straße, Mr. Webber, kaufen Sie sich einen Stadtplan und laufen Sie herum. Gehen Sie in jedes Café, jedes Hotel, jedes Restaurant und schauen sie sich jede Sehenswürdigkeit an. Zeigen Sie den Menschen das Foto und halten Sie die Augen offen.«

»Sie können sicher sein, dass ich meine Augen offen halte.«

»Finden Sie sie. Uns läuft die Zeit davon.«

Chris' Magen zog sich zusammen. »Sie haben mit dem Arzt gesprochen.«

»Es ist ein Hagen-Schrittmacher. Es wird noch überprüft, ob er zu einer der Serien gehört, von denen wir ganz sicher wissen, dass sie manipuliert wurden.«

»Es ist also nicht ausgeschlossen.«

»Ich würde Ihnen nicht sagen, dass Sie sie finden müssen, wenn es nicht so wäre.«

Chris folgte blind dem Strom der Touristen und spielte ein verrücktes Versteckspiel, wobei ihm niemand *heiß* oder *kalt* zurief. Er ging ins Aquarium und überflog die Hinterköpfe der Menschen, die zuschauten, wie Haie gefüttert wurden. Anschließend besichtigte er ein Haus, das ursprünglich einem US-Marschall gehört hatte, der 1886 einen Nachbarn vor dem Key-West-Feuer rettete, indem er ihre Straße sprengte. Im Hemingway-Haus sah er Katzen mit sechs Zehen, die angeblich von den Katzen des Schriftstellers abstammten. Da er vermutete, dass Lally sich sicher gerne vom Touristengetümmel entfernte, fuhr er zu einem Waldgebiet außerhalb der Stadt, und dann fuhr er wieder zurück, um einen seltsamen Friedhof zu besichtigen, auf dem Steinsärge über der Erde lagen und viele der Widmungen eher humorvoll als ergreifend waren. *»Ich weiß wenigstens, wo er heute Nacht schläft«*, schien eine der beliebtesten zu sein, aber Chris las sie kaum, während er von einem Grab zum anderen ging, plötzlich wieder losrannte, auf Gesichter und Rücken schaute und auf Stimmen achtete und versuchte, die eine zu finden, die er suchte, aber nicht fand.

»Sie haben noch in keinem Hotel oder Gästehaus eingecheckt, obwohl die meisten natürlich belegt sind, aber wir werden in ein oder zwei Stunden noch einmal die Runde machen.«

Chris war wieder auf der Polizeiwache. Es war fünf vor sechs, und die Sonne ging unter.

»Hat man ihnen das Foto gezeigt?«, fragte er den Dienst habenden Beamten.

»Ja, Sir.«

Chris strich sich mit einer Hand durchs Haar und unterdrückte das Verlangen, den Beamten am Kragen zu packen. »Das ist verrückt. Ich meine, Sie sagten mir, sie seien hier, und Sie haben angeblich seit drei Uhr nach ihnen gesucht. Was um alles in der Welt *machen* Ihre Leute denn?«

»Alles, was wir können, Sir.« Der Beamte war sehr freundlich und brachte ihn ebenso auf die Palme wie sein Kollege vor fast zwei Stunden. »Und ein paar von uns werden in ungefähr zehn Minuten an den Mallory Docks stehen.«

»Was ist denn da los?«

»Sonnenuntergang, Sir.« Der Polizist lächelte. »Wenn

ihre Freundin in Key West ist, steht es so gut wie fest, dass sie und die meisten anderen Touristen dort sein werden.«

»Wo finde ich das?« Chris war schon fast an der Tür.

»Am nordwestlichen Ende der Duval Street.« Der Polizist grinste wieder. »Sogar die Straße ist nach ihr benannt.«

Auf dem lärmenden Platz wimmelte es von Menschen: Männer, Frauen und Kinder, von überall her, manche wollten die Menschen unterhalten oder ihre Waren verkaufen. Aber die meisten waren dort, um sich unterhalten zu lassen oder Geld auszugeben. Chris' Augen waren trocken und wund vom Starren. Große Menschenmengen hatte er nie gemocht, aber heute hasste er sie. Am liebsten hätte er die Menschen einfach alle weggeschickt. Wenn sie sich wenigstens alle hingelegt und ihren verdammten Mund gehalten hätten, sodass sie ihn hätte hören können, wenn er ihren Namen geschrien hätte.

Er sah Jongleure, Akrobaten, Pantomimendarsteller, Feuerschlucker, Clowns und Straßenhändler und Hunde, die Hauben trugen, und zwei Männer, bei denen jeder sichtbare Zentimeter des Körpers mit Tätowierungen bedeckt war. Zweimal sah er junge Frauen mit langem, dunklem, braunem Haar, und er rannte auf sie zu, um dann jäh abzubremsen, als er sah, dass es nicht Lally war. Und einmal hätte er *schwören* können, Hugo würde ein Eis essen und lachen, doch dann war er fort, von der Straße verschwunden wie einer von Kirks Crew, der von der *Enterprise* weggebeamt worden war. Chris hätte am liebsten wie ein Verrückter geschrien und sich die Haare gerauft, und wenn er daran geglaubt hätte, Lally auf diese Weise aus der Masse herziehen zu können, hätte er es ohne zu zögern getan. Doch auf diesem Platz herrschte so ein lebhaftes Treiben, und es gab so viel Spaß und Vergnügen, Musik und Lachen und Kreischen, dass er bezweifelte, dass sie es überhaupt bemerkt hätte.

»Sie geht unter«, schrie jemand.

Als die Sonne schließlich den Horizont berührte, jubelte die Menge, als ob all ihre Lieblingsvereine gleichzeitig den größten Sieg aller Zeiten errungen hätten.

Und Chris hörte einen Knall.

Alle um ihn herum hörten ihn auch und verrenkten sich die Hälse, um zu sehen, was passiert war. Dann verloren sie das Interesse, zuckten mit den Schultern, lächelten und starrten wieder auf den immer dunkler werdenden Horizont.

Chris hingegen war entsetzt, weil er zu wissen glaubte, was der Schrei bedeutete. Weniger als hundert Meter entfernt sah er zwei Polizeibeamten, die sich ebenfalls umschauten und versuchten festzustellen, woher der Knall gekommen war. Er spürte, wie das Blut durch seine Adern in seinen Kopf schoss. Sollte er wirklich Recht haben, dann wäre es ihm egal, wenn er auch sterben würde, denn das könnte er nicht ertragen. Oh Gott, er könnte es einfach nicht *aushalten* …

Als er sah, dass die Polizisten schnell durch die Menge schritten und sich von dem Platz entfernten, rannte er wie ein Verrückter los, stieß gegen Menschen und fiel über einen Postkartenständer und ein Fahrrad, sodass ein kleines Mädchen fast durch die Luft flog. Er blieb nur eine Sekunde stehen, um sich zu vergewissern, dass sie unverletzt war, und um ihre wütende Mutter zu beschwichtigen. Die Polizisten gingen die Duval Street hinunter, bogen in die Caroline Street ein, und Chris war fast mit ihnen auf gleicher Höhe, als er einen zweiten Knall hörte und alle stehen blieben. Es war nur ein Jugendlicher, ein Halbwüchsiger, der mit Knallfröschen um sich warf, und die beiden Polizisten fingen an zu lachen. Er hörte sie *lachen*, na schön, auch er spürte Erleichterung, der er nicht so einfach Ausdruck verleihen konnte, aber dennoch hätte er gerne ihre Köpfe zusammengeschlagen, weil sie lachten. Was war eigentlich mit ihm los? Normalerweise war er ein so friedfertiger Mensch, aber er hatte auch noch nie zuvor solch eine Enttäuschung verspürt, niemals so große Angst um jemanden gehabt – noch nicht einmal um Katy – wie jetzt um Lally Duval, um diese Frau, die er kaum kannte.

»Was für ein Zirkus«, sagte Hugo.

»Aber spaßig«, antwortete Lally. Sie hakten sich unter, als sie gemütlich den Mallory Square überquerten. »Was machen wir jetzt?«

»Essen?«

»Hört sich gut an.«

»Und wir brauchen noch ein Plätzchen zum Schlafen«, stellte Hugo fest.

Sie hatten vor einigen Hotels angehalten, aber die Preise waren wahnsinnig hoch, und die meisten waren sowieso ausgebucht. In einigen Hotels hatte man ihnen allerdings vorgeschlagen, es später noch einmal zu versuchen, da möglicherweise einige Gäste nicht erscheinen würden.

»Wir könnten auch aus der Stadt herausfahren und wieder campen«, schlug Lally vor.

»Ich glaube, ich möchte lieber am Meer schlafen.«

»Wir könnten verhaftet werden.«

Hugo zuckte leicht mit den Achseln, und sie bummelten weiter.

»Wenn ich noch entspannter wäre«, sagte Lally leise, »würde ich ins Koma fallen.«

Hugo schaute sie liebevoll an. »Du fühlst dich gut, nicht wahr?«

Sie lächelte ihn an. »Ich fühle mich traumhaft.«
»Gott segne Lucas Ash.«
»Amen.«

Der rote Sunbird war auf einem Parkplatz unweit vom Mallory Square gefunden worden, aber die Key-West-Polizei beharrte noch immer darauf, dass weder Lally noch Hugo in einem bekannten Hotel, Motel, Ferienhaus, Gästehaus oder einer Privatunterkunft auf der Insel ein Zimmer genommen hatten.

»Wir werden jedenfalls Kontakt zu ihnen aufnehmen, wenn sie zu ihrem Wagen zurückkehren«, sagte ein Wachtmeister zu Chris. »Bis dahin können wir nicht viel mehr tun, als unsere Augen offen halten.« Der Polizist schaute in sein erschöpftes Gesicht. »Ich an Ihrer Stelle, Sir, würde versuchen, ein wenig zu schlafen.«

Chris hörte kaum noch hin und war schon wieder draußen. Er spürte den Parkplatz auf, fand den Wagen, sah die Notiz von der Polizei und fügte eine eigene hinzu. Mit einem kräftigen Marker schrieb er ein paar Worte und klemmte den Zettel rechts genau über die Windschutzscheibe der Fahrerseite, wo Lally und Hugo ihn nicht verfehlen konnten. Und dann schlenderte er wieder durch die Gegend. Inzwischen war alles vorbei, und er schätzte, dass er wahrscheinlich mehrmals über jeden Meter von Key West getrampelt war, und doch zweifelte er daran, irgendetwas über den Ort erfahren zu haben, was auch nur im Geringsten sein Interesse geweckt hätte. Er spielte mit dem Gedanken, Joe Duval noch einmal anzurufen. Ein Gespräch mit jemandem, der wusste, was er fühlte, hätte ihm gut getan, aber es war nicht fair, Duval zu stören, wenn er ihm nichts Neues zu sagen hatte.

Chris ging in eine Bar, trank eine Cola und lief wieder

durch die Straßen. Jetzt waren weniger Menschen unterwegs, denn die meisten aßen zu Abend. Chris hatte einen Restaurantführer in seiner Tasche und eine Blase am großen Zeh des rechten Fußes. Er ging in fünf Restaurants, die auf der Duval Street und in der Nähe lagen, überflog die Gäste und ging wieder hinaus. Im sechsten sah er wieder zwei Polizisten, die Lallys Bild herumzeigten, und er empfand plötzlich ein Gefühl der Zuneigung für sie. Auf einmal fühlte er sich etwas weniger allein, aber sie hatten sie noch immer nicht gefunden, und allmählich fragte er sich, ob man sie je finden würde oder ob Lally und Hugo nicht vielleicht vom Rand der Welt gefallen waren, um nie mehr aufzutauchen.

Eigentlich wusste er nicht, was ihn zu diesem bestimmten Teil dieses bestimmten Hafens zurückführte. Mittlerweile hatte er ihn schon dreimal aufgesucht, seitdem er am Nachmittag angekommen war. Nun war es fast Mitternacht, und abgesehen von einigen total coolen, bezaubernden Typen, die an Deck ihrer Yachten an ihrem Schlummertrunk nippten, waren kaum andere Menschen unterwegs.

Sein Blick fiel auf ein Fischerboot in der Nähe, ein schönes altes Schiff, dessen Segel ordentlich eingerollt waren. Es sah im blassen Schein des Mondes anmutig und friedlich aus. Eine alte graue Katze saß in der Nähe des Hecks auf dem Rand des Schiffes und putzte sich in stiller Konzentration. *Nachts sind alle Katzen grau.* Chris stand ganz still und beobachtete sie. Es war das erste Mal seit Tagen, dass er sich bewusst Zeit nahm, um sich etwas anzusehen, wirklich *hinzuschauen*, und er begriff, dass er für heute Nacht zumindest aufgegeben hatte. Wahrscheinlich war er auch zu müde, um noch weiter Ausschau zu halten. Sicher gab es nichts mehr, was er tun konnte, außer vielleicht ein wenig zu schlafen, wenn auch nur auf dem Rücksitz seines Wagens.

Die Katze hörte auf sich zu waschen und schaute ihn an.

»Hallo«, sagte Chris.

Sie versteifte sich ein wenig, stand aber nicht auf, und betrachtete ihn.

»Lass dich nicht stören.«

Und dann bemerkte er, dass die Katze gar nicht ihn, sondern an ihm vorbei auf etwas hinter ihm schaute.

»Chris? Bist du es?«

Er bewegte sich nicht. Litt er unter Halluzinationen?

»Chris?«

Er drehte sich um. Dort stand sie, nicht mehr als drei Meter hinter ihm. Sie trug einen leichten Rock und ein dunkles, am Hals gebundenes Top. Ihre Arme waren nackt, und ihre langen, schlanken Beine waren unter dem durchscheinenden Stoff des Rockes zu sehen. Ihr langes, glattes Haar flatterte in der sanften Brise, die vom Golf von Mexiko herüberwehte, und der Mond hinter ihr umgab sie mit einem silbernen Schein. Sie war unglaublich hübsch und bot den allerschönsten Anblick, den er je gesehen hatte.

»Du bist es wirklich«, sagte Lally leise, die ihren Augen nicht traute.

»Ich dachte …« Er war so heiser, dass seine Worte fast in seiner Kehle stecken blieben. »Ich dachte, du seist ein Geist.«

Sie ging näher auf ihn zu. »Ich bin kein Geist.«

»Gott sei Dank.«

»Was machst du hier?« Ihre Stimme war lieblich, verdutzt und vollkommen ruhig. »Ich kann gar nicht glauben, dass du es bist. Hast du auch Urlaub? Ist Katy bei dir?«

Chris strich sich mit der Zunge über die Lippen. »Wo ist Hugo?«

»Er trinkt noch ein Gläschen mit Leuten, die wir kennen gelernt haben.« Sie drehte sich um und wies mit dem Kinn auf eine der kleineren Yachten, die etwas weiter hinten festgemacht hatten. »Ich wollte noch ein wenig bummeln, und …« Sie verstummte, als sie in sein Gesicht sah. »Chris, stimmt etwas nicht?«

Es gelang ihm zu lächeln, obwohl sein Herz raste und jede Spur von Müdigkeit verschwunden war. Er hatte seit zwei Tagen von diesem Moment geträumt, hatte sich ausgemalt, Lally zu finden, sie an sich reißen, sie sicher in seinen Armen zu halten und sie nie mehr weggehen zu lassen. Doch nun stand sie nur wenige Meter von ihm entfernt, und sie benahmen sich beide wie höfliche Menschen, die sich kaum kannten und im Urlaub zufällig aufeinander stießen. Sie sah so glücklich aus, so gesund, so *normal*, und als er daran dachte, dass er all das zerstören und Entsetzen verbreiten musste, überkam ihn das ungeheure Verlangen wegzurennen. Wie sollte er ihr das nur beibringen? Jetzt wünschte er sich aus tiefstem Herzen, Joe Duval würde an seiner Stelle hier stehen.

Stattdessen stand er vollkommen still.

»Lally«, sagte er, »ich habe dich gesucht.«

29. Kapitel

Montag, 25. Januar

Chris weigerte sich, irgendetwas zu sagen, bis sie Hugo geholt hatten und alle fern von den anderen Leuten auf einer Mauer am Pier saßen. Die Steine unter ihr waren kalt und massiv, und der mit funkelnden Sternen übersäte Himmel war klar und wunderschön, und es schien ein prächtiger Mond.

»Es gibt ein Problem mit deinem Herzschrittmacher«, begann er schließlich.

»Was denn für ein Problem?« Hugo war ängstlich, aber auch aggressiv, als ob er im Stillen den Verdacht hegte, Chris Webber sei nur nach Florida gehetzt, um seinen Urlaub mit Lally abzubrechen.

»Natürlich kann auch alles in Ordnung sein …«

»Was denn für ein Problem?«, fragte Lally.

Sogar in der Dunkelheit war Chris' Gesicht schneeweiß. »Alle Empfänger von Schrittmachern, die von der Gesellschaft hergestellt wurden, von der auch deiner stammt, wurden zurückgerufen. Wahrscheinlich gibt es überhaupt gar kein Problem, aber dein Bruder meinte …«

»Joe?« Lally war verwirrt. »Was hat denn Joe damit zu tun? Ich habe ihm doch noch nicht einmal gesagt, dass ich krank war.«

»Ich weiß.« Chris hatte immer wieder überlegt, wie er Lally die Nachricht so schonend beibringen könne, dass er sie nicht zu sehr erschreckte, aber nun wusste er, dass das unmöglich war. »Die Hersteller haben die Polizei gebeten zu helfen, alle Patienten aufzuspüren. Dein Bruder hat deinen Namen auf einem Computerausdruck gelesen.«

»Und warum ist die Polizei in die Sache verwickelt?«, fragte Hugo.

»Lieutenant Duval kam am Freitag nach Stockbridge, um Lally zu besuchen.« Er lächelte zaghaft. »Und seitdem haben wir beide versucht, dich zu finden.«

»Ist er auch hier?«, fragte Lally, der plötzlich kalt war. Der Gedanke, dass Joe sich freigenommen und Jess und Sal verlassen hatte, schien alarmierender als alles, was Chris gesagt hatte.

Chris schüttelte den Kopf. »Er wollte mitkommen, aber er musste zurück nach Chicago. Dort wartet er auf deinen Anruf.«

»Sie haben uns noch nicht gesagt, um was für ein Problem es sich handelt«, sagte Hugo.

»Weil ich es nicht genau weiß. Ich weiß nur, dass wir dich auf dem schnellsten Wege nach Chicago bringen müssen.«

»Warum nach Chicago?«, fragte Hugo. »Warum nicht nach Hause?«

»Wenn es so dringend ist«, fragte Lally leise, »wäre es dann nicht sicherer, sich hier in Florida darum zu kümmern?«

Chris' Magen zog sich zusammen. Er hatte so großes Mitleid mit ihr und so große Angst um sie. »Dein Bruder sagt, dass es in Chicago spezielle Geräte gäbe, die hier nicht zur Verfügung stehen.«

»Und in Neuengland auch nicht?«, fragte Hugo sichtlich misstrauisch.

»Richtig.« Chris wünschte, Hugo hielte den Mund. »Bist du einverstanden, Lally?«

»Nein, nicht, bis du mir die Wahrheit gesagt hast.« Als sie

Chris' entsetzten Blick sah, wurde sie freundlicher. »Ich kann besser mit Problemen umgehen, wenn ich weiß, was auf mich zukommt.«

Chris schwieg.

»Sag es mir, Chris.« Ihre Stimme war erstaunlich ruhig. »Du hast doch nicht Katy und Andrea im Stich gelassen, um uns in ganz Florida zu jagen, weil es vielleicht gewisse Probleme mit meinem Herzschrittmacher geben könnte. Es ist doch viel schlimmer, nicht wahr?«

Chris traute sich noch immer nicht zu sprechen.

»Es ist mein Herz, Chris. Ich habe ein Recht darauf, es zu erfahren.«

»Sagen Sie es ihr.« Hugo zitterte trotz der nächtlichen Wärme.

Chris schaute in Lallys graue Augen. Sogar in der Dunkelheit waren sie genauso schön wie in seiner Erinnerung.

»Okay«, sagte er. »Aber ich schwöre dir, dass es wahrscheinlich deinen Schrittmacher gar nicht betrifft. Das schwöre ich bei allem, was mir heilig ist.«

Lallys Ruhe war dahin. »Weiter«, sagte sie.

Und er erzählte ihr alles, was er wusste.

Sie fuhren durch die Nacht nach Miami, ließen den roten Sunbird stehen und nahmen Chris' größeren, schnelleren und ruhigeren Mercedes. Hugo wollte, dass sich Lally hinlegte und sich auf der Rückbank ausruhte, aber an Schlaf war nicht zu denken. Sie war so geladen, dass sie das Gefühl hatte, ganz Florida allein in die Luft sprengen zu können.

»Alles in Ordnung?«

»Ja, es geht mir gut.«

Sie stellten Lally immer wieder die gleiche Frage und versuchten, ihre Angst zu verbergen, was ihnen aber nicht gelang. Und sie antwortete immer gleich, obwohl sie eigentlich gar nicht mehr richtig wusste, wie sie sich fühlte. Die ganze Sache war einfach zu unglaublich, um sie begreifen zu können. Wie sollte sie damit fertig werden? Als sie krank geworden war, hatte sie schreckliche Angst gehabt, ihr Herz könne aufhören zu schlagen. Das Wissen, dass es eine, wenn auch geringe Gefahr gab, es könne tatsächlich kurz davor stehen zu explodieren, war alles in allem zu viel, um darüber nachzudenken.

Lally rief Joe aus Key West an, doch als sie seine Stimme am Telefon hörte, empfand sie nur wenig Trost.

»Denk nicht daran«, hatte er zu ihr gesagt. »Wenn du daran denkst, wirst du verrückt. Fahr nach Miami, nimm die Maschine und komme zu mir, und dann werden wir uns darum kümmern.«

»Warum kann ich nicht hier in ein Krankenhaus gehen?«, hatte sie gefragt, und ihre Stimme war so schwach gewesen, dass sie sie kaum wieder erkannt hatte. »Warum können sie den Schrittmacher nicht hier herausnehmen?«

»Sie sind nicht dafür ausgerüstet, Lally. Du musst nach Chicago kommen. Hier ist schon alles für dich vorbereitet.«

»Ich habe Angst, Joe.«

»Ich weiß.«

»Du nicht?«

»Jetzt nicht mehr.« Seine Stimme klang entschlossen. »Jetzt, da wir dich gefunden haben, habe ich keine Angst mehr. Bald wird es dir wieder gut gehen.«

»Und was ist mit Miami?« Das war ihr letzter Hoffnungsschimmer. »Es gibt große Krankenhäuser hier. Könnte der Schrittmacher nicht hier herausgenommen werden?«

»Nein, Schwesterherz, das geht nicht. Es sind spezielle Geräte erforderlich, die wir hier haben.« Joe verstummte, und Lally spürte, dass er kurz davor stand, die Fassung zu verlieren. Plötzlich hatte Lally großes Mitleid mit ihm.

»Ich liebe dich, Joe«, sagte sie.
»Ich liebe dich auch, Lally.«

Lally spürte nun die gleiche Zuneigung zu diesen beiden ängstlichen, liebevollen Männern, die sich unglaublich bemühten, normal zu erscheinen, während sie um der Sicherheit willen abwechselnd am Steuer saßen, da sie beide hundemüde waren. Während Hugo den Wagen lenkte, saß Chris auf dem Rücksitz neben ihr und hielt ihre Hand. Er sprach zwar wenig, aber die Berührung seiner Hand sagte mehr als Worte. Wenn Chris wieder am Steuer saß und Hugo ihre Hand hielt, war es genauso, obwohl Lally das Gefühl hatte, dass ihn die ganze Sache noch mehr mitnahm als Chris oder sie. Wenn Hugo sie anschaute, erkannte sie jetzt deutlicher als je zuvor die Liebe in seinem Blick. Sie hatte immer gewusst, welche Gefühle er ihr entgegenbrachte, obwohl keiner von ihnen je darüber gesprochen hatte, und vielleicht würden sie es nun nie mehr tun.

Sie betrachtete Chris' Nacken, während er den Wagen lenkte, und sah auch, dass er sie ständig im Rückspiegel beobachtete. An seinen Gefühlen für sie bestand jetzt kein Zweifel mehr. Dieser Mann, den sie kaum kannte, hatte alles stehen und liegen lassen, hatte seine Frau in einem Krankenhaus zurückgelassen und sogar seine eigene Tochter im Stich gelassen, um sie in ganz Süd-Florida zu suchen, weil sie in Gefahr war. Dieser Gedanke hätte sie sicher glücklich gemacht, wenn ihre Angst nicht so groß gewesen wäre. Aber es war schwer, mit offenen Augen vom Glück zu träumen und sich gleichzeitig schmerzlich bewusst zu sein, dass diese beiden Männer, die sie liebten, behutsam und verhalten sprachen, als fürchteten sie, ein lauter Ton könne das Ding in ihrer Brust derartig erschüttern, dass dadurch die Explosion ausgelöst werden würde.

Das Ding. So hatte sie darüber gedacht, als sie aus dem Krankenhaus entlassen worden war, aber andererseits schien es auch ein seltsamer, aber wohlwollender Fremdkörper zu sein, ein lebensrettendes Ding und kein Mörder.

Sie erreichten den Flughafen in Miami vor Sonnenaufgang. Am Check-in-Schalter der United Airlines fand Chris eine Nachricht vor, dass er Duval unverzüglich in Chicago anrufen solle.

»Was ist los?«

»Kann Lally uns hören?«, fragte Joe.

»Nein.«

»Sie können nicht fliegen.«

»Was?«

»Sie wollen Lally nicht fliegen lassen.«

»Das müssen sie.«

»Keine Chance.« Joe war knapper angebunden als je zuvor. »Es hat einen weiteren Todesfall in Orlando gegeben. In der Lokalpresse ist ein kurzer Artikel erschienen, obwohl die ganze Sache von den Medien fern gehalten werden sollte. Aber das FBI hat die Presse informiert, und die Typen da unten wissen, dass Sie Lally nach Chicago bringen wollen, und sie sehen sie als wandelnde Bombe an.«

Chris schwieg, aber seine Gedanken überschlugen sich.

»Ich werde versuchen, von hier aus eine Lösung zu finden«, sagte Joe, »aber das kostet etwas Zeit.«

»Wir haben keine Zeit.«

»Was Sie nicht sagen.«

»Ich werde sie nach Chicago bringen.«

»Wie denn?« Joe war skeptisch.

»Ich werde eine Maschine chartern.«

»Sie werden niemals einen Piloten finden, der einwilligt, die Maschine zu fliegen.«

»Das ist nur eine Frage des Geldes.«

»Es wird ein Vermögen kosten.« Joe war kurz davor, sich die Haare auszureißen. »Ich sehe keine Möglichkeit, auch nur daran zu denken, das Geld irgendwie ...«

»Ich kann das Geld aufbringen«, sagte Chris, »und ich möchte es nicht zurückhaben.«

»Das kann ich nicht ...«

»Verdammt, Duval, wollen Sie, dass Ihre Schwester rechtzeitig in Chicago ist, damit ihr Leben gerettet wird, oder nicht?«

»Okay, chartern Sie eine Maschine.«

30. Kapitel

Montag, 25. Januar

Am frühen Morgen lag der Mann in seinem Krankenhausbett. Er schlief nicht richtig, war aber auch nicht richtig wach. Das Fieber machte ihn ganz benommen. Am vergangenen Abend war er hierher gebracht worden. Er hatte noch nichts von dem Biss in seiner Ferse gesagt. Die Ärzte würden es ziemlich schnell herausfinden.

Er schloss die Augen. Sein Fuß und sein Kopf schmerzten. Ihm war schwindelig.

Einst sah ich einen Drachen. An Mutters besonderem Ort.

In einem seltsamen Raum auf einem langen Korridor mit einer gepolsterten Tür. Ein rotes, glühendes Licht fiel durch den Spalt, und er hörte seltsame, unbekannte Laute, die ihm Angst machten, doch er lief nicht weg. Dann schlich er in den Raum und blickte neugierig hinein, und da blähte ihn das Entsetzen auf, als ob sich ein riesiger Ballon in seiner Brust ausbreitete und ihn würgte.

Der Drache war groß und schuppig und hatte einen scheußlichen Kopf und einen riesigen Schwanz und menschliche Arme und Beine. Der ganze Körper war behaart und hässlich, und er lag auf der Frau und drückte sie aufs Bett.

Zuerst wollte er schreien, aber er hatte Angst, die Aufmerksamkeit des Drachen auf sich zu lenken. Dann wollte er weglaufen, doch er stellte fest, dass er nicht wegsehen konnte. Er spürte eine sonderbare Erregung, als er ihnen zusah. Tief in seinem Innern breitete sich eine seltsame Hitze aus. Es war das gleiche Gefühl, das er hatte, wenn Mutter ihn in ihrem Bett streichelte. An der Decke war ein Spiegel, und er starrte hinauf und sah das Gesicht der Frau. Ihre Augen waren geschlossen, und ihr Mund war geöffnet, und sie stöhnte und krümmte sich …

Und er wusste, dass der Drache sie töten würde, und dann musste er wohl ein Geräusch gemacht haben. Er hatte leise gekeucht und vielleicht aufgeschrien, denn der Drache drehte sich um und sah ihn an. Seine Augen waren ganz rot und glühend, und plötzlich wurde alles dunkel, bis Mutter ihn weckte und mit ihren kalten Fingern über seine Stirn streichelte. Sie waren wieder zurück in ihrem Büro, und er lag auf der Couch, und der Drache war weg.

»Ich habe einen Drachen gesehen«, flüsterte er.

»Ich habe es dir gesagt«, antwortete sie, während sie ihn noch immer streichelte. »Ich habe dich gewarnt.«

»Er hat eine Frau getötet«, sagte er.

»Drachen tun so etwas.« Mutters Berührung war so zärtlich. »Sie töten Menschen.«

»Ich dachte, er würde mich töten.«

»Es ist alles in Ordnung«, sagte die Stimme. »Es ist alles gut.«

»Er wollte mich töten«, sagte der Mann. »Der Drache wollte mich *töten*. Ich habe ihn gesehen, und er sah mich und …«

»Hier gibt es keine Drachen«, sagte die Stimme zu ihm.

Als er die Augen öffnete, sah er die Krankenschwester. Obwohl sein Kopf noch schmerzte, seine Brust wie zugeschnürt war und sein Fuß wie Feuer brannte, lächelte er sie an.

»Doch«, sagte er, »sie sind da.«

31. Kapitel

Montag, 25. Januar

Um sieben Uhr fünfzehn rief Cohen Joe zu Hause an und teilte ihm mit, dass sowohl Hagen als auch Schwartz ins Chicagoer Memorial Hospital eingewiesen worden seien.

»Es hat sie beide richtig erwischt.«

»So können wir sie einfacher überwachen«, bemerkte Joe trocken.

Fünf Minuten später, Joe war gerade im Polizeirevier angekommen, rief John Morrissey an.

»Sean Ferguson möchte Sie dringend sprechen, Lieutenant.«

»Was ist denn los?« Joe war Morrissey für sein Angebot, für Lally die Klinik zur Verfügung zu stellen, wirklich dankbar, aber ein weiteres Treffen mit dem trauernden Ehemann von Marie Ferguson fehlte ihm wie ein Loch im Kopf.

»Ich soll Ihnen sagen, es gäbe vielleicht einen Durchbruch bei den Ermittlungen.«

»Was denn für einen Durchbruch?«, fragte Joe gelangweilt.

»Das wollte er mir nicht sagen, aber Ferguson ist kein Mensch, der seine Zeit vergeudet, Lieutenant. Ich glaube, Sie sollten ihn anhören, wenn er behauptet, er habe etwas herausgefunden.«

»Ist er zu Hause?« Joes Interesse war geweckt.

»Nein, er ist hier in der Klinik in Maries Büro.«

Ferguson ging auf und ab, und seine Stiefel hinterließen auf dem weichen, blassgrünen Läufer Abdrücke. Im Büro seiner verstorbenen Frau waren die Unterlagen weggeräumt worden, aber Joe vermutete, dass es ansonsten genauso aussah, wie Marie es verlassen hatte. Der Raum war praktisch eingerichtet, hatte jedoch eine unverkennbar feminine Note, und Joe begriff nun, dass sie der ganzen Klinik ihren Stempel aufgedrückt hatte.

»Lieutenant, Gott sei Dank.« Ferguson trug Jeans, einen schwarzen Rollkragenpullover und eine Lederjacke. Sein dunkles Haar war zerzaust, und er sah ein wenig wild aus, aber in seinen fast schwarzen Augen schimmerte eine Spur Triumph.

»Was haben Sie herausgefunden?« Joe kam sofort zur Sache.

»Ein Motiv.«

Joe spürte das altvertraute Prickeln auf seinem Rücken. »Schießen Sie los.«

Ferguson beugte sich hinunter und zog ein zusammengefaltetes Blatt Papier aus einer zerbeulten Lederaktentasche. »Recherchieren ist das, was ich am besten kann, Lieutenant. Journalisten sind es gewohnt zu recherchieren, und Romanschriftsteller können es sogar noch besser, wenn sie nur entschlossen sind, genau das zu finden, was sie brauchen, um eine gute Story zu schreiben.« Er legte das Blatt auf Maries Schreibtisch.

»Soll ich es lesen?« Joe war ungeduldig.

»Gleich.« Ferguson grinste ihn süßsauer an. »Vergeben Sie mir, wenn ich so theatralisch bin, Lieutenant. Ich habe mich so hilflos gefühlt, seitdem ich Marie verloren habe, und zu wissen, dass Ihre Leute nicht weiterkommen, hat mir auch nicht gerade geholfen. Was ich hier herausgefunden habe, mag uns vielleicht nicht weiterhelfen, aber ich habe so ein bestimmtes Gefühl, und das sagt mir, dass ich richtig liege.«

»Diese intuitiven Gefühle sind mir vertraut.«

»Okay.« Ferguson setzte sich hinter den Schreibtisch und forderte Joe auf, ihm gegenüber Platz zu nehmen. »Ich habe einen alten Zeitungsartikel gefunden. Vier Spalten mit einem Bild. Es gab nie einen Folgeartikel, aber ich habe auf eigene Faust recherchiert.«

Joe wartete.

»Anscheinend ist ein Krematorium auf der North Lincoln Avenue explodiert, das heißt, die Kammer und der Ofen explodierten nach Dienstschluss.« Ferguson hielt kurz inne. »Es ist wahrscheinlich explodiert, weil in dem Leichnam, der verbrannt wurde, ein Schrittmacher mit einer alten Batterie steckte, die damals verwendet wurde und die aus Quecksilber-Zinkzellen bestand. Wie es aussieht, passierte das mehrmals an verschiedenen Orten, und darum gibt es heutzutage ein Gesetz, das vorschreibt, die Schrittmacher vor der Verbrennung zu entfernen.«

Joe saß auf dem Rand seines Stuhls. Er schaute in Fergusons dunkle, vor Aufregung funkelnde Augen und dachte daran, dass es vielleicht besser zu ihm gepasst hätte, als Schauspieler oder Schriftsteller zu leben.

»Haben die Verstorbenen einen Namen?«, fragte er leise.

»Ja, haben sie.«

»Und können Sie mir die Namen sagen?«

Ferguson wandte seinen Kopf zur Seite und betrachtete ein Foto auf Maries Schreibtisch, auf dem er und seine Frau Arm in Arm abgebildet waren. Mit Genugtuung nahm er das Blatt langsam vom Schreibtisch, faltete es auseinander und reichte es Joe.

»Sagt Ihnen das etwas, Lieutenant?«

Joe war schon aufgesprungen.

»Oh ja.«

»Und das ist noch nicht alles«, fügte Ferguson hinzu.

»Für einen Durchsuchungsbefehl reicht es nicht aus«, sagte Jackson, als Joe ihn im Präsidium anrief.

»Natürlich nicht, Commander.«

»Wir haben keine konkreteren Beweise als vorher.«

»Seine ganze Personalakte ist voller Lügen.«

»Es könnte sich auch um Irrtümer handeln.«

»Das glauben Sie doch wohl selbst nicht, Sir.«

»Vielleicht nicht, aber wir brauchen viel mehr, und das wissen Sie genau.«

»Seine Frau Mama war Puffmutter, und in seiner Personalakte steht Hausfrau.«

»Ich kann mir keinen Richter vorstellen, der ihn wegen einer solchen Lüge schuldig spricht.«

»In seiner Personalakte steht, sein Vater sei 1950 in Chicago gestorben, aber es gibt keine Unterlagen darüber, dass er überhaupt je existiert hat.«

»Dann hat er also gelogen, weil er ein uneheliches Kind war, oder vielleicht wusste er es selbst nicht einmal.«

Joe versuchte, seine wachsende Wut zu zügeln. »Seine Kindheit war wahrscheinlich die reinste Hölle, Commander. Seine Mutter, seine einzige Verwandte, war nicht nur eine kleine Nutte, sondern sie unterhielt ihr eigenes Freudenhaus. Weiß Gott, was der Junge durchgemacht haben mag, und das war *bevor* seine Mutter mitten in ihrer eigenen Einäscherung in die Luft flog, als er noch ein Junge war.«

»Das alles sind nur Vermutungen, Duval, und keine handfesten Beweise.«

»Es ist ein *Motiv*. Er passt fast perfekt in das Täterprofil. Vermutlich hat er seine Besessenheit Jahrzehnte genährt. Herrgott noch mal, wir sprechen über Rache.«

Jackson blieb unnachgiebig. »Sie haben vielleicht hundertprozentig Recht, und ich bin weiß Gott genauso begierig wie Sie darauf bin, in dieser Sache Ergebnisse zu erzielen …«

»Daran habe ich ernste Zweifel«, erwiderte Joe bissig. »Ihre Schwester wird nicht fast verrückt, weil sie sich fragt, ob ihr Herz in der nächsten Sekunde explodiert.«

Jacksons Ton wurde schneidender. »Erlauben Sie mal, Lieutenant, vielleicht sind Hunderte von Menschen dort draußen in der gleichen Lage, nur dass für sie kein erstklassiges Chirurgenteam, Beamte vom Bombendezernat und eine halbe Privatklinik bereitstehen.«

Joe versuchte, sich zu beherrschen. Für Lally wäre es mit Sicherheit keine Hilfe, wenn er jetzt die Nerven verlor. »Ich muss in seine Wohnung, Commander. Er ist im Krankenhaus. Es ist eine erstklassige Gelegenheit.«

»Das können Sie nicht. Nicht jetzt. Bringen Sie mir weitere Beweise.«

Joe öffnete den Mund und schloss ihn dann wieder.

»Sprechen Sie mit ihm, sobald Sie können, Duval. Sie müssen warten, bis die Ärzte ihr Einverständnis geben. Wenn er wirklich krank ist, werden die Ärzte Sie noch nicht zu ihm lassen. Nehmen Sie Cohen mit oder noch besser Lipman. Sie soll ihm anbieten, ihm etwas von zu Hause zu holen. Sprechen Sie mit ihm über seine Mutter, machen Sie Schönwetter, sticheln sie ein wenig, wenn Sie müssen. Treiben Sie es so weit Sie können, aber seien Sie um Himmels willen vorsichtig.«

»Uns rennt die Zeit davon, Commander.«

»Tun Sie uns allen einen Gefallen, Duval. Essen Sie etwas

und beschäftigen Sie sich. Kümmern Sie sich um den ganzen Papierkram, der auf Ihrem Schreibtisch liegt.«

Joe hielt den Hörer noch in der Hand, aber der Commander hatte schon aufgelegt.

32. Kapitel

Montag, 25. Januar

Lally, Chris und Hugo verließen Miami um elf Minuten nach neun. Lally geriet ein wenig in Panik, als sie an Bord der Cessna gingen. Plötzlich entsetzte sie der Gedanke, dass ihr Schrittmacher mitten in der Luft explodieren und sie alle – und Gott weiß, wen noch alles auf der Erde – töten könnte. Auch Hugo war mulmig zumute, aber Chris hatte die Sache in die Hand genommen, und der Pilot, ein wortkarger Mann mit kantigem Kinn und grauem Haar Ende fünfzig, schien entspannt zu sein und sich keine Sorgen zu machen, und daher ließ Lally einfach alles über sich ergehen.

Über Florida und die meiste Zeit des Fluges war der Himmel klar, doch über Georgia trafen sie auf eine kleine Turbulenz. Beim Landeanflug auf O'Hare bockte und schaukelte das kleine Flugzeug mehrmals, als ihr Pilot sich seinen Weg durch Schnee und starken Wind erkämpfte. Nach der Landung war Hugo erbsengrün, Lallys Gesicht war so weiß wie ihre Fingerknöchel, und nur Chris war gefasst und unerschütterlich.

»Alles in Ordnung?«, fragte der Pilot aus dem Cockpit.

»Bestens«, versicherte ihm Chris.

»Gnädige Frau?«

»Ja, danke«, erwiderte Lally ein wenig unsicher.

»Es tut mir Leid, aber es war eine Weile etwas stürmisch, Miss Duval«, entschuldigte sich der Pilot.

»Nicht so schlimm.«

Der Pilot öffnete die Tür.

»Alles in Ordnung?«, fragte Chris Lally liebevoll.

Sie schluckte. »Alles heil geblieben.« Sie versuchte zu lächeln. »Vielen Dank.«

»Dort oben war es etwas turbulent.«

»Zumindest war es wirklich.«

»Wirklich?«

Sie versuchte es zu erklären. »Die Turbulenzen, das ganze Ruckeln. Ich hatte das Gefühl, dass es ein Teil von mir ist, weil ich deutlich spürte, dass mit mir etwas geschah.« Sie schüttelte den Kopf. »Alles andere ist so unrealistisch. Verstehst du?«

Chris schaute sie an. »Ich glaube ja.«

Hugo stand auf. Er hasste die Nähe zwischen den beiden und verachtete sich dafür. »Wenn Sie nichts dagegen haben, werde ich lieber einen Linienflug nehmen, wenn es an der Zeit ist, nach Hause zu fliegen.« Er war ganz wackelig auf den Beinen. »Aber vielen Dank, dass Sie uns hierher gebracht haben.«

»Es war mir ein Vergnügen«, antwortete Chris.

Joe, der vor Anspannung ganz blass war, wartete mit einem anderen Mann auf sie. Dieser hatte silbergraues Haar und war noch großartig in Form in Anbetracht der Tatsache, dass er um die sechzig war. Joe und Lally hielten einander mehrere Sekunden eng umschlungen und kämpften beide gegen ihre Tränen an. Dann drückte Joe Chris herzlich die Hand und nickte Hugo zu.

»Tu mir einen Gefallen, Barzinsky. Wenn du das nächste Mal mit meiner Schwester einen Abstecher zu den Inseln machst, denk daran, mit jemandem in Verbindung zu bleiben.«

Als Lally sah, dass Hugo errötete, verteidigte sie ihn. »Wage bloß nicht, Hugo für irgendetwas die Schuld zu geben. Wenn es nach ihm gegangen wäre, hätten wir im Schatten eines Hotels in Miami Beach gesessen.«

Der Mann mit dem silbergrauen Haar ergriff das Wort. »Vielleicht sollten wir zum Wagen gehen?«

»Lally«, sagte Joe, »das ist Dr. Morrissey, der Leiter der Howe-Klinik, in die wir dich jetzt sofort bringen werden.«

Beim Anblick ihres Bruders hatte sich Lally ein paar Minuten lang etwas besser gefühlt, doch nun kehrte ihre Übelkeit zurück und ihr Magen verkrampfte sich wieder. Sie schaute den Mann an. Er hatte einen kurzen grauen Bart und machte ein freundliches Gesicht.

»Wie geht es Ihnen, Miss Duval?«, fragte er.

»Mir geht es gut, danke.«

»Sie müssen sehr verwirrt sein.«

»Ja, das bin ich.«

Sie brachen auf. Joe hatte seinen linken Arm um seine Schwester gelegt, und Chris schritt an ihrer anderen Seite, während sich Hugo dem Arzt anschloss. Lally nahm ihre Umgebung kaum wahr. In diesem Moment war nur wichtig, dass sie, wohin sie auch immer gingen, so schnell wie möglich dort ankamen. Während des Fluges hatte sie viel Zeit zum Nachdenken gehabt, bevor das schlechte Wetter sie durchrüttelte. Als Joe ihr am Telefon gesagt hatte, dass man ihren Schrittmacher nicht in Florida herausnehmen könne, weil besondere Geräte erforderlich seien, hatte sie Wut, Verbitterung und Angst empfunden. Als sie jedoch erst einmal richtig darüber nachgedacht hatte, verstand sie es. Es war immerhin von einer Art Bombe die Rede. Das bedeutete einen Risikofaktor für jeden, der in ihre Nähe kam. Und besonders für den Chirurgen.

Als sie das Flughafengebäude verließen, kamen sie an die

eisige Luft. Joes alter grüner Saab wartete neben dem Bordstein. Joe öffnete die Tür.

Lally schaute den Arzt wieder an.

»Sind Sie sich ganz sicher, Dr. Morrissey?«

»Inwiefern?«

»Dass Sie mich in Ihrer Klinik haben wollen.«

»Hundertprozentig.«

»Ich möchte niemanden gefährden.«

Er lächelte sie warmherzig an. »Wir werden jede notwendige Vorsichtsmaßnahme ergreifen, Miss Duval. Aber Sie wissen ja, dass die Wahrscheinlichkeit sehr gering ist, dass Ihr Schrittmacher zu den manipulierten Geräten gehört.«

»Warum tröstet mich das nicht so, wie es sollte?«

»Steig ein, Lally«, sagte Joe.

Lally rührte sich nicht vom Fleck.

»Was ist los?«, fragte Chris.

»Ich glaube, ich sollte allein fahren.«

»Warum?«, fragte Hugo.

»Warum glaubst du wohl? Für alle Fälle.«

»Lally, steig ein«, forderte Joe sie noch einmal auf.

»Ich finde, die anderen sollten sich ein Taxi nehmen«, beharrte sie dickköpfig.

»Im Flugzeug hast du dir doch auch keine Sorgen gemacht«, sagte Hugo.

»Doch, natürlich, aber ich hatte keine andere Wahl.«

»Lally, zum letzten Mal …«

»Darf ich mal etwas sagen?«, mischte sich Morrissey ein.

»Ich wünschte, Sie täten es.« Joe war mit seinem Latein am Ende.

Der Arzt nahm Lally zur Seite. Links und rechts von ihnen strömten Menschen aus dem Flughafengebäude. Sie trugen Taschen, schoben Kofferwagen, hielten nach Taxen Ausschau und schnippten auf der Suche nach Gepäckträgern mit den Fingern. Einige von ihnen atmeten zum ersten Mal die kalte Chicagoer Luft ein, und andere kehrten nach Hause zurück.

»Vertrauen Sie mir?« fragte Morrissey Lally ganz ruhig.

»Ich glaube ja.«

»Meine Partnerin und liebste Freundin, Marie Ferguson, ist vor neunzehn Tagen gestorben.«

Lally starrte ihn an. »Weil sie einen dieser Schrittmacher hatte?«

»Ja, aber das ist nicht alles.« Morrissey schaute ihr genau in die Augen. »Der Punkt ist, dass ihr Ehemann mit ihr im Bett lag, als es geschah. Sie waren einander so nahe, wie es nur möglich ist, und ihm ist nichts passiert. Er hat nicht einen Kratzer abbekommen.«

»Es tut mir so Leid«, sagte Lally.

»Mir auch.« Morrissey versuchte zu lächeln. »Werden Sie nun in den Wagen steigen, Lally? Es macht Ihnen doch nichts aus, wenn ich Sie Lally nenne, oder?«

»Ganz im Gegenteil. Und danke«, fügte sie hinzu.

Sie gingen zum Wagen zurück. Ohne weitere Worte stieg Hugo hinten ein, rutschte über den Sitz, Lally setzte sich neben ihn, und Chris folgte. »Ich werde mich zum Lieutenant setzen«, sagte Morrissey.

Die Türen schlugen zu. Joe startete den Wagen. Lally streckte beide Arme aus und umklammerte Hugos und Chris' Hand.

Schweigend steuerten sie auf die Stadt zu.

»Ich brauche Ihre Hilfe«, sagte Joe zu Chris, während Lally sich in ihrem Zimmer einrichtete und Hugo wegging, um einen Kaffee zu trinken. »Was ich tun muss, könnte ich auch alleine machen, aber es wäre sehr viel leichter mit Unterstützung, und ich kann keinen Kollegen darum bitten.«

»Ich werde alles machen«, sagte Chris sofort.

»Es ist illegal.« Joe war sich nicht ganz sicher, warum er Webber in die Sache hineinzog, außer dass seine ganzen Instinkte ihn noch immer dazu drängten, diesem Mann zu vertrauen.

»Ist es für Lally?«, fragte Chris.

»Ich hoffe es.«

»Sagen Sie mir, was ich tun soll.«

Joe sprach leise. »Sagen Sie Hugo, dass Sie fix und fertig seien und ich Sie zu meiner Wohnung fahre, damit Sie sich etwas ausruhen können.« Er sah, dass Webber zögerte. »Dr. Morrissey hat vor, Lally zu röntgen und sie eine Weile zu beobachten, ehe über das weitere Vorgehen entschieden wird. Ich habe schon einen Mann vom Bombendezernat gebeten, dabei zu sein.«

»Wohin gehen wir?« Chris' Augen strahlten vor Erleichterung. Es gab nichts Schlimmeres als zu warten, wenn man Angst um jemanden hat, den man mag. In dieser Hinsicht hatte er in den letzten Monaten sein Soll für ein ganzes Leben erfüllt.

»Ich erkläre es Ihnen unterwegs.«

Der Pförtner des Wohnhauses von Fred Schwartz, ein stämmiger Mann um die fünfzig mit einer Bierfahne und einem unverbindlichen Lächeln, das seine Augen nicht erreichte, beäugte Joes Dienstmarke mit unverhülltem Misstrauen.

»Ich kann Sie nicht hereinlassen, wenn Mr. Schwartz nicht sein Einverständnis gibt.«

»Mr. Schwartz ist im Krankenhaus. Wir sind hier, um ein paar Dinge für ihn zu holen.«

Der Pförtner sah ihn noch immer zweifelnd an. »Ich müsste ihn anrufen und das überprüfen.«

»Er ist zu krank. Man wird Sie nicht mit ihm verbinden.«

»Ich habe keinen Hauptschlüssel«, erklärte der Mann, der sie offensichtlich aufhalten wollte.

»Kein Problem, Mr. Schwartz hat uns seinen Schlüssel gegeben.«

»Wer ist denn Ihr Freund hier?« Der Portier musterte Chris.

»Ein Freund von Mr. Schwartz, der mir helfen will.«

»Den habe ich hier noch nie gesehen.«

»Ich war immer nur abends hier«, sagte Chris.

Der Pförtner zögerte noch einen Moment, gerade lange genug, um Joe wissen zu lassen, dass er einer kleinen finanziellen Spritze nicht abgeneigt sei. Zwei Zwanzigdollarscheine wechselten den Besitzer.

»Bringen Sie nichts durcheinander, okay?«

»Natürlich nicht.«

»Wenn Sie irgendetwas mitnehmen, müssen Sie mir das quittieren.«

»Wie Sie wollen.«

»Ich sollte mit hochkommen, aber ich darf meinen Posten nicht verlassen.«

»Das würden wir nicht von Ihnen erwarten«, sagte Chris.

Sie hatten Glück. Schwartz' Korridor auf der zweiundzwanzigsten Etage war menschenleer. Joe, der geschickt und schweigend arbeitete, hatte das Schloss in weniger als einer Minute bezwungen.

»Ein bisschen Geschicklichkeit gehört einfach dazu«, sagte er ruhig.

»Wenn ich nicht so große Angst um Lally hätte«, flüsterte Chris nervös, »wäre es fast ein Spaß.«

»Freuen Sie sich nicht zu früh«, erwiderte Joe, als er die Tür öffnete. »Ich will nicht, dass meine Schwester mit Kriminellen verkehrt.«

»Ich hoffe, dass die Nachbarn nicht die Bullen rufen.«

»Das hoffe ich auch.«

Sie betraten die Wohnung und schlossen die Tür.

Es war ziemlich dunkel im Flur. Joe wartete mehrere Sekunden, bis er sicher war, dass sie allein waren, und schaltete dann das Licht ein. Es sah alles so aus wie vor einer Woche, als er Schwartz besucht hatte.

Chris rümpfte die Nase. »Was ist das für ein Geruch?«

»Es riecht nach Menthol. Als ich das letzte Mal hier war, roch es genauso.«

»Was machen wir nun?«

»Wir schauen uns um.« Joe schaute Chris an. »Sie müssen ruhige Hände haben, wenn Sie mir helfen.« Er zog seine dicken Straßenhandschuhe aus, steckte sie in eine Tasche seines Anoraks, gab Chris ein Paar Latexhandschuhe und zog sich ebenfalls welche an. »Denken Sie daran, dass diese Durchsuchung illegal ist. Je mehr Sie helfen, desto mehr Schuld laden Sie auf sich. Je vorsichtiger wir sind, desto größer ist unsere Chance, nicht erwischt zu werden.«

Etwas nagte an Chris. »Und was ist, wenn wir etwas finden? Würde das Beweisstück vor Gericht nicht abgelehnt werden?«

»Ja.« Joe ging schweigend ins Wohnzimmer. Die Vorhänge waren wie in der vergangenen Nacht, als Schwartz ins Krankenhaus eingeliefert worden war, noch immer zugezogen.

»Was hat es also für einen Sinn?« Chris folgte drei Schritte hinter ihm.

»Erstens können wir Lally durch diese Sache sicherlich helfen.« Joe war ganz ruhig. Er war immer ruhig, wenn er etwas tun konnte. Wenn er untätig auf seinem Hintern saß, wurde er verrückt. »Und zweitens werden wir – werde *ich* – das, was wir finden, sehr umsichtig verwenden.«

»Und wie?«

»Kümmern Sie sich nicht um das Wie.« Joe drückte auf einen Schalter, und der Kristallleuchter wurde zu strahlendem Leben erweckt. »Schauen wir uns einfach um.«

»Wonach soll ich suchen?« Chris ließ seinen Blick durch das Zimmer schweifen.

»Sie wissen ebenso viel wie ich. Passen Sie nur auf, dass Sie nichts kaputtmachen, und lassen Sie alles so liegen wie Sie es vorfinden. Wenn Sie einen zerknüllten Lappen oder ein eingeknicktes Kissen in die Hand nehmen, müssen Sie es sich genau ansehen, bevor Sie es hochnehmen, und dann genauso wieder hinlegen, wie Sie es vorgefunden haben.«

»Hier ist bestimmt etwas.«

»Ganz sicher«, stimmte Joe grimmig zu. Er betrachtete die mit Brokat überzogenen Möbel, die Samtvorhänge und die persischen Brücken. Dann starrte er auf das Porträt der Frau in dem verzierten Rahmen, über dem Sofa. Es war das Gemälde, von dem Schwartz behauptet hatte, sein nicht existierender Vater habe es gemalt. Warum war er nicht gleich darauf gekommen, dass sie keine Hausfrau war? Er fragte sich, wie viel von dem Zeug hier aus Eva Schwartz' Bordell stammte.

»Soll ich mir die Bücherregale vornehmen?«, fragte Chris.

»Ausgezeichnet. Blättern Sie jedes Buch durch. Sie könnten Papiere, Pläne oder was auch immer enthalten, und schauen Sie genau hinter den Büchern nach. Suchen Sie nach einem Safe, nach beweglichen verschiebbaren Wänden, egal was.«

»Und wenn wir einen Safe finden?« Chris fragte sich, wo Joe die Grenze zog.

»Darüber können wir nachdenken, wenn wir einen finden.«

Es gab keinen Safe. Ihre Durchsuchung des Wohnzimmers und der Küche brachte nichts und die Suche in Schlafzimmer, Bad und den Wandschränken noch weniger. Das Bett war nicht gemacht. Damit stand fest, dass Schwartz in aller Eile aus der Wohnung gebracht worden war, doch nirgends war die Spur eines einzigen Beweises, um ihn zu belasten. Joe war todunglücklich, und er hatte eine Stinkwut. Diese Durchsuchung konnte ihn seinen Job kosten, aber bei weitem noch schlimmer war, dass ihnen Schwartz durch die Lappen gehen könnte, wenn es zu einer Strafverfolgung kommen sollte. Vier Menschen waren schon tot, und nur Gott allein wusste, wie viele in Gefahr waren, und Lally …«

»Glauben Sie noch immer, dass er es war?«, fragte Chris.

Joe biss die Zähne zusammen. »Ja.«

»Sollen wir weitersuchen?«

»Wir haben überall nachgeguckt. Hier gibt es nichts.«

»Vielleicht hat er eine Garage oder einen Lagerraum oder etwas Ähnliches.«

Joe nickte. »Vielleicht.«

»Ob der Pförtner uns das wohl sagen würde?«

»Für eine entsprechende Summe.«

Die Information, dass Schwartz nicht mehr als einen Einstellplatz in der Tiefgarage hatte, kostete Joe fünfzig Dollar. Für weitere zwanzig Dollar konnte er den Pförtner überzeugen, ihm die Nummer des Platzes zu verraten. Schwartz hatte einen blank polierten alten Studebaker.

»Ich werde den Kofferraum öffnen«, sagte Joe.

»Wollen Sie das Schloss aufbrechen?« Chris fror ganz erbärmlich. Er war aus dem verschneiten Neuengland ins heiße Florida geflogen, dann zurück ins noch kältere Chicago gekommen, aber bis jetzt hatte er es kaum wahrgenommen.

»Warum sollte ich das tun?« Mit einem grimmigen Lächeln holte Joe einen schmalen Schlüsselbund aus seiner Tasche und probierte nur zwei Schlüssel, bis die Klappe aufsprang. »Fragen Sie nicht«, sagte er leichthin, »dann brauche ich Sie auch nicht anzulügen.«

Beide Männer starrten in den Kofferraum. Er war ordentlich und sauber. Sie fanden einen Reservereifen, einen Wagenheber und eine Werkzeugtasche. Daneben lagen eine sorgfältig zusammengefaltete schottische Decke, eine Straßenkarte der USA, die zu groß war, um ins Handschuhfach zu passen, und eine große Taschenlampe. Es war der Kofferraum eines methodischen, organisierten Mannes. Das brachte sie allerdings keinen Schritt weiter.

Ihre Hoffnung schwand schnell dahin, und sie gingen zurück zur Eingangshalle.

»Na, haben Sie gefunden, was Sie gesucht haben?«, fragte der Pförtner.

»Noch nicht«, erwiderte Joe. »Hat Mr. Schwartz eine abschließbare Garage oder vielleicht einen Lagerraum?«

»Vielleicht.«

Die Haustür wurde geöffnet, und zwei junge Männer, die beide einen Bart und Pelzmützen trugen, brachten einen Schwall eisige Luft mit ins Gebäude. Der Pförtner grüßte sie unterwürfig und wartete, bis sie auf ihrem Weg nach oben verschwunden waren, ehe er Joe und Chris wieder seine Aufmerksamkeit schenkte.

»Um was geht's?«

»Sie sagten etwas von einem Lagerraum.« Joe war so freundlich, wie er konnte.

»Habe ich das?«

»Ja, das haben Sie«, antwortete Chris.

Der Mann lächelte ihn an. »Ich muss wohl den Verstand verloren haben.«

Joes Brieftasche tauchte wieder auf. »Kehrt die Erinnerung nicht zurück?«

»Könnte sein.« Er schaute gierig auf den Fünfziger in Joes Hand. »Ja, es scheint schon ein wenig deutlicher zu werden.«

»Mehr gibt's nicht«, sagte Joe bestimmt.

Die Verzweiflung in Joes Augen, die sogar die professionelle Informationsgier des härtesten Bullen in den Schatten stellte, war zu deutlich für den Pförtner, der den Fünfzigdollarschein normalerweise genommen hätte und für seinen einträglichsten Vormittag seit Jahren dankbar gewesen wäre.

»Das reicht nicht.«

Chris machte einen Schritt auf ihn zu, aber Joe streckte die Hand aus, und hielt ihn zurück. Als Chris einen kurzen Augenblick lang die Wut erfasste, fragte er sich noch einmal, was eigentlich mit ihm los war. Er war in seinem ganzen Leben noch nie innerhalb so kurzer Zeit sooft so aggressiv gewesen wie in den letzten Tagen. Er war Künstler und der Vater eines zehnjährigen Mädchens. Ihm fiel ein, dass er sogar seit fast vier Stunden nicht mehr an Katy gedacht hatte.

»Schon gut«, sagte Joe ganz ruhig. »Mehr kriegt er nicht, und das weiß er auch.« Er hielt die letzten fünfzig Dollar hoch. »Wo ist der Raum?«

»Was?«

Joe blieb gefasst. »Der Lagerraum.«

»Von einem Lagerraum habe ich nichts gesagt.«

»Hör zu, du Scheißkerl ...«, knurrte Chris den Mann an.

»Immer mit der Ruhe.« Der Pförtner hob schützend die Hände. »Ich habe nur gesagt, dass es kein Lagerraum ist.«

»Was ist es denn?«, fragte Chris.

»Eine Wohnung.«

»Wo?«, fragte Joe.

»Hier.«

»Schwartz hat zwei Wohnungen?« Joe war sprachlos.

»Na klar.«

»Warum haben Sie das nicht gleich gesagt?«, wollte Chris wissen.

»Sie haben mich ja nicht gefragt.«

»Welche Nummer hat die andere Wohnung?«

»1510.«

»Ich nehme an, dass Sie zu dieser Wohnung auch keinen Generalschlüssel haben«, sagte Joe.

Der Pförtner schüttelte den Kopf. »Aber ich bin sicher, dass Mr. Schwartz Ihnen die Schlüssel mit den anderen gegeben hat.«

Sein schadenfrohes Grinsen kehrte zurück. »Warum probieren Sie die nicht einfach?«

Joe und Chris standen schon vor dem Fahrstuhl.

»Hey, was ist mit meinem Fünfziger?«

»Den bekommen Sie, wenn wir wieder runterkommen.«

Joe drückte auf den fünfzehnten Stock.

»He!«

Die Aufzugtüren gingen zu.

»Verklag mich doch«, rief Joe ganz ruhig.

An der Tür der Wohnung 1510 waren zwei Schlösser, die beide neuer und hartnäckiger waren als das Schloss an Schwartz' anderer Wohnung. Zweimal musste Joe seine Arbeit unterbrechen, als Nachbarn oder Besucher zum Aufzug gingen oder vom Aufzug kamen.

»Jetzt haben wir es, Mr. Duval, nicht wahr?«, fragte Chris ungeduldig.

»Vielleicht.«

»Sagt Ihnen das nicht Ihr Gefühl?«

»Ich traue meinen Gefühlen schon lange nicht mehr.« Auch das zweite Schloss gab nach.

»Klasse!«, sagte Chris.

Als sie die Wohnung 1510 betraten, fiel ihnen als Erstes die drückende Wärme auf. Dann sahen sie, dass an den Wänden des Korridors eine Reihe unterschiedlicher Kunstwerke hingen: Gemälde, Zeichnungen, Schnitzereien, Wandteppiche, Stickereien, und alle hatten mit Drachen zu tun. Und obwohl es keiner von beiden erwähnte, stellten sie beide fest, dass die Atmosphäre hier drinnen sie nervös machte.

»Ist es nicht unheimlich hier?«, flüsterte Chris.

Schweigend schloss Joe die Tür und zog seine Waffe. »Bleiben Sie zurück«, flüsterte er und ging auf den Raum rechts vom Korridor zu. Er öffnete die Tür und betrat schnell den Raum, war aber auf der Hut. Es war niemand zu Hause, und er steckte den Revolver wieder weg.

»Scheiße!«

»Was?« Zögernd folgte ihm Chris. Die Rollläden vor den Fenstern waren heruntergelassen, und es herrschte unheimliches Dämmerlicht.

»Schauen wir uns die Viecher mal genauer an.«

Chris starrte in die Glasbehälter. »Eidechsen?« Er erschauerte unwillkürlich. Schon von jeher hatte er Reptilien gehasst, obwohl er wusste, dass es verrückt war, solange sie ungefährlich waren, aber es war eben so.

»Eidechsen«, bestätigte Joe.

Die beiden großen grünen Leguane lagen auf Holzspänen in dem größten Terrarium in der Mitte und starrten die Männer ungerührt an. Links von ihnen drängten sich vier winzige Leopardengeckos in ihrem kleineren gläsernen Zuhause auf einem Zierzweig eng aneinander. Auch sie schauten sie an und warteten. Der Behälter zur Rechten war mittelgroß und leer. Der Boden war mit Sand und ein paar Felsen bedeckt.

»Die großen sehen aus wie Dinosaurier«, fand Chris, der seinen Blick nicht von den Leguanen abwenden konnte.

Joe schüttelte den Kopf. »Wie Drachen.« Auch in diesem Raum hingen an allen Wänden Kunstwerke. »Unser Mann ist auf Drachen fixiert.«

»Hilft uns das weiter?«

»Ich wüsste nicht wie.«

»Unheimlich«, sagte Chris noch einmal.

»Fangen wir an.«

Joe zog seine Latexhandschuhe an, und Chris tat es ihm gleich. In dieser Wohnung gab es nur dieses eine Zimmer, eine Küche, ein Bad und einen großen begehbaren Wandschrank. Joe übernahm die Küche, während Chris das Badezimmer durchsuchte. Er fand nichts außer Frotteehandtüchern, Seife, Toilettenpapier und Desinfektionsmitteln. Anschließend nahm er den großen Wandschrank unter die Lupe.

»Nichts.«

»Hier auch nicht.«

Sie sahen sich noch einmal in dem großen Zimmer um. Wenn die Eidechsen nicht gewesen wären, hätte es ein ganz normales Wohnzimmer sein können. Es hatte einen Parkettboden, auf dem keine Läufer lagen, und war viel moderner eingerichtet als Schwartz' Hauptwohnung. Die Möbel bestanden aus einer schwarzen Ledercouch, einem passenden Sessel mit Fußstütze, einem Tisch aus Glas und Chrom mit zwei Stühlen mit geraden Rückenlehnen – eine Minimalmöblierung, aber ziemlich bequem.

»Es ist alles sehr sauber«, stellte Chris fest. »Fast steril.«

Joe war im Bilde. Der Raum sah aus wie ein ganz normales Wohnzimmer, aber jede Pore seiner Haut, jedes Körperhaar und jedes Nervende sagten ihm, dass Schwartz hier seine Arbeit ausgeführt hatte.

»Weiter.«

»Es gibt nicht viel zu durchsuchen.«

Joe wies mit seinem Kinn auf die hochmoderne Musikanlage und die kleine, schwarze Vitrine daneben. »Sie übernehmen die CDs.« Er holte seinen Schlüsselbund heraus und zog einen der beiden kleinen Schraubenzieher vom Ring. »Ich überprüfe die Lautsprecher.«

Sie arbeiteten schweigend. Joe war aufmerksam, und Chris war unbehaglich zumute, weil er wusste, dass sechs Paar Reptilienaugen sie beobachteten.

»Ich glaube, sie haben Hunger«, sagte er, wobei er versuchte, sie nicht anzusehen.

»Lassen Sie sich nicht ablenken.«

»Okay.« Chris machte sich wieder an die Arbeit. »Wagner.«

»Was?«

»Alle CDs sind Wagneropern.«

Joe starrte auf die Bücherregale, die aus dem gleichen mattschwarzen Holz waren wie die Vitrine. Bücher über deutsche Mythologie, über Opern, die Pflege und Zucht von Eidechsen und mindestens ein Dutzend Bücher – einige davon ledergebunden und mit Goldschnitt – über Drachen. Sie fanden nichts, nicht den geringsten Fetzen eines Beweises. Es war weder etwas hinter den Regalen versteckt, noch enthielten die Bücher selbst entsprechende Hinweise.

Sie waren beide gleichzeitig fertig. Chris wusste, dass Duval anschließend die Glasbehälter in Angriff nehmen würde. Er liebte Lally, aber er hasste den Gedanken, zu nahe an die dicken Eidechsen mit den gepunkteten Rücken und den Kehlkopflappen heranzukommen.

»Ich übernehme die Leguane«, bot Joe sich freiwillig an.

»In Ordnung.« Chris war ausgesprochen erleichtert, obwohl er im ersten Moment auch Schuldgefühle hatte.

Das mittlere Vivarium war so groß, dass Joe aufrecht hineingehen konnte und sich kaum bücken musste. Er zog seine Jacke aus, hängte sie über einen der Stühle aus Chrom und Glas und öffnete dann die Glastür. Sofort stieg ihm der üble Geruch des Kots und des Essens, das wie verschimmeltes Hundefutter aussah und in der hinteren Ecke lag, in die Nase. Joe versuchte den Atem anzuhalten und betrat das Terrarium. Seine Füße versanken in den feuchten, verschmutzten Holzspänen. Die dicken Eidechsen wichen misstrauisch zurück. Joe hockte sich hin und fing an zu graben.

Chris beobachtete ihn, zögerte noch einen Augenblick, nahm dann seinen ganzen Mut zusammen und öffnete die Tür des Terrariums, in dem die Geckos untergebracht waren. Er war dankbar, dass der Behälter nicht groß genug war, um hineingehen zu können. Die kleinen Tiere flohen. Chris kniete sich auf den Boden, atmete tief ein, steckte seinen Kopf und Oberkörper hinein, wühlte mit seiner Hand durch den feuchten, stinkenden Sand auf dem Boden und zwang sich, alles umzugraben wie der Lieutenant hinter der anderen Tür. Er war froh, die dünnen Latexhandschuhe zu tragen, die es ihm ermöglichten, alles gründlich durchzuwühlen, ohne mit dem Dreck in körperlichen Kontakt zu kommen.

»Hier ist nichts«, sagte er nach einer Weile, »außer Eidechsenscheiße.«

»Genauso hier.« Joe grub noch immer in den Holzspänen, und seine Enttäuschung nahm wieder zu. Er wusste, dass er auf der richtigen Spur war. Er *wusste* es ganz genau, und doch gab es noch immer keinen Hinweis darauf. Es gab keine handfesten Beweise, keinen einzigen Beweis, dass Schwartz ihr Mann war. Es war wie verhext.

Chris zog seinen Kopf und seine Hände aus dem Terrarium und richtete sich auf. Er widerstand der Versuchung, den Dreck von seinen Händen zu reiben, denn er wusste, dass Duval seine erst säubern würde, wenn sie ihre Suche beendet hatten. »Ich übernehme das andere«, sagte er etwas versöhnt, denn es war leer.

»Okay.«

Diesmal musste Chris hineingehen, um es gründlich durchsuchen zu können, aber in dem Behälter waren keine Lebewesen, und es stank auch nicht so. Als er sich hinkniete, versanken seine Knie im groben Sand. Zu seiner Rechten sah er einen Felsen. Er holte tief Luft und begann zu suchen.

»Ich habe etwas.«

Joe drehte sich ruckartig um und schlug mit der linken Schulter gegen die Glaswand. »Was?«

»Ich weiß nicht …« Chris wühlte noch einen Moment mit seiner linken Hand. »Es könnte Papier sein …« Aufgeregt tauchte er seine rechte Hand bis zum Handgelenk in den feuchten Sand und umschloss mit seinen Fingern den Fund. »Es fühlt sich an wie Papier, ein ganzes Bündel, glaube ich. Mit den Handschuhen kann ich es nicht richtig fühlen.«

Joe hatte das Terrarium der Leguane verlassen und stand genau hinter ihm.

»Holen Sie es langsam und vorsichtig heraus«, sagte er. »Keine Eile.«

»Ich habe es …«

Aus dem rechten Augenwinkel sah Joe, wie sich der Sand neben Chris bewegte und kräuselte. Es war eine ganz leichte Bewegung, als ginge ein kaum wahrzunehmendes Zittern durch den Sand.

»Passen Sie auf!«, rief er, doch es war zu spät.

»*Hilfe!*«, schrie Chris. Dann entfuhr ihm ein erstickter Schmerzensschrei.

»Was ist los?«

»*Meine Hand!*« Chris versuchte, leise zu sprechen, aber etwas unten im Sand hatte seine rechte Hand gepackt, etwas mit Zähnen, die so scharf waren wie Rasiermesser, und sie ließen ihn nicht los. »Um Himmels willen, Duval, es hat meine Hand.« Er fuchtelte verzweifelt mit den Händen, um sich zu befreien, aber das Ding hing an ihm. »Helfen Sie mir, um Himmels willen, Duval. *Helfen Sie mir!*«

Joe steckte seinen Kopf und seinen Oberkörper durch die Tür, aber die Öffnung war zu eng für zwei.

»Webber, es geht nicht. Die Tür ist zu schmal. Sie müssen herauskommen.«

»Ich kann nicht!« Chris zog mit seiner freien linken Hand an seinem Handgelenk, aber das Gewicht des feuchten Sandes machte die Sache noch schwieriger. Dann schnellte die Hand plötzlich hervor und sauste hoch in die Luft. An seiner Handfläche hing ein Tier, das sich mit den Zähnen in seiner Hand festgebissen hatte. Das dünne Latex war zerrissen und das Fleisch durchbohrt. Es war ein kräftiges Exemplar von der Größe einer dicken Ratte, dessen schuppige Haut rosa und schwarze Streifen aufwies. Chris glaubte, er würde zu Boden fallen oder die Besinnung verlieren, doch dann wurde der Schmerz fast unerträglich, und stattdessen schrie er wieder.

»Schütteln Sie es ab!«, brüllte Joe. »Kommen Sie heraus, damit ich Ihnen helfen kann.«

»Ich *kann nicht*.«

Joe streckte seine Arme so weit er konnte hinein, legte seinen rechten Arm um Chris' Taille und zog ihn heraus. Chris fiel auf den Holzboden und jaulte vor Schmerzen. Joe zog seine dicken Handschuhe aus seiner Tasche, klammerte sich mit beiden Händen an das Wesen und zog mit aller Kraft, aber die Zähne waren tief in Chris' Handfläche vergraben, und er konnte es nicht losreißen.

»Um Himmels willen, tun Sie etwas, Duval!«, bat Chris. »Erschießen Sie es. Befreien Sie mich von dem Ding, befreien Sie mich einfach von dem Ding.« Ihm drehte sich der Kopf. Diese Höllenqualen waren schlimmer als alles, was er bisher erlebt hatte.

Joe zog seinen Revolver. »Bewegen Sie sich nicht«, befahl er. »Bewegen Sie keine einzige Faser.«

»Es ist mir egal, wenn Sie mich auch erschießen. Befreien Sie mich nur von diesem Ding.«

»Ich werde nicht schießen.« Joe hob die Waffe und schlug den Griff des Revolvers mit voller Wucht auf den Kopf des Tieres. Dieses ließ sein Opfer sofort los, aber die Zähne steckten noch in Chris' Hand, und Joe musste die Kiefer auseinander reißen, um die Zähne ganz herauszuziehen.

»Weg damit.« Er warf das Tier auf die Bücherregale. Es landete mit einem dumpfen Plumps auf dem Boden. Entweder war es tot oder betäubt. Chris lag ganz ruhig da. Seine Hand war eine blutige, zerrissene Masse, sein Gesicht aschfahl, und seine Augen waren geschlossen.

»Webber, sind Sie okay?« Joe kniete sich neben ihn und fühlte seinen Puls.

»Nein«, sagte Chris, der seine Augen noch immer geschlossen hatte, »ich bin nicht okay.«

»Wir fahren sofort ins Krankenhaus.«

»Ich glaube, es hat mich vergiftet«, sagte Chris mit zusammengebissenen Zähnen.

»Soviel ich weiß, sind Eidechsen nicht giftig.«

»Diese war giftig, das können Sie mir glauben.«

Joe stand auf, holte ein sauberes Handtuch aus dem Badezimmer und band die Hand ab. Das Blut floss indessen ungehindert weiter und sickerte innerhalb weniger Sekunden durch das Handtuch.

»Kommen Sie«, sagte er, während er ihm auf die Beine half.

Chris öffnete die Augen. »Die Papiere«, flüsterte er.

»Wir müssen uns zuerst um Sie kümmern.«

»Nein, holen Sie die *Papiere.*« Chris fing an zu schwitzen, und sein ganzer Körper zitterte, aber Lally war noch immer in Gefahr, und er wollte verdammt sein, wenn das alles für die Katz gewesen sein sollte. »Er hat sie vergraben. Dieser Dreckskerl hat sie vergraben ...« Er schloss wieder die Augen. Es war eine Spur erträglicher, wenn sie geschlossen waren.

Joe ging zurück in den Käfig und suchte nach den Papieren. Während er im Sand grub, wanderte sein Blick aufmerksam über den Boden, denn es hätte sich noch eine Eidechse dort verstecken können. Webber hatte Recht. Da lag ein ganzes Bündel von Papieren, das mit einem Gummiband zusammengebunden war. Es war nass und mit Dreck, Blut und Exkrementen voll geschmiert, aber er wusste, dass es das war, wonach sie gesucht hatten. Als er aus dem Terrarium kroch, war der Wunsch, innezuhalten und einen schnellen Blick auf die Papiere zu werfen, fast überwältigend. Doch Webber wurde von Minute zu Minute blasser und atmete schwer. Joe hatte das Gefühl, dass Chris mit seiner Vermutung, vergiftet worden zu sein, richtig lag, und wenn er ihn nicht verdammt schnell hier herausbrachte, könnte der Mann sogar sterben.

»Haben Sie alles?«, flüsterte Chris schwach.

»Bis auf das letzte Blatt.« Joe zog seine Jacke an, rollte die stinkenden Blätter zusammen, stopfte sie in die Jacke und zog den Reißverschluss fest zu. »Scheiße!«

»Was?«

»Wir sollten dieses Scheißvieh mitnehmen.« Er ging zu dem Tier und schaute es sich an. Es sah ziemlich tot aus. »Es wird den Ärzten helfen, Sie zu behandeln.«

»Erschießen Sie es zuerst«, bat Chris.

»Nicht nötig.« Joe ging in die Küche, nahm einen Stapel Tücher aus einem der Schränke, kam zurück ins Wohnzimmer und wickelte die Eidechse vorsichtig ein, nachdem er seine dicken Handschuhe angezogen hatte, um sich vor den Zähnen zu schützen.

»Im Wandschrank lagen ein paar Plastiktüten«, sagte Chris, der sich bemühte durchzuhalten. »Sind Sie sicher, dass die Eidechse tot ist?« Jetzt zitterte er sehr stark.

»Mausetot.« Joe stopfte die Eidechse in eine Tüte und half Webber auf die Beine. »Kommen Sie. Wir hauen ab.«

Chris lehnte sich mit seinem ganzen Gewicht gegen Joe, als sie durch die Wohnungstür hinausgingen.

»Wird man die Papiere bei Gericht als Beweis zulassen?«, flüsterte er, wobei er sich bemühte, klar zu denken und aufrecht zu stehen. »Sind wir denn nicht einfach hier eingebrochen?«

»Ich weiß es nicht«, erwiderte Joe, obwohl er verdammt gut wusste, dass ihr Fall gegen Schwartz aufgrund ihrer illegalen Suche möglicherweise dabei war, den Bach hinunterzugehen. Der Gedanke daran war ihm einfach unerträglich. »Machen Sie sich darüber jetzt keine Gedanken.«

Sie steuerten auf den Aufzug zu.

»Man kann Sie nicht daran hindern, sie einzusetzen, um Lally zu helfen, nicht wahr?« Chris' Stimme war schon ganz undeutlich.

»Kippen Sie mir jetzt bloß nicht um, Webber.«

»Ich versuche es zu vermeiden.«

»Gut. Nein, man kann mich nicht daran hindern, sie einzusetzen, um Lally zu helfen.«

»Duval?«

»Ja?« Der Aufzug fuhr nach unten, und Joe fragte sich, was ihr freundlicher, bestechlicher Pförtner nun mit ihnen machen würde.

»Werden Sie Ihren Job verlieren?«

»Vielleicht.«

»Ich hoffe nicht. Sie sind ein guter Bulle.«

Die Aufzugtür öffnete sich.

»Sie können mir ja eine Empfehlung schreiben«, erwiderte Joe, »falls wir nicht beide im Knast sitzen.«

Während Webber im Chicagoer General Hospital, das auf Vergiftungen spezialisiert war, behandelt wurde, rief Joe Dr. Morrissey in der Howe-Klinik an, um sich nach Lally zu erkundigen.

»Sie wird gerade geröntgt«, sagte Morrissey. »Ihr Kollege Valdez ist bei ihr und beaufsichtigt alles. Und Detective Cohen hat angerufen und uns mitgeteilt, dass Dr. Ash heute Morgen zurückkommt und sein Team zusammenruft, damit alle hierher kommen. Wenn er gewusst hätte, dass Lally in der Howe-Klinik ist, wäre er schon da. Scheinbar ist seine Maschine aus Honolulu in Chicago zwischengelandet.«

Joe fluchte leise. »Wie lange dauert es, bis sie hier sind?«

»Die Maschine soll um sechs Uhr fünfzehn landen.«

Joe sah auf seine Uhr. Drei Uhr dreiunddreißig.

»Was halten Sie davon, auf Dr. Ash zu warten?«

»Das hängt davon ab, was die Röntgenaufnahmen zeigen«, erwiderte Dr. Morrissey. »Einerseits will ich den Schrittmacher Ihrer Schwester unbedingt so schnell wie möglich herausnehmen, doch da Dr. Ash ihn eingesetzt hat, könnte es andererseits vorteilhaft sein, wenn er das übernimmt.«

Joe telefonierte von einem Münztelefon im Krankenhaus und betrachtete beim Sprechen die Wand. »Informieren Sie Valdez, dass ich etwas habe«, sagte er leise. »Es könnte für denjenigen, der das Ding herausnimmt, wichtig sein.«

»Wie lange wird es dauern, bis Sie mehr wissen?«

»Das kann ich noch nicht sagen. Wie lange wird es dauern, bis Sie die Röntgenaufnahmen haben?«

»Zuletzt habe ich gehört, dass Detective Valdez die Spannung erhöhen möchte, weil ein höherer Durchdringungsstrahl uns helfen könnte, mehr zu sehen.«

»Könnte das nicht schädlich sein?«

»Überhaupt nicht. Tatsache ist, dass bei einer höheren Durchdringung weniger Röntgenstrahlen vom Körper absorbiert werden.«

»Wie wird Lally damit fertig?« Joe war innerlich angespannt wie eine Trommel. Was sollte er tun, wenn sie mit der Situation nicht zurechtkäme? Er brauchte jetzt seine ganze Kraft, um seinen Job zu machen und ihr zu helfen. Und da er praktisch veranlagt war, ermittelte er nicht nur, sondern schritt zur Tat.

»Rein äußerlich ist sie gefasst. Sie ist eine tapfere junge Frau.«

»Ich weiß.«

Nachdem Webber in aller Eile versorgt worden war, kam der behandelnde Arzt ins Wartezimmer, um Joe zu sagen, dass sein Freund von einer *Heloderma suspectum* gebissen worden sei, die gewöhnlich als Arizona-Gila-Monster bezeichnet werde.

»Diese und ihr mexikanischer Artgenosse«, erklärte der junge Arzt mit den dunklen Augen, der trotz der anstrengenden Arbeit offenbar sehr erregt war, »sind die einzigen bekannten giftigen Spezies der Eidechsenfamilie.«

»Was können Sie für ihn tun?«, fragte Joe.

»Unglücklicherweise gibt es kein Gegenserum gegen die Arizona-Gila …«

»Aber er wird es überleben?«

»Todesfälle sind sehr selten, Lieutenant. Uns stehen jedoch nicht viele Statistiken zur Verfügung, und ich persönlich habe noch nie ein Opfer einer Gila gesehen. Sie können daher ganz sicher sein, dass wir Mr. Webber aus nächster Nähe beobachten werden.«

»Ich fand, er sah ziemlich krank aus.« Joe war ungeheuer besorgt. Als er ihn zum letzten Mal gesehen hatte, hatte sich Webber erbrochen und war halb bewusstlos gewesen. Und als die Tücher von seiner Hand entfernt worden waren, war eine blutige Fleischmasse zum Vorschein gekommen.

»Man hat mir gesagt, dass es ein sehr qualvoller Biss sei. Daher ist die körperliche Reaktion zum Teil auf den Schock zurückzuführen. Mr. Webbers Blutdruck und Pulsschlag waren sehr niedrig, als Sie ihn zu uns brachten, aber beides hat sich schon etwas stabilisiert. Er hat Cortison und eine Tetanusspritze erhalten, und er wird ein starkes Mittel gegen die Schmerzen brauchen.«

»Kann ich ihn sehen?«

»Ich würde noch etwas warten. Wir sind dabei, eine Menge Tests durchzuführen, und wie ich schon sagte, werden wir ihn ganz genau beobachten. Er sollte sich besser ausruhen.«

»Wie schlimm ist die Verletzung an seiner Hand?« Joe dachte daran, wie Lally Chris Webber in O'Hare angesehen hatte. »Er ist Künstler.«

»Es ist zu früh, um dazu etwas zu sagen.« Der Arzt wandte sich schon ab, um sich wieder seiner Arbeit zu widmen.

»Großartig«, sagte Joe zu sich selbst. »Wirklich großartig.«

Auf der Wanduhr war es Viertel vor vier. Lally war schon fast drei Stunden in der Howe-Klinik. Neun Stockwerke tiefer im gleichen Krankenhaus lag Jess in ihrem Bett und kämpfte mit aller Kraft dagegen an, ihr ungeborenes Kind zu verlieren. Im Memorial Hospital ungefähr drei Meilen entfernt wurde Frederick Schwartz, der Massenmörder, umsorgt wie der solide, verdienstvolle Bürger, für den sie ihn alle tief im Innern gehalten hatten. Hatten er, Cohen, Lipman und Valdez den guten alten Fred nicht alle als die glaubhafteste, zuverlässigste, *liebenswerteste* Person bei Hagen-Schrittmacher angesehen? Verdammte Scheiße!

Joes ganzer Körper war in Aufruhr geraten, und seine Gedanken überschlugen sich. Der Beweis, auf den er sehnlichst gehofft hatte, steckte noch mit Blut und Scheiße befleckt, aber nichtsdestoweniger schlüssig, zusammengerollt in der Jackentasche seines Anoraks. Joe vermutete, dass die Beweise ausreichten, um Schwartz für immer hinter Schloss und Riegel zu bringen. Leider hatte Lieutenant Joseph Duval alle Regeln verletzt und das ganze Ding vermasselt. Er konnte die Dokumente noch nicht einmal für einige Stunden zurückhalten, da die Pläne und Zeichnungen, auf die er in der Wohnung 1510 nur einen flüchtigen Blick geworfen hatte, Dr. Ash und Dr. Morrissey möglicherweise helfen könnten, wenn sie Lallys Schrittmacher herausnahmen.

Nur das ist jetzt wichtig. Lally und die anderen zu retten.

Drei Uhr neunundvierzig, und der Zeiger tickte erbarmungslos weiter.

Joe zwang sich zur Kaffeemaschine zu gehen und rief sich zur Ordnung. Er durfte jetzt nicht in Panik verfallen, denn er musste handlungsfähig bleiben.

Unter den gegebenen Umständen konnte er nur einen einzigen Weg einschlagen.

Er warf seinen Styroporbecher in den nächsten Abfalleimer und steuerte unter einem wolkenverhangenen, schweren Himmel, der eine frische Ladung Schnee versprach, zum Chicagoer Memorial Hospital. Dort blieb er nur fünfzehn Minuten, hielt sich von Schwartz fern, sprach aber mit einem Arzt und einer Krankenschwester.

Als er zu seinem Saab zurückkehrte, wusste er mit ziemlicher Sicherheit, dass Schwartz' Krankheit nichts mit einer Grippe zu tun hatte, aber dafür ganz sicher mit einer Bisswunde, die man an seiner Ferse entdeckt hatte, zusammenhing. Joe vermutete, dass es wahrscheinlich die gleiche giftige Eidechse gewesen war, die Webbers Hand in der Wohnung 1510 fast in Fetzen gerissen hatte.

Als Joe den Motor startete und sich in den lauten, hektischen Stadtverkehr einfädelte, hatte sein neuer Plan bereits Formen angenommen.

33. Kapitel

Montag, 25. Januar

Der Montagnachmittag zog sich langsam hin, und sein Fieber stieg noch immer, als der Mann namens Frederick Schwartz unter einem einzigen Betttuch in seinem Privatzimmer lag und sich noch einmal in die Vergangenheit entführen ließ. Dort hielt er sich lieber auf, selbst wenn die schlimmsten Erinnerungen lebendig wurden, weil die Erinnerung an die Gemeinheit seine Kraft und seinen eisernen Willen stärkte.

Die Kapelle. Seine glänzenden schwarzen Schuhe. Der lange weiße Kratzer auf der Bank. Der Sarg. Er war elf Jahre alt und wusste ganz genau, was geschehen war. Mutters Leichnam lag, kalt und wächsern und unwirklich, in dieser Kiste. Ihr blondes, hübsch gelocktes Haar umrahmte ihr Gesicht. Der Bestatter hatte ihren glänzenden Lippenstift und den hellen Puder fast genauso aufgetragen, wie sie es mochte. Mutter war tot. Er würde sie nie mehr sehen oder berühren oder hören. Und in nur wenigen Minuten würden ihr Leichnam und ihr Sarg für immer aus seinem Blickfeld verschwinden, um vom Feuer verzehrt zu werden.

Sie hatte ihr eigenes Begräbnis geplant. Die Ärzte hatten gesagt, sie werde ein hohes Altes erreichen, doch sie hatte ihnen nicht geglaubt. Und sie hatte Recht behalten. Die Ärzte hatten gelogen, und darum saß er nun auf der vordersten Kirchenbank neben seiner Cousine Beatrice, die an Mutters speziellem Ort gearbeitet hatte, und hörte der

Musik zu, die Mutter ausgewählt hatte. Ihren geliebten Wagner. Er hätte gerne geweint, doch seine Augen blieben trocken, denn sie wollte nicht, dass er weinte.

»Helden weinen nicht«, hatte sie gesagt, *»außer wenn sie ganz alleine sind.«*

Die Musik verstummte, und die kleine Gemeinde kniete noch einmal nieder, um zu beten. Ein Splitter grub sich in sein linkes Knie. Er konzentrierte sich auf den Schmerz, drückte das Knie noch härter auf den Holzboden, und als er wieder aufstand, glänzten seine Augen, waren aber noch immer trocken. Seine Cousine Beatrice flüsterte: »Du kannst ruhig weinen, Freddy.« Da hob er sein Kinn, und in seinem Gesicht spiegelte sich grenzenlose Verachtung.

»Helden weinen nicht«, antwortete er.

Der Moment rückte näher, da die Türen geöffnet wurden und der Sarg zur Einäscherung gebracht wurde. Mutter sagte immer, dass sie verbrannt werden wollte, weil Brünnhilde sich in der *Götterdämmerung* ins Flammenmeer warf, nachdem ihr Gatte getötet worden war.

Wagner erklang wieder, und die wunderschöne Musik stieg empor. Er sah, dass die Türen leise geöffnet wurden und richtete seinen Blick nun aufmerksam auf seine Mutter, die man in ihrer Kiste nicht sehen konnte und die ihren Weg in die Flammen und gen Himmel antrat. Plötzlich freute er sich für sie, weil alles so war, wie sie es sich gewünscht hatte. Es war schön, heroisch und geheimnisvoller und würdiger, als in der Erde versenkt zu werden. Und er fragte sich, ob sie seinen Vater schon gefunden hatte oder ob sie einander erst nach der Verbrennung treffen würden.

Die Türen wurden wieder geschlossen. Die Gemeinde erhob sich, aber er blieb noch sitzen, bis Beatrice ihn anstieß. Dann stand er auf, und sie verließen hintereinander langsam und schweigend die Kirche.

Die Explosion war gewaltig und ohrenbetäubend. Sie übertönte die Musik und schleuderte sie alle zu Boden. Er konnte nicht sprechen und konnte kaum atmen, doch er war nicht verletzt und konnte seine Arme und Beine noch bewegen. Irgendjemand schrie, und jemand anders weinte.

Mühsam richtete er sich auf. Die Türen des Ofens waren verschwunden, und die Höhle hinter ihm war von Flammen und Rauch erfüllt. Die heiße Asche schwebte wie Glühwürmchen durch die Luft.

Der Sarg war verschwunden. Mutter war verschwunden.

Er hatte geglaubt, dass dies das letzte Verbrechen gegen sie gewesen sei, aber dann wurde in der *Tribune* darüber berichtet, und im Bus auf seinem Weg zur Schule sah er zwei Frauen, die diese Seite der Zeitung lasen. Aufmerksam beobachtete er ihre Gesichter und wartete auf ihr Entsetzen.

Doch sie lachten.

Sie bedeckten ihre offenen Münder mit ihren Händen, rollten mit den Augen und schüttelten sich vor Vergnügen. Er starrte auf ihre Hässlichkeit und auf ihre Gemeinheit. Und dann erkannte er zum ersten Mal ganz deutlich, wie Recht Mutter gehabt hatte, ihn vor den Drachen zu warnen, die außerhalb ihrer Welt mitten unter uns lebten.

»Sie nehmen viele Formen an«, hatte sie gesagt.

Wie Recht sie hatte!

34. Kapitel

Montag, 25. Januar

Mr. Hagen behauptete, dass es ihm gut genug gehe, um die Dokumente mit Joe und Howard Leary durchzusehen. Sein Krankenzimmer im Memorial Hospital, das acht Etagen über Schwartz' Zimmer lag, war hell und wirkte mit seinen blühenden Pflanzen sehr freundlich. Hagen sah sehr viel besser aus als noch vor einer Woche.

»Morgen früh kann ich wieder nach Hause«, sagte er zu ihnen. »Der Arzt hat mich nur aufgenommen, weil ich auf der Straße zusammengebrochen bin, aber es war eigentlich nicht so schlimm, nur die Nachwirkungen dieser verdammten Grippe.«

»Durch dieses ganze Fiasko wird es auch nicht besser geworden sein«, sagte Leary.

»Sind Sie sicher, dass Sie dazu in der Lage sind?«, fragte Joe, der sich einen Stuhl ans Bett zog.

»Ihre Schwester und die anderen brauchen jede Hilfe, die sie bekommen können«, erwiderte Hagen, dem seine Verantwortung noch immer schwer zu schaffen machte.

»Ich bin Ihnen sehr dankbar dafür, Sir.«

Leary setzte sich an die andere Seite von Hagens Bett. In seiner gut geschnittenen Sportjacke sah er elegant aus. Sein rotes Haar war sorgfältig gekämmt wie immer, und seine Augen funkelten vor Neugier. »Was haben Sie für uns, Lieutenant.«

Die Dokumente lagen in einer Aktentasche, die an Joes rechtem Bein lehnte.

»Bevor ich es Ihnen zeige«, begann er, »muss ich Sie fragen, ob Sie einwilligen, die Dokumente inoffiziell zu prüfen.« Er zögerte. »Außerdem muss ich Sie bitten, mich nicht zu fragen, woher diese Papiere, die ich Ihnen gleich zeigen werde, stammen oder wie ich an sie gekommen bin. Ich habe kein Recht, Sie darum zu bitten, aber wenn Sie mir diesbezüglich Fragen stellen, werde ich sie nicht beantworten. Der kleinste Hinweis von mir könnte letztendlich die ganzen Ermittlungen gefährden.«

Hagen und Leary tauschten einen Blick aus.

»Das ist für mich kein Problem«, sagte Leary.

»Für mich auch nicht«, bestätigte Hagen.

Joe öffnete seine Aktentasche, zog die Dokumente heraus und legte sie aufs Bett. Jedes einzelne Blatt steckte in einer Plastikhülle.

»Erstes Ziel ist es«, sagte er, während er einen Zettel aus seiner Brusttasche zog, »diese Seriennummer mit denen auf den Dokumenten genau zu überprüfen … Es sind sehr viele Nummern. Ich wünschte, ich könnte Ihnen mehr Leute zur Verfügung stellen, die Sie unterstützen, aber das ist unter diesen Umständen nicht möglich.«

Hagen schaute sich die Seriennummer an. »Die Nummer Ihrer Schwester?«

»Ja.« Joe schaute ihm ins Gesicht. »Ich habe kein Recht, Sie beide darum zu bitten. Wenn es Ihnen zu viel Mühe macht, müssen Sie es mir sagen.«

»Auf gar keinen Fall.«

Sie arbeiteten zusammen. Die Seriennummer von Lallys Schrittmacher kam in den sechs Dokumenten zweimal vor.

»Ich wünschte, es wäre nicht so«, sagte Hagen. »Es besteht jedoch kein Zweifel.«

Joe würde übel.

»Wir sollten den Rest durcharbeiten«, sagte Leary. »Warum machen Sie nicht eine Pause, Lieutenant? Sie können uns nicht helfen.«

Joe stand auf. »Ich gehe kurz raus ... Uns bleibt nicht sehr viel Zeit.«

»Das wissen wir.« Leary schaute kurz auf und lächelte Joe an. Es war das erste aufrichtige warmherzige Lächeln, das Joe auf seinem Gesicht zu sehen bekam, und dieser Umstand erfüllte ihn mit neuer Verzweiflung. Bisher hatte er sich immer ebenso nach seinem Instinkt wie nach handfesten Fakten gerichtet, und als er Leary, Hagen, Ashcroft und Schwartz am Anfang der Ermittlungen gegenübergestanden hatte, war Leary für ihn – wie auch für seine Kollegen – der Hauptverdächtige gewesen. Im Laufe der Jahre hatte Joe oft gegen seine Selbstzweifel angekämpft. Er selbst war immer sein strengster Kritiker gewesen, doch in seiner ganzen Laufbahn hatte er sich bis heute niemals so hilflos und so *unfähig* wie in diesem Augenblick gefühlt. Außerdem hatte er Schuldgefühle, weil er mit seinem Urteil so falsch gelegen hatte.

Er gab ihnen zwanzig Minuten und kehrte dann wieder zurück.

»Und was haben Sie?«

»Alles«, antwortete Hagen, »und nichts.«

Joe wartete. Seine Kehle war wie zugeschnürt und so trocken, dass er Schwierigkeiten hatte zu sprechen.

»Sagen Sie es mir.« Joe setzte sich hin.

»Bemerkenswerte Protokolle«, sagte Leary. »Peinlich genaue, detaillierte Aufzeichnungen der ganzen Arbeit. Bestandteile, Methoden, geplante Ergebnisse.«

»Was ist die schlechte Nachricht?«, fragte Joe.

»Es ist ein Spiel«, erwiderte Hagen. »Er – wer auch immer es ist …«

»Wir wissen alle, wer es ist«, unterbrach Leary grimmig.

»Nein«, sagte Joe barsch. »Wir wissen es nicht. Sie dürfen es nicht wissen.«

»Wer auch immer es ist,«, fuhr Leary fort, »er spielt mit uns.« Er holte tief Luft. »Es gibt sechs verschiedene Niederschriften, die sich alle mit der gleichen Sache beschäftigen. Wir wissen, wie er es gemacht hat. Wir wissen, wie er unsere Schrittmacher in Bomben verwandelt hat. Aber die entscheidenden Details – Mengen, Schaltuhreinstellungen und Seriennummern – sind in jeder Aufzeichnung so unterschiedlich, dass sie unbrauchbar sind.«

»Aber das ist noch nicht das Schlimmste«, sagte Hagen. »Alle Dokumente berichten ausführlich über selbst gebaute Schrittmacherbatterien, die von außen so gestaltet sind, dass sie wie die Originalbatterien aussehen. Jede enthält jedoch eine kleinere Batterie, einen Schaltkreis, einen Zünder und eine Zeitschaltuhr für den Countdown.« Er schluckte. »Vier der Dokumente führen Batterien auf, denen fünfzehn Gramm Plastiksprengstoff zugefügt wurden.«

»Und die beiden anderen?« Joe hielt den Atem an.

Leary übernahm das Wort. Seine Stimme war kräftiger als Hagens. »Wenn eines dieser beiden Dokumente das richtige ist, haben wir es mit zwei verschiedenen Explosionsformen zu tun. Die eine operiert wie die anderen mit einer Zeitschaltuhr, aber die zweite funktioniert mit einem Zünder aus leitfähigem Klebstoff.«

»Mit anderen Worten …« Hagen sah nun wieder richtig krank aus.

»Sie können jederzeit in die Luft fliegen«, sagte Leary.

Joe fühlte sich innerlich wie tot.

»Vor allem, wenn der Schrittmacher herausgenommen wird«, fügte Leary hinzu.

»Und verbessern Sie mich, wenn ich etwas Falsches sage«, erklärte Hagen leise, »aber ich glaube gelesen zu haben, dass leitfähiger Klebstoff wie auch Plastik auf den Röntgenbildern nicht zu sehen ist.«

Sekundenlang herrschte Schweigen.

»Ein Katz-und-Maus-Spiel«, bemerkte Leary.

»Sofern wir nicht feststellen können, welches das richtige Dokument ist, wenn das richtige überhaupt dabei ist«, sagte Hagen, »gibt es für uns keine Möglichkeit zu erfahren, welche oder wie viele Geräte manipuliert wurden ...«

»Oder welche Explosionsmethode benutzt wurde«, fügte Leary hinzu.

Hagens Tonfall und Gesichtsausdruck waren noch immer freundlich, obwohl man ihm anmerkte, dass er verbittert war. »Und da die Nummer des Schrittmachers Ihrer Schwester mit einem Dokument, das nur Plastik aufführt, übereinstimmt und mit einem, das den leitfähigen Klebstoff aufführt, ist es uns nicht möglich, in Erfahrung zu bringen, wie explosiv ihr Schrittmacher wirklich ist.«

»Falls eines dieser Dokumente das richtige ist«, stellte Leary klar, »sind das sehr schlechte Nachrichten. Wenn es eines der anderen ist, wäre es möglich, dass die einzige wirkliche Gefahr für sie darin besteht, dass die kleinere Batterie eine kürzere Lebensdauer hat.«

Joe war schon wieder auf den Beinen. Es gab nur eine einzige Person, die ihnen sagen konnte, was sie wissen mussten, und Joe war felsenfest davon überzeugt, dass ein Mann, der fähig war, dieses Spiel mit dem Leben anderer Menschen zu spielen, diese Information nicht herausrücken würde, wenn er nicht dazu gezwungen war.

Alles, was sie jetzt wissen mussten, hatte Schwartz in seinem Kopf gespeichert.

Er fuhr zur Howe-Klinik, traf dort Valdez und Morrisey und schaute sich mit ihnen Lallys Röntgenbilder an. Sie sahen durch das rostfreie Stahlkästchen der Schrittmacherbatterie hindurch und erkannten eine kleinere Batterie und einen Schaltkreis. Daher wussten sie also ohne die Spur eines Zweifels, dass Lallys Gerät ganz sicher eines der von Schwartz' manipulierten war, obwohl sie nicht sagen konnten, ob es harmlos oder tödlich war. Joe wäre am liebsten zurück ins Memorial Hospital gefahren, um diesen Scheißkerl eigenhändig zu erwürgen, aber stattdessen zog er Valdez und Morrissey ins Vertrauen. Je mehr Leute über dieses Dilemma Bescheid wussten, desto größer war die Gefahr, dass er großen Ärger bekommen und seinen Job verlieren könnte. Allerdings konnte er sich um dieses Problem im Moment nicht kümmern. Valdez bestätigte genau, was Hagen über leitfähigen Klebstoff gesagt hatte.

»Bombenleger benutzen ihn anstelle von Drähten, da der Klebstoff Strom leitet, und wir können dieses gottverdammte Zeug auf Röntgenschirmen nicht sehen.«

»Und wie sieht es mit Kernspinanalyse aus?«, wollte Joe wissen.

»Kernspintomographie«, verbesserte ihn Morrissey. »Unglücklicherweise ist diese Untersuchungsmethode bei Schrittmacherträgern nicht einsetzbar.«

Sie wandten sich wieder den beleuchteten Röntgenbildern an der Wand zu.

»Dann können wir also jetzt nach Plastik und diesem Klebstoff suchen, sind aber nicht in der Lage, es zu sehen.«

»Ganz genau, Joe«, bestätigte Valdez mit finsterer Miene.

»Und nun?«, fragte Morrissey.

»Wir brauchen das richtige Dokument«, sagte Valdez.

Joe sagte nichts und bemühte sich, die Beherrschung nicht zu verlieren. Er brauchte seine ganze Kraft und einen klaren Verstand und konnte es sich nicht erlauben, seine Energie zu verschleudern, indem er sich jetzt seiner Wut und Angst hingab.

»Was werden Sie nun tun, Lieutenant?«, fragte Morrissey freundlich.

»Ich werde beschaffen, was wir brauchen.«

Die Howe-Klinik wirkte eher wie ein großes, luxuriöses, ruhiges Privathaus als wie ein Krankenhaus. Überall standen Blumen, aber keine großen Blumenkästen, sondern wunderschöne, schlichte Farbflecke, die reizend angeordnet waren, um die Menschen aufzuheitern und zu beruhigen. An allen Wänden hingen Bilder, größtenteils Landschaftsaufnahmen und gerahmte Fotografien dankbarer Patienten.

Als Joe Lally besuchte, saß diese noch immer vollständig angekleidet auf ihrem Bett in ihrem hübschen pastellfarbenen Zimmer im dritten Stock, obwohl Dr. Morrissey ihr Bettruhe verordnet hatte. Hugo, der in einem Sessel am Fenster saß, war es anzusehen, dass er sich große Sorgen machte und ihm Schlaf fehlte.

»Hallo, mein Herz«, sagte Joe scherzhaft, als er das Zimmer betrat und sich hinunterbeugte, um ihr einen Kuss auf die Stirn zu geben. »Du siehst gut aus. Ist alles in Ordnung?« Er schaute Hugo an. »Barzinsky, du siehst schrecklich aus.«

»Danke.«

»Ich bin okay«, erwiderte Lally, »aber ich glaube, ich werde verrückt, wenn ich hier nicht bald rauskomme.«

»Du bist doch erst ein paar Stunden hier.«

»Ich wäre gerne wieder in Key West.«

»Ich wünschte, das wäre möglich.«

»Wie lange dauert es noch, bis etwas getan wird?«, fragte Hugo.

»Noch ein Weilchen«, antwortete Joe.

»Du weißt doch, dass wir auf Dr. Ash warten«, sagte Lally.

»Ich finde, es ist verrückt zu warten«, widersprach Hugo zum zehnten Mal.

»Was sind schon ein paar Stunden?« Seit die Röntgenaufnahmen gemacht worden waren, hatte Lally wieder jedes Gefühl für die Realität verloren. Aber vielleicht hatte das auch mit dem Beruhigungsmittel, das Dr. Morrissey ihr gegeben hatte, zu tun.

»Kannst du deine Schwester nicht ein wenig zur Vernunft bringen?«, bat Hugo Joe.

»Ich gebe ihr Recht. Es besteht keine unmittelbare Gefahr.«

»Wie kannst du so etwas *sagen?*«

»Ganz einfach«, log Joe. »Die Menschen, die starben, hatten ihre Schrittmacher alle länger als Lally, und daher spielen noch ein paar Stunden keine Rolle.«

»Warum vertraust du Dr. Morrissey nicht?«, wollte Hugo wissen.

»Es hat nichts damit zu tun, dass ich ihm nicht vertraue«, versuchte Lally ihm zu erklären. »Aber Dr. Ash, Mrs. King und Mr. Goldstein sind schon unterwegs, und außerdem haben sie das Ding in meine Brust gesetzt. Und da Dr. Ash derjenige war, der diese Kabel durch meine Adern bis in mein Herz geschoben hat, glaube ich, dass niemand anderes sein Handwerk besser versteht als er. Das leuchtet dir doch sicher ein?«

Hugo schaute Joe an und sah, dass er unmerklich nickte. »Ich glaube ja«, antwortete er.

»Wo ist Chris?«, fragte Lally Joe.

»Bei mir zu Hause. Er schläft.«

»Gut«, sagte sie, »er war sicher erschöpft.«

»Wir sind alle erschöpft«, erklärte Hugo ein wenig gereizt.

»Warum legst du dich nicht ein wenig hin?«, fragte Lally. »Ich habe es dir schon hundert Mal gesagt.«

»Ich lasse dich nicht allein.«

»Mir geht es ausgezeichnet.«

Joe dachte wieder daran, dass ihm die Zeit davonlief. »Ich muss gehen, Schwesterherz«, sagte er freundlich. »Brauchst du etwas?«

Lally schüttelte den Kopf. »Gar nichts«, erwiderte sie lächelnd. »Es ist wirklich ein nettes Plätzchen hier, findest du nicht? Es gibt keinen Krankenhausgeruch, und es ist so *ruhig*. Wenn niemand spricht und der Fernseher ausgeschaltet ist, kann man kaum einen Laut hören.«

»Es ist ein hübscher Ort«, stimmte Joe zu. Er sah keinen Grund dafür, Lally die Wahrheit zu sagen. Ihr Zimmer war nämlich deshalb so ruhig, weil alle anderen Patienten in ihrem Flügel vor ihrer Ankunft verlegt worden waren, um in Sicherheit zu sein. Es stimmte zwar, was Dr. Morrissey am Flughafen gesagt hatte und dass andere bisher keiner Gefahr ausgesetzt gewesen waren, aber Tony Valdez hatte schon hundert Mal erklärt, dass jeder, der leichtfertig mit Bomben umging, entweder verrückt oder sehr dumm war. Bomben sind unberechenbar, und obwohl Joe noch immer betete, dass Lallys Schrittmacher einer von Schwartz' ungefährlichen Attrappen war, konnte man nicht sicher sein, ob er sich genauso verhalten würde wie der von Marie Ferguson oder Alice Douglas.

»Wie geht es Jess?«, fragte Lally.

»Großartig. Sie hat keine Schmerzen mehr und wird

wahrscheinlich morgen nach Hause oder zumindest zu ihrer Mutter fahren können.«

»Das ist wunderbar.« Lally sah den gehetzten Blick ihres Bruders und reichte ihm die Hand. »Du kannst gehen, Joe, ganz bestimmt. »Mit mir ist alles okay.«

»Ich weiß.« Joe hielt ihre Hand einen Moment fest. »Du machst, was man dir sagt, Schwesterherz, nicht wahr?«

»Versprochen.« Lally schaute ihrem Bruder ins Gesicht. »Wirst du wiederkommen, bevor ich operiert werde?«

»Natürlich.«

Er zwang sich, langsam zur Tür zu gehen. Als er die Tür geschlossen hatte, lief er sofort los.

Es war zwanzig vor sechs.

Commander Jackson war zu einem Abendessen eingeladen. Er saß in seinem schicken Smoking hinter seinem Schreibtisch und konnte es kaum erwarten, endlich zu gehen.

»Kommen Sie mir jetzt nicht mit Nichtigkeiten, Duval. Mrs. Jackson wartet auf mich, ganz zu schweigen von den einhundertachtundneunzig anderen Gästen, die meine Rede hören wollen.«

»Es sind keine guten Neuigkeiten, Sir. Ich hoffe, es wird zumindest für weitere vierundzwanzig Stunden inoffiziell bleiben.«

»Was haben Sie gemacht, Duval?«, fragte Jackson seufzend. »Oder soll ich mal raten?« Jackson schüttelte enttäuscht den Kopf. »Um Gottes willen, sagen Sie mir nur nicht, dass Sie Schwartz' Wohnung durchsucht haben.«

»Richtig geraten.«

Jackson stand auf, ging um seinen Schreibtisch herum, überprüfte, ob die Tür fest verschlossen war, und zog die Rollläden vor dem Fenster herunter, aus dem man freie

Sicht auf das angrenzende Großraumbüro der übrigen Beamten hatte.

»Am besten setzen Sie sich hin«, sagte Joe.

Sie schauten sich über den Schreibtisch hinweg an.

»Brauchen Sie einen Kaffee?«, fragte der Commander.

»Nein danke, Sir.«

»So, und jetzt erzählen Sie mir mal alles hübsch der Reihe nach.«

»Ist das inoffiziell?«

»Vielleicht.«

»Ich muss es wissen, Commander.«

»Sie müssen überhaupt nichts wissen, Duval. Sie müssen mir nur die ganze verdammte Wahrheit sagen, und wenn Sie fertig sind, müssen Sie nur noch Ihr Maul halten.«

Jackson fluchte selten. Das war kein gutes Zeichen.

Joe klärte seinen Chef über seine Ermittlungen genau auf.

»Ist das alles?«

»Ja.« Joe wartete.

Der Commander biss die Zähne zusammen. »Dann fassen wir Ihre heutige Arbeit mal zusammen. Sie haben nicht nur meinen ausdrücklichen Befehl missachtet und eine, nein *zwei* illegale Wohnungsdurchsuchungen durchgeführt, sondern Sie sind in beide Wohnungen eingebrochen, haben einen Bürger bestochen und einen zweiten in Ihre Verbrechen verwickelt, was zu seiner Verletzung und seiner Einweisung ins Krankenhaus führte.«

Joe wusste, dass es jetzt besser war, den Mund zu halten.

»Und nun bitten Sie mich, das alles nicht zur Kenntnis zu nehmen und Ihnen weitere vierundzwanzig Stunden für den Fall einzuräumen.«

Joe erwiderte nichts.

»Habe ich das Recht dazu, Lieutenant?«

»Ja, Sir.«

»Sagen Sie mir noch einmal, warum Sie meinen, dass ich Ihnen diese Zeit zugestehen sollte.«

»Weil ich hoffe, den Fall innerhalb dieser Zeit abschließen zu können.«

»Sie glauben also, dass Ihre Schwester durch Ihre Hilfe eine größere Überlebenschance haben wird?« Jacksons Stimme war frostig.

»Ja, das glaube ich«, erwiderte Joe so ruhig wie möglich, »und außerdem hoffe ich, Schwartz innerhalb dieser Zeit in die Knie zu zwingen.«

»Indem Sie unzulässige Beweise benutzen.« Die Dokumente lagen auf dem Schreibtisch. Ein fast sieben Zentimeter hoher Stapel Plastikhüllen.

»Und indem ich mir das zunutze mache, was wir jetzt über seine Verfassung wissen.«

»Sagen Sie jetzt am besten gar nichts mehr.« Jackson hatte seine dunklen Augen zusammengekniffen und sah Joe verärgert an. »Nennen Sie mir einen guten Grund, warum ich Sie nicht auf der Stelle vom Dienst suspendieren und einem anderen den Fall übergeben sollte, der sich mit den Gesetzen unseres Staates und unseres Landes auskennt.«

»Dessen Hände gebunden wären, da meine Wohnungsdurchsuchungen illegal waren.«

Der Commander stand auf, ging zu der dunklen Holzwand zu seiner Linken und starrte auf das Foto, auf dem auch der Vater von Marie Ferguson abgebildet war. Einen Moment blieb er dort tief in Gedanken versunken stehen und drehte sich dann schließlich um.

»Ist der Rest Ihres Plans legal?«

»Ja, ist er.«

»Ist er moralisch vertretbar?«

Joe zögerte nur eine Sekunde. »Er ist vielleicht etwas ungewöhnlich, aber meiner Meinung nach ist er moralisch.«

»Ihrer Meinung nach.« Jackson versuchte nicht, seinen Sarkasmus zu verbergen.

»Ja, Sir.«

»Wird noch irgendein anderer Polizeibeamter in die Sache hineingezogen?«

»Nein, Sir. Außer das Dezernat für Bomben und Brandstiftung, das wegen Lallys Operation in Alarmbereitschaft ist.«

»Weiß irgendjemand, wo Sie die Dokumente gefunden haben?«

»Nein, Sir. Ich nehme an, dass Mr. Hagen und Mr. Leary eine ziemlich klare Vorstellung davon haben, dass Schwartz unser Mann ist, aber sie haben eingewilligt, keine Fragen zu stellen.«

»Glauben Sie …«, begann der Commander, der Joe ungerührt ansah, »glauben Sie ehrlich, dass es das Leben Ihrer Schwester und anderer Menschen retten wird, wenn ich Sie weiter an dem Fall arbeiten lasse?«

Joe schaute den Commander ruhig an. »Lally ist das Versuchskaninchen für alle anderen Opfer von Schwartz. Wenn sich herausstellt, dass ihr Schrittmacher eine Bombe ist, werden wir in der Lage sein, anderen Krankenhäusern im ganzen Land zu helfen.«

»Und Sie glauben, dass Sie mir noch einen Beweis für Schwartz' Schuld liefern können?«

»Ja, das glaube ich.«

Jackson wartete ein paar Sekunden. »Ich gebe Ihnen bis morgen früh acht Uhr.«

Das war mehr Zeit, als Joe sich erhofft hatte. »Danke, Commander.«

»Sie werden alleine arbeiten. Ich will nicht, dass Ihnen ein anderer hilft, weder Lipman noch Cohen.«

»Ich verstehe.«

»Und nach Ablauf dieser Frist könnte Ihnen die Suspendierung drohen.«

»Ja, Sir.«

»Ich möchte, dass Sie mir eins versprechen, Duval.«

»Ja, Commander.«

»Wenn Sie zu irgendeinem Zeitpunkt während der nächsten …«, Jackson schaute auf die Uhr, »vierzehn Stunden feststellen, dass Sie einen weiteren Fehler begangen haben und etwas schief läuft, kommen Sie sofort zu mir. Etwas anderes will ich nicht wissen. Die einzige andere Nachricht, die mich interessiert, sind Ergebnisse.«

»Ja, Commander.«

»Sie wissen, dass Sie Ihren Job verlieren können, egal wie es ausgeht?«

»Ja, Sir.«

»Das wäre ein schrecklicher Verlust.«

»Danke, Sir.«

»Danken Sie mir nicht. In meinem ganzen Leben hat noch kein Officer, der mir unterstellt war, meine Geduld dermaßen auf die Probe gestellt. Ich bin ausgesprochen wütend und empört.«

»Ich verstehe, Sir.« Joe stand auf. »Am besten fange ich gleich an.«

»Ja, das ist das Beste. Duval … Ich bete für Ihre Schwester.«

»Danke«, sagte Joe noch einmal.

Sie gingen schweigend zur Bürotür.

»Soweit es mich betrifft, Duval, waren Sie nie hier.«

»Nein, Sir.«

»Das ist besser für mich wie auch für den Fall. Ich habe nicht vor, mich in dieser Sache für Sie einzusetzen.«

»Das würde ich nicht von Ihnen erwarten, Sir.«

Jacksons Hand lag schon auf dem Türknauf.

»Wenn Sie untergehen, gehen Sie alleine unter.«

Als Joe das Polizeirevier verließ, schneite es. Er schloss seine Wagentür auf und stieg ein. Die Uhr auf dem Armaturenbrett zeigte achtzehn Uhr fünfundzwanzig. Wenn die Maschine keine Verspätung hatte, waren Ash und seine Mitarbeiter inzwischen in Chicago und auf dem Weg zur Howe-Klinik. Und in Kürze würden alle zur Stelle sein, sodass mit Lallys Eingriff begonnen werden konnte. Der Rest – das fehlende Glied – befand sich noch immer in Schwartz' Kopf, und Joe wusste, dass er es jetzt da herausholen musste.

Der Commander hatte Recht. Joe hatte sich in seinem ganzen Leben noch nie so einsam gefühlt.

35. Kapitel

Montag, 25. Januar

Wäre Joe nicht zufällig auf Sean Ferguson gestoßen, der gerade in John Morrisseys Zimmer einen Whisky trank, als er ankam, so hätte er sicher nicht noch einen Bürger in die Sache hineingezogen. Aber Ferguson, der um seine Frau trauerte, war so begierig darauf zu helfen, und außerdem wusste Joe, dass sie ihm schon jetzt viel zu verdanken hatten. Und Joe handelte noch immer nach seinem Gefühl, ob es nun falsch oder richtig war.

»Ich habe einen Plan«, sagte er zu den beiden Männern. »Und ich brauche Ihre Hilfe.«

»Kein Problem«, antwortete Ferguson.

»Nicht so eilig, Sean«, warnte ihn Morrissey.

Ferguson nahm seinen Einwand nicht zur Kenntnis. »Ich würde alles tun, um Ihnen zu helfen, Lieutenant.«

Joe sagte ihm, wie er ihm helfen könne, und fasste seinen Plan zusammen.

»Mir wurde gesagt, dass Schwartz auf dem Wege sei, wieder vollkommen gesund zu werden, aber im Moment fühle er sich noch ziemlich mies. Ich will, dass er sich auch weiterhin mies fühlt, denn je schlechter er sich fühlt, desto bessere Chancen haben wir meiner Meinung nach, ihm unseren Standpunkt klarzumachen.«

»Warum können Sie ihm nicht einfach die Dokumente unter die Nase halten?«, fragte Morrissey.

»Das habe ich Ihnen doch schon erklärt«, sagte Joe ohne

Umschweife. »Weil ich sie bei einer illegalen Hausdurchsuchung gefunden habe. Weil ich alles vermasselt habe und weil ich glaube, dass Schwartz seinen Rechtsanwalt rufen würde, und dann wären wir erledigt.«

»Was meinst du?«, fragte Ferguson Morrissey, während er einen Schluck Whisky trank. »Könnten wir es einrichten, dass es Schwartz weiterhin mies geht?«

»Ohne sein Leben zu gefährden?«, fügte Joe hinzu.

»Das könnte man sicherlich, wenn ein Arzt dazu bereit wäre«, erwiderte Dr. Morrissey zögernd. »Das Chicagoer Memorial Hospital würde auf keinen Fall zulassen, dass ein Patient auf diese Weise hinters Licht geführt wird.« Er wandte sich an Joe. »Und darum möchten Sie, dass Schwartz in die Howe-Klinik verlegt wird?«

»Wenn Sie zustimmen.«

»Ich habe kein besonderes Problem damit, ihn hierher zu bringen.« Morrissey machte ein grimmiges Gesicht. »Doch der andere Teil Ihres Plans widersetzt sich all meinen Grundsätzen.«

»Nur ein paar harmlose Medikamente«, bat Joe, »und eine etwas erhöhte Zimmertemperatur.«

»Das hört sich so einfach an, Lieutenant.«

»John geht nicht gerne ein Risiko ein«, erklärte Ferguson Joe. »Er hat die Klinik schon bis zu einem gewissen Grad einer Gefahr ausgesetzt, indem er zustimmte, diese Operation hier durchzuführen. Ich glaube, er tut es ebenso für Marie wie für Ihre Schwester, wenn Sie mir meine Worte verzeihen mögen, Lieutenant.«

»Ich weiß«, sagte Joe. »Deshalb bin ich ihm nicht weniger dankbar.«

»Wenn ich es richtig verstehe, bitten Sie ihn nun jedoch«, fuhr Ferguson fort, »mehr moralische und ethische Grundsätze zu verletzen, als ich aufzählen kann. Ich kann verstehen, warum Sie gewillt sind, Ihre Karriere aufs Spiel zu setzen, Lieutenant, aber John Morrissey ist Arzt und kein Bulle, und ein verdammt guter dazu. Außerdem hat die Stadt durch den Tod meiner Frau schon eine gute Ärztin verloren.«

Joe hielt den Atem an.

»Ich hingegen«, fügte Ferguson mit funkelnden Augen hinzu, »habe nichts zu verlieren.«

»Was willst du damit sagen, Sean?«, fragte Morrissey.

»Ich glaube, ich würde mich als Arzt gut machen.«

»Du wärst ein mieser Arzt.«

»Verbessern Sie mich, wenn ich Sie missverstanden habe ...«, Ferguson schaute Joe an, »aber Ihr Plan sieht nicht vor, dass ich den Patienten, nachdem die Medikamente verabreicht wurden, tatsächlich behandeln muss, nicht wahr? Es geht größtenteils um das Gespräch mit ihm, oder?«

»Ja, so ungefähr.«

»Das ist doch verrückt.« Morrissey war aufgebracht. »Dafür kannst du hinter Schloss und Riegel kommen.«

Ferguson blieb sachlich. »Marie ist tot, John. Dieser Mann hat sie umgebracht. Sie war zweiunddreißig Jahre alt, und sie war meine Frau.«

Die drei Männer schwiegen.

»Einverstanden«, sagte Morrissey schließlich.

Joe wartete. Jeder Muskel seines Körpers war angespannt.

»Ich werde erlauben, dass ihm Beta-Blocker verabreicht werden, die seinen Pulsschlag verlangsamen, und ich werde dafür sorgen, dass die Temperatur in seinem Zimmer erhöht wird.« Morrissey schwieg einen Augenblick. »Und wenn Sie beide in dieser Klinik etwas schauspielern wollen, drücke ich ein Auge zu.«

Joe atmete auf. »Danke, Doktor.«

»Wissen Sie, wie unmoralisch das ist, Lieutenant?«

»Ja.«

»Und Sie sind sich des Risikos für uns alle bewusst?«

»Ja, Sir.«

»Ich bin keineswegs davon überzeugt, dass ich es schaffen werde, das Memorial Hospital zu überzeugen, uns den Patienten zu überlassen.«

»Geben Sie ihnen zu verstehen, dass wir seine Gesundheit nicht gefährden werden«, sagte Joe.

»Ich würde sagen, dass ist ein weiterer strittiger Punkt, Lieutenant.«

Joe hielt es für besser zu schweigen.

Während Morrissey hinter verschlossenen Türen in seinem Büro mit dem Leiter des Chicagoer Memorial Hospitals sprach, ging Joe mit Sean Ferguson in Morrisseys Privatzimmer der Klinik auf und ab.

Joe war zu aufgeregt, um zu schlafen oder Lally zu besuchen oder die Nähe von Hugo Barzinsky zu ertragen.

Als Morrissey zurückkehrte, schnellte Joes Pulsschlag explosionsartig in die Höhe.

»Sie haben es mir abgekauft.«

»Gott sei Dank.«

»Worauf warten wir noch?«, fragte Ferguson.

Morrissey hob seine Hände und ließ sie dann langsam sinken. »Ich habe mein Wort gegeben, dass die Gesundheit des Patienten nicht gefährdet wird und dass ihre Verantwortung für ihn in dem Augenblick endet, sobald er ihr Krankenhaus verlassen hat.«

Joe sah wieder auf die Uhr. Es war zwanzig nach sieben.

»Fangen wir an«, sagte er.

»Dr. Ash wird jede Minute hier sein«, erinnerte Morrissey Joe. »Was kann ich ihm sagen?«

»Geben Sie ihm keine Informationen über das, was wir vorhaben«, erwiderte Joe. »Sagen Sie ihm nur, dass wir nahe davor stehen, lebenswichtige Informationen über die Zusammensetzung von Lallys Schrittmacher zu bekommen, und es tödlich sein könnte, vorher zu beginnen.«

»Das leuchtet mir ein«, sagte Ferguson.

Morrissey seufzte. »Je mehr wir wissen, desto besser ist es zweifellos.«

»Wir sind uns also einig?«, fragte Joe.

Niemand war anderer Meinung.

»Hat jemand etwas von Chris gehört?«, fragte Lally Hugo um sieben Uhr sechsundzwanzig.

»Soweit ich weiß nicht.«

»Er wird sicher noch schlafen«, sagte Lally.

Die Wirkung des Beruhigungsmittels, das man ihr vor einigen Stunden gegeben hatte, ließ nach, und obwohl ihr die Benommenheit, die es hervorgerufen hatte, ganz und gar nicht gefallen hatte, gefiel es ihr jetzt auch nicht, hellwach zu sein.

»Kann ich irgendetwas für dich tun, Lally?«, fragte Hugo.

»Nein.« Sie stieg zum zehnten Mal innerhalb einer Stunde aus dem Bett, ging zum Fenster, das auf der linken Seite des Zimmers lag, und starrte ins Dunkel.

»Du sollst im Bett bleiben.«

»Das ist doch wohl egal.«

»Der Arzt wird seine Gründe haben.«

Lally drehte sich nicht um. »Dr. Morrissey weiß nicht mehr darüber, was mit mir passieren oder nicht passieren wird, als du, Hugo. Der einzige Grund, warum ich im Bett bleiben soll, ist, dass man mich aus dem Verkehr ziehen will.«

»Ich sehe es eher so, dass du dich so viel wie möglich ausruhen sollst, falls dein Schrittmacher seine Arbeit nicht so gut macht, wie er sollte.«

»Danke, Hugo.« Lally ging vom Fenster weg. »Das ist genau das, was ich hören muss, damit es mir besser geht.«

»Es hört sich schlimmer an, als ich es gemeint habe«, sagte er unglücklich.

»Nein, das stimmt nicht. Entweder explodiert mein Herz, oder es hört auf zu schlagen.«

»Halt um Himmels willen die Klappe, Lally«, bat Hugo liebevoll.

Lally setzte sich schlecht gelaunt vor den eingebauten Ankleidetisch und starrte in den Spiegel. Eigentlich sah sie ziemlich normal aus. Sie hatte ihr geliebtes Garfield-Nachthemd angezogen, dass wegen seiner Bequemlichkeit meistens mit ihr auf Reisen ging. Ihr Haar, das sie zusammengebunden hatte, fiel über ihre rechte Schulter. Ihr Gesicht glühte noch von der Floridasonne. Nur der erschöpfte, ängstliche Blick ihrer ungeschminkten Augen verriet, wie sie sich wirklich fühlte.

»Du bist nur sauer, weil Chris weggegangen ist, um zu schlafen.« Hugo versuchte, das Thema zu wechseln.

»Bin ich nicht«, entgegnete sie giftig. »Er hat tagelang nach uns gesucht und dann noch dieser Flug, da ist es doch nur verständlich, dass er mal schlafen muss.«

»Dann bist du sauer, weil er so lange schläft.«

»Wenn ich sauer bin, hat das nichts mit Chris zu tun«, verteidigte sich Lally. »Ich bin sauer …« Sie stand kurz davor, in Tränen auszubrechen. »… weil ich mir vorkomme, als würde ich hier in einem schicken Todestrakt sitzen und auf jemanden warten, der mir sagt, ob ich begnadigt werde oder nicht.«

Hugo sprang entsetzt vom Stuhl hoch. »Es tut mir so Leid.« Er beugte sich zu ihr hinunter, legte seinen Arm um ihre Schultern, und Lally fing schließlich an zu weinen. »Das wollte ich nicht. Ich weiß doch, wie sehr du dich ängstigst ...«

»Ja, ich habe wahnsinnige Angst.« Als Lally nun bittere Tränen vergoss, konnte sie sich gar nicht vorstellen, wie sie es bisher geschafft hatte, nicht zu weinen. »Sorry«, schluchzte sie in seinen Ärmel, »aber ich kann nichts dafür.«

»Du warst so tapfer«, beruhigte Hugo sie, der sich selbst verachtete, denn nun weinte auch er, und das war für sie überhaupt keine Hilfe. »Oh Gott, sieh mich an, Lally.«

Lally hob ihren Kopf, schaute ihn an und versuchte zu lächeln.

»Deine Nase ist ganz rot.«

»Du siehst auch nicht aus wie ein Gemälde«, entgegnete Hugo.

Sie löste sich von ihm, zog mehrere Kleenextücher aus der Schachtel, die auf dem Ankleidetisch lag, reichte Hugo zwei und putzte sich mit den anderen die Nase. Dann warf sie einen kurzen Blick in den Spiegel und schaute wieder weg. Sie dachte an Chris' Bild von ihr in ihrem Balletttrikot und fragte sich, ob sie je wieder Unterricht geben und jemals ihr Studio oder ihr Haus wiedersehen würde.

Vor allem jedoch fragte sie sich, warum Chris sie nicht angerufen hatte.

***

Chris war nie in besonderem Maße von Todesängsten besessen gewesen. Wie die meisten Menschen hatte er sich gelegentlich gefragt, wie seine letzten Stunden wohl aussehen würden. Er war hin und her gerissen zwischen dem Wunsch, auf seinen Tod gut vorbereitet zu sein, und der Hoffnung, dass es schnell und schmerzlos geschehen sollte – am besten im Schlaf.

Jetzt wusste er, was es für ein Gefühl war, dem Tod ins Auge zu sehen. Es war ein verdammt scheußliches Gefühl. Was ihm jedoch noch mehr zusetzte als die höllischen Schmerzen in seiner Hand und seinem Arm und ihm viel stärker den Atem und die Kraft nahm als die Wirkung des tödlichen Giftes in seinem Blut, war seine Unfähigkeit, mit Katy oder Lally zu sprechen. Irgendwie war er froh, dass keine von beiden ihn so sehen konnte, besonders seine geliebte kleine Katy. Andrea würde sich schon um Katy kümmern, sobald sie von ihrer Sucht befreit war, und wenn er tot war, würde sie es schaffen, denn sie hatte keine andere Wahl. Aber Lally auf diese Weise zu verlassen, da alles kaum begonnen hatte, sie im Stich zu lassen, wo sie so verletzlich und ängstlich und in so großer Lebensgefahr war, ohne ein weiteres Wort, ohne die Möglichkeit, sie zu umarmen oder ihr zu sagen, was er für sie empfand, war für ihn ein unerträglicher Gedanke. Wie gerne hätte er ihr gesagt, dass er sie mehr liebte als er je eine Frau geliebt hatte, dass er alles für sie tun würde und *sein Leben* für sie geben würde. Vielleicht hatte er gewissermaßen genau das getan, und vielleicht hätte ihm das ein kleiner Trost sein sollen. Vielleicht hätte es ihm ein wenig geholfen, wenn er erfahren hätte, dass Lally nicht mehr in Lebensgefahr schwebte, weil er diese Dokumente gefunden hatte. Doch er war hier ganz allein an diesem schrecklichen, trostlosen, verlassenen Ort, wo ihn Schläuche und Nadeln quälten und Fremde, die es gut mit ihm meinten, ihn umsorgten. Er würde sterben, *sterben*, verdammte Scheiße, wegen einer blöden, gottverdammten

Eidechse, und er wusste nicht, ob Lally gerade operiert wurde oder ob die Operation vorbei war oder ob sie auch nur begonnen hatte ...

Um zwanzig nach acht erwachte Frederick Schwartz aus einem unruhigen Schlaf und seinen Träumen und sah einen Mann in einem dunklen Anzug und zwei in Weiß gekleidete Pfleger mit einer Trage neben seinem Bett stehen.

»Was geht hier vor?« Sein Blick war vom Schlaf, vom Fieber und den Medikamenten noch verschwommen und seine Stimme heiser.

»Sie werden in ein anderes Krankenhaus verlegt, Mr. Schwartz.« Der Mann im Anzug hielt seine Krankenakte und ein Bündel Papiere in der Hand.

»Jetzt? Warum?« Schwartz spähte auf das Namensschild des Mannes, konnte es aber nicht richtig entziffern. »Warum kann ich nicht hier bleiben?«

»Weil Sie eine spezielle medizinische Versorgung brauchen, für die wir hier nicht ausgerüstet sind.«

»Was denn für eine Versorgung?« Schwartz war wie betäubt, und er hatte das Gefühl, als entglitte ihm die Kontrolle über alles.

»Mir wurde gesagt, dass Sie in ein Krankenhaus mit einer Abteilung, die sich auf Vergiftungen spezialisiert hat, verlegt werden, wo die Bisswunde an Ihrer Ferse richtig behandelt werden kann.«

»Ist das wirklich nötig?«

»Auf jeden Fall.« Der Mann hielt ihm ein Klemmbrett mit einem Blatt Papier unter die Nase. »Sie müssen das hier überprüfen und unterschreiben, Sir.«

»Was ist das?«

»Ein Dokument, das Ihre Entlassung aus dem Chicagoer Memorial Hospital bestätigt. Es hat alles seine Richtigkeit, aber mir wäre es natürlich lieber, wenn Sie es lesen, bevor Sie unterschreiben.«

Schwartz nahm das Klemmbrett in die Hand. Er war noch schwach, aber nicht mehr so schwach wie in den vergangenen Tagen. »Ich fühle mich eigentlich schon besser.«

»Es freut mich, das zu hören.«

»Ich verstehe wirklich nicht, warum ich jetzt verlegt werden soll. Meiner Meinung nach hat die Behandlung gut angeschlagen.«

»Ich richte mich nur nach den Anweisungen, Sir. Alles, was ich weiß, ist, dass einige Test durchgeführt wurden, die zeigen, dass das Gift in Ihrem Organismus noch zu gewissen Problemen führt.« Der Mann lächelte. »Ich bin sicher, dass es keinen Grund zur Sorge gibt.«

Schwartz versuchte, das Gesicht des Mannes genau zu erkennen. »Sind Sie Arzt?«

»Nein, Sir, ich arbeite in der Krankenhausverwaltung.« Der Mann verstummte. »Möchten Sie, dass ich Ihnen eine Kopie von den Testergebnissen vorlege, Sir?«

Schwartz spürte, wie Übelkeit in ihm aufstieg. Es war wohl das Beste, es schnell hinter sich zu bringen. »Nein«, antwortete er, »ich glaube, ich kann Ihnen vertrauen.« Er streckte die rechte Hand aus und nahm den Stift entgegen.

»Danke, Sir.«

»Vorsicht ist die Mutter der Porzellankiste«, bemerkte Schwartz und unterschrieb.

»Genau«, stimmte der Mann zu.

***

Lucas Ash suchte Lally um zwanzig Uhr fünfunddreißig in ihrem Zimmer auf.

»Mensch, was in Gottes Namen mach ich hier«, sagte er,

als er den Raum betrat. »Sie sehen aus wie das blühende Leben, Miss Duval.«

»Das ist schön, Doktor.« Lally grinste ihn vom Bett aus an. »Dann können wir ja zusammen in ein Flugzeug steigen und sofort zurück nach Massachusetts fliegen.«

»Das wäre mir recht, aber ich habe gehört, dass die nervösen Typen der Fluggesellschaften das nicht zulassen werden.« Dr. Ash setzte sich auf den Bettrand und griff nach Lallys Händen. »Ich vermute daher, dass wir ihnen ihren Willen lassen und diesen Unsinn so schnell wie möglich hinter uns bringen müssen, okay?«

»Okay.« Lally gefiel es, dass Dr. Ash ihre eiskalten Hände umfasste. »Glauben Sie wirklich, mein Schrittmacher könnte einer von denen sein, Doktor?«

»Unter den gegebenen Umständen sollten wir vielleicht einfach du zueinander sagen, okay, Lally? Ich heiße Lucas.«

»Du hast meine Frage nicht beantwortet, Lucas.«

»Ehrlich gesagt weiß ich es nicht, Lally.« Dr. Ash verstummte. »Als ich den Schrittmacher vor der Implantation überprüfte und ihn in Händen hielt, ist mir absolut nichts Besonderes aufgefallen. Ich habe Dutzende dieses speziellen Typs eingebaut, die alle von Hagen-Schrittmacher stammten.«

Lally hatte vergessen, dass er diese unglaublich blauen Augen hatte, die aber trotzdem eine ganz andere Farbe hatten als Chris' Augen. Sie starrte ihn an. »Das bedeutet aber dennoch nicht, dass es auf keinen Fall eine Bombe ist, nicht wahr?«

»Nein, Lally, ich fürchte nicht.«

Sie zog ihre Hände zurück. »Es war sehr, sehr nett, diese Reise für mich zu machen, Doktor Ash.«

»Lucas«, verbesserte er sie freundlich, »und da ich derjenige war, der das verdammte Ding eingebaut hat, ist es doch ganz selbstverständlich, dass ich es auch wieder herausnehme.«

»Dr. Morrissey sagte, dass die anderen auch kommen.«

»Mrs. King und Mr. Goldstein sind schon da. Sie bereiten schon alles vor.«

Erneut verkrampfte sich Lallys Magen vor Nervosität. »Es dauert also nicht mehr lange?«

»Noch eine Weile. Versuch, geduldig zu sein, okay?«

»Habe ich denn eine andere Wahl?«

Joe kehrte noch einmal in die Wohnung des Mörders zurück, um sich auf seine Konfrontation mit Schwartz richtig vorzubereiten. Daher nahm er sich Zeit und schaute sich alles ganz genau an. Er studierte jedes Gemälde, die verstaubten Umschläge jedes Buches, die Hüllen jeder CD, die sorgfältig gestickten Worte jeder Stickerei.

Die noch lebenden Eidechsen beobachteten ihn bei der Arbeit. Joe spürte ihre Blicke auf sich, und ihre Hilflosigkeit machte ihn wütend. Schon als Junge hatte er Zoos nicht gemocht und den Anblick von Tieren in Käfigen gehasst. Die Tiere würden mit viel Glück im Chicagoer Zoo oder bei einem anderen Privatsammler enden. Wahrscheinlicher war, dass man sie töten würde.

Es war nicht schwierig gewesen, zu dem Schluss zu kommen, dass die Eidechsen für Schwartz Drachen darstellten. Es war ebenfalls nicht schwer zu begreifen, dass es für den Mörder eine Verbindung zwischen diesen sagenumwobenen Kreaturen und seiner Mutter, der Puffmutter, gab. Abgesehen von den Botschaften und Warnungen, die die handgearbeiteten Stickereien – die eigenartigen Geschenke an ihren Sohn – enthielten, hatten sie allerdings nichts in der Hand, um in Erfahrung zu bringen, wie merkwürdig die Mutter Eva Schwartz gewesen sein musste. *Ziemlich merk-*

würdig, vermutete Joe. Und verantwortlich, wenn nicht für die Art ihres Todes oder deren Folgen, so doch für das Leben, das sie zuvor geführt hatte, das Leben, das ihren Sohn allmählich zu einem Psychopathen heranreifen ließ.

Nachdem er Schwartz' Wohnung verlassen hatte, rief Joe im Chicagoer General Hospital an, um sich nach Webbers Zustand zu erkundigen und mit Jess zu sprechen.

»Meine Sachen sind so gut wie gepackt«, begann sie. »Ich kann wieder zurück zu meiner Mutter fahren.« Ihre Stimme war kühl. Die Stimmung zwischen ihnen war sogar am Telefon angespannt und zeigte, wie unglücklich sie beide waren. »Es sei denn, ich könnte nach Hause fahren.«

»Jetzt noch nicht«, bat Joe. »Bald.«

»Kommst du noch vorbei?«

»Ich bin nicht sicher, aber ich hoffe es.«

»Arbeitest du noch am gleichen Fall?«

»Ja.«

»Wie lange noch?«

»Nicht mehr lange.«

»Ich möchte nach Hause«, sagte Jess. »Auch Sal will wieder nach Hause.«

»Und ich möchte euch beide wieder zu Hause haben. Es wird nicht mehr lange dauern.«

Jess suchte nach den richtigen Worten. Joe sah ihre Augen im Geiste vor sich. »Schwörst du mir noch immer, dass du nicht in Gefahr bist?«

»Ich schwöre es.«

»Aber du hast Schwierigkeiten.«

»Keine, mit denen ich nicht fertig werde.«

»Ich möchte, dass du es mir erzählst.«

»Ich weiß.«

Aber er erzählte ihr nichts über Lally, nichts über

Schwartz oder über das mögliche Ende seiner Karriere. Er wusste, dass es falsch war, ihr nichts zu sagen, und es gegen seine Grundsätze der Ehre verstieß. Doch zu diesem Zeitpunkt brauchte er seine ganze Energie für die Ermittlungen, und daher versuchte er sich einzureden, dass er dem ungeborenen Kind zuliebe schwieg, und sagte nichts.

Er hatte das dringende Bedürfnis, sich jemandem anzuvertrauen. Mehr als mit jedem anderen hätte er gerne mit Sol Cohen gesprochen, um seinem gewieften alten Kollegen zu erklären, warum er seine ganze Karriere aufs Spiel setzte, warum er den sicheren Boden, auf dem die Welt der Polizeiarbeit fußte, verlassen hatte, um in die wahnsinnige Unterwelt des Frederick Schwartz einzutauchen und einen Kampf zu führen, der sich jeder Regel und jeder Ethik widersetzte. Aber Joe konnte und wollte Sol nicht in den Wahnsinn des heutigen Tages hineinziehen. Er hatte weiß Gott schon zu viele Menschen in die Sache verwickelt.

Jedenfalls war er sich nicht sicher, ob er das alles selbst noch verstand.

Obwohl er sehr krank war, wusste Schwartz, dass etwas im Gange war. Die ersten Zweifel kamen ihm, kurz nachdem er die Entlassungspapiere aus dem Chicagoer Memorial Hospital unterschrieben hatte, und während der Krankenwagen zur Klinik fuhr, begriff er allmählich, dass etwas nicht stimmte. Einerseits wusste er, dass er wieder gesund werden würde. Er hatte noch Fieber, und ihm war noch unbehaglich zumute, aber es war nicht mehr so schlimm wie zu Beginn, und er konnte wieder klarer denken. Andererseits warnte ihn seine innere Stimme, dass sie ihm auf der Spur waren. Weder der Lieutenant noch irgendein anderer Polizeibeamter hatten ihn im Krankenhaus besucht, aber nichtsdestoweniger wusste er, dass die nächste Etappe des

Spieles, die direkte Konfrontation, die er schon seit mehr als einer Woche erwartete, nun unmittelbar bevorstand.

Seltsamerweise hatte er keine Angst.

In seinem neuen Zimmer machte man es ihm bequem. Es war ein hübscher, eleganter Raum, der eher zu einem Hotel als zu einem Krankenhaus passte. Die Einrichtung bestand aus dunklen Holzmöbeln. Die Wände waren in einem blassen Cremeton gestrichen, und die Vorhänge waren beige. Die Krankenschwester legte an seinem Arm einen neuen Zugang für die Infusion, befestigte Elektroden an seiner Brust, an den Hand- und Fußgelenken, schaltete das EKG-Gerät ein und verließ das Zimmer, damit er sich ausruhen konnte. Alle strahlten Ruhe aus und waren freundlich. Es war nicht unangenehm, im Mittelpunkt von so viel Aufmerksamkeit und Freundlichkeit zu stehen. Es erinnerte ihn an seine Mutter, aber eigentlich taten das die meisten Dinge auf die eine oder andere Weise.

Als Joe kurz nach zehn zum ersten Mal Schwartz' Zimmer betrat, schlief dieser, und als Joe ihn einen Augenblick beobachtete, wurde er sich einer absoluten inneren Ruhe bewusst, die seinen Geist beherrschte. Es war eine seltene Form von Konzentration. In diesem Augenblick existierte für Joe nur noch dieser Fall. Er hatte so etwas erst einmal kurz vor seinem letzten Gespräch mit dem Brandstifter erlebt. Seine eigene Hartnäckigkeit und das Ego des Mörders hatten diesen Mann in die Knie gezwungen. Eitelkeit und das überwältigende Bedürfnis, endlich als ein Mitglied eines Exklusivclubs anerkannt zu werden: als eines der auserwählten Wesen der Massenmörder. Schwartz' Schreckensherrschaft war vielleicht aus dem Wunsch nach Rache geboren worden, aber Joe hätte seinen letzten Cent verwettet, dass sein Ego schon längst die Oberhand gewonnen hatte.

Schwartz öffnete die Augen.

»Wie geht es Ihnen, Lieutenant?«

Vielleicht war er die ganze Zeit wach, dachte Joe.

»Mir geht es sehr gut, Sir, und wie geht es Ihnen?«

»Ich frage mich, was ich hier mache.«

»Das wissen Sie doch.«

»Ja, ich glaube ja.« Er zögerte einen Augenblick. »Sagen Sie mir, Lieutenant, wie Sie auf die Sache mit der Gila gekommen sind. Ich habe es niemandem gesagt.«

»Nein, Sir. Aber ich habe es ihnen gesagt.«

»Und woher wissen Sie es?«

»Ein Freund von mir ist von einer Eidechse der gleichen Art gebissen worden. Als Ihre Ärzte im Memorial Hospital mir sagten, dass sie sich um eine Bisswunde an Ihrer Ferse sorgten, erkannte ich die Symptome wieder.«

»Was für ein Zufall«, sagte Schwartz freundlich.

»Natürlich«, fügte Joe hinzu, »half es auch, dass Sie und mein Freund am gleichen Ort gebissen wurden.«

Die beiden Männer sahen sich an. Im Krankenzimmer herrschte Schweigen. Die einzigen Geräusche stammten von dem Gerät, das Schwartz' Herz überwachte, und von Joes ein wenig schwerer Atmung.

»Wie sind Sie dort hineingekommen?«, fragte Schwartz.

»Mit einem Durchsuchungsbefehl«, log Joe.

»Mit welcher Begründung haben Sie einen Durchsuchungsbefehl erhalten?«

»Wir waren der Meinung, dass Sie ein Motiv gehabt haben könnten.«

»Wirklich?« Schwartz betrachtete ihn ruhig aus intelligenten braunen Augen.

»Wir erfuhren von Ihrer Mutter.«

»Was von meiner Mutter?«

»Die Umstände ihres Todes.« Joe wirkte gefasst. »Was im Krematorium geschah.«

»Ich verstehe.«

»Wir haben auch die Wohnung von Mr. Hagen durchsucht.«

»Wegen seiner Mutter.« Schwartz lächelte.

»Das ist richtig. Dort haben wir nichts gefunden.«

Das Lächeln auf Schwartz' Lippen erstarrte.

Joe öffnete seine Aktentasche, die er mitgebracht hatte, und nahm die Kopien der sechs Dokumente heraus. »Wir haben dies in Ihrer Wohnung gefunden, Sir.«

»Ich verstehe«, erwiderte Schwartz wieder.

»Ich frage mich«, sagte Joe überaus freundlich, »ob Sie mir einen Gefallen tun und mir sagen würden, welche dieser Aufzeichnungen die richtige ist.«

Schwartz lächelte noch immer. »Ich bin sicher, dass Sie das tun. Sich diese Frage stellen, meine ich.«

»Würden Sie das für mich tun?«

»Ich glaube nicht.«

»Das ist schade.«

»Werden Sie mich nun verhaften?«

»Nein.«

»Warum nicht?«

»Wollen Sie die Wahrheit hören?«

»Ich würde von Ihnen nichts anderes erwarten, Lieutenant.«

»Weil ich Ihre Hilfe brauche.«

Joe schaute sich um, zog sich einen der bequemen, weich gepolsterten Stühle heran und setzte sich. Seine geistige Ruhe hielt an, worüber er froh war, denn er wusste, dass es ohne diese Ruhe keine Chance gab, diesen Mann zu überlisten.

»In dieser Klinik ist eine junge Frau.«

Schwartz sagte nichts und hörte nur zu.

»Vor zwei Wochen wurde ihr ein Schrittmacher eingesetzt. Bis gestern Abend glaubte sie, dass sie ihre Krankheit überwunden habe und ihre Probleme hinter ihr lägen. Sie glaubte, dass ihr Schrittmacher sie von ihrer Krankheit befreit habe und ihr Herz nun kontrolliere. Nun weiß sie, dass das Gegenteil der Fall ist.«

»Das tut mir Leid.«

»Ja?«

»Warum sollte es das nicht?«

Joe versuchte ruhig zu bleiben. Er klammerte sich an seine innere Ruhe wie jemand, der innerlich dagegen ankämpfte, loszuschlagen oder gar zu töten.

»Dann werden Sie ihr helfen.«

Das Lächeln war verschwunden, aber die braunen Augen sahen ihn leutselig an. »Wie könnte ich ihr helfen, Lieutenant?«

»In wenigen Stunden wird ein Chirurg sie noch einmal aufschneiden, und er weiß nicht genau, was er vorfinden wird. Die junge Frau muss das über sich ergehen lassen und weiß nicht, ob sie weiterleben oder sterben wird.« Joe hielt die Dokumente hoch. »Wenn Sie mir sagen würden, ob eine dieser Aufzeichnungen richtig ist, könnte das bedeuten, dass sie das alles nicht durchzumachen braucht.«

Wieder herrschte Schweigen im Krankenzimmer.

»Kann ich mir die Papiere bitte ansehen?«

»Natürlich.«

Joe legte sie nebeneinander aufs Bett und wartete. Schwartz berührte sie nicht.

»Ich werde Ihnen sagen, was ich tun werde, Lieutenant.«

»Ja?«

»Ich will die junge Frau sehen.«

Joe spürte, dass er im Begriff war, die Nerven zu verlieren. »Das ist unmöglich.«

»Wollten Sie nicht versuchen, an mein besseres Ich zu appellieren?«

»Ja, in der Tat.«

»Dann bringen Sie die Frau zu mir.«

Joe schaute eine ganze Weile in die braunen Augen.

»Vergessen Sie es.«

»Dann erwarten Sie nicht von mir, dass ich Ihnen helfe.«

Joe sank auf einen Stuhl in Morrisseys Büro und blickte den Arzt und Ferguson an. »Damit habe ich nicht gerechnet.«

»Ich auch nicht.« Morrissey schaute Joe an. »Was meinen sie? Wäre es die Sache wert, Ihre Schwester das durchstehen zu lassen?«

Joe schüttelte den Kopf. »Selbst wenn er mit uns zusammenarbeiten würde, nachdem er sie gesehen hat, können wir nicht sicher sein, dass er kein falsches Spiel mit uns treibt. Er glaubt, die Fäden in der Hand zu haben, aber Schwartz muss uns völlig schutzlos ausgeliefert sein. Wir wissen alle, dass wir unseren Plan durchführen müssen, wenn wir Schwartz überhaupt in die Knie zwingen wollen.«

Morrissey warf einen Blick auf die Uhr. Es war gleich zwanzig nach zehn.

»Die Ärzte stehen bereit«, sagte er.

»Und Sie?« Joe schaute Ferguson an. »Sind Sie bereit?«

»Ich habe mich bestens auf die Situation vorbereitet.«

»Es ist eine seltsame Angelegenheit, Lieutenant«, stellte Morrissey fest. »Ich hasse die ganze Sache mehr, als ich Ihnen erklären kann. Die bloße Erlaubnis, diese Farce hier in meiner Klinik aufzuführen, widersetzt sich all meinen Prinzipien.«

»Denk einfach daran, dass es für Marie ist«, sagte Ferguson.

»Und für Miss Duval«, fügte Dr. Morrissey hinzu. »Und für all die anderen Opfer dieses Mannes, und doch weiß ich, wie falsch es ist. Und warum erlaube ich, dass es geschieht?«

»Weil du ein Mensch bist, John, und außerdem Arzt.«

»Und weil Sie bisher noch nie mit jemandem wie Schwartz zu tun hatten«, sagte Joe leise.

Dr. Morrissey stand auf.

»Und ich bete, dass es nie wieder geschieht.«

36. Kapitel

Montag, 25. Januar

Lally hatte ein ungutes Gefühl. Es hatte nichts mit ihrem Schrittmacher oder ihrem Herzen zu tun. Es hatte ausschließlich mit Chris zu tun. Es war fast halb elf, und sie hatte seit der Mittagszeit, kurz nachdem sie in der Klinik angekommen waren, nichts von ihm gesehen oder gehört. Sie hatte versucht, Joe zu Hause zu erreichen, hatte Nachrichten auf dem Anrufbeantworter hinterlassen und jeden gefragt, der ihr zuhörte, aber niemand schien zu wissen, wo Chris war. Einen Augenblick lang dachte sie, er könne nach Hause gefahren sein. Es wäre ja sinnvoll, wenn er zu Katy und Andrea zurückkehren würde, aber das hätte er ihr bestimmt gesagt. Er wäre nicht abgereist, ohne ihr auf Wiedersehen zu sagen. Auf jeden Fall hätte es ihr jemand gesagt. Hugo hätte es ihr bestimmt gesagt.

»Du wirst dieses Zimmer nicht verlassen, ohne mir gesagt zu haben, was mit Chris los ist«, befahl sie Joe, als er versuchte, sich nach einer Stippvisite schnell wieder aus dem Staub zu machen. »Ist er krank, oder was ist los?«

»Chris geht es gut«, log Joe mit zusammengepressten Lippen.

»Du würdest mich nicht anlügen, nicht wahr, Joe?«

»Das weißt du doch.«

»Aber du weißt, wo er ist, nicht wahr?«

»Ja, ich weiß es.«

»Hat er etwas für dich getan? Hat er darum nicht angerufen?«

»Ja.«

»Kannst du mir nicht sagen, was los ist?«

»Nein.«

»Joseph Duval, manchmal hasse ich dich.«

»Nein, das tust du nicht, du liebst mich.«

Sie umarmten sich kurz und herzlich.

»Joe, was ist los?« Lally, die nicht bereit war, ihn gehen zu lassen, löste sich aus der Umarmung. »Dr. Ash und die anderen sind nun hier. Warum können wir die Operation nicht durchführen, damit ich es endlich hinter mir habe?«

Zwei Paar graue Augen trafen sich und hielten dem Blick des anderen stand.

Joe gab nach und setzte sich auf den Bettrand.

»Weil es eine geringe Chance gibt – und ich meine wirklich eine sehr geringe Chance –, dass wir ein paar weitere Informationen erhalten, die die Operation noch sicherer machen könnten ... Es könnte sogar bedeuten, dass Ash überhaupt nicht zu operieren braucht, aber dafür brauchen wir natürlich hundertfünfigprozentige Sicherheit.«

Lally schaute ihm noch immer in die Augen.

»Ihr habt den Mann.« Sie spürte, wie Erregung sie überfiel.

»Ich darf nicht darüber sprechen, Lally.«

»Aber ihr habt ihn gefasst, nicht wahr?«

Joe hielt ihre Hände fest. »Gib deine Hoffnungen nicht auf, Lally. Wir arbeiten alle daran, aber weder Dr. Morrissey noch Dr. Ash sind der Meinung, dass wir deine Operation länger hinausschieben sollten, als es die Sicherheit zulässt, und ich stimme ihnen zu.«

»Das verstehe ich«, sagte Lally.

»Ist es in Ordnung, wenn ich dich nun allein lasse?«,

fragte Joe. »Ich habe Hugo im Wartezimmer gesehen. Er macht ein kleines Nickerchen. Ich könnte ihn wecken.«

Sie schüttelte den Kopf. »Lass ihn. Der arme Kerl ist erschöpft.«

»Er ist immer noch verrückt nach dir, nicht wahr?«

»Ich glaube ja«, bestätigte Lally leise.

»All diese Männer, Lally Duval, die wegen dir vor Gram vergehen.«

Lally ergriff Joes Hände. »Du magst Chris, nicht wahr, Joe?«

»Er ist verheiratet, Lally.«

»Ich weiß. Aber du magst ihn, nicht wahr?«

»Ja.« Joe zog langsam seine Hände zurück. »Ja, ich mag ihn.«

Als Joe den Raum verlassen hatte, legte sich Lally wieder hin und versuchte sich auszuruhen und sich auf die winzige Hoffnung zu konzentrieren, die er ihr gemacht hatte. Aber zumindest in diesem Augenblick dachte sie nicht in erster Linie an ihr Herz und ihren Schrittmacher. Ihre Intuition hatte nie so gut funktioniert wie die ihres Bruders, doch obwohl Joe sie in Bezug auf Chris beruhigt hatte, glaubte Lally, dass ihr nun dieses berühmte warnende Kribbeln über den Rücken lief, das Joe oft spürte, wenn er gewisse Vorahnungen hatte.

Chris war in Schwierigkeiten. Sie war sich ganz sicher.

Als es elf Uhr war, fühlte sich Schwartz nicht mehr so gut wie zuvor. Ihm war wieder unangenehm warm, und er spürte, dass sein Fieber in der letzten Stunde um ein oder mehrere Grad gestiegen war. Und das EKG-Gerät, das mit diesen ganzen verdammten Elektroden an seinem Körper klebte, machte ihn allmählich nervös.

»Muss dieses Ding die ganze Zeit an meinem Körper

angeschlossen sein?«, fragte er eine der Krankenschwestern, als sie ins Zimmer kam, um die neue Infusion zu überprüfen und seine Kissen aufzuschütteln.

»Sie brauchen sich keine Sorgen darüber zu machen, Mr. Schwartz«, antwortete sie beschwichtigend.

»Ich mache mir keine Sorgen«, erwiderte er säuerlich. »Das Rauschen geht mir auf die Nerven.«

»Ich werde ein Wörtchen mit Dr. Kaminsky sprechen, einverstanden?«

»Ich nehme an, Dr. Kaminsky ist mein Arzt?«

»Ja, Sir.« Sie schüttelte die Kissen auf.

»Was genau ist sein Spezialgebiet, Schwester?«

»Vergiftungen, Sir.«

Schwartz legte sich wieder hin und schlug unruhig mit seiner rechten Faust auf die Bettdecke. »Es wäre nett, wenn Dr. Kaminsky sich die Zeit nehmen würde, nach mir zu sehen. Ich bin schon über anderthalb Stunden hier.«

»Der Arzt wird bestimmt gleich zu Ihnen kommen, Sir.«

Die Krankenschwester verließ leise das Zimmer, und Schwartz starrte an die Decke. Seit ungefähr dreißig Minuten oder sogar schon seit dem Besuch des Lieutenants war er ganz sicher, dass die Verlegung eine Art Trick war, damit er unter dem gleichen Dach wie die junge Dame mit dem Herzschrittmacher lag, wenn es diese überhaupt gab. *Sie wollen mit mir spielen. Ich werde mit ihnen spielen*, dachte er zuversichtlich. Aber er fühlte sich wieder schlechter, und er wusste, dass die verdammte Eidechse, der blöde, kleine gefangene Drache, den er mit kochendem Wasser ins Jenseits befördert hatte, seine Arbeit zu gut gemacht hatte. In seinem Kopf ging wieder alles drunter und drüber, aber er musste bei klarem Verstand bleiben und wachsam sein, wenn er dem Lieutenant und den anderen gegenübertrat.

Das Gerät piepste unregelmäßig.
Er fühlte sich ganz und gar nicht gut.

So wenig Angestellte der Howe-Klinik wie möglich waren in Joes Verschwörung verstrickt. Zwei Nachtschwestern, zwei Pfleger und sonst niemand. Ihnen war lediglich gesagt worden, dass die Heizung in Schwartz' Zimmer allmählich immer höher gestellt und die Lüftung auf ein Minimum geschaltet werden sollte. Sie selbst sollten so tun, als würden sie keinerlei Unbehagen verspüren. Außerdem wussten sie, dass Marie Fergusons Ehemann– soweit es Schwartz betraf – als Dr. Kaminsky, Spezialist für die Behandlung von Vergiftungen, auftrat. Nähere Informationen erhielten sie nicht.

Das Krankenzimmer von Lally Duval lag im dritten Stock der Klinik und Schwartz' Zimmer im zweiten. Alle anderen Patienten waren vor Lallys Ankunft in einen entfernt gelegenen Trakt des Gebäudes verlegt worden. John Morrissey hatte mehr als zwei Stunden damit verbracht, jeden einzelnen Patienten zu besuchen und ihm zu erklären, dass ein Problem der Stromversorgung im anderen Trakt die Verlegung aus ihren Zimmern erforderlich gemacht habe und man sie für jede dadurch entstandene Unannehmlichkeit entschädigen würde.

Wie Lally und Schwartz wurde auch Hugo immer ruheloser. Als er sah, dass Joe am Wartezimmer vorbeiging, in dem er sich hingelegt hatte, sprang er auf und rief seinen Namen.

»Was ist los, Joe?«

»Es kommt Bewegung in den Fall.«

»Inwiefern?«

»Du könntest dich mal rasieren, Hugo.«

Hugo strich sich gereizt über seinen Bart. »Joe, ich bitte

dich nicht, Polizeigeheimnisse auszuplaudern, aber Lally wird in ihrem Zimmer schier verrückt.«

»Ich habe mit Lally gesprochen. Es geht ihr gut.«

»Sie will wissen, wo Webber ist.« Hugo gab nicht so schnell auf. »Ich weiß, dass ihr um die Mittagszeit zusammen weggegangen seid, und du sagtest, dass du ihn zu dir nach Hause bringen wolltest. Lally und ich haben dir das abgekauft, aber nun hat sie den ganzen Tag nichts mehr von ihm gehört. Unter normalen Umständen wäre es mir auch scheißegal, wenn sie nie mehr etwas von ihm hören würde, aber die Umstände sind nicht normal, und sie ist wirklich am Ende.«

Joe wäre am liebsten einfach weitergegangen, aber er wusste, dass Hugo Lallys bester Freund war und auch ihn die ganze Warterei verrückt machte, und daher ließ er ihn ausreden.

»Ich weiß auch, dass sie am Ende ist, Hugo. Vielleicht konnte ich sie dennoch ein wenig beruhigen.«

»Du weißt, wo Webber ist?«

»Ja.«

»Hast du es Lally gesagt?«

»Ich habe ihr gesagt, sie brauche sich keine Sorgen zu machen.«

Hugo schaute ihn aus großen braunen Augen misstrauisch an. »Ist das die Wahrheit?

»Hundertprozentig.« Es war nicht etwa so, dass Joe ihm nicht traute. Hugo war jedoch ein weichherziger Mann, und Joe bezweifelte, dass er in der Lage war, Lally mehr als fünf Minuten erfolgreich zu belügen.

»Lieutenant.«

Joe drehte sich um und sah Morrissey auf der Treppe stehen.

»Kaminsky ist bereit.«

»Gut.« Joe wandte sich wieder an Hugo. »Ich muss gehen.«

»Du hattest einen Durchbruch, nicht wahr?«

»Ja?«

»Wer ist Kaminsky.«

»Niemand, den du kennen müsstest.«

»Wird dieser Durchbruch Lally helfen?«, beharrte Hugo.

»Vielleicht.«

Joe und Morrissey stiegen die Treppe hinunter zum zweiten Stock.

»Wie gut ist Mr. Ferguson vorbereitet?«, fragte Joe.

»So gut es ging.«

»Glauben Sie, dass er der Sache gewachsen ist?«

»Ich dachte, ich wäre derjenige, den all diese Zweifel quälten«, erwiderte Morrissey trocken.

»Machen Sie sich doch nichts vor. Schwartz hat Fergusons Frau getötet. Der Gedanke, Kaminsky könne seinen Patienten erwürgen, hat mir wahre Albträume beschert.«

»Sean Ferguson ist schlauer, Lieutenant. Er weiß, was wir erreichen wollen und dass er Schwartz mit Samthandschuhen anfassen muss. Wir sind die Grundkenntnisse durchgegangen. Er kann den Puls messen und ein Thermometer ablesen, und er schafft es, irgendwie ein EKG zu erklären ...«

»Und wenn Schwartz Verdacht schöpft?«

»Dann wird's eng.«

Sie erreichten Schwartz' Korridor. Ferguson, der einen weißen Kittel trug und um dessen Hals ein Stethoskop hing, ging auf dem Korridor in der Nähe von Schwartz' Zimmer auf und ab.

»Er sieht nervös aus«, sagte Joe.

»Zumindest sieht er aus wie ein Arzt.«

Ferguson kam auf sie zu. »Würdest du diesem Mann eine Diagnose abkaufen?«

»Natürlich würde ich das, Sean.«

»Du würdest mich nicht anlügen, nicht wahr, John?« Ferguson überprüfte noch einmal, ob sein Namensschild, auf dem Dr. Kaminsky stand, richtig befestigt war.

»Nein, ich würde dich nicht belügen.«

»Und wenn er mir medizinische Fragen stellt, die ich nicht beantworten kann?«

»Greifen Sie nach Ausflüchten«, antwortete Joe. »Erfinden Sie nichts, da Schwartz wissen könnte, worüber Sie reden. Denken Sie daran, dass er ein unglaublich heller Kopf ist.«

»Ich werde daran denken.«

»Hals- und Beinbruch!«

»Aber komme ja nicht zu mir, damit ich dich wieder zusammenflicke«, sagte Morrissey grimmig.

Zehn Minuten vor Mitternacht betrat Ferguson Schwartz' Zimmer. Der Patient lag auf dem Rücken und starrte an die Decke. Als er hörte, wie die Tür geöffnet wurde, drehte er langsam seinen Kopf herum und schaute den dunkelhaarigen jungen Arzt an.

»Ich vermute, Sie sind Dr. Kaminsky.«

»Ganz richtig, Mr. Schwartz.« Ferguson-Kaminsky lächelte seinen neuen Patienten an. »Leider konnte ich nicht früher kommen. Wie fühlen Sie sich?«

»Es ging mir schon besser und auch schlechter.«

»Sie sehen aus, als hätten Sie Fieber.«

»Wahrscheinlich.«

Der Arzt schaute auf Schwartz' Krankenblatt, nahm das Thermometer aus dem Behälter mit der antiseptischen Lösung, der an der Wand neben dem Bett stand, und steckte es dem Patienten in den Mund. Bevor er Schwartz den Puls maß, zog er sich einen Stuhl heran.

»Dann schauen wir mal.« Er überprüfte das Thermometer und notierte das Ergebnis auf dem Kurvenblatt. »Etwas gestiegen.«

»Vor ein paar Stunden war es ganz niedrig.«

»Das habe ich vermutet.«

»Ich glaube nicht, dass mir die Verlegung sehr gut getan hat.«

»Hoffentlich hatten Sie nicht zu viel Unannehmlichkeiten.«

»Nein, obwohl ich der Meinung war, dass ich mich im Memorial gut erholt habe, und nun bin ich mir nicht mehr so sicher.«

»Das passiert in Fällen wie dem Ihren, Mr. Schwartz.«

»Was passiert?«

»Auf eine allgemeine Besserung des Zustandes folgt eine erneute Verschlechterung.«

»Also hat sich mein Zustand verschlechtert?« Schwartz' Stimme klang fast freundlich.

»Ihr Zustand gibt uns einigen Grund zur Sorge.« Ferguson-Kaminsky tätschelte seine Hand. »Aber das kriegen wir schon wieder hin.«

»Das höre ich gerne, Doktor.«

»Vorausgesetzt, dass wir schnell handeln.«

Die braunen Augen sahen den Arzt aufmerksam an. »Was werden Sie tun?«

»Zunächst einmal werde ich Ihnen das Problem erläutern, Mr. Schwartz.«

»Das wäre sehr nett.«

»Sie wissen, glaube ich, dass es kein wirksames Gegengift gibt, mit dem der Biss der Arizona-Gila behandelt werden kann.« Ferguson-Kaminsky sah, dass Schwartz nickte. »In den meisten Fällen genesen die Opfer vollständig, aber es gibt einige, deren Herz angegriffen wird.«

Schwartz starrte auf das EKG-Gerät und sah dann wieder den Arzt an. »Sie wollen damit also sagen, dass mein Herz angegriffen ist.«

»Ich fürchte ja.« Ferguson-Kaminsky verstummte. »Die schlechte Nachricht ist, dass die Schädigung des Herzens, sobald das Gift das Herz angegriffen hat, irreparabel ist. Die gute Nachricht ist, dass die Schädigung in Ihrem Fall den Sinusknoten betrifft, was den abnormen Herzschlag und Herzrhythmusstörungen nach sich zieht. Können Sie mir bis hierhin folgen?«

Schwartz schwieg einen Moment.

»Kann ich die Aufzeichnungen sehen?«, fragte er schließlich.

»Natürlich.« Ferguson-Kaminsky stand auf, um das Elektrokardiogramm zu holen. Er studierte es selbst eine Minute, setzte sich dann wieder hin und legte es so hin, dass Schwartz es sich ansehen konnte. »Wie Sie sehen, befinden sich die Spitzen der Kurve in gleichmäßigen Abständen. Das bedeutet, dass der Herzschlag vollkommen regelmäßig, aber etwas zu langsam ist.«

»Und warum ist das eine gute Nachricht?«, fragte Schwartz.

»Obwohl wir die Schädigung Ihres Herzens nicht beheben können, sind wir in der Lage, die Auswirkungen auf einfache Weise zu korrigieren.«

Schwartz lehnte sich in seine Kissen zurück.

»Nein!«

»Ist mir etwas entgangen?«, fragte Ferguson-Kaminsky.

»Nein. Ich will keinen Herzschrittmacher haben.«

»Das ist die angezeigte Behandlung. Tatsächlich ist es die einzige Behandlung, die wir Ihnen anbieten können.«

Ein kleines Lächeln umspielte Schwartz' Mundwinkel. »Wenn ich Ihnen glauben würde, Dr. Kaminsky, so gibt es doch gegen Herzrhythmusstörungen Medikamente.«

»Als Zusatz vielleicht, aber allein sind sie ganz und gar unzureichend.«

Schwartz schüttelte den Kopf.

»Keinen Schrittmacher«, sagte er noch einmal.

Ferguson-Kaminsky nickte. »Ich kann Ihre Zweifel unter den gegebenen Umständen gut verstehen.«

»Ich bin sicher, dass Sie das können.«

»Vielleicht kann ich Ihnen noch einen anderen Grund nennen, Ihre Meinung zu ändern.«

»Das bezweifle ich.«

»Ich glaube, Lieutenant Duval hat Ihnen erzählt, dass wir noch einen anderen Patienten haben, der von einer Gila gebissen wurde.«

»In dieser Klinik?« Als Schwartz sah, dass der Arzt nickte, zuckten Schwartz' Lippen leicht, als lächele er unmerklich. »Das hat der Lieutenant mir nicht gesagt. Noch ein Zufall.«

»Kaum. Dies ist immerhin eine Spezialklinik.«

»Und nun sind wir alle glücklich unter einem Dach vereint.«

»Nein, glücklich kann man es sicher nicht nennen. Der Zustand des anderen Patienten verschlechtert sich zusehends.«

»Sicher müssen sogar Sie zugeben, dass das ein Zufall ist. Sie haben mir soeben erzählt, dass die meisten Menschen, die von einer Gila gebissen wurden, vollkommen genesen, aber Sie haben zufällig zwei Patienten, mit denen es schnell bergab geht ... Ich nehme an, dass Sie diesem anderen Patienten einen Herzschrittmacher einbauen werden.«

»Unglücklicherweise können wir das nicht.«

»Warum nicht?« Der spöttische Ton, in dem er die Frage stellte, war unüberhörbar.

»Weil es in seinem Fall zu spät dazu ist«, erwiderte Ferguson-Kaminsky. »Und wenn wir nicht ziemlich schnell handeln, fürchte ich, dass es für Sie auch zu spät sein könnte, Mr. Schwartz.«

»Ich werde das Risiko eingehen, Doktor.«

»Das ist natürlich Ihre Entscheidung.«

»Und die habe ich getroffen.«

37. Kapitel

Dienstag, 26. Januar

Inzwischen wurde die Temperatur in Schwartz' Zimmer kontinuierlich erhöht, und eine Krankenschwester machte sich an seiner Infusion zu schaffen, um die Zufuhr von Beta-Blockern zu erhöhen, die nun in seinen Körper flossen. Gleichzeitig war die Vorbereitung des Operationssaals Nr. 1 der Howe-Klinik so gut wie abgeschlossen.

»Wird Ihr Chef einwilligen, einen Bombenschutzanzug zu tragen?«, fragte Tony Valdez Bobby Goldstein.

»Das ist doch wohl nicht Ihr Ernst.« Goldstein, den man überredet hatte, einen amerikanischen Schutzanzug anzuprobieren, kam sich vor wie ein Michelinmännchen oder eine Art Monster des Weltraumzeitalters.

»Dr. Ash wird nicht einwilligen, so einen Schutzanzug zu tragen«, sagte Joanna King verächtlich, »und ich auch nicht.«

»Sie wären gut beraten, es zu tun.«

»Wenn ich so ein Ding trage«, antwortete Mrs. King, »kann ich meinen Job nicht richtig machen. Und weder ich noch Mr. Goldstein werden überhaupt so nahe an die Patientin herankommen wie Dr. Ash.«

Goldstein, der stark schwitzte, zog verlegen seinen Schutzanzug wieder aus.

»Tragen Sie eine Strumpfhose?«, fragte Mr. Valdez Mrs. King. »Ich frage nur, weil einige Bomben durch statische

Elektrizität gezündet werden können, und das kann schon durch eine Nylonstrumpfhose passieren.«

»Ich werde meine Strumpfhose ausziehen, bevor wir beginnen«, erklärte Mrs. King ruhig.

»Und alle anderen Kleidungsstücke, die die Atmosphäre elektrostatisch aufladen können.« Valdez schaute Goldstein an. »Das gilt auch für Sie, Sir.«

Goldstein ging im Geiste alles durch, was er angezogen hatte, seitdem er am Morgen aus dem Bett gestiegen war.

»Es ist ein Vorteil, dass hier kein Teppich liegt.« Valdez war noch nicht fertig. »Wenn Sie keine Schutzanzüge tragen wollen, gnädige Frau, werden wir darauf bestehen, dass Sie alle spezielle Baumwolloveralls ohne Metallreißverschlüsse und ohne Metallknöpfe tragen.«

»Wenn sie steril sind«, willigte Mrs. King ein.

»Das sind sie, und Sie werden Handgelenkgurte anlegen, um die elektrostatische Aufladung Ihres Körpers zu verringern ...«

»Entschuldigung.« Mr. Goldstein meldete sich zu Wort.

»Bitte«, sagte Valdez.

»Es ist hier immer von Elektrizität die Rede.« Goldstein, der seinen Bombenschutzanzug ausgezogen hatte, schwitzte noch immer, war nun aber freundlicher. »Wir werden während der Operation mit allen möglichen elektrischen Geräten arbeiten: Monitore, Röntgengerät ...«

»Ohne geht es ja wohl nicht«, unterbrach ihn Joanna King.

Valdez schaute sie aus hellen, zusammengekniffenen Augen an. »Wir brauchen hier heute keine Helden, Mrs. King.«

Sie hielt seinem Blick stand. »Es wird keine geben.«

»Wir dachten«, erklärte Goldstein, »dass wir es hier mit einem ziemlich kleinen explosiven Gerät zu tun haben.«

»Wenn es überhaupt explosiv ist«, fügte Mrs. King hinzu.

»In unserem Job«, sagte Valdez gereizt, »ist eine Bombe eine Bombe, bis das Gegenteil bewiesen wurde. So bleiben wir am Leben oder versuchen es zumindest. Bei der Bombenbeseitigung geht es um unbekannte Sprengstoffmengen und darum, kein Risiko einzugehen. Und nur weil diese Schrittmacherbomben bisher jeweils nur ein Opfer in die Luft gesprengt haben, garantiert uns das nicht, dass wir heute nicht alle in die Luft fliegen.«

»Ein schöner Gedanke«, meinte Mr. Goldstein.

»Hört zu, Leute …« Valdez gab nicht auf. »Mir geht es nicht darum, Ihnen Ihre Angst zu nehmen, sondern Sie zur Vorsicht zu mahnen, weil ich will, dass wir alle einschließlich der Patientin nach der Operation aufstehen und nach Hause gehen können.«

»Ich glaube, dass würde uns auch gefallen«, stimmte Mrs. King zu.

»Wissen Sie, was das Erste ist, was ein Bulle tut, wenn er den Verdacht hat, eine Bombe gefunden zu haben?«, fragte Valdez. »Er räumt das Gebiet. Jeder verlässt das Gebiet, und ich meine *jeder* – außer den Experten.«

»Das verstehen wir. Aber in Bezug auf die Schutzanzüge hat Joanna Recht. Wir können unsere Arbeit nicht richtig machen, wenn wir sie tragen.«

»Schon gut.« Valdez grinste. »Wenn die Explosion zu gewaltig ist, hindert der Schutzanzug Sie nicht daran, zu sterben. Er hilft nur, die Körperteile zusammenzuhalten.«

»Großartig!« Bobby Goldstein verzog das Gesicht.

»Ganz prima«, meinte auch Joanna King.

Frederick Schwartz war in einen Halbschlaf gesunken, und sein Geist wanderte wieder umher. Hin und her, in die Vergangenheit und in die Gegenwart. Er wusste, dass sein

Herzschlag zu langsam war, denn er konnte das Piepsen des Kontrollgerätes hören. Es fiel ihm schwerer zu atmen, und ihm war so warm, zu warm. Er schwitzte wieder, und das gefiel ihm überhaupt nicht, denn er war ein anspruchsvoller Mann. Er sehnte sich danach, wieder an seinem eigenen Ort, seinem speziellen Platz zu sein. Es war ihm wichtig, über alles die Kontrolle zu haben, und er verlor sie wieder. Menschen, denen er nicht trauen konnte, umringten ihn. Die Drachen waren dort draußen und kamen immer näher und näher …

Sie lügen. Ich weiß, dass sie lügen. Aber die grünen Linien auf dem Monitor logen nicht, Maschinen logen nicht, und vielleicht sagte Kaminsky ja die Wahrheit, und vielleicht war das die größte Ironie seines Lebens. Vielleicht brauchte er einen Schrittmacher, um am Leben zu bleiben, aber er würde so etwas niemals zulassen

Kaminsky und Duval lachten sicher, weil sie dachten, er habe Angst, sie könnten ihm einen seiner eigenen Schrittmacher einbauen. Schwartz wusste jedoch, dass kein Arzt je so etwas machen würde, wenn es ihnen auch noch so wichtig wäre. Er wusste, dass sie es lieber täten als alles andere. Besonders Duval, der abscheuliche, grinsende, stets höfliche Lieutenant, dessen graue Augen ihn so aufmerksam beobachteten, und der ihn hasste, ihn verachtete und wünschte, er sei tot. *Sie glauben, ich habe Angst zu sterben, aber es gibt schlimmere Dinge als den Tod.* Mutter hatte das gewusst und ihn vor den Drachen und der Art, wie sie erschaffen wurden, gewarnt.

Er schloss die Augen, und seine Gedanken irrten in die Vergangenheit. Wieder einmal erinnerte er sich an Mutters Belehrungen: Schlangen werden geschlechtslos aus Hahneneiern geboren, die in Dung ausgebrütet werden. Tiere verwandeln sich in Drachen und Menschen auch. *Mensch und Metall*, hatte Mutter zu ihm gesagt. Wenn Mensch und Metall zusammengebracht werden, konnte das Schlimmste passieren, das Schlimmste, was man sich vorstellen konnte. Etwas Schlimmeres konnte es nicht geben. Mutter hatte schreckliche Angst vor dem Zahnarzt gehabt, doch nicht wegen der Schmerzen, denn davor hatte sie niemals Angst. Sie hätte jedoch niemals erlaubt, dass ihr Metallfüllungen eingesetzt werden. Er erinnerte sich auch an einen anderen Vorfall. Eines Tages fiel eine der Damen, die an Mutters besonderem Ort arbeitete, und brach sich ein Bein. Sie wurde in ein Krankenhaus eingeliefert, wo ihr ein Nagel ins Bein eingesetzt wurde, der die Knochen zusammenhalten sollte. Mutter hatte nicht geduldet, dass sie zurückkam und wieder arbeitete. *Mensch und Metall.* Die Frau war eine ihrer besten Kräfte gewesen, aber sie konnte ihr nicht mehr vertrauen und ihre Nähe nicht mehr ertragen.

Und zum Schluss hatte Mutter dann zugelassen, dass man dieses Metall in ihren eigenen Körper einsetzte. Das Kästchen war in ihre Brust eingenäht und die Kabel in ihr Herz geschoben worden, und sie war gestorben. Es hatte sie nicht verändert, aber es hatte sie getötet. Es hatte sie zerstört, und so war er wieder ihr Siegfried geworden. Und er hatte sich gerächt, und nun wollten sie ihm Einhalt gebieten, und das würde er nicht zulassen.

***

Ein paar Minuten vor ein Uhr nachts, kurz nachdem Hugo schließlich davon überzeugt worden war, Lally eine größere Hilfe zu sein, wenn er wirklich ein oder zwei Stunden schlief, verließ Lally nach fast zwölf Stunden Gefangenschaft ihr Zimmer. Sie hatte ihr Garfield-Nachthemd unter einem Pullover versteckt und ihre rot-weiß gestreiften Socken angezogen, um sich zu wärmen.

Sie hatte Hunger und war müde und in zunehmendem Maße eher gereizt als ängstlich. Man kann nicht Stunde um Stunde mit der schrecklichen Angst vor einem plötzlichen gewaltsamen Tod einfach im Bett herumliegen. Eine so große Angst ist einfach nicht auszuhalten, und plötzlich glaubt man nicht mehr daran, dass es wirklich geschehen könnte. Lally wusste nicht, ob sie sich mehr wie ein Opfer oder eine Gefangene fühlte. Sie wusste nur, dass sie nicht bereit war, dort in diesem hübschen pastellfarbenen Zimmer wie ein verrücktes Dornröschen noch länger herumzuliegen, und darum ging sie spazieren. Sie wollte Lucas Ash oder John Morrissey oder Joe oder vielleicht sogar Chris suchen, und sie würde gewisse Forderungen stellen.

Eigentlich hatte sie fest damit gerechnet, dass sich jemand in dem Moment, als sie die Tür öffnete, auf sie stürzte. Sie war innerlich darauf vorbereitet, dass sie irgendeine bewaffnete Wache oder wachsame Krankenschwester oder einer von Joes Kollegen freundlich, aber bestimmt geradewegs zurück in ihr Zimmer drängen würde. Es hielt sie jedoch niemand auf. Es schien überhaupt niemand in der Nähe zu sein.

Lally spazierte eine Weile über den Korridor. Die Stille, die ihr kurz nach ihrer Ankunft aufgefallen war und die sie auf die dicken Wände der Krankenzimmer geschoben hatte, herrschte hier draußen ebenfalls. Der Ort war verlassen, fast geisterhaft, als wäre sie die einzige Patientin hier.

Die Erkenntnis traf sie wie ein Schlag. Sie war die einzige Patientin!

Leise klopfte sie an eine Tür. Niemand antwortete. Langsam und vorsichtig öffnete sie die Tür und sah noch ein pastellfarbenes Zimmer, das wie ihres hübsch eingerichtet war.

Es war leer, und das Bett war gemacht. Sie schloss die Tür, öffnete eine andere und dann noch eine.

Die Angst kehrte zurück, dann folgte Verärgerung, schließlich Wut. Dr. Morrissey hatte ihr gesagt, dass Marie Ferguson, seine Partnerin, mit ihrem Ehemann im Bett gelegen habe, als der Schrittmacher explodierte, und er unversehrt geblieben sei. *Sie waren einander so nahe wie möglich gewesen, und ihm war nichts geschehen. Nicht ein Kratzer.* Wenn das die Wahrheit war, warum zum Teufel wurde sie dann behandelt, als habe sie die Pest? Und wenn alle so gottverdammte Angst um sie hatten, warum hatte dann niemand den Anstand, es ihr oder Hugo zu sagen?

Lally drehte sich auf dem Absatz um, ging zurück über den Korridor und hielt Ausschau nach irgendjemandem, der ihre Fragen beantworten konnte. Sie kam zu der elegant geschwungenen Treppe, die sie bei ihrer Ankunft gesehen hatte. *Hinauf oder hinunter?* Oder vielleicht war es ja auch egal, vielleicht war in der ganzen Klinik keine andere Person, vielleicht hatten Chris und alle anderen sie im Stich gelassen und warteten nun darauf, ob sie in die Luft flog oder nicht.

Sie ging die Treppe zum nächsten Stockwerk hinunter, wandte sich nach rechts, änderte dann ihre Meinung und schlug die andere Richtung ein.

Menschen. Zwei, nein, drei Personen standen zusammen vor einem Zimmer. Sie ging auf sie zu und erkannte eine Krankenschwester, einen Pfleger und Joe.

Er hob den Kopf und entdeckte sie. »Lally, was um alles in der Welt …«

Als sie weiterging, sah sie, dass der Pfleger und die Krankenschwester einen ängstlichen Blick auf die Tür hinter sich warfen. »Mir reicht's, wie eine Schwindsüchtige im Bett herumzuliegen. Ich bin nicht krank, und ich bin nicht blöd, und ich möchte wissen, was hier vor sich geht, und zwar jetzt sofort.«

Joe legte ihr den Arm um die Schultern. »Komm, wir gehen wieder nach oben.«

»Nein.« Sie schüttelte ihn ab. »Joe, ich meine es ernst. Hör auf, mich wie eine Todkranke zu behandeln, und sag mir endlich die Wahrheit. Warum bin ich die einzige Patientin hier?«

»Das stimmt doch gar nicht.«

»Lüg mich nicht an. Ich habe es überprüft. Auf meinem Flur liegen keine anderen Patienten. Alle Zimmer sind leer.« Sie holte kaum Luft und sprach in einem Atemzug weiter. »Wenn ihr alle Angst habt, dass ich hier ein Feuerwerk wie am 4. Juli veranstalten werde, könntest du zumindest …«

»Beruhige dich, Lally.« Er nahm wieder ihren Arm und steuerte mit ihr entschlossen auf die Treppe zu.

»Ich will mich nicht beruhigen.« Sie stemmte sich gegen ihn und weigerte sich weiterzugehen. »Ich habe einen ganzen Tag in diesem Zimmer gelegen. Zuerst behaupten alle, verrückt zu werden, weil sie mich nicht finden und mir dieses Ding herausnehmen wollen, und dann mussten wir auf Lucas Ash warten …«

»Lally, um Gottes willen, sprich leise«, zischte Joe sie an. »Du wolltest auf ihn warten …«

»Aber er ist schon vor Stunden angekommen, und ich warte noch immer.«

»Das habe ich dir doch schon erklärt.«

»Du hast mir *überhaupt nichts* erklärt, und ich habe es satt.«

»Du bist einfach aufgeregt, Lally …«

»Natürlich bin ich aufgeregt, Joe!«

»Ich habe dich gebeten, leise zu sprechen.« Er zog wieder an ihrem Arm und versuchte sie wegzuziehen, doch sie leistete erneut Widerstand. »Lally, komm, wir gehen zurück in dein Zimmer, und dann werde ich dir alles erklären.«

»Sag es mir hier.«

»Ich sage es dir oben.«

Plötzlich begriff sie, was los war.

»Er ist hier, nicht wahr? Derjenige, der es getan hat. Er ist hier in diesem Zimmer.«

Joe legte ihr die Hand auf den Arm, als befürchte er, sie würde losrennen und zu Schwartz' Tür gehen.

»Ich habe Recht, Joe, nicht wahr? Er ist hier, und du versuchst, ihn zum Reden zu bringen.« Sie wartete auf seine Antwort. »So ist es doch, nicht wahr?«

»Ja, er ist hier.«

»Du kannst meinen Arm jetzt loslassen.« Er ließ sie los. »Danke.«

»Gehst du jetzt mit mir nach oben?«

Sie stand noch einen Moment still.

»Ich will ihn sehen.«

»Nein.«

»Es könnte doch etwas dabei herauskommen.«

»Nein.« Joe ließ sich nicht erweichen.

»Er wollte sie doch auch sehen.«

Als Lally Dr. Morrisseys Stimme hinter sich hörte, drehte sie sich um.

»Wollte er?«, fragte sie.

»Es wird aber nicht passieren«, sagte Joe.

»Warum nicht?«

»Weil ich ihm nicht traue.«

»Er ist doch nicht bewaffnet, oder?«, fragte Lally.

»Lally, das ist keine gute Idee. Und er ist jetzt viel schwächer als vorhin, als er dich sehen wollte.«

»Ist er krank?«, wollte Lally wissen. »Was hat er?«

»Das ist eine lange Geschichte«, erwiderte Joe.

»Vielleicht ist jetzt der richtige Zeitpunkt, Lieutenant.«

»Da bin ich aber anderer Meinung.«

»Sie sagten doch selbst, dass er sehr schwach sei«, argumentierte Morrissey ganz vernünftig. »Was auch immer er zu Kaminsky gesagt hat, so ist er doch ein Mensch, und niemand will wirklich sterben, solange es noch eine Chance gibt.«

»Wer ist Kaminsky?«, fragte Lally Dr. Morrissey.

»Schwartz' behandelnder Arzt«, antwortete er.

Lally wandte sich wieder an ihren Bruder. »Joe, lass mich zu ihm.« Sie fühlte sich stärker und sicherer. »Er hat keines seiner Opfer gekannt, nicht wahr? Wie der Arzt schon sagte: Er ist ein Mensch. Vielleicht ändert er seine Meinung, wenn er mich sieht.«

»Der Mann ist ein Massenmörder, Lally. Ein richtiger Serienkiller. Den meisten Mördern macht es einen Riesenspaß, ihre Opfer leiden zu sehen.«

Lally war unnachgiebig.

»Was versuchst du aus ihm herauszukriegen?«, fragte sie.

Joe schaute Morrissey an. »Was meinen Sie.«

»Ich finde, Sie sollten Lally sagen, was wir wissen müssen. Es kann nicht schaden.«

Lally wartete. »Joe?«

Joe schwieg mehrere Sekunden. Dann schüttelte er den Kopf und seufzte laut.

Der Arzt und ihr Bruder bestanden darauf, dass sie in einem Rollstuhl aß. Erstens sei es in der Klinik so üblich, sagte Morrissey, aber vor allem betrete Lally dieses Zimmer als Opfer, das um etwas bitte, fand Joe. Wenn sie über ihm stand, stelle sie eine potenzielle Gefahr dar. Im Rollstuhl war sie verletzbar.

Joe schob sie um ein Uhr fünfunddreißig ins Zimmer. Lally war vorgewarnt worden, dass es in Schwartz' Zimmer sehr heiß und schwül war. Das dürfe sie sich jedoch auf gar keinen Fall anmerken lassen. Aber schnell wurde es ihr unbehaglich, und dadurch fiel es ihr sehr schwer, ruhig zu bleiben.

Schwartz war noch wach.

»Lieutenant.«

»Sir.«

»Eine unruhige Nacht. Ich dachte, ich sei der Einzige, der wach sei.«

»Wir sind alle hellwach«, erwiderte Joe. Er umklammerte mit beiden Händen die Lehne von Lallys Rollstuhl, und lockerte dann seinen Griff. »Dies ist die Patientin, von der ich Ihnen vorhin erzählt habe. Sie erinnern sich, Sie äußerten den Wunsch, sie sehen zu wollen.«

»Ja, ich erinnere mich.« Es war offensichtlich, dass es Schwartz nicht gut ging, aber er schien sich vollkommen unter Kontrolle zu haben, als er Lally anschaute. »Wie geht es Ihnen?«

Lally suchte seinen Blick. »In Anbetracht der Umstände nicht schlecht.«

»Ich dachte, der Lieutenant hätte Sie vielleicht erfunden.«

»Nein, wie Sie sehen, gibt es mich wirklich«, erwiderte Lally mit fester Stimme.

»Haben Sie auch einen Namen?« Das Sprechen schien ihn anzustrengen.

Lally zögerte.

»Wenn Sie nichts dagegen haben, wollen wir uns hier nicht mit Namen belasten«, sagte Joe.

»Und wenn ich etwas dagegen habe?«

Joe antwortete nicht.

Schwartz schloss einen Augenblick die Augen, als habe er

Schmerzen. Dann öffnete er sie wieder. »Ich möchte, dass Sie uns allein lassen.«

»Nein«, antwortete Joe sofort.

Lally betrachtete den Mann im Bett und anschließend ihren Bruder.

»Bitte«, sagte sie leise. »Ich komme schon zurecht.«

»Das kommt überhaupt nicht infrage.« Joe war unnachgiebig.

Lally schaute Schwartz wieder an. Seine Haut war kalkweiß, und auf beiden Wangen waren rote Flecke von der Hitze. Seine Oberlippe war mit Schweiß bedeckt, und seine Augen sahen aus, als litte er. Er atmete schwer.

»Bitte«, bat Lally noch einmal.

Schwartz' Augen flackerten.

»Ich glaube, Sie brauchen noch immer meine Hilfe, Lieutenant Duval«, sagte er, während er Lally ins Gesicht schaute.

»Das ist richtig.«

»Dann lassen Sie uns bitte allein.«

Joe schaute Schwartz ungerührt an.

»Ich stehe direkt vor der Tür.«

Lally brauchte ein paar Minuten, um sich zu beruhigen. Als sie sich im Zimmer umschaute, fiel ihr auf, dass sich dieses Zimmer durch seine maskuline Note von ihrem Zimmer auf der nächsten Etage mit den femininen Pastelltönen unterschied. Sie sah die dunklen Holzmöbel, die durch den cremefarbenen Anstrich der Wände und die beigen Vorhänge weniger streng wirkten, und den Turner-Druck auf der gegenüberliegenden Seite des Bettes. Dann ließ sie ihren Blick über die Oberflächen und Stoffe gleiten, als habe sie das Gefühl, sie müsse sich erden, bevor sie etwas berührte, das ihr einen Elektroschock verpassen könnte. Und dann zwang sie sich, Schwartz ins Gesicht zu sehen.

»Es bleibt nicht mehr viel Zeit.«

»Vielleicht.«

»Für keinen von uns.« Sie holte tief Luft. »Ich bin nicht nur meinetwegen gekommen.«

»Oh, ich bin sicher, dass Sie leben möchten.«

»Natürlich will ich das, aber ich möchte, dass diese anderen Menschen die gleiche Chance bekommen.«

»Warum sollten Sie das nicht wollen?«, fragte Schwartz in abweisendem, spöttischem Ton.

Die Hitze in dem Raum machte es Lally schwer, normal zu atmen, aber sie wusste, dass sie ihr Unbehagen vor ihm verbergen musste.

»Man sagte mir, was mit Ihrer Mutter passiert ist. Es muss fürchterlich für Sie gewesen sein.«

»Fürchterlich ist das passende Wort.«

Lally schluckte. »Es fällt mir schwer zu glauben, dass Ihre Mutter wollte, dass unschuldige Menschen leiden.«

»Das können Sie nicht glauben?«

»Nein.«

»Ich versichere Ihnen, dass meine Mutter von mir erwartet hätte, ihren Tod zu rächen.«

»Und das haben Sie getan. Vier Menschen sind schon tot. Reicht das nicht?«

»Es ist sehr heiß hier. Finden Sie es nicht auch heiß?«

»Nein, nicht sonderlich.«

»Sie sehen aus, als sei Ihnen warm.«

»Vielleicht ist mir etwas unbehaglich zumute, weil ich bei Ihnen bin.«

Das EKG-Gerät piepste kurz unregelmäßig und machte Lally nervös. Für Schwartz schien es noch anstrengender zu sein, normal zu atmen. Er keuchte lauter. Dr. Morrissey hatte ihr gesagt, dass die Überhitzung ihm nicht schaden würde, aber das konnte Lally kaum glauben. Sie spürte, dass sich auf ihrem Rücken Schweiß bildete, und sie wusste, dass ihre Wangen ebenfalls gerötet waren.

»Haben Sie sonst noch etwas zu sagen?«, fragte Schwartz.

Sie schüttelte den Kopf. »Ich möchte Sie nur bitten, mir zu helfen und sich selbst helfen zu lassen. Sagen Sie dem Lieutenant, welche Aufzeichnung die richtige ist. Und willigen Sie ein, dass man Ihnen die Behandlung zukommen lässt, die Sie brauchen.«

»Von der die Ärzte behaupten, dass ich sie brauche.«

»Ich glaube ihnen.«

»Das ist Ihr gutes Recht.«

»Man würde Sie nicht belügen – nicht in einer solchen Angelegenheit.«

»Meine Mutter wurde auch belogen.«

Einen Augenblick umklammerte Lally mit ihren Händen die Armlehnen des Rollstuhls. »Ich bin Tänzerin, wissen Sie. Ich gebe Kindern Ballettunterricht, und ich backe für ein Café in einem Dorf in Neuengland ... Ich bin nicht verheiratet, und ich habe keine Kinder, aber ich hoffe, dass ich eines Tages welche haben werde. Und ich liebe mein Leben.«

Schwartz' Lächeln war kalt. »Was für ein glückliches Mädchen Sie waren.«

»Ja, das stimmt.«

»Aber Sie möchten noch mehr?«

»Ja«, sagte Lally noch einmal. »Und alle anderen Menschen auch.«

Schwartz schwieg und sah sie nur an. Auch Lally schaute in sein Gesicht und seine Augen, in denen sich jetzt kein Schmerz mehr spiegelte. Sie glaubte ganz im Gegenteil eine Art Freude zu entdecken. Sein kalter, ungerührter Blick lag auf ihr, und Lally begriff mit einem erneuten

Schock, dass er sie auf eine Weise ansah, wie ein Biologe vielleicht seine bevorzugten Exemplare musterte, bevor er sie zerlegte.

»Sie werden mir nicht helfen, nicht wahr?«, fragte sie leise.

»Ich glaube nicht.«

Und Lally wusste jetzt, dass Joe Recht gehabt hatte und Frederick Schwartz ihr Schicksal völlig gleichgültig war. Die Todesfälle, die sich ereignet hatten, lösten bei ihm überhaupt keine Schuldgefühle aus.

Es gab kein Entrinnen vor der Tatsache, dass eine winzige Bombe genau unter ihrer Haut liegen könnte. Daher musste sie die Ungewissheit der zweiten Operation ertragen. Und wenn nicht irgendjemand in der Lage wäre, ganz genau nachzuweisen, was dieser Mann getan hatte, könnten jederzeit noch mehr Menschen sterben.

Und all das war Schwartz vollkommen egal.

»Dr. Ash möchte nun operieren«, sagte Valdez dreißig Minuten später zu Joe, als sie auf dem Korridor des dritten Stockes nicht weit von Lallys Zimmer entfernt standen. »Er sieht keinen Sinn darin, noch länger zu warten. Lally muss so ruhig wie möglich sein, und das wird immer schwerer, je länger sie warten muss.«

»Sie ruht sich gerade aus.« Joe sprach leise, obwohl niemand in Hörweite war. »Mr. Hagen hat soeben angerufen. Noch jemand, der nicht schlafen kann. Er hat sich selbst vor ein paar Stunden aus dem Memorial entlassen und ist auf dem Weg hierher. Er sagt, dass er mit Schwartz sprechen möchte. Da er ihn schon seit zehn Jahren kennt, ist er der Meinung, dass er möglicherweise zu ihm durchdringen kann.«

»Wenn Schwartz seine Rache diese ganzen zehn Jahre

vorbereitet hat, kann Hagen ihn ja so gut nicht gekannt haben.«

»Ich habe ihm gesagt, dass er zehn Minuten mit ihm sprechen könne«, fuhr Joe grimmig fort. »Ich brauche sowieso noch etwas Zeit, denn meine Planung ist noch nicht abgeschlossen. Sag Ash, dass ich beabsichtige, Schwartz sein Geheimnis zu entreißen. Wenn es eine Möglichkeit gibt, *irgendeine* Möglichkeit, um ganz sicher herauszufinden, was in dem Schrittmacher meiner Schwester steckt, dann werde ich es erfahren, bevor er ihr Leben einem unnötigen Risiko aussetzt.«

»Er fürchtet, uns läuft die Zeit davon. Ich bin nicht sicher, ob ich seine Meinung nicht teile.«

Sein Bauch zog sich zusammen wie die Faust eines Boxers. »Bis jetzt betrug der kürzeste Zeitraum zwischen Implantation und Detonation drei Wochen. Das war bei Marie Ferguson der Fall. Lally hat ihren Schrittmacher gerade sechzehn Tage.«

»Das garantiert uns gar nichts. Wir können nur hoffen«, sagte Valdez freundlich, »und das weißt du. Und nun, da wir noch eine zweite Art der Detonation berücksichtigen müssen, könnte es sogar bedeuten, dass der Zeitraum kürzer ist.«

»Daher ist es noch wichtiger, die Information aus Schwartz herauszubekommen.« Joe spürte, dass ihn wieder eine Woge von Panik und Wut überschwemmte, die er nicht beherrschen konnte, und er atmete tief durch, um sie zu bekämpfen. »Abgesehen von der Tatsache«, fuhr er mit zusammengepressten Lippen fort, »dass Lally meine Schwester ist, haben wir zum ersten Mal die Möglichkeit, so ein Ding zu untersuchen, bevor es explodiert. Es ist in jedermanns Interesse, wenn wir so vorgehen.«

Valdez stimmte ihm nicht zu. »Du möchtest also, dass ich

Dr. Ash und seinem Team sage, sie sollen sich ein wenig hinlegen.«

»Ganz genau.«

»Möchtest du nicht Lally fragen, wie sie darüber denkt?«

»Auf keinen Fall«, erwiderte Joe ziemlich heftig. »Es ist zwei Uhr fünfzehn, und ich hoffe, dass sie schläft. Wenn sie auch über die Aufzeichnungen im Bilde ist, so weiß sie nichts über die Detonation, und ich will, dass es so gemacht wird.«

»Okay.« Valdez hob die Hände. »Du bist der Boss.«

Als Mr. Albrecht Hagen das drückend heiße Zimmer im zweiten Stock betrat, schlief Schwartz unruhig. Er stöhnte leise. Seine Stirn, auf die das Licht der Nachttischlampe fiel, war mit Schweiß bedeckt, und in seinen Nasenlöchern steckten zwei kleine Sauerstoffschläuche. Sein linker Arm, der mit der Infusion verbunden war, lag ruhig auf der Bettdecke, während die Finger der rechten Hand wie ein blindes Wesen, das eine verlorene Beute sucht, über das Betttuch irrten.

Hagen starrte einen Augenblick auf den Mann im Bett und versuchte in Einklang zu bringen, was er jetzt über ihn wusste und was er ein Jahrzehnt über ihn gedacht hatte. Seine falsche Einschätzung belastete ihn. Trotz ihrer Begabungen und der Kenntnisse, die Howard Leary und Olivia Ashcroft ins Unternehmen eingebracht hatten, war der reibungslose, zuverlässige und *sichere* Ablauf bei Hagen-Schrittmacher lange Zeit von Fred Schwartz abhängig gewesen.

Hagen dachte zurück an die Stunden und Tage nach den ersten Todesfällen in Boston und Chicago und an den Schock, den diese Katastrophe bei diesem Mann scheinbar ausgelöst hatte. Es hatte so ausgesehen, als wäre Schwartz sprachloser als alle anderen gewesen und als hätte ihm die Verantwortung am meisten zugesetzt, doch sogar seine angeblichen Schuldgefühle waren eine unglaublich gut inszenierte Vorführung.

»Mensch und Metall«, murmelte Schwartz.

Hagen musterte ihn bestürzt. Er schlief noch immer und träumte. Seine Augenlider zuckten, und sein Mund war verzerrt, als habe er Schmerzen.

»Mr. Schwartz.«

Schwartz schlief weiter.

»Mr. Schwartz«, sagte Hagen noch einmal etwas lauter.

»Mensch und Metall.« Schwartz' schläfrige Stimme war schleppend wie die eines Betrunkenen.

»*Mr. Schwartz.*«

Schwartz öffnete die Augen und starrte Hagen an.

»Hallo, Mr. Schwartz.«

»Sie?« Schwartz Pupillen waren geweitet.

»Ja, ich bin es«, sagte Hagen freundlich. »Ich bin gekommen, um Sie zu besuchen und mit Ihnen zu sprechen. Ich möchte Sie um Ihre Hilfe bitten.«

»Hilfe?«

Hagen war unsicher, ob er spöttisch oder mit Bedacht misstrauisch klang. Er ging näher ans Bett heran.

»Gehen Sie weg.«

Er hatte Angst. Daran bestand kein Zweifel.

»Mr. Schwartz«, sagte Hagen beschwichtigend. »Wir kennen nun alle die Wahrheit, und ich glaube, ich kann vielleicht allmählich verstehen, warum Sie das getan haben. Aber jetzt ist es vorbei, und dies ist Ihre Chance, alles in Ordnung zu bringen ...«

»Gehen Sie weg.« Die Pupillen waren so schwarz und vor Angst so geweitet, dass die Iris kaum noch zu erkennen war. »Gehen Sie *weg* von mir.«

»Denken Sie doch an all die gute Arbeit, die großartige Arbeit, die Sie die ganzen Jahre geleistet haben«, beharrte Hagen. »Sie wollen doch nicht ernsthaft, dass man sich nur wegen dieser leidigen Sache an Sie erinnert, Fred Schwartz.«

»Ich heiße nicht Fred.«

Hagen starrte ihn an. Der Mann schien entsetzliche Angst zu haben, und vielleicht war er auch in einer Art Delirium, aber trotz der Angst, trotz der noch immer schleppenden Stimme schaute Schwartz ihm genau ins Gesicht. Hagen spürte, dass das Entsetzen und der Hass in diesem Blick *ihm* galten.

Hagens Stimme war noch immer freundlich. »Was meinen Sie damit, Mr. Schwartz?«

»Das wissen Sie ganz genau.«

»Nein, ich weiß es nicht. Warum sagen Sie es mir nicht?«

»Sie wissen, wer ich bin, und ich weiß, wer Sie sind.«

Hagen spürte, wie sich ihm der Magen umdrehte.

»Wer bin ich, Mr. Schwartz?«

»Sie sind Hagen.« Er sprach den Namen seltsam gedehnt aus.

»Und Sie?« Hagens Stimme war sehr leise. »Wer sind Sie?«

Schwartz fokussierte seinen Blick ein wenig. Seine erschlafften Gesichtsmuskeln spannten sich, und er nahm eine hochmütige Miene an.

»Ich bin Siegfried«, antwortete Schwartz, »und ich weiß, warum Sie hier sind.«

»Warum bin ich hier, Siegfried?«

»Um mich zu töten.« Schwartz schien seine ganze Kraft zusammenzunehmen. »Aber ich werde gegen Sie kämpfen, Hagen – bis zum bitteren Ende.«

Mr. Hagen war äußerst bestürzt. Und dann begriff er plötzlich, dass Frederick Schwartz ohne Zweifel den Verstand verloren hatte. Ob er nun vor zehn Jahren, als er bei Hagen-Schrittmacher eingestellt worden war, bei gesundem Verstand gewesen war oder nicht, jetzt war er auf jeden Fall nicht mehr recht bei Sinnen.

»Es geht ihm schlechter«, sagte Hagen in Morrisseys Büro zu Joe.

»Was ist passiert?«

»Er war nicht ganz bei sich, als ich sein Zimmer betrat, und sprach im Schlaf. *Mensch und Metall.* Immer wieder sagte er diese Worte. *Mensch und Metall.* Und als ich ihn weckte und er mich anschaute, traten seine Augen fast aus dem Kopf, und er sagte zu mir, ich solle weggehen. Dieser Mann hatte Angst, schreckliche Angst.«

»Das ist sicher die Auswirkung der Hitze und seines schlechten Zustandes«, meinte Morrissey.

»Nein.« Hagen war anderer Meinung. »Oh, ich will nicht behaupten, er habe sein inneres Gleichgewicht nicht verloren, aber ich sage Ihnen, dass er Angst vor mir hatte.« Er schüttelte den Kopf. »Glauben Sie mir oder nicht, aber ich vermute, dass das alles mit der Oper zu tun hat.«

»Oper?«, erkundigte sich Morrissey.

»Fahren Sie fort«, befahl Joe in scharfem Ton.

Morrissey saß hinter seinem Schreibtisch, während Joe auf und ab ging. Hagen setzte sich auf einen der Besucherstühle, die dem Arzt gegenüberstanden.

»Kennt einer von Ihnen die Werke von Richard Wagner?«

»Schon, aber nicht in allen Einzelheiten«, erwiderte Morrissey.

»Lieutenant?«

Joe erinnerte sich an Cynthia Alesso, Hagens Sekretärin, die ihm und Lipman an ihrem ersten Morgen bei Hagen-

Schrittmacher sagte, dass ihr Chef verrückt nach Wagner sei. Er ging noch immer hin und her. »Kommen Sie bitte auf den Punkt.«

Hagen schüttelte den Kopf. »Ich weiß nicht, ob es wichtig ist oder Ihnen irgendwie helfen kann, aber zum allerersten Mal sprach Schwartz meinen Namen derartig gedehnt aus. Er sagte Haagen statt Hagen.« Nach einer kurzen Pause fuhr Hagen fort: »Und als ich seinen vollen Namen nannte, Fred Schwartz, sagte er – und er war nicht ganz bei Sinnen, wie ich schon erwähnte –, sagte er, das sei nicht sein Name, sondern er sei Siegfried.«

»Siegfried der Drachentöter«, sagte Morrissey.

»Ganz genau.«

Joe blieb stehen. »Kann mir das einer von Ihnen erklären?«

»Richard Wagner schrieb einen fünfzehnstündigen Opernzyklus«, erklärte ihm Hagen. »Dieser ist in vier einzelne Opern unterteilt, und das ganze Werk heißt *Ring des Nibelungen*. Es ist ein wunderschönes Werk, allerdings ziemlich schwer in gewisser Weise und für viele Menschen zu lang. Die Oper steckt voller Symbole und Mythologie.«

»Der Name des großen Helden«, erklärte Morrissey weiter, »ist Siegfried. Er ist auch bekannt als der Drachentöter, weil er den Drachen tötete, der das Nibelungengold bewachte.«

»Und in der *Götterdämmerung*«, fuhr Hagen fort, »der letzten Oper des Zyklus, tötet ein Mann namens Hagen den Helden Siegfried.«

»Aber was das alles mit Schwartz und dem, was er getan hat, zu tun haben soll«, fragte sich Morrissey, »das ist mir zu hoch.«

Joe dachte an die seltsamen Gemälde, Zeichnungen und Wandteppiche an den Wänden der Wohnung 1510 und die

Stickereien, die seine Mutter mit einem kunstvollen *E* signiert hatte. »Es könnte eine Menge mit Schwartz zu tun haben«, sagte er langsam. »Er ist von Drachen förmlich besessen.«

»Wirklich?« Hagen sah verwirrt aus.

»Sie sagten, er sprach von Mensch und Metall?«, fragte Joe.

»Er murmelte diese Worte immer wieder im Schlaf. Sagt Ihnen das etwas, Lieutenant?«

»Ihm bedeutet es sicher etwas.« Joe schloss kurz die Augen und versuchte sich an die Worte auf einer der Stickereien zu erinnern. »Es hat etwas damit zu tun, wie Drachen geboren werden. Ein wahrlich verrückter Mythos über die Mischung von Metall mit Fleisch und Blut, wodurch Monster entstehen.«

»Wissen Sie«, fragte Morrissey Hagen, »ob Schwartz ein Opern-Fan ist?«

»Er ist Wagner-Fan wie Sie, Sir«, erwiderte Joe, der Hagen ansah. »Seine Wohnung ist mit Schallplatten und Kassetten voll gestopft, und er hat eine Wagner CD. Anfangs dachte ich, Schwartz würde versuchen, Ihrem Lebensstil nachzueifern. Ich hielt es für ein Zeichen der Bewunderung oder eine Art Heldenverehrung.«

Sie schwiegen eine Weile.

»Fassen wir also mal zusammen«, sagte Hagen langsam. »Wir wissen bereits, dass Schwartz den Schrittmacher seiner Mutter dafür verantwortlich macht, ihr Leben nicht gerettet zu haben ... Ich gründete das Unternehmen Mitte der Siebziger, viele Jahre nach ihrem Tod. Wenn Schwartz jedoch schon auf den Siegfried und Hagen-Mythos fixiert war, kam die Gelegenheit, einem Unternehmen wie Hagen-Schrittmacher die Schuld in die Schuhe zu schieben, sicher wie gerufen. Eigentlich unfassbar ... Seine Motivation ist vielleicht so zu erklären, nicht wahr? Ich wüsste jedoch nicht, wie uns das helfen sollte, noch irgendetwas aus ihm herauszukriegen.«

»Ich schon«, sagte Joe.

»Wie denn?«, fragte Hagen.

Joe antwortete nicht, sondern schaute Morrissey an.

Hagen verstand die Botschaft. »Sie möchten, dass ich gehe?«

»Wenn Sie nichts dagegen haben«, erwiderte Joe. »Ich möchte Ihnen für Ihre Hilfe danken.«

»Ich habe doch gar nichts getan.«

»Sie haben mehr getan, als Sie ahnen, Mr. Hagen.«

Als sich die Tür hinter Hagen schloss, schaute Morrissey Joe an.

»Und was haben Sie nun vor, Lieutenant?«

»Wo ist Mr. Ferguson?«

»Er ist irgendwo in der Klinik. Warum?«

Ein Adrenalinschub verlieh Joe neue Kräfte. Jetzt war er wieder hellwach. »Schwartz steht kurz vor dem Zusammenbruch, nicht wahr? Er vermischt seine Mythen und bringt Fantasie und Wirklichkeit durcheinander. Das müssen wir ausnutzen, ob es moralisch ist oder nicht. Ohne Schwartz' Geständnis sind diese Dokumente wertlos. Wenn ich keine Möglichkeit finden kann, ihm das Geständnis zu entreißen, wird er ungestraft davonkommen, und all diesen anderen Patienten dort draußen wird es nicht besser ergehen als zu Beginn der Ermittlungen.«

»Ich frage Sie noch einmal, was sie vorhaben.«

»Ich will ihn zu Tode erschrecken.« Er sah die Missbilligung in der Miene des Arztes. »Wir wissen alle, dass Schwartz sonst nicht reden wird.« Er sprach langsam weiter, während er noch an seinem Plan arbeitete. »Da wir nicht in seinen verrückten Geist hineinkrabbeln können, wissen wir nicht, ob Schwartz mehr Angst vor dem Tod oder vor dieser verrückten Verbindung aus Mensch und Metall hat.«

»Sie möchten, dass Kaminsky es wieder versucht?«

Joe schüttelte den Kopf. »Kaminsky allein wird Schwartz' nicht umstimmen können, aber ich habe eine Idee, womit wir ihn aus dem Gleichgewicht bringen können. Es ist mehr als ausgefallen, und es braucht etwas Vorbereitung, aber es könnte gelingen.«

»Vielleicht wäre es besser, wenn ich nichts davon hören würde.«

»Möchten Sie uns den Plan ausreden?«

»Wie kann ich Ihnen einen Plan ausreden, den ich nicht kenne?«

»Machen wir uns doch nichts vor.« Joe schuldete es Morrissey, realistisch zu sein. »Wer wird glauben, dass Sie von nichts wussten, wenn es schief geht? Wir haben schon einige Ihrer Angestellten in die Sache verwickelt. Sie sind Zeugen. Es könnte großen Ärger für Sie und Ihre Klinik bedeuten.«

»Darüber bin ich mir im Klaren, Lieutenant.« Morrissey lächelte süßsauer. »Ich habe schon mehr als genug getan, um jede Menge Schwierigkeiten zu bekommen. Doch ich bin nicht mehr jung und werde sowieso ziemlich bald in den Ruhestand treten. Und ich stehe bei Marie in großer Schuld ... Allerdings bin ich auch Arzt, und welche Schuld Schwartz auch immer treffen mag, so ist er letztendlich immer noch ein Patient meiner Klinik. Ich kann mich nicht an irgendeiner Misshandlung beteiligen.«

»Werden Sie auch nicht.«

»Geben Sie mir Ihr Wort, dass er nicht verletzt wird?«

»Ja.«

Morrissey nickte. »Wie ich schon sagte, kann ich Ihnen keinen Plan ausreden, den ich nicht kenne.«

Joe sah auf die Uhr. Drei Uhr zehn. Und die ganzen

Ermittlungen waren noch immer genauso ein Durcheinander wie zuvor. Es blieb nur diese eine Chance, dieser eine letzte verrückte Versuch, Schwartz in die Knie zu zwingen. Und wenn der Plan scheiterte, hatte er keinen Grund mehr, Dr. Ash noch weiter zu vertrösten und Lallys Operation hinauszuzögern.

Ihm blieben weniger als fünf Stunden, bis die Frist des Commanders ablief und seine Karriere in Scherben vor ihm lag. Doch das war im Moment seine geringste Sorge.

38. Kapitel

Dienstag, 26. Januar

Um vier Uhr fünfzehn wurde Frederick Schwartz wieder von finsteren Albträumen gequält. Seine Mutter bestrafte ihn, verbrannte sein Kinn mit einer Zigarette, und ein großer, schuppiger Drachen stürzte sich auf ihn. Der Atem des Drachen war so heiß, dass er das Gefühl hatte, keine Luft mehr zu bekommen und zu ersticken. Er schrie und weinte, und niemand kam, um ihn zu retten. Hagen stand mit seinem Speer schweigend und geheimnisvoll im Hintergrund, und alle Hoffnung war verloren.

Sean Ferguson beobachtete den Mann, der seine Frau getötet hatte, einen Augenblick lang, und zum ersten Mal in seinem ganzen Leben verspürte er plötzlich das Verlangen, das Leben eines Menschen zu beenden. Er hätte am liebsten eines der Kissen genommen, es auf das Gesicht des Verrückten gelegt und gedrückt und gedrückt, bis der schwere Atem verstummte und das verrückte, giftige, böse Blut aufhörte, durch seine Adern zu fließen.

Schwartz rang keuchend nach Luft. Seine rechte Hand klammerte sich krampfhaft in die nass geschwitzte Decke, und Ferguson hatte seinen kurzen mörderischen Impuls überwunden. Wenn er ihn nun tötete, würde er niemandem helfen. Duvals Idee war besser.

Ferguson-Kaminsky atmete die stickige Luft tief ein und beugte sich über das Bett. »Mr. Schwartz. Wachen Sie auf.«

Schwartz stöhnte.

»Hören Sie, Mr. Schwartz. Es ist alles in Ordnung.«

Schwartz schreckte aus seinen Träumen hoch. Er war schweißgebadet, und seine Augen waren vor Angst fast schwarz.

»Es ist alles in Ordnung«, wiederholte Ferguson-Kaminsky. »Es war nur ein Traum.«

»*Wo ist er?*«, stieß Schwartz zischend hervor.

»Wer?«

»Wo ist Hagen? Ich habe ihn gesehen. Er war hier.«

»Mr. Hagen war vorhin hier, aber er ist nach Hause gegangen.« Ferguson-Kaminskys Art, mit dem Kranken umzugehen, war so freundlich und beruhigend, dass er sich selbst wunderte. »Ich bin noch einmal zu Ihnen gekommen, um mit Ihnen darüber zu sprechen, Ihre Herzschwäche zu behandeln.«

Schwartz schüttelte langsam den Kopf.

»Wo ist Hagen?«, fragte er zum zweiten Mal.

»Ich sagte Ihnen doch schon, Sir, dass er gegangen ist.«

»Ich glaube Ihnen nicht.«

Ferguson-Kaminsky setzte sich auf einen Stuhl ans Bett. »Hören Sie mir bitte zu, Mr. Schwartz, denn ich habe Ihnen etwas Wichtiges zu sagen.«

Schwartz schaute ihn zuerst mit einem irren Blick an und kniff dann die Augen zusammen. »Sie wollen mir Metall einsetzen.«

»Ja, ich möchte Ihnen einen Schrittmacher einsetzen ... Erinnern Sie sich, dass ich Ihnen von dem anderen Patienten erzählte, der von einer Gila gebissen wurde? Ich sagte Ihnen, dass es bei ihm zu spät sei, um ihn zu retten.«

»Ich erinnere mich. Ich erinnere mich an all Ihre Lügen.«

»Es sind keine Lügen. Er ist gestorben, Mr. Schwartz.

Der andere Mann ist gestorben, weil für ihn jede Hilfe zu spät kam, und auch Sie werden sterben, wenn Sie sich nicht helfen lassen.«

»Ich glaube Ihnen nicht.«

»Was kann ich tun, damit Sie mir glauben, Mr. Schwartz? Möchten Sie den anderen Mann sehen? Werden Sie mir dann glauben?«

Schwartz kniff seine Augen, in denen sich Verachtung und Argwohn spiegelten, noch fester zusammen. »Sie sind alle Lügner«, sagte er.

Ferguson-Kaminsky stand auf. »Ich belüge sie nicht, Mr. Schwartz. Ich wünschte, es wäre so.« Er ging zur Tür, die zum Nachbarzimmer führte, und schloss sie auf. »Kommen Sie herein«, forderte er den Pfleger auf.

Die Tür wurde geöffnet.

Schwartz starrte auf die Tür.

Da stand ein Pfleger in einem grünen Kittel. Hinter ihm war noch etwas zu sehen. Eine Bahre, die mit einem weißen Laken bedeckt war.

»Doktor?« Der Pfleger wartete.

»Bringen Sie ihn bitte herein.«

Die Bahre glitt herein.

»Danke.« Der Pfleger schloss die Tür hinter sich.

»Was ist das?« Schwartz' Stimme klang verächtlich, aber Ferguson-Kaminsky konnte seine Angst fast spüren.

»Ich würde Ihnen das lieber ersparen«, sagte er freundlich.

»Was?« Schwartz' pfeifender Atem war zu hören. »Diese Farce?«

Ferguson-Kaminsky ging näher an die Bahre heran und hob das Laken von Chris Webbers fahlem, friedlichem, totem Gesicht.

Schwartz sank wieder aufs Bett. »Das kann wer weiß wer

sein.« Er schnappte wie ein Fisch nach Luft. »In Krankenhäusern sterben ständig Menschen.«

»Schauen Sie sich seine rechte Hand einmal an.« Der Arzt ging näher an Schwartz' Bett heran, beugte sich hinunter und drückte auf einen Knopf, um das Kopfteil hochzustellen.

»Was tun Sie da?« Schwartz keuchte vor Panik.

»Ich will Ihnen nur erleichtern, etwas zu sehen«, sagte Ferguson-Kaminsky. »Sie wissen, wie der Biss einer Eidechse aussieht. Diese gerillten Zähne hinterlassen ein ziemliches Chaos, nicht wahr?«

»Nein.« Schwartz drehte seinen Kopf weg.

»Ich will Ihnen beweisen, dass ich nicht lüge.«

»Bringen Sie ihn weg.«

»Werfen Sie nur schnell einen Blick auf ihn.« Ferguson-Kaminsky ging zurück zur Bahre, zog das Tuch von Webbers rechter Körperhälfte und hob seine Hand hoch. Die Wunden waren nun vom Blut gesäubert und genäht. Leblos. »Soll ich ihn näher zu Ihnen heranrollen?«

»Nein!«

Schwartz presste seine Augen zusammen. Die kalte Angst packte ihn. Er bekam keine Luft mehr. Sein Herz pochte wie wild in seiner Brust. Bisher hatte er nur einmal eine menschliche Leiche gesehen, und er hatte es nie vergessen. *Mutter, die wächsern und kalt gewesen war. Mutter mit ihrem hübsch gelockten Haar und ihren für immer geschlossenen Augen.*

»Werfen Sie nun einen Blick auf ihn«, bat Ferguson-Kaminsky noch einmal. »Öffnen Sie die Augen und werfen Sie einen Blick auf ihn. Fassen Sie ihn an, wenn Sie wollen. Dann werden Sie wissen, dass ich Sie nicht anlüge. Für diesen Mann kam jede Hilfe zu spät.«

»Nein!«

Frederick Schwartz verlor die Besinnung.

Joe ging wieder allein in Morrisseys Privatzimmer auf und ab. Von Zeit zu Zeit führten ihn seine Schritte zu seinem Spiegelbild in dem großen Wandspiegel über dem kalten Kamin. Er sah abgespannter und älter aus als vor einer Woche. Sein schmales Gesicht mit der spitzen Nase sah hagerer aus, und das dunkle Haar war vielleicht ein wenig grauer geworden, aber besonders sein grimmiger, erstarrter Mund, zeigte, was er durchgemacht hatte. Kein Wunder, dass Jess ihn jedes Mal so ungläubig ansah, wenn er ihr versicherte, dass er mit den Schwierigkeiten schon fertig werden würde.

Als sich die Tür öffnete, drehte er sich um.

»Nichts zu machen«, sagte Ferguson schnell, als er sein Gesicht sah.

Chris Webber betrat hinter ihm den Raum. Das grauweiße Make-up, das man auf sein Gesicht und seinen Oberkörper aufgetragen hatte, war teilweise schon wieder entfernt. Er hatte sich auch wieder aufgewärmt, nachdem seine rechte Hand sicherheitshalber in Eis getaucht worden war, falls Schwartz sie hätte berühren wollen, aber er sah noch immer aus wie ein Zombie aus einem drittklassigen Horrorfilm. Seine echte Blässe schimmerte durch und bildete einen Kontrast zu den noch immer vor Fieber glänzenden Augen.

»Er hat Ihnen die Sache mit der Leiche nicht abgekauft«, sagte Joe in mattem, enttäuschtem Ton.

»Oh, er hat sie mir nur zu gut abgekauft.« Chris' verletzte Hand war von Morrissey schnell wieder verbunden worden, und er trug jetzt eine weiße Schlinge um den Hals. »Er ist durchgedreht.«

»Und dann hat er die Besinnung verloren«, fügte Ferguson hinzu.

»Und was passiert jetzt?«, fragte Chris.

Die Tür wurde wieder geöffnet, und Morrissey kam mit Lucas Ash und Tony Valdez herein.

»Wir müssen einen Moment mit Lieutenant Duval sprechen«, sagte Morrissey zu Chris und Ferguson. »Wenn Sie uns bitte entschuldigen würden.«

Die beiden Männer verließen schweigend das Zimmer.

»Ich will jetzt operieren«, sagte Dr. Ash zu Joe. Seine Miene zeigte Entschlossenheit. »Ich verstehe Ihre Gefühle, und glauben Sie mir, dass ich lieber mit der Operation beginnen würde, wenn ich genau wüsste, womit wir es zu tun haben. Unter den gegebenen Umständen glaube ich jedoch, dass wir das Ding so schnell wie möglich aus Lally herausholen müssen.«

»Wenn du meine Meinung hören willst, Joe«, erklärte Valdez, »so stimme ich Dr. Ash zu.«

»Ich bin mit Schwartz noch nicht fertig«, sagte Joe. Die Panik tief in seinem Innern kehrte zurück. Er kam sich vor wie ein hilfloses, enttäuschtes Kind. Am liebsten hätte er geweint, um sich getreten und geschrien, bis er bekam, was er brauchte.

»Der OP ist vorbereitet«, fuhr Ash ruhig fort. »Mein Team, die Männer vom Bombendezernat und die halbe Chicagoer Feuerwehr stehen bereit, und alles scheint bestens vorbereitet zu sein. Und um ganz ehrlich zu sein, Lieutenant, glaube ich, dass Ihre persönlichen Ängste allmählich Ihr berufliches Urteilsvermögen schwächen.«

»Was wollen Sie damit sagen, Doktor?«, fragte Joe eisig.

»Am Sonntagmorgen«, erwiderte Dr. Ash barsch, »als wir zum ersten Mal telefonierten – und das ist jetzt fast vierundvierzig Stunden her –, hatte ich das unbestimmte Gefühl, dass Sie meinen Aufenthalt auf Hawaii und den Stromausfall aufgrund des Sturmes fast als ein ebenso großes Verbrechen betrachteten, als hätte ich mich selbst an den Schrittmachern zu schaffen gemacht.« Ashs Ton wurde etwas freundlicher. »Ich verstehe Sie jetzt. Sie waren davon überzeugt, jede Minute zähle und das Leben Ihrer Schwester sei in unmittelbarer Gefahr, aber diese Gefahr ist nicht vorüber. Und ich weiß, dass Sie die Operation zum Teil immer wieder hinauszögern, weil Sie schreckliche Angst davor haben, was geschehen könnte.«

»Sie nicht?«, fragte Joe herausfordernd. »Das sollten Sie aber.«

»Natürlich habe ich Angst. Ich bin ja nicht verrückt, Lieutenant.« Lucas Ash war jedoch noch nicht fertig. »Und ich weiß nicht, was Sie mit diesem Mann vorhaben, und ich will es auch nicht wissen. Doch auch Sie müssen sicher einsehen, dass wir das, was er jetzt sagt, nicht für bare Münze nehmen können, selbst wenn Sie ein Wunder vollbringen und ihn zum Reden bringen. Der Schrittmacher Ihrer Schwester muss noch immer ausgebaut werden, und wir wissen noch immer nicht, was auf uns zukommt.«

»Er hat Recht, Lieutenant«, stimmte Morrissey ein. Er meldete sich zum ersten Mal zu Wort, seitdem sie den Raum betreten hatten.

Joe schwieg. Er wusste, ohne daran erinnert zu werden, dass Schwartz' Wort ohne unterstützendes Beweismaterial keinen Pfifferling wert war, und er wusste auch, dass Ash Recht hatte und er nun größtenteils Zeit schindete, weil er Angst um Lally hatte. Und wenn er jetzt keine Entscheidung fällte – *jetzt sofort* –, könnten seine eigenen Ängste Lally töten.

Ash schaute auf die Uhr. »Es ist vier Uhr zweiundvierzig, meine Herren. Mit Ihrer Erlaubnis möchte ich jetzt gerne Miss Duval wecken und sie informieren, dass wir unsere letzten Vorbereitungen treffen und um Punkt fünf Uhr fünfzehn für sie im OP bereitstehen.«

Weder Morrissey noch Valdez sagten ein Wort.

Joe starrte in Ashs hübsches Gesicht. Und ebenso wie es

Lally vor fast sechzehn Tagen ergangen war, als sie ihn zum ersten Mal gesehen hatte, verwirrte Joe dieses Gesicht. Es war absurd, aber er wusste, dass sein Vertrauen größer gewesen wäre, wenn Ashs Gesicht kleine Schönheitsfehler aufgewiesen hätte.

»Vier Uhr dreiundvierzig«, sagte Valdez schnell.

In den wenigen Sekunden, die folgten, dachte Joe an Jack Long, Marie Ferguson, Sam McKinley und Alice Douglas und all die anderen bis jetzt namenlosen Opfer dort draußen, die in glückseliger Unwissenheit ihren Angelegenheiten nachgingen. Doch das einzige Gesicht, das Joe im Geiste vor sich sah, war Lallys. Und einen weiteren Augenblick lang suchte er verzweifelt nach einer Art göttlichen Eingebung, aber es kam keine.

»In Ordnung«, sagte er nur.

Chris und Ferguson schwiegen, als der Kardiologe und Valdez den Raum verließen. Sie erkannten auf den ersten Blick an ihren Mienen und der Art, wie sie den Korridor hinuntergingen, dass eine Entscheidung gefällt worden war.

Wortlos klopfte Ferguson an Morrisseys Tür, und beide traten ein. Die anderen beiden Männer saßen jeder in einem Sessel. Joe war in sich zusammengesunken, und seine Körperhaltung sprach Bände.

»Sie operieren?«, fragte Ferguson.

»Um fünf Uhr fünfzehn«, erwiderte Morrissey leise.

Chris schaute auf seine Uhr. Er war zu Eis erstarrt.

»Was nun?«, fragte er.

»Wir warten«, erwiderte Morrissey.

Chris überging ihn. »Duval?«

Joe sagte nichts.

»Was jetzt?« Chris' Stimme war barsch. »War's das? Geben Sie auf?«

»Nein, ich gebe nicht auf. Ich mache nur eine kleine Pause.« Joe war sichtlich erschöpft.

»Bevor wir gebeten wurden, das Zimmer zu verlassen«, sagte Ferguson, »hatte ich das Gefühl, dass Sie noch mehr mit Schwartz vorhatten.«

»Hatte ich auch.«

»Und was ist damit?«

»Vielleicht sollten wir dem Lieutenant eine kurze Erholungspause gönnen«, mischte sich Morrissey ein. »Er will sicher seine Schwester besuchen, und anschließend sollten wir ihm ein paar Minuten Ruhe gönnen.«

»Er kann sich später ausruhen, wenn alles vorbei ist und wir alles versucht haben.«

Chris wusste, wie schroff seine Stimme klang, was normalerweise gar nicht seine Art war. Er sah, dass Duval mit seinem Latein fast am Ende war, und er wusste, was das für ein Gefühl war. Und vielleicht war seine eigene Kraft, die er plötzlich spürte, nur von kurzer Dauer, und möglicherweise hatte er sie nur dem Wissen zu verdanken, dass er letztendlich nicht sterben würde. Er war davon überzeugt, dass sein Körper das Gift der Gila besiegt hatte und er sich dem Kampf anschließen konnte, um zumindest zu versuchen Lally zu helfen, obwohl es jetzt so aussah, als könne nur Dr. Ash etwas für sie tun. Chris Webber wusste vielleicht besser als irgendein anderer hier, was der Lieutenant durchmachte, doch anzusehen, wie Duval plötzlich abbaute, war ihm unerträglich. Und dieser *Scheißkerl* hing noch immer hier herum, und es müsste schon mit dem Teufel zugehen, wenn er zulassen würde, dass sie jetzt alle aufgäben, solange es noch eine Chance gab, ihn festzunageln.

»Duval, welchen Plan haben Sie?«, fragte er ziemlich ungehalten.

Joe quälte sich aus dem Sessel. »Okay«, sagte er langsam.

Er brauchte einen Moment, um sich zu sammeln und sich auf das zu konzentrieren, was er ausgebrütet hatte, ehe Ash hereingekommen war.

Chris entspannte sich ein wenig.

»Ist Schwartz noch besinnungslos?«, fragte Joe Morrissey. »Es wäre gut, wenn er noch etwas länger ohnmächtig wäre. Es muss sein.«

Morrissey schwieg einen Moment, und dann stand er schwerfällig auf.

»Ich gebe ihm ein Beruhigungsmittel. Er wird ungefähr eine Stunde schlafen.«

Joe hatte wieder Gewissensbisse. »Danke, Doktor.«

Morrissey nickte und verließ das Zimmer.

»Was haben Sie vor, Lieutenant?«, fragte Ferguson.

»Ein letzter Versuch. Wenn das nicht funktioniert, sind wir erledigt.« Er lächelte Webber verhalten an. »Diesmal können Sie nicht helfen, nur warten.«

»In Ordnung, Hauptsache, Sie geben nicht auf.«

»Was haben Sie vor?«, erkundigte sich Ferguson noch einmal.

»Es ist wirklich verrückt.«

»Das ist Schwartz auch.«

»Ich glaube, wir müssen ihn noch einmal so richtig in die Enge treiben.«

»Dann auf in den Kampf«, sagte Chris.

»Dr. Morrissey wird es verabscheuen.«

»Dann werden wir es ihm nicht sagen«, beschloss Sean Ferguson.

39. Kapitel

Dienstag, 26. Januar

Ein Déjà-vu-Erlebnis«, sagte Lally, als sie in den OP geschoben wurde. Es war genau fünfzehn Minuten nach fünf, und die Winterwelt außerhalb der Klinik lag noch dunkel und verschlafen da, aber in diesem Raum gab es keine Zeit und keine Jahreszeiten.

»Hallo, Miss Duval«, begrüßte sie Joanna King herzlich, die in ihrem Baumwolloverall schick aussah.

»Schön, Sie wiederzusehen.« Bobby Goldstein, der nicht so elegant aussah, kam zu ihr, um ihr einen Kuss auf die Wange zu geben. »Obwohl ich in Holyoke niemals geahnt hätte, dass Sie einen derartigen Sinn für Dramatik haben.«

Lally schaute sich um und sah die Vorbereitungen, die für die Operation getroffen worden waren. Die Glaswände waren teilweise abgedeckt und teilweise so diagonal abgeklebt worden, wie die Menschen ihre Fenster in Sturmgefahrenzonen in Neuengland vorbereiteten, um zu verhindern, dass der Sturm die tödlichen Scherben durch die Luft schleuderte, wenn die Scheiben brachen. Es gab keine Sauerstoff- oder anderen Gaszylinder, und Lally vermutete, dass sie für den Fall, dass das Schlimmste eintrat, weggebracht worden waren. Aber als sie die beiden Astronauten erblickte, die sich am anderen Ende des Raumes mit Lucas Ash besprachen, zog sich ihr Magen zusammen, und die feinen Härchen an ihren Armen richteten sich auf.

»Bombenexperten«, erklärte ihr Joanna King.

»Für Eingeweihte auch als Bombentechniker oder Bomber bekannt«, fügte Bobby Goldstein hinzu.

»Goldstein ist jetzt Experte«, spottete Mrs. King.

Lally wandte ihren Blick von den Männern in den Schutzanzügen ab, denen der Kardiologe noch immer aufmerksam zuhörte, und wandte sich Joanna King und Bobby Goldstein zu. Die Röntgenärztin sah genauso elegant und statuenhaft aus wie in ihrer Erinnerung, und der humorvolle, nette Kardiotechniker schaute sie freundlich an.

»Sie können sich nicht vorstellen, wie dankbar ich bin, dass Sie meinetwegen hierher gekommen sind«, sagte sie. »Sind Sie auch ganz sicher, dass es nicht zu gefährlich für Sie ist?«

»Wir würden um nichts auf der Welt darauf verzichten wollen«, entgegnete Mrs. King.

»Ich persönlich bin wegen der Pizza hier«, grinste Goldstein. »Wissen Sie, dass in Chicago alles seinen Anfang nahm?«

»Du wirst doch wohl wissen, dass es Italien war«, sagte Joanna King trocken.

»Nicht für die einzig wahre Pizza«, erklärte Mr. Goldstein. »Mit der richtigen Pizza ging es in einem Restaurant namens *Pizzeria Uno* genau hier in Chicago los. Ich schlage vor, dass wir alle dorthin gehen, wenn der Unsinn hier vorbei ist.«

»Ich bin dabei«, stimmte Lally zu.

Joe hatte Chris in ihr Zimmer gebracht, kurz bevor sie zum OP hinuntergefahren worden war. Als sie gesehen hatte, dass mit ihm alles in Ordnung war, war sie unglaublich erleichtert, obwohl der Verband an seiner Hand und sein leidgeprüftes Gesicht ihr deutlich bewiesen, dass ihre Ängste um ihn berechtigt gewesen waren. Hugo war ebenfalls bei ihr, und für Erklärungen hatten sie keine Zeit gehabt. Vor dem Aufzug im dritten Stock hatte sie sich von allen verabschiedet, hatte sie umarmt und abgelehnt, dass irgendeiner von ihnen sie noch weiter begleitete. Es war fast eine Erleichterung gewesen, als sich die Fahrstuhltür schloss und die Sicht auf die drei ängstlichen, mitgenommenen Gesichter versperrt wurde.

»Wie war es in Florida?«, fragte Joanna King.

»Wundervoll.«

»Wir haben gehört, dass Ihr Freund Sie dort aufgestöbert und mit einer Privatmaschine hierher gebracht hat.« Goldsteins Augen funkelten hinter seiner Brille.« Stimmt das?«

»So ungefähr«, sagte Lally, »außer dass er nicht mein Freund ist.«

»Hört sich so an, als sollte er es sein«, meinte Joanna King.

»Lally, meine Liebe, es tut mir Leid, dass ich dich habe warten lassen.« Lucas Ash, der hübsch aussah wie immer, kam mit einem der Astronauten geradewegs auf sie zu. Lallys Magen, der sich während der Plauderei einen Augenblick beruhigt hatte, zog sich wieder zusammen. »Bist du bereit?«

»Ja.«

Der Mann neben Dr. Ash zog das Kopfteil seines Bombenschutzanzuges ab, und Lally sah, dass es Tony Valdez war.

»Hallo, Tony«, begrüßte ihn Lally.

Valdez grinste träge. Seine ganze Haltung war trügerisch ruhig und entspannt. »Eigentlich glaubt keiner von uns, dass wir hier heute gebraucht werden. Das Zeug auf den Fenstern, unsere Anzüge, die Feuerwehrmänner draußen vor der Tür – alles reine Vorsichtsmaßnahmen.«

Lally wusste nicht, was sie sagen sollte. Ihr Mund war ganz trocken.

»Okay«, sagte Ash freundlich. »Magst du dich auf den Tisch legen, damit wir anfangen können?«

»Eigentlich nicht«, antwortete sie heiser.

»Ich hätte es lieber in einem Katheterlabor durchgeführt wie beim ersten Mal. Aber offensichtlich gefällt dieser Raum dem Rest des Teams besser, und daher hielt ich es für das Beste zuzustimmen. Es sieht zwar bedrohlicher aus, macht aber eigentlich keinen Unterschied.«

Lally setzte sich auf den Tisch.

»Da du nun schon Erfahrung hast, brauche ich keine Zeit zu verschwenden, um dir alles zu erklären. Es ist die gleiche Prozedur wie beim letzten Mal, nur in umgekehrter Reihenfolge.«

»Und dann?«

»Und dann atmen wir alle tief durch, und ich setze dir einen neuen Schrittmacher ein.« Ash lächelte sie an. »Und keinen – das will ich schnell hinzufügen – der von Hagen-Schrittmacher stammt.«

»Der arme Mr. Hagen«, sagte Lally. »Er hat mich angerufen. Der Mann ist fix und fertig.«

»Ich weiß«, bestätigte Ash. »Ich habe ihn auch getroffen.«

Lally hatte sich nie hilfloser gefühlt als jetzt, da sie aufrecht auf dem flachen, schrecklichen Operationstisch saß. Sie erinnerte sich an das erste Mal, an ihre Angst vor dem Eingriff, ihre Angst vor den Schmerzen, ihre Angst, dass es nicht funktionieren würde, ihre Angst zu sterben. Charlie Sheldon hatte gesagt, dass die Implantation des Schrittmachers keineswegs wie ein Tag am Meer sei, aber keineswegs so ekelhaft wie das Ziehen eines Zahnes. Jetzt wusste sie, dass die erste Operation im Vergleich zu dieser wie ein Tag am Meer gewesen war.

»Musik«, sagte sie plötzlich.

Alle schauten sie an, als fürchteten sie, sie drehe durch.

»Beim letzten Mal haben wir Musik gehört. Mozart.«

»Haben wir unsere Kassetten mitgebracht?«, fragte Lucas Ash Joanna King.

»Natürlich.«

»Möchtest du Mozart hören, Lally?«, fragte der Arzt.

»Prokofjew wäre mir lieber, aber Mozart geht auch.«

Joanna King schaute bereits die Kassetten in einem Pappkarton durch. »Prokofjew haben wir nicht. Geht auch Tschaikowsky?«

»Vielleicht wäre Mozart besser.« Lally versuchte zu grinsen. »Es ist nicht so aufregend.«

»Sie möchte, dass der Arzt ruhig ist und nicht tanzt«, sagte Goldstein.

»Mozart ist gut«, stimmte Joanna zu.

Valdez näherte sich dem Tisch. Er trug Handschuhe und hielt eine Schutzbrille in der Hand.

»Gehen Sie weg damit«, sagte Ash gereizt. »Ich möchte nicht, dass irgendetwas meinen Blick beeinträchtigt.«

»Sie ist nicht für Sie, Doktor, sondern für Miss Duval.«

»Wozu?«, fragte Lally.

»Nur für den Fall der Fälle.«

»Entschuldigung«, sagte Lally, überrascht über ihre ruhige Stimme, »aber wenn das Schlimmste geschieht, glaube ich nicht, dass ich mir über meine Augen Gedanken machen werde.«

»In Ordnung!« Valdez lächelte sie an und ging weg.

»Hat noch irgendjemand etwas zu melden?«, fragte der Arzt.

Niemand sagte ein Wort. Mozart-Klänge schwebten leise durch den Raum.

»Sind Sie breit, Mrs. King?«

»Ja, Doktor.«

»Alles in Ordnung, Lally?«

»Ja, danke«, erwiderte sie kaum hörbar.

»Dann fangen wir jetzt an.«

Chris und Hugo saßen schweigend im Wartezimmer im dritten Stock. Beide Männer waren von Plastikkaffeetassen umgeben und gaben sich ihren Gedanken und Ängsten, ihren Schuldgefühlen, ihrer Wut und Hilflosigkeit hin. Die Uhr auf dem Kaminsims tickte. Draußen auf den Straßen wurde das friedliche Surren des frühmorgendlichen Verkehrs allmählich lauter.

Von Zeit zu Zeit schaute Hugo Chris Webber an und betrachtete die Schlinge und die verbundene Hand. Dem Mann stand es ins Gesicht geschrieben, dass er krank gewesen war. Und obwohl ihm niemand gesagt hatte, was vorgefallen war, wusste Hugo, dass es etwas mit Lally zu tun hatte. Der Kerl sah aus wie ein gottverdammter Held. Hugo hatte ihn zuerst nicht gemocht, aber nun hasste er ihn dafür, hasste ihn, weil er, der Lally schon so lange liebte, unfähig gewesen war, *irgendetwas* zu tun, um ihr zu helfen.

Chris spürte Barzinskys Abneigung, und unter anderen Umständen hätte er ihm Leid getan, aber in diesem Augenblick nahmen ihn andere Gefühle in Beschlag, die alle nicht sehr erfreulich waren. Seine Schuldgefühle belasteten ihn und drückten ihn nieder. Schuldgefühle, weil er Andrea und Katy im Stich gelassen hatte, Schuldgefühle, weil er Lally im Stich gelassen hatte. Weder durch die Eskapade mit ihrem Bruder, durch seine Tuchfühlung mit dem Tod oder seine Schauspielerei als Leiche hatte er *irgendetwas* für sie erreichen können. Verdammt! Sie lag noch immer dort im OP und sah dem Albtraum ins Auge. Duval und Morrissey hatten noch nicht einmal gewollt, dass er sie sah, bevor man sie nach unten brachte. Weil er so fürchterlich aussah, dass

Lally sich vor der Operation noch um ihn sorgen werde, hatten sie gesagt, und sie habe auch so schon genug Probleme. Aber Chris hatte darauf bestanden, und daher hatten sie ihm genau eine Minute zugestanden. Sie hatte einen Blick auf seine Hand und seinen Arm geworfen, und obwohl er ihr sagte, dass es nichts sei und nur von einem harmlosen Sturz herrühre, konnte er erkennen, dass sie ihm nicht glaubte. Letztendlich hatte er ihr also noch eine weitere Last aufgeladen, und er konnte sich selbst nicht mehr leiden …

Die Tür wurde geöffnet, und Morrissey schaute ins Wartezimmer. Hugo sprang auf, aber Chris hatte das Gefühl, dass seine Beine wie festgenagelt waren.

»Neuigkeiten?«, fragte Hugo.

Morrissey schüttelte den Kopf. »Es ist noch zu früh.«

Hugo setzte sich wieder hin.

»Sie sollten sich ausruhen«, sagte Morrissey zu Chris.

»Keine Chance.«

»Sie sollten sich wenigstens etwas die Beine vertreten.«

»Werde ich«, willigte Chris ein, bewegte sich jedoch nicht.

»Wir geht es Ihnen?«

»Schon viel besser.«

»Aber noch immer ziemlich mies?«

»Ach, es geht schon«, sagte Chris. »Danke.«

Hugos Reizbarkeit nahm wieder zu. »Warum können wir nicht unten in der Nähe des Operationssaales warten?«

»Es ist alles abgesperrt.« Morrissey sah abgespannt aus. »Auch für mich.«

Alle drei Männer dachten an den Grund dafür, und allen lief es eiskalt über den Rücken.

Trotz Mozart war die Atmosphäre im Operationssaal

äußerst angespannt, als Dr. Ash Lally die Spritze für die örtliche Betäubung setzte, und zwar ungefähr dort, wo er die soeben erst verheilte Haut über Lallys linker Brust aufschneiden würde.

»Alles in Ordnung?«, fragte er freundlich.

»Bestens«, log sie.

»Es wird dir bald wieder ausgezeichnet gehen.«

Sie schaute durch seine kleine zusammenklappbare Brille in seine dunkelblauen Augen.

»Danke«, sagte sie leise.

»Ich habe ja noch nichts getan.«

»Trotzdem danke.«

Sie schloss die Augen und versuchte, ihre Gedanken auf etwas außerhalb des Operationssaales zu lenken. Sie dachte an Chris und wie furchtbar er ausgesehen hatte, als er endlich zu ihr gekommen war. Jetzt wusste sie, dass ihre ganzen Ängste um ihn berechtigt gewesen waren. Sogar in diesem kurzen Augenblick, den sie zusammen erleben konnten, hatte sie erkannt – wenn es überhaupt einen richtigen Zweifel gegeben hatte –, dass sie ihn liebte. Als sie ihre Augen nun schloss, sah sie ihn im Geiste vor sich und erinnerte sich daran, wie er sie am Hafen von Key West angesehen und wie erleichtert er ausgesehen hatte, als er sie gefunden hatte. Dann dachte sie an den Flug nach Chicago, an das schlechte Wetter und wie sich die Erschütterungen der Maschine mit ihrer Angst vermischt hatten. Nur aufgrund der Gewissheit, dass Chris neben ihr saß, hatte sie durchgehalten. Ihr gemeinsamer Abend in ihrem Haus in Stockbridge, als Katy oben in ihrem Schlafzimmer schlief, war ihr besonders gut in Erinnerung geblieben. Chris war so ein liebevoller Vater und ein besorgter Ehemann. Er hatte seine Tochter zu einem Zeitpunkt, da sie ihn so dringend brauchte, verlassen, weil sie in Gefahr war. Leider hatte sie noch keine richtige

Gelegenheit gehabt, über ihre Gefühle zu sprechen, doch vielleicht war es auch gut so, weil Andrea noch immer zu Hause war. Es spielte keine Rolle, was hier und jetzt geschehen würde, denn Chris musste auf jeden Fall zu seiner Familie zurückgehen, um sich um seine Frau und ihre Probleme zu kümmern. Dennoch tat es so gut, in diesem Augenblick an ihn zu denken und sein Gesicht und seine Kraft vor Augen zu haben. Sie klammerte sich an diese Bilder und hielt sie fest.

»Wir können jetzt anfangen, Lally«, sagte Dr. Ash.

Lally öffnete die Augen.

»Du weißt, was ich jetzt tun werde, nicht wahr?«

Sie nickte nur, denn sie war unfähig zu sprechen.

»Sobald wir den ersten Schrittmacher abgetrennt haben, wird vorübergehend ein externes Gerät die Kontrolle übernehmen, bis der neue Schrittmacher eingebaut ist. Das geschieht nur, um jede Panne zu vermeiden, was aber eher unwahrscheinlich ist.« Ash lächelte. »Okay?«

»Okay.«

Obwohl sie es nicht sah, spürte sie, dass sich die Bombenexperten in ihren Astronautenanzügen dem Tisch näherten. Die Anspannung stieg wie Quecksilber in einem Thermometer. Mrs. King konzentrierte sich auf ihre Röntgenbilder, während Mr. Valdez neben ihr stand und die Bilder des Schrittmachers und der Drähte genau unter die Lupe nahm. Und Lally schaute wieder in Lucas Ashs Gesicht, in diese klaren, aufmerksamen Augen. Sie vertraute diesen Augen, vertraute seinen Fingern, und als er ihr sagte, dass sie nun ganz still liegen müsse, tat sie genau, was er sagte.

Als Schwartz zu sich kam, war er an einem anderen Ort. Nicht in seinem Zimmer, sondern an einem unbekannten, kalten Ort mit weißen Wänden und Instrumentenwagen und einem seltsamen Geruch. Er lag auf einem steinharten Bett. Sein Blick war verschwommen, und seine Arme und Beine waren so schwer, dass er sie kaum bewegen konnte.

Neben dem Bett war eine Gestalt, die sich über ihn beugte.

»Wer ist da?« Seine Stimme war schleppend und heiser.

»Fast fertig«, sagte ein Mann.

Er blinzelte heftig, und sein Blick wurde etwas klarer. Dr. Kaminsky, der einen grünen Kittel trug, stand links neben dem Bett. Ein Mundschutz verdeckte seinen Mund und seine Nase, und er hielt eine Spritze in der Hand.

»Was geht hier vor?« Schwartz versuchte, sich aufzusetzen, doch er schaffte es nicht. Er sah, dass da noch ein anderer Mann hinter ihm stand, und seine Schultern aufs Bett drückte. »Was haben Sie mit mir gemacht?«

»Entspannen Sie sich, Mr. Schwartz«, sagte Kaminsky.

»Ich will aufstehen.« Schwartz zappelte eine Sekunde herum, aber er war zu schwach, und er hatte schrecklich schwere Glieder. »Meine Beine«, stöhnte er. »Meine Augen – ich kann nichts sehen.«

»Das ist nur das Beruhigungsmittel, das wir Ihnen gegeben haben. Sie waren ein wenig mitgenommen, erinnern Sie sich?«, sagte Kaminsky beschwichtigend. »Versuchen Sie, sich zu beruhigen.«

»Was machen Sie mit mir?« Schwartz' Stimme war schleppend und sein Mund so trocken, dass er Probleme hatte zu schlucken.

»Wir bereiten Sie auf Ihren Schrittmacher vor.«

Schwartz schüttelte ungestüm den Kopf. »Nein, ich habe Ihnen doch gesagt, dass ich keinen Schrittmacher haben will.«

»Sie haben eine Einwilligung unterschrieben, Mr. Schwartz.«

»Ich habe gar nichts unterschrieben.«

»Natürlich haben Sie das. Als Sie aus dem Chicagoer Memorial hierher verlegt wurden, haben Sie es unterschrieben, erinnern Sie sich?« Kaminsky spritzte etwas von der Injektion in die Luft, wie er es in unzähligen Filmszenen gesehen hatte. »Wir müssen Ihr Leben retten, Mr. Schwartz. Unser Berufsethos verpflichtet uns, Ihr Leben zu retten.«

»Noch mehr Lügen«, stöhnte Schwartz. »Das können Sie nicht machen.«

»Wir müssen es tun.«

»Auch Sie können Leben retten«, sagte eine andere Stimme leise.

Schwartz drehte seinen Kopf zu der Stimme um und versuchte etwas zu erkennen, aber es gelang ihm nicht.

»Wer ist da?« Ein anderer Mann in einem Kittel und mit einem Mundschutz. Er konnte sein Gesicht nicht erkennen. Der Schrecken wuchs. »Hagen? Sind Sie Hagen?«

»Eine letzte Chance, Siegfried«, sagte die Stimme.

»Gott, hilf mir.« Schwartz seufzte laut.

»Sie helfen uns, und wir helfen Ihnen«, sagte der Mann zu ihm.

Er näherte sich dem Bett, und Schwartz sah, dass es nicht Hagen, sondern der Lieutenant war, der einige Blätter in der Hand hielt. Und dann wurde sein Geist ein wenig klarer, und er erinnerte sich an die Dokumente, die Aufzeichnungen seiner Arbeit, seiner glänzenden, heldenhaften Arbeit, und einen Augenblick lang konnte er wieder ganz klar denken.

»Sie bluffen, Lieutenant.«

»Nein.« Joe ging genau auf den Tisch zu. »Ich gebe Ihnen mein Wort.«

»Ich glaube Ihnen nicht.«

»Eine letzte Chance«, sagte Joe, »um Siegfried zu sein, der wahre Held, anstatt einer von vielen.«

»*Mensch und Metall*«, flüsterte eine andere Stimme.

Schwartz sah, dass Kaminsky den so vertrauten Schrittmacher in die Luft hielt.

»Mensch und Metall«, sagte Kaminsky. »Davor haben Sie die größte Angst, nicht wahr, Siegfried? Mehr als vor dem Tod und mehr als vor Hagen.«

»Werden Sie uns sagen, was wir wissen müssen?«

Schwartz wandte seinen Kopf wieder ab. Dort stand der Lieutenant mit den Papieren in der Hand, und sein Gesicht war so ruhig, so erstarrt, so *böse*.

»Ihre letzte Chance.«

Und jedes Grauen, das Frederick Schwartz je gequält hatte, angefangen von seinen frühesten Albträumen bis zu diesem letzten entsetzlichen Schrecken, schien durch seinen Geist zu wirbeln, ihn einzuhüllen und alles durcheinander zu bringen. Seine schon so lang andauernde Motivation und sein Wunsch nach Gerechtigkeit und Rache gerieten ins Wanken. Das Grausen verwandelte sein Blut in Eis und seine Eingeweide in Wasser.

Jetzt glaubte er ihnen.

»Ich werde es Ihnen sagen«, flüsterte er.

»Schwören Sie es?«, fragte der Lieutenant, dessen Gesicht angespannt war wie eine Maske.

Kaminsky hielt den Schrittmacher über sein Gesicht und so nah an seine Lippen, dass er das Metall fast auf der Zunge schmecken konnte. »Sind Sie sicher, dass Sie Ihre Meinung nicht ändern?«

»Ich werde es Ihnen sagen«, flüsterte Schwartz noch einmal. »Ich schwöre es beim Andenken meiner Mutter. Ich werde Ihnen alles sagen.«

Ferguson-Kaminsky wandte sich ab. Joe trat näher ans Bett.

Lallys Augen waren fest geschlossen, und sie konnte Lucas Ashs gleichmäßigen Atem, der so leicht und ruhig war wie seine Hände, auf ihrem Hals spüren.

»Ich habe ihn«, sagte er ganz ruhig.

Sie hörte, dass rund um den Operationstisch ein gedämpftes, reges Treiben einsetzte.

»Lally, der externe Schrittmacher übernimmt jetzt die Kontrolle. Alles in Ordnung?«

»Ich glaube ja«, murmelte sie. Ihre Augen waren noch immer geschlossen.

Noch eine lange Minute verging.

»Er ist raus.«

Lally öffnete ihre Augen einen Spalt und sah den Schrittmacher auf der Handfläche mit den Latexhandschuhen liegen. Sie blieb ganz ruhig, wagte kaum zu atmen, hörte Bewegungen zu ihrer Rechten und sah eine andere Hand mit dickeren Handschuhen, die jemand ausstreckte, um ihn zu übernehmen.

»Vorsicht«, sagte Lucas Ash freundlich, als das Kästchen seine Hand verließ. »Es ist glatt.«

Der andere Mann ließ es fallen.

»Um Himmels willen!«

Es war, als ob sie eine Horrorszene in einem Spielfilm in Zeitlupe sah. Das kleine, blutverschmierte Metallkästchen rutschte von dem Handschuh, flog im freien Fall durch die Luft und drehte sich, als es durch den Raum flog …

»Nicht doch!«

Keiner der Anwesenden hatte jemals eine so anmutige und großartige Reaktion wie die von Joanna King gesehen. Sie streckte ihre beiden Hände mit leicht gekrümmten Fingern aus, fing das Kästchen auf und fiel atemlos auf den Linoleumboden.

Niemand sagte ein Wort.

Ein zweites Paar Hände, das in Handschuhen steckte, nahm es Mrs. King aus der Hand, und nun waren die Bewegungen ruhig, vertrauensvoll und tadellos.

Lally hob ihren Kopf ein wenig und sah, dass das Kästchen in einen kleinen Behälter gelegt wurde, der wiederum vorsichtig in einen größeren geschoben wurde. Sie sah, dass die beiden Astronauten den Behälter nahmen und langsam zum Ausgang gingen. Die Schwingtüren öffneten sich, und sie hörte ganz leise, fast ehrfurchtsvolle Stimmen draußen und den langsamen, quietschenden Tritt von Gummisohlen auf Linoleum. Dann waren sie verschwunden.

Die Türen schlossen sich. Der Hagen-Schrittmacher war weg.

Goldstein ging zu Joanna King, die noch auf dem Boden lag, und reichte ihr die Hand, um ihr hoch zu helfen.

»Lawrence Taylor«, sagte er, »ist nichts dagegen.«

»Das war vielleicht eine Reaktion«, stimmte Dr. Ash zu.

»Nicht schlecht«, sagte Mrs. King, die den Staub von ihrer Kleidung klopfte, »das würde ich auch sagen.«

Lally lag mit dem Rücken auf dem Tisch. Ihre Emotionen überschwemmten sie. Es war eine Mischung aus Lachen und Tränen, aus nachträglicher Panik und unaussprechlicher Erleichterung.

»Wenn mein Herz das überlebt«, sagte sie mit zittriger Stimme, »wird es alles überleben.«

Lucas Ash nahm ihre Hand und drückte sie einen Moment.

»Bereit für den neuen Schrittmacher?«

Ihre Augen waren nass.

»Ich bin bereit«, flüsterte sie.

40. Kapitel

Dienstag, 26. Januar

Sie wissen, dass Sie das Recht haben zu schweigen?«, fragte Joe Schwartz. Nur Ferguson war anwesend. »Sie wissen, dass alles, was Sie sagen, bei Gericht oder anderen Verfahren gegen Sie verwendet werden kann? Sie wissen …«

Joe war klar, dass er in den vergangenen achtzehn Stunden mehr getan hatte, als Vorschriften zu übertreten. Er hatte die Rechte eines Mannes verletzt, andere aufgefordert, das Gesetz zu brechen, einen Zivilisten in Lebensgefahr gebracht, die Zukunft eines guten Arztes und einer erstklassigen Klinik gefährdet, und er hatte mehr gelogen als in seinem ganzen bisherigen Leben. All das hatte er für seine Schwester und die anderen Opfer getan und auch weil er es nicht ertragen konnte, dass dieses Schreckgespenst namens Schwartz frei herumlief. Natürlich hatte er es auch getan, weil er keine andere realistische Möglichkeit gesehen hatte, nachdem das ganze Ausmaß der Sache klar geworden war. Manch einer könnte sagen, er habe es für das Gemeinwohl getan. Nichts davon war richtig.

Doch machte er noch eine Weile weiter. Er las Schwartz seine Rechte hier und jetzt in dem weiß gestrichenen Labor der Howe-Klinik vor, weil er wusste, weil er verdammt genau *wusste*, dass der Mann zu durchgedreht und durch die Beruhigungsmittel zu benommen war, um zu verstehen, was zu ihm gesagt wurde. Und die ganze Zeit spielte Sean

Ferguson, erfüllt von seiner Rache für seine geliebte Marie, weiterhin den Dr. Kaminsky und hielt den kleinen Herzschrittmacher wie eine kleine Atombombe in die Luft. Und Joe wusste, dass Ferguson alles tun würde, was er tun musste. Er würde mit zusammengepressten Zähnen lügen und sogar vor Gericht einen Meineid leisten, und das nicht, um einem Bullen bei seinem Job zu helfen, der auf dem Spiel stand, sondern weil Schwartz oder Siegfried oder als was sich der verrückte alte gute Fred auch immer entpuppt hatte, seine Frau umgebracht hatte. Und darum wusste Lieutenant Joe Duval, dass er die Rechte dieses Mannes auf jede Weise verletzen konnte, und wenn es notwendig sein sollte, bis Jacksons Frist um acht Uhr ablief, und niemand würde es jemals aus dem Munde dieses Zeugen erfahren.

Die Nachwirkung des Beruhigungsmittels, der Beta-Blocker und der extremen Temperatur bedeuteten, dass Schwartz noch etwas schwerfällig war, aber dennoch hatte er bereits eines der Dokumente, die er bei den Gilatieren vergraben hatte, als die richtige Aufzeichnung seiner Arbeit identifiziert. Joe wusste jetzt, dass die ganze Idee des Zünders mit dem leitfähigen Klebstoff eine sorgfältig ausgearbeitete Erfindung war. Er hatte auch eine ziemlich klare Vorstellung davon, dass Schwartz, wenn er erst einmal losgelegt hatte, nichts mehr aufhalten würde, obwohl es lange gedauert hatte, ihn zu dem Geständnis zu zwingen. Viele Mörder redeten, wenn sie glaubten, es sei vorbei. Manche gaben das Spiel einfach auf und gingen schlafen, aber die meisten sprachen, weil sie oft so verdammt erleichtert waren, dass sie alles über Rechtsanwälte und ihre Rechte vergaßen. Einige Mörder jedoch genossen einfach die Zurschaustellung ihres Mutes als fortwährende Erfüllung ihres großartigen, dunklen, andauernden Egotrips. Joe vertraute darauf, dass Schwartz einer von den Letzteren war, angespornt von dem Schrecken, den Kaminsky und seine kleine Metallbox ihm einjagten.

Um fünf Minuten vor acht, als Lally sicher in ihrem Bett lag und Albrecht Hagen und Howard Leary der Polizei und dem FBI schon beim Aufspüren von Schwartz' Opfern halfen, unterbrach Joe das Verhör, um Jackson anzurufen. Eine halbe Stunde später saß Cohen dem Verhör bei, das nun in Schwartz' Zimmer im zweiten Stock stattfand. Das Gespräch wurde auf Band aufgenommen, und alles lief wie geschmiert. Selbst wenn für Lieutenant Joseph Duval das letzte Stündlein geschlagen hatte, hoffte Joe inständig, dass der Fall Frederick Schwartz bald abgeschlossen sein würde.

»Im vergangenen August«, begann Schwartz, »fing ich an.« »Ich brauchte nur ein Wochenende, um alles auszuarbeiten, aber ich schätze, dass ich auf die eine oder andere Weise schon mein halbes Leben daran gearbeitet habe.«

Seine Hände zitterten noch, aber seine Stimme war nicht mehr so schleppend, und als er einen Moment verstummte, sagten weder Joe noch Cohen ein Wort. Sie wussten beide, dass er sprechen und ihnen alles sagen würde. Das spürten sie. Das Geständnis des Frederick Schwartz lag in der Luft und bahnte sich nun seinen Weg aus den dunklen, verfahrenen Geheimnissen eines Langzeitmörders.

»Die eigentliche Umsetzung war ein Kinderspiel«, fuhr Schwartz fort. »Ich begann in der letzten Septemberwoche. Sechs Schrittmacher, zweimal pro Woche, acht Wochen lang, vier davon Attrappen, zwei tatsächlich manipuliert. Ich hätte mühelos mehr machen können, ich hätte Hunderte und mehr töten können, wenn ich gewollt hätte. Aber mehr brauchte ich nicht. Ich bin vom Naturell her kein gewalttätiger Mann. Es waren genug, um sie alle zu bestrafen.«

»Wen haben Sie bestraft?«, fragte Joe.

»Das wissen Sie doch.«

»Sagen Sie es mir trotzdem.«

»Die Ärzte. Diejenigen, die gelogen haben. Diejenigen, die gelacht haben.« Die braunen Augen waren nun schwer zu durchschauen. Sie waren ausdruckslos, und die Erinnerung machte sie fast blind. »Und vor allem ihn. Das war das, was ich am meisten wollte, ihn erledigen.«

»Wen vor allem?«, fragte Joe leise.

»Haagen natürlich.« Er sprach den Namen wieder merkwürdig gedehnt aus und sagte Haagen wie vor einigen Stunden, als Albrecht Hagen zu ihm gekommen war. Cohen hob überrascht den Blick.

»Können Sie uns seinen vollständigen Namen sagen?«, fragte Joe wegen der Aufzeichnung.

»Albrecht Hagen.« Schwartz' Mundwinkel verzogen sich ein wenig. »Er wollte mich töten, wissen Sie.«

»Wie kommen Sie darauf?«

»Es steht geschrieben. Mutter hat es mir gesagt.« Schwartz zuckte kaum sichtbar die Achseln. »Hagen tötet Siegfried, das weiß jeder.«

»Wer ist Siegfried?«, fragte Cohen, der noch immer ganz verwirrt war.

Schwartz drehte sich zu dem älteren Polizisten um, und sein Gesichtsausdruck und seine Stimme spiegelten deutlich seine Verachtung.

»Ich bin Siegfried!«

Joe schloss einen Moment die Augen und spürte seine Erleichterung. *Je verrückter, desto besser,* dachte er. Das Band bewies, dass Schwartz noch von einem zweiten Polizisten verhört worden war. Frederick Schwartz würde das

Krankenhaus nicht als freier Mann verlassen, auch wenn er später versuchen sollte, sich herauszuwinden oder seinem Rechtanwalt Märchen zu erzählen.

Lally war gerettet, und die anderen dort draußen hatten eine Chance. Für Joe war das im Augenblick mehr als genug.

Zwölf Stunden später fühlte sich Chris Webber wieder zwischen Erleichterung, Wut und Enttäuschung hin und her gerissen. Er war glücklicher, als er es sich je hätte vorstellen können, dass Lally diesen Albtraum unversehrt überstanden hatte und ihr Bruder Schwartz in die Knie gezwungen hatte. Wie gerne hätte er sich jetzt erlaubt, mit offenen Augen von einer Zukunft mit der Frau, in die er sich ohne die Spur eines Zweifels unsterblich verliebt hatte, zu träumen, doch leider war das Erste, was er tun musste, sie zu verlassen und nach Stockbridge zurückzukehren.

»Was ist passiert?«, fragte Lally, als er zu ihr kam, um es ihr zu sagen. Es war halb zehn, und sie hatte fast den ganzen Tag geschlafen. Nach der Operation hatte John Morrissey Chris als Patienten in seiner Klinik aufgenommen, damit er sich gänzlich von seiner schmerzhaften Verletzung erholen konnte. Er wurde überwacht, um Nachwirkungen auszuschließen, und auch er hatte sich bis vor einer Weile ausgeruht.

»Ich habe Katy angerufen. Es sieht so aus, als habe Andrea sich selbst aus der Klinik entlassen.«

»Oh«, sagte Lally leise, »ich verstehe.«

»Nein, das tust du nicht.« Chris schüttelte den Kopf. »Sie hat in unserem Haus alles zertrümmert, Lally. Sie hat die Beherrschung verloren, und darum muss ich zurück.«

»Natürlich musst du nach Hause fahren.«

Im Zimmer war es ganz still. Hugo war zu Joe nach

Hause gefahren. Er war, nachdem die Krise vorbei war, fast zusammengebrochen. Lallys Bruder musste den ganzen Abend arbeiten, und Schwartz war noch in der Klinik, wo er bewacht wurde und bis zum nächsten Morgen bleiben würde. Eigentlich sollte Lally auf ausdrücklichen Wunsch von Dr. Ash bis zum nächsten Tag keinen Besuch empfangen. Chris wusste jedoch, dass er die Klinik am frühen Morgen verlassen musste, um die erste Maschine zurück nach Albany zu erwischen, und daher war er aus seinem Zimmer gegenüber Lallys geschlichen, um sie zu besuchen.

Er schaute in ihre wunderschönen grauen Augen, und wenn ihr Blick auch zeigte, wie müde und verletzlich sie noch immer war, so spiegelte sich in ihren strahlenden Augen doch auch ihre Erleichterung und Lebensfreude. Sie trug ein weißes Herren-T-Shirt statt eines Nachthemdes, und ihr Haar, das ihr eine der Krankenschwestern gewaschen hatte, fiel über ihre Schultern. Obwohl Lally kein Make-up trug und noch nicht einmal der Hauch eines Lippenstiftes zu sehen war, wusste Chris, dass er noch nie eine schönere Frau gesehen hatte.

»Wann wirst du es mir sagen?«, fragte sie.

»Was denn?«

»Wo du die ganze Zeit warst. Was du gemacht hast. Was mit deiner Hand passiert ist.«

»Ich darf es dir nicht sagen«, erwiderte Chris. »Wegen Joe.«

»Ich verstehe. Joe hat mich gebeten, dich nicht zu fragen.«

»Es gibt eigentlich auch nicht viel zu sagen.«

»Ich weiß, dass du Joe geholfen hast. Mir geholfen hast.«

»Ich habe nicht viel getan.«

»Das glaube ich nicht ... Ich hatte Angst.«

»Ich weiß.«

»Nicht nur wegen mir ...« Sie lächelte reumütig. »Ich hatte *große Angst* vor der Operation, aber ich hatte auch Angst um dich. Als du nicht zurückkamst, nachdem ich hier eingeliefert worden war ...«

»Ich wäre gerne hier gewesen.«

»Das war kein Vorwurf«, sagte Lally schnell. »Es war nur so, dass ich das schreckliche Gefühl hatte, dir sei etwas zugestoßen.« Sie streckte zögernd ihre Hand aus und berührte zärtlich seinen Verband. »Ja, so war es wohl.«

»Wahrscheinlich.«

Sie schwiegen. Da auf diesem Korridor noch immer keine anderen Patienten lagen und die abendliche Ruhe hinzukam, herrschte fast vollkommene Stille. Lally dachte daran, dass man eigentlich immer irgendwelche Geräusche hörte. Wenn sie am Ende eines Tages nach Hause kam und ganz allein ohne Hugo in ihrem Wohnzimmer saß, der Fernseher und die Musik nicht eingeschaltet waren und nur Nijinskij draußen herumstrolchte, war es dennoch nie ganz ruhig. Sie hörte das Ticken der französischen Standuhr, die sie von ihren Eltern geerbt hatte, ein gelegentliches Knarren, die behagliche Stimme eines guten alten Hauses, die Nachtvögel, den Wind in den Bäumen, die Autos auf der Lenox Road und die Stimmen von Nachbarn und Freunden, Türen, die zuschlugen, Hunde, die bellten, Stimmen, Lachen oder Gespräche oder einfach nur Leben.

»Es ist zu still hier«, sagte sie zu Chris.

»Ich weiß.«

»Ich kann es nicht abwarten, wieder nach Hause zu fahren.«

Chris sagte nichts.

»Oh Chris, es tut mir so Leid.« Lally berührte wieder zögernd seine Hand. Sie achtete darauf, sie nicht richtig

anzufassen, um ihm nicht wehzutun oder ungesagte Grenzen zu überschreiten. »Das war unüberlegt.«

»Das macht nichts.«

»Doch. Du musst dir große Sorgen um Andrea und Katy machen.« Sie zuckte leicht zusammen.

»Hast du Schmerzen?«, fragte Chris sofort ängstlich.

»Nein, überhaupt nicht. Lucas hat mir etwas gegeben ... Eigentlich ist das alles meine Schuld.«

»Wie kommst du darauf?«

»Wärst du zu Hause geblieben und hättest mich nicht gesucht und mein Leben gerettet, dann wärst du für Andrea da gewesen, als sie dich brauchte.«

»Das ist meine Schuld und nicht deine.«

»Du dachtest, sie sei gut aufgehoben und man kümmere sich um sie.«

»Sicher. Daran trägt keiner die Schuld.«

Lally dachte an Andrea Webber, an ihre Gewalttätigkeit, ihre Verletzbarkeit und ihr Elend, und Schuldgefühle überwältigten sie. »Ich hätte darauf bestehen müssen, dass du so schnell wie möglich nach Hause fährst, nachdem du mich hier abgeliefert hattest. Es war egoistisch von mir, dass ich dich in meiner Nähe haben wollte.«

»Möchtest du, dass ich bei dir bin?«

»Oh ja.« Lally zögerte. »Mehr als alles andere.«

»Gott sei Dank«, antwortete Chris leise.

Sie schwiegen wieder.

»Du weißt, dass meine Ehe nicht mehr zu retten ist«, sagte er nach einer Weile. »Es ist vorbei.«

»Du kannst nicht sicher sein. Nicht jetzt.«

»Ich war mir schon lange sicher. Ich habe es dir in der Nacht gesagt, als Katy bei dir geschlafen hat und du mir etwas zu essen gemacht und mir zugehört hast. An jenem

Abend habe ich das mehr als alles andere gebraucht, und du hast nur dagesessen und mir zugehört.«

»Das hätte jeder getan.«

»Nein, das stimmt nicht. Niemand wäre der Sache mit Katy so auf den Grund gegangen wie du.«

»Ich habe meine Nase in eure Angelegenheiten gesteckt.«

»Das hast du getan, weil du dir Sorgen gemacht hast.«

»Ich bin Katys Lehrerin. Da ist es doch ganz selbstverständlich, dass man sich sorgt.«

»Eine andere Lehrerin wäre anders damit umgegangen. Sie hätte es vielleicht offiziell gemeldet … Du dachtest, ich würde Katy misshandeln, nicht wahr?«

»Nein, nicht wirklich.« Lally versuchte sich daran zu erinnern, was sie wirklich gedacht hatte. Sie war noch so müde. Schon das Denken allein strengte sie sehr an. »Sicher, es war eine Möglichkeit, aber ich konnte es nicht glauben. Ich glaubte auch nicht, dass es Andrea war. Ihr schient beide …«

»So gute Eltern zu sein«, beendete Chris sarkastisch den Satz.

»Das seid ihr auch«, fuhr Lally schnell fort. »Du hast selbst gesagt, dass Andrea Katy mehr liebe als alles andere. Sie ist krank und kann sich nicht selbst helfen. Und darum musst du morgen früh nach Hause fliegen, und du solltest dich um mich nicht mehr sorgen. Mir geht es gut.« Sie lächelte ihn an. »Ich danke dir.«

»Du hast vielen Menschen zu danken.« Chris nahm ihre rechte Hand zärtlich in seine gesunde linke. »Sie scheinen dich alle sehr zu lieben.«

»Ich weiß. Es macht mich sehr glücklich.«

»Besonders Hugo.«

»Ja.«

»Ist da …?« Chris' errötete ein wenig. »Ist da etwas Besonderes zwischen dir und Hugo?«

»Ja«, erwiderte Lally und schaute in seine dunklen Augen. »Wir sind die besten Freunde.«

»Ist das alles?«

»Für mich ja.«

»Der arme Hugo.«

Lally lächelte wieder. »Er war dir gegenüber sehr misstrauisch, weißt du.«

»Und jetzt nicht mehr?«

»Nachdem, was du getan hast, kann er dich nun nicht mehr hassen. Ich glaube, das ärgert ihn ein wenig.«

»Bei deinem Bruder scheint es ähnlich zu sein.«

»Vielleicht.«

»All diese Menschen, die dich beschützen wollen und dich lieben.« Chris hielt noch immer ihre Hand. »Weil du wirklich außergewöhnlich bist.«

»Ich bin nichts Besonderes.«

»Oh doch. Das bist du.«

»Danke.«

Sie schloss eine Minute die Augen, und als sie sie erneut öffnete, schaute Chris sie so aufmerksam und mit so unverhüllter Liebe an, dass sie das große Bedürfnis verspürte, sich in seine Arme zu schmiegen, ihn festzuhalten und sich festhalten zu lassen. Doch Andrea stand noch immer zwischen ihnen, und dieser Gedanke war so stark, als wäre sie in diesem Zimmer anwesend, und daher lag Lally einfach ruhig da und sagte nichts und tat nichts.

»Ich muss dich nun schlafen lassen«, sagte Chris freundlich. »Dr. Ash würde mich erschießen, wenn er wüsste, dass ich dich am Schlafen hindere.«

»Du solltest dich auch ausruhen«, stimmte sie mit einem Blick auf seine verletzte Hand zu.

»Es geht mir gut.«

»Wenn es dir gut ginge, hätte Dr. Morrissey dich nicht hier behalten.«

»Das hat er nur getan, weil er wusste, dass ich in deiner Nähe sein wollte.«

Sie schwiegen wieder einen Moment.

»Hast du ihn gesehen?«, fragte sie leise.

»Du meinst Schwartz?«

Lally nickte.

»Ja, gewissermaßen.«

»Du weißt, dass ich ihn kennen gelernt habe.«

»Joe hat es mir erzählt.«

»Er war so kalt. Ich hoffte wohl, es würde für ihn etwas ändern, wenn er mich sehen würde. Vermutlich war das sehr naiv von mir.« Sie suchte nach den richtigen Worten. »Immerhin ist er dennoch ein Mensch, ein menschliches Wesen, und ich dachte, er habe das nur getan, weil das mit seiner Mutter geschehen ist, die er grenzenlos liebte.« Sie schüttelte den Kopf. »Vielleicht hatte ich gehofft ihn zu rühren, wenn er zu dieser Art Liebe fähig ist.«

»Vielleicht hast du das getan.«

»Nein.« Sie war sich ganz sicher. »Kein bisschen.«

»Dein Bruder sagt, er sei verrückt.«

»Aber dabei so schlau. Fähig, all das zu tun und alle zum Narren zu halten, Menschen, die jeden Tag mit ihm zusammenarbeiteten und ihn Jahre kannten.«

»Das hört man oft, nicht wahr? Wenn Massenmörder verhaftet werden, sagen die Nachbarn immer, er machte einen ganz normalen Eindruck. Er sei ein ganz gewöhnlicher Mensch gewesen, habe sich vielleicht ein wenig wie ein Einzelgänger verhalten, aber ihnen sei nichts Besonderes aufgefallen.«

Lally atmete tief ein und atmete dann langsam und behutsam aus. Ihr Herz schlug leicht und gleichmäßig. Es wurde angetrieben von ihrem neuen, sicheren Schrittmacher. Sie wusste jetzt, was auf sie zukam. Noch ein paar Tage hier in der Klinik, anschließend eine Kontrolluntersuchung, dann zurück nach Massachusetts, wo Bobby Goldstein sich um die Feineinstellung kümmern würde. Und dann zurück ins normale Leben, wie Lucas Ash gesagt hatte.

»Bald bin ich wieder ganz gesund«, sagte sie zu Chris.

»Ich weiß, es ist alles vorbei.«

»Für mich jedenfalls.«

»Du darfst nicht an die anderen denken.«

»Ich kann nichts dagegen tun.«

»Auf jeden Fall nicht jetzt. Nun musst du dich darauf konzentrieren, wieder zu Kräften zu kommen und alles gut zu überstehen.«

»Ich fühle mich in Anbetracht der Umstände sehr gut.«

»Du siehst wunderschön aus.«

»Ja?«

Er nickte. »Du bist sehr hübsch.«

»Nein, das bin ich nicht. Ich bin groß und dürr, und meine Nase ist zu lang.«

»Deine Nase ist makellos. Du kannst mir vertrauen, ich bin Künstler.«

Sie lächelte wieder.

»Wirst du mir Adieu sagen, bevor du morgen früh aufbrichst?«

»Es wird sehr früh sein.«

»Das macht nichts.«

»Und es wird kein Adieu sein.«

»Natürlich nicht«, sagte Lally leichthin. »Wir werden einander wiedersehen, egal was geschieht. Ich werde in ein paar Wochen wieder Unterricht geben und …«

»Das meine ich nicht.«

»Ich weiß.«

Plötzlich sah Lally Andrea Webber im Geiste vor sich.

»Es ist besser, wenn ich jetzt etwas schlafe«, sagte sie und zog behutsam ihre Hand aus der seinen. »Und du auch.«

Chris stand zögernd auf. Seine Müdigkeit machte ihn benommen, und seine Hand pochte.

»Ich bin genau gegenüber, falls du mich brauchst.«

»Ich werde nichts brauchen.«

»Trotzdem, ich bin da.«

»Hör auf, dir Sorgen um mich zu machen, Chris.«

»Das ist leichter gesagt als getan.«

41. Kapitel

Mittwoch, 27. Januar

Um Viertel nach drei Uhr nachts lag Schwartz wach in seinem Bett. Sie hatten ihm erlaubt, sich eine ganze Weile auszuruhen, und nun fühlte er sich besser. Er konnte leichter atmen, schwitzte weniger und fühlte sich kräftiger.

Die Nachtschwestern kontrollierten ihn stündlich. Zum letzten Mal war eine Krankenschwester um Viertel vor drei zu ihm gekommen. Puls, Temperatur, Blutdruck. Eine Kontrolle der Infusion, die noch mit seinem linken Arm verbunden war. Das EKG-Gerät war am Nachmittag weggebracht worden. Er vermisste es nicht.

Der Raum war kühl und angenehm, die Bettwäsche glatt, trocken und beruhigend. Er hatte ein wenig geschlafen und war nun im Gegensatz zu dem jungen Polizeibeamten, seinem Bewacher, der auf einem Stuhl neben der Tür saß, hellwach. Der Polizist schlief friedlich. Sein blonder Kopf war ihm auf die Brust gesunken, er schnarchte leise, und der enge Uniformkragen zwängte seine Kehle ein.

Schwartz wusste, dass er keine Zeit verlieren durfte. Er würde nicht am Biss der Gila sterben. Am nächsten Morgen war er ihrer Meinung nach wahrscheinlich kräftig genug, um ihn in ein Gefängnisspital oder vielleicht sogar in eine richtige Gefängniszelle bringen zu können. Und dann wäre es zu spät.

Mutter war ihm im Traum erschienen, als er geschlafen hatte.

Hier in diesem Haus gibt es einen Drachen, hatte sie zu ihm gesagt.

Jetzt war er hellwach und konnte ganz klar denken. Er hatte kein Fieber, das ihn täuschte, und kein Arzt oder Polizist war hier, um ihn einzuschüchtern. Mutter wachte über ihn, und sie hatte Recht. Es gab einen Drachen auf der nächsten Etage fast unmittelbar über seinem Kopf, und Schwartz wusste, dass es sein Schicksal war, ihn zu töten.

Du musst leise und schnell sein, Siegfried, hatte Mutter ihm ins Ohr geflüstert. *Du musst dich selbst unsichtbar machen. Und du brauchst dein Schwert.*

Er wurde nun nicht mehr so streng bewacht. In ihrer Gegenwart war er ruhig, teilnahmslos und gehorsam gewesen, sogar nachdem das Aufnahmegerät ausgeschaltet worden war und der Lieutenant und der ältere Polizist mit dem rundlichen Gesicht gegangen waren. Sie dachten, dass er noch krank und erschöpft sei, und sie hatten bekommen, was sie im Moment von ihm haben wollten. Wahrscheinlich hatten sie alle den ganzen Tag und die Nacht hindurch gearbeitet und die Informationen zusammengefügt, die er ihnen geliefert hatte, und Verbindung zu den Patienten aufgenommen, bei denen der Schrittmacher herausgenommen werden musste. Für den Moment waren sie fertig mit ihm.

Und sein Bewacher schlief tief und fest.

Auch Lally schlief. Dr. Ash hatte ihr eine Schlaftablette angeboten, aber sie hatte ihm gesagt, dass sie sie nicht brauche, da sie dieser dumpfen Benommenheit entgehen wollte. Sie war dem Tod entkommen, und nun wollte sie die Kontrolle über ihr Leben wiederherstellen. Die Zeit sollte still stehen, denn sie wollte alles fühlen, sei es Vergnügen oder Schmerz oder reine Normalität. Ihr Gespräch mit Chris hatte sie jedoch erschöpft, und am Ende hatte die Müdigkeit alle anderen Gedanken und Gefühle eingeholt und der Schlaf sie überwältigt.

Er stand am Fußende des Bettes und schaute auf sie hinab. Oben an der Wand war hinter den Vorhängen ein Nachtlicht eingebaut, das gerade hell genug war, um den Patienten für die Nachtwache zu beleuchten, aber nicht so hell, dass es sie störte.

Sie sah friedlicher aus im Schlaf als während ihres Treffens in der letzten Nacht, aber sonst genauso. Weiblich, mit hübschen Gesichtszügen, sanft gerundeten Armen und langem, braunem Haar, das sich wie ein Fächer über das weiße Kissen ausbreitete. Sie sah menschlich aus, aber er wusste es besser.

Drachen nehmen viele Formen an, hatte Mutter zu ihm gesagt. *Mensch und Metall.* Sie hatte das Metall in sich, in ihrem Herzen.

Er hatte sein Schwert bei sich. Zusammen mit dem grünen Kittel eines Pflegers hatte er es in der verlassenen Stationsküche auf seiner Etage gefunden. Seine Tarnung. Unsichtbar und bewaffnet. Siegfried der Drachentöter.

Sie bewegte sich ein wenig, und er stand reglos da und atmete kaum, aber dann wurde sie wieder ruhig. Ihre Lippen waren einen Spalt geöffnet. Sie sah so unschuldig aus, fast wie ein Kind. Ein anderer Mann hätte sich zum Narren halten lassen.

Und dann hob er sein Schwert.

Lally öffnete die Augen, sah das Messer, sah sein Gesicht und schrie, aber es war zu spät, und die lange Klinge sauste hinunter in ihren Arm. Sie versuchte vergebens auszuweichen.

»Hilfe!« Sie stieß einen schrillen, durchdringenden Schrei aus.

Die Tür flog auf, und das Zimmer wurde von Licht überflutet.

»Lally, weg da!«

Schwartz hob das blutverschmierte Messer ein zweites Mal, und Lally rollte sich aus dem Bett und fiel auf den Boden. Sie verletzte sich an der Wunde auf ihrer Brust und bekam keine Luft mehr.

»Du verdammtes Schwein!«

Chris warf sich in blinder Wut auf Schwartz. Er brüllte laut, packte den Arm des Verrückten und ergriff das Messer. Die Klinge bohrte sich durch den Verband seiner verwundeten Hand, und es floss frisches Blut, als sie miteinander kämpften. Chris fiel beinahe hin, aber sie rangen weiter, und Chris versetzte Schwartz einen großartigen Faustschlag in den Magen, sodass Schwartz fast die Besinnung verlor. Lally, die versuchte, wegzukrabbeln, konnte das Stöhnen des Mörders hören. Sie konnte fast den Atem hören, der aus ihm herausgepresst wurde, doch noch immer war das Messer in seiner rechten Hand, und sie sah, wie das Licht vom Korridor auf die blutige Klinge fiel, als Schwartz das Messer wieder auf Chris' Magen richtete.

Bevor sie Joe in der Tür stehen sah, hörte sie den Schuss. Der Klang war ohrenbetäubend und endgültig.

Schwartz wich stolpernd zurück und streckte seine beiden Hände aus. Das Messer fiel geräuschlos hinunter auf den Teppich, sprang zweimal hoch, und Blut spritzte durch die Luft. Schwartz schlug heftig mit dem Rücken gegen die Wand. Lally hörte das Geräusch, das aus seiner Kehle drang, eine Mischung aus Keuchen und Schreien. Sie sah den Schock in seinem Gesicht und die blutige Masse in seiner Seite, wo die Kugel ihn getroffen hatte.

Joe war zuerst bei ihm. Er hatte seine Waffe noch immer erhoben und stieß mit seinem Fuß gegen das Messer. Lally, die ein Stück entfernt von ihm auf dem Boden lag, wusste, dass noch andere Menschen im Raum waren, die hin und her rannten und Anweisungen gaben, aber sie nahm sie kaum zur Kenntnis. Auch die Schmerzen in ihrem Arm und in ihrer Brust spürte sie kaum. Sie schaute Schwartz an und sah den erstarrten Blick und das Blut, das aus seinem Mund tropfte.

Die beiden letzten Dinge, die Siegfried sah, waren das Blut des Drachen auf seiner Hand, in der er das Schwert gehalten hatte, und das Gesicht Joe Duvals, der ihn anstarrte.

Langsam führte Schwartz die Hand an seine Lippen. Er strich mit der Zunge über die Hand und schmeckte Salz und Sieg, und für einen Augenblick schloss er die Augen. Als er sie dann wieder öffnete, starrte er Joe an, und in seiner Miene spiegelte sich seine Verwirrung.

»Sie sind ja gar nicht Hagen«, flüsterte er im Sterben. »Sie sind gar nicht Hagen.«

Lally versuchte aufzustehen, aber sie sank schwindelig und zitternd wieder auf die Knie, und Chris, der seinen Blick von Schwartz abwandte, eilte ihr zu Hilfe, legte ihr die Arme um die Schultern und hielt sie fest.

Dr. Morrissey beugte sich zu Schwartz hinunter und fühlte den Puls des Toten.

Epilog

Nach all den dramatischen Ereignissen machte sich wieder eine seltsame Normalität breit.

Chris kehrte am folgenden Tag nach Stockbridge zurück, während Lally noch ein paar Tage in der Klinik blieb. Da Schwartz tot und sein Fall ohne Zweifel abgeschlossen war, schien Joes Karriere letztendlich gerettet zu sein. Isaiah Jacksons Wut stand wie ein fortwährender, schweigender Vorwurf zwischen den beiden Männern, aber Jess und Sal waren wieder bei Joe zu Hause, und Lally war gerettet. Hätte Joe behauptet, irgendein ehrliches Bedauern über seine Art der Ermittlungen in diesem Fall zu empfinden, wäre er ein verdammter Lügner gewesen.

Von den zweiunddreißig tödlichen Schrittmachern – Schwartz' Midnight-Specials – waren siebzehn Geräte bereits Patienten implantiert worden. Für Jack Long, Marie Ferguson, Sam McKinley und Alice Douglas war jede Hilfe zu spät gekommen. Und ein weiteres Opfer, ein fünfundfünfzigjähriger Busfahrer aus Philadelphia, starb nur wenige Stunden nach dem Geständnis des Mörders am Steuer seines Fahrzeugs. Er nahm einen jungen Fahrgast mit in den Tod und verletzte drei weitere. Die verbleibenden zwölf Schrittmacher wurden den Patienten ohne Zwischenfall herausgenommen.

Als Lallys Schrittmacher von den Bombenexperten untersucht worden war, erwies er sich als einer von Schwartz'

Attrappen mit einer kleinen, unzulänglichen Batterie, erhielt aber keinen Plastiksprengstoff. Auf seine Weise hätte auch dieser Schrittmacher den Tod herbeiführen können.

Es würde eine Weile dauern, bis sich Lally wieder wirklich normal fühlen könnte. Lucas Ash und John Morrissey hatten beide eine kurze psychologische Betreuung vorgeschlagen, um sie davor zu schützen, ihre Ängste und Erinnerungen an den Albtraum zu verdrängen. Joe, der aus langer Erfahrung wusste, wie man mit Opfern umgehen musste, stimmte ihnen zu. Aber Lally wusste, dass es für sie die beste Therapie wäre, einfach nach Hause zurückzukehren, wieder Ballettunterricht zu geben und Kuchen und Croissants für Hugos Café zu backen. Und Zeit mit Chris und Katy zu verbringen.

Vor allem mit Chris.

Lally wusste jetzt ohne Zweifel, was sie für ihn empfand, doch sie wusste auch, dass ihre Nähe durch ihre gegenseitigen Traumata hervorgerufen worden war und es keine Gewissheit für eine gemeinsame Zukunft geben konnte, solange er noch verheiratet war. Andrea Webber war eine sehr kranke Frau, und sie würden alle sehr behutsam und liebevoll mit Katy umgehen müssen, um das innere Gleichgewicht des Kindes nicht zu zerstören.

Chris Webber, der in Stockbridge darauf wartete, dass Lally nach Hause kam, konnte auch nicht zu weit in die Zukunft schauen. Doch er wusste, dass er Lally Duval mehr liebte, als er je eine Frau geliebt hatte, und auch Katy war sehr besorgt um sie. Es war nur eine Frage der Zeit, bis er und Andrea geschieden sein würden, und ihn tröstete der Gedanke ein wenig, dass dies lange, bevor er Lally kennen lernte, bereits unausweichlich gewesen war.

Er malte ein neues Bild von Lally. Seine Hand war noch

immer verbunden und schmerzte, aber er hatte die erforderliche Beweglichkeit in den Fingern, und er wollte – er musste – das Bild auf Leinen bringen, solange er Lally noch so lebendig und *entzückend* im Geiste vor sich sah. Lally mit ihrem Haar, das in der Brise wehte, ihren nackten Schultern und Armen, ihren langen, schlanken Beinen, die man durch den dünnen Stoff ihres Rockes sehen konnte. Lally, in deren Gesicht sich ihre Freude ihn zu sehen, deutlich spiegelte. Ihr Blick, als sie am Hafen von Key West ins Mondlicht schaute.

Chris arbeitete langsamer als gewöhnlich, aber das Bild nahm allmählich Formen an. Und er hoffte, rechtzeitig fertig zu werden, damit er es mit zum Logan Airport nehmen konnte, wenn Lally wieder nach Hause kam …

Als der Mann in die Notaufnahme des Londoner King Henry´s Hospital gebracht wird, ist es schon zu spät. Aus Augen, Nase, Mund und Ohren blutend, stirbt er nach kurzer Zeit. Die Todesursache kann nur eine Virusinfektion sein: Lassa, Marburg oder Ebola. Doch weitere Untersuchungen ergeben, daß es sich um einen neuen, bisher unbekannten Virus handelt.
Mike Davenport, einer der erfolgreichsten Spezialisten für Virusinfektionen, nimmt den Kampf auf und versucht, eine wirksame Waffe gegen den Virus zu finden. Aber irgend jemand sabotiert Davenports Arbeit. Eine infizierte Leiche verschwindet, Blutproben werden aus Kühlsafes gestohlen. Ein dramatischer Wettlauf gegen die Zeit beginnt, als sich der Virus in London auszubreiten beginnt und eine schreckliche Vision Wahrheit zu werden droht …

ISBN 3-404-14440-6

BASTEI
LÜBBE

Als die Tochter seines alten Universitäts-Mentors auf brutale Weise ermordet wird, setzt Rechtsanwalt Victor Saberdene alles daran, den Mörder zur Strecke zu bringen. Doch dies gelingt erst, nachdem Caro Thorne, die Schwester der Ermordeten, den potentionellen Täter schwer belastet. Acht Jahre später bekennt sich ein Unbekannter zu dem Verbre-chen und begeht Selbstmord. Der zu Unrecht des Mordes Verurteilte, Carl Varada, schwört blutige Rache und wird Victor Saberdene, der inzwischen mit Caro verheiratet ist, das Leben zur Hölle machen. Victor Saberdene sieht nur einen Ausweg: Er wendet sich an seinen alten Jugendfreund Charlie Nichols. Gemeinsam wollen sie den sardonischen Varada zur Strecke bringen. Doch je länger sich Charlie Nichols mit der Vergangenheit seines Freundes und dessen Frau beschäftigt, um so größer werden seine Zweifel an der Rechtmäßigkeit ihres Vorhabens …

ISBN 3-404-14432-5

BASTEI LÜBBE